錢鍾書 楊絳 亲友书札

钱锺书杨绛亲友书札

吴学昭 整理 翻译 注释

生活·讀書·新知三联书店

又附去年北京秦伯未聘入京講中國醫學，著述甚富，秦不願，乃由省政府延作湖北醫院特約講師并
臨床疑難顧問。現湖北醫院籌備特開中醫治療部，設病床五十個，約此人主持，附了
湖北醫院二表，亦告英武。濟老年人亦可不必動手術，割用石灰酸注射可治，如後有病床空當通知附了

課用。我為此冊稿草直書為二種：二七日日記，非日日續書，圖點一
過，居然理明詞達，前後一貫，足見我雖老病，而神明不衰，此殆之
可放心。今日影祖年幼，喚木匠來釘，玉、陶皆有發，二三木箱陸續交
郵局掛號寄出，收到後復我可也。許景淵裝木箱寄來大硯二，朱
砂硯一方並錦盒，一在家神，我因想到我何不可檢點東西寄汝，摩挲手澤
淳齋百漢齋硯，甚暢熱，來看我不如好之。自己休息一兩月為是
事，所以有累我，此次復了一個半月，阿武亦未復，此次亦自身壯不開也，初
此懇我，此次病發變，田閑談說，一我尤來北歸盡，亦可入京，依先說前半
見女輩已動，現在社會需要，我尚可半眠半坐，努力自給，且阿光
人相依為命，兒子中年負擔不輕，何必以此老病之身相累，汝信稱迎
養自是孝意，現在且不必，我在此時，雖去歸以兆當彰及其他同仁
都對我去歸作禮之招呼，一入京則非汝去婦招呼不可，無以答一
也。又我對教學興趣未減，晴雄文學史課，日相商議，漸成專家，而
露彰為人孝友，方面亦漸入門，庶此後研究一二年後，我可放手。現在
尚未甚記，同仁談及中國文學哲理方面，亦時[illegible]
否可用無不合得其意，以去一線生趣，賴有此耳。[illegible]
說，吾二人不私其身，乃不以壽為念，[illegible]對老病不退，速長
病者而為社會者，方面且累非淺，私衷文復信，病以為然耶。
蕙珍重自愛　　衣梁　四月二十九日晨

昨日得信，寫好未發，今後
陳英武來稱，渝勸養
先生將來看我，我說
未可當得，我留門去
請教，故後英武乃
屋一三輪車來，同去
訪顏先生（英武乃未
同車，坐而扶車，我去也）
我極不受，顏先生診
視之後，稱致以全身體
察一句話，謂此病發生
命無礙，且於健康無
礙，不過痛苦而已。診
公之脈，輕按和重按
無（兩）人，按又有脈細而
弱，腹微亂，脈甚微，測是
多而壽九十，我不
敢說，乙十必可度也
而固然虛然而迎養
不即同然而怕然而發，過不下，將來地病轉生大害，現在須當眼去發生新病，道藥兼施，一來正自然法也。我為公
斯文一脈所繫，汝為公語，好此病不過，乃我今天不能算，開三百後報命。現在且先購觸連丸二兩，每日早晚
空心服二錢，人祇知黃連苦而不知黃連有清熱淘滌之效，議論怪頗，同乃響自一身，守明不必醫，恐留錢與
公結一朋友，則阿姑年已六十九，而未顏累髮，讀書極多，云文郎諱鑾，錄我病三讀也。卅日晨又筆

钱基博先生1956年信函手迹

梅花傲對雪花開放眼山川無
点埃此景此情应小醉詩人恰
寄宋詩來 新年喜雪復得
鍾书同志贈所著宋詩選注狂喜书此致
謝未計工拙並祝新年愉快
一九六四年元月五日
老舍

老舍先生1964年信后附诗手迹

鍾々同志：

谢々来信！头昏，诗不像样子，祈哂纳！大著宜细心咏读，获益必深！恭祝

年禧！

楊緯同志康健！

老舍

五日。

老舍先生1964年信函手迹

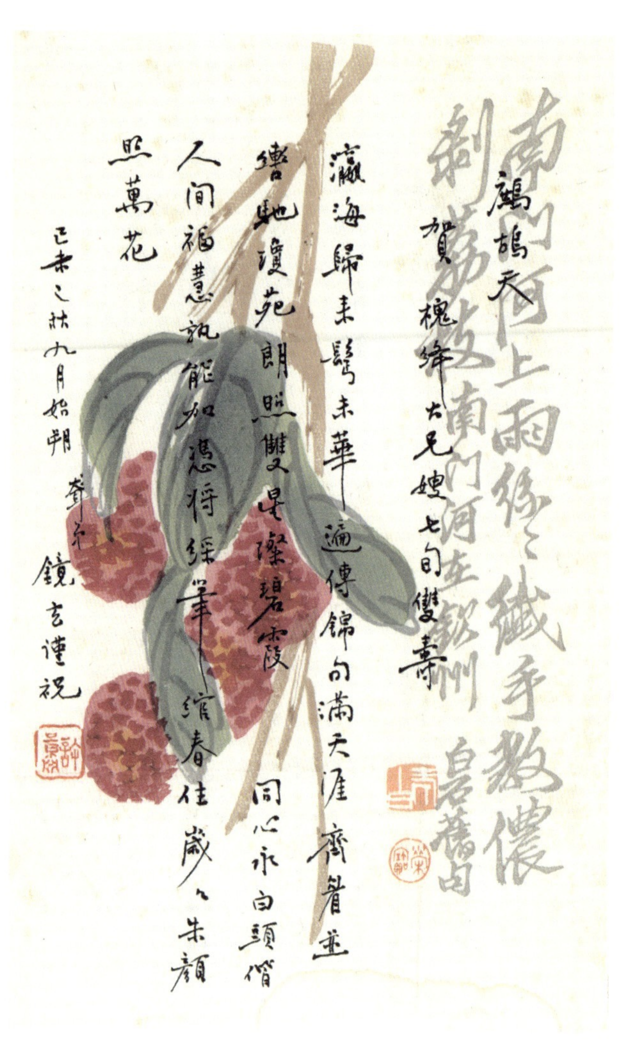

此阕《鹧鸪天》诗笺出于钱锺书最亲近、书信往来最多的亲戚许景渊先生（字镜玄）之手。词作于1979年阴历九月

蒋天枢先生1979年信函手迹

蒋天枢先生1980年8月致钱锺书信的信封。信封左侧红字“交昭”系杨绛手写，嘱吴学昭保存

苏渊雷先生1982年4月11日信函手迹

默存学长：

大札和剪报，都已收到，谢谢！

王先生是我和令弟锺英同志在光华附中时的语文老师和班主任。王先生是用无锡国学专修的那一套办法教中国语文课的。我当时是个标准式的好学生，教我什么，我便学什么，并且学得还不错，所以颇受他的青睐。但是五十多年未谒师门，也未尝修书奉候，想不到王先生还没有忘记我这个"夏鼐学弟"。不过，这是属于"非索而赠者"，所以虽鸿联而未见告，亦未寄来。谢谢您由于同榜之故而寄赠！

前天有一位朋友自家乡来，看到我的书架上有一本《干校六记》，他便谈开了。他说，书中的人物，除作者自己和作者的"老头子"之外，描写最成功是那位懂人情的"小趋"。不过「小趋记情」一章的结尾，他认为未免有杀风景。他说，这使他想起他那儿的那位计划生育办公室的干部来。那位干部指着怀孕的妇女怒斥说：如果你们还要这样"养活一窝又一窝的小狗"，将来你们"抹些粪吃过日子"吧！当然，这位干部还是一个好干部，第一，他文斗而不武斗，第二，他还能活学活用名著中的佳句，为推行计划生育的政策服务。未悉吾兄和杨绛同志亦以为然否？顺祝

俪安

夏鼐

一九八三年四月十三日

夏鼐先生1983年4月13日信函手迹

受曲原作，他口口声声之一切要他负责，译丛出版时文中曾有编者注，但现在出单行本，何来编者，应取消。我们又不想沾光，他既然想借此书自抬身价，我们何必与他一般见识。

现附上两组文之新印本，凡文中有不妥之处，请指出，至于可以改删或修改。阅完后请批在另纸上寄回，表示查看过对你们的 personal endorsement，此事经过本不会向外人提。若不是不署名的，大可专出文章，但按情按理（或礼貌 courtesy 来说）也不能不顾，况于两位相交之深，万一有什么疏忽之处，则罪甚矣。明知两位事忙，仍以此不急之务相烦，实在是为了对我们之所安，想必能加以宽谅也。即颂

俪安。

晓

悌芬 上

11/19/83

锺书
杨绛先生大鉴：

《六记》的英译本由我们的代理美西[illegible]大学出版社自行出版，我们曾经不加反对。此书如在美国印刷发行，读者心目中观感不同，认为是国货，而非外来进口货。列为私书，评家就不会有成见，否则他们心中便存有歧视排外心理，如果该书畅销，岂不是要利权外溢？

照燕大出版社的意思，除序外，正文前应有两篇短文介绍两位先生平著作，要求我们供应。晚认为义不容辞，只好硬着头皮写了两段，看了《英译〈围城〉》和胡志德君书中的介绍之后，觉得不如大书式化，可以写得轻松一点，以配合原则的性质。计每人为三节，将人家的话都免去不说，尽管以作者的为[illegible]。文中免不了有些personal的笔触，但最多只三、四[illegible]甚短，一方面要内容充实，好让译人知道我们中国有的是人才，一方面要言简意赅，借以直言（[illegible]），以免过我借採直传之嫌，着实为难。葛浩文另依燕大出版社要求，补充了一批注解，置于书末，因为译文精妙之处他们总括模糊精到而不能忘会。原作中的注解有两删去两条。依之，原则上不宜

宋淇先生1983年11月19日信函手迹

Although today I can use only this form of ways to congratulate Professor Qian's birthday, I have a good reason to hope that next year I'll be able to do it personally.
Two months ago I spent a week in Weimar with Julietta Carletti (Congress of Chinese studies) and we remembered both of you a lot.
Hoping you are all right, our pleasures from Wan and
Yours
安娜

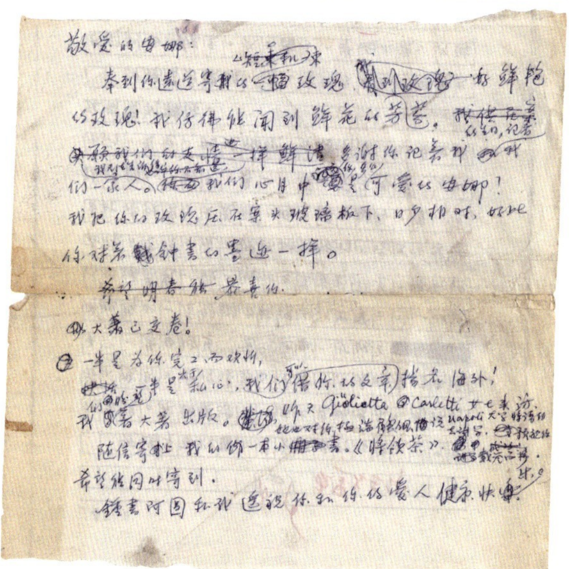

敬爱的安娜：

奉到你远道寄来的玫瑰，好鲜艳的玫瑰！我仿佛能闻到鲜花的芳香。谢谢你记着我们一家人。……我们心目中可爱的安娜！

我把你的玫瑰压在案头玻璃板下，日夕相对，好比你对着锺书的墨迹一样。

恭贺你。

大著已定卷！一半是为你完工而欢欣，一半是私心，我们借你的文章揚名海外！……昨天Giulietta Carletti女士来访。……

随信寄上我的一本小书。《将饮茶》。希望能同时寄到。

锺书阿圆和我遥祝你和你的爱人健康快乐。

安娜·多雷日洛娃寄给杨绛的玫瑰花明信片（1988.11.5）。安娜喜欢红玫瑰，知道杨绛亦有同好，故每次来信皆书于玫瑰花明信片的背面。杨绛曾告安娜：“我把你的玫瑰压在案头玻璃板下，日夕相对，好比你对着锺书的墨迹一样。”

杨绛同志：我听到钱瑗住院，我不敢来看你，因为你的精神负担太重了，我无法帮助你，也无法安慰你。

我的画册出来了，我题了一本东西送给你，一是祝钟书同志能好起来，二是祝钱瑗早日康复，三是请你保重。

华君武

九六年二月五日

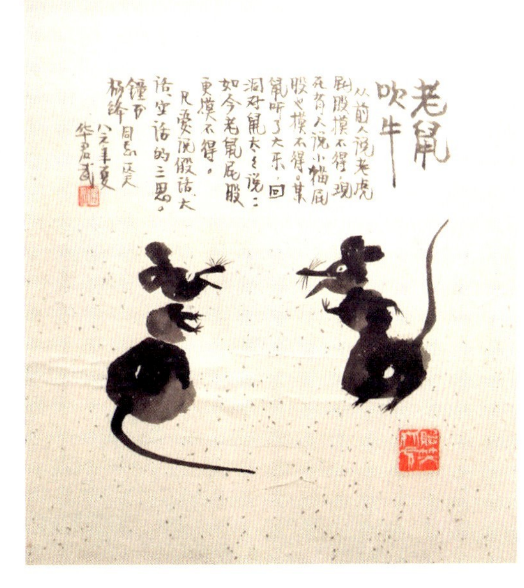

华君武先生信函手迹（1996.2.5）及赠送钱锺书、杨绛的“老鼠吹牛”图（1986年夏）

杨先生惠鉴：“听杨绛谈往事”将我的思绪带回了大运河边的故乡——常州。苏锡常，一条运河如线穿，语音语言亦相通。旧时锡剧称常锡滩簧，即可证矣。所以看到书中描摹您的苏白、无锡话，倍感亲切。说到振华女校，手边正巧有一张女校的证明书，时间是一九四一年十月十五日。其上校长的大名依然是您，且钤有一方您的印，是牙章吧。从书P156知您辞职后，季玉先生向您借去私章，用于以后振华的毕业证书，这张证明书是证实了的。而且可知，您名义上仍是振华校长，且直至振华在租界结束为止。今将证明书复印寄您，或可留为史料。

专此恭颂

期颐康健 吉祥如意

后学杨家润

己丑元月廿四日

杨家润写给杨绛的信函手迹（2009.1.24）

钱锺书、杨绛夫妇与胡乔木、谷羽夫妇（胡木英摄）

钱锺书与莫芝宜佳在钱杨居处阳台上

掩卷沉思的杨绛先生

杨绛先生的三位姊妹合影

(从左至右三姐杨闰康、

大姐杨寿康、八妹杨必)

读信后，喜笑颜开的钱锺书先生

凡例

一、所收信件，按照每位写信人的第一封信写信时间排序。有些未标明年份的信件，整理者经考订以括号标示。

二、部分信函原为繁体字竖排，统一为简体字横排。原信行文中的空格、抬头、谦称，统一按照现行信件通行格式。

三、原信中的夹注部分，用仿体字放入括号中。

四、原信中的用字、标点与现行规范不符处，除个别异体字及明显笔误予以改正外，仍保留原信用法。原稿中少量疑问处未予擅改，仍依原文。

五、少量内容如具体地址、个人隐私等予以删除，个别不便提及的人名以□□代替，其他一仍其旧。

六、整理者为每位寄信人及有关内容做了注释，并在某些信后附录了相应的文章。

目录

整理者言

关于《钱锺书杨绛亲友书札》

杨绛先生晚年最后做的一件她认为很必要的事，是亲手销毁了钱锺书先生和她本人的日记，以及某些亲友的书信。虽然我觉得很可惜，曾多次劝阻，但未能让她回心转意。

其后不久，我应约往谒。那天恰巧保姆小吴休息回家了，是杨先生亲自开的门。经过走道时，她指指左侧的壁柜说："一些保留的读者来信（一般均已读过）都用纸箱分盛了摞在里面，将来连同我们近年收存的报纸杂志的评论等，一同交清华档案馆保存。"

那天在她的卧室聊天谈心，杨先生想解释一下她日前销毁日记和友人书信的缘由，我没让她往下说。2013 年那场关于拍卖钱杨书信的维权诉讼，经过与法学家们一年多的并肩抗争以及各方人士的大力支持，虽然最终得到了圆满结局，但私人书信竟被当作商品用来交易，毕竟伤透了杨先生的心，我能理解她这样做的无奈及隐衷。杨先生握紧我的手道："谢谢理解！"

我相信杨先生自毁的日记和书信，数量也不会多。实际上经历过抗日战争和后来的社会动乱，一般人很少能完整地保存自家文稿、日记和书信。何况上海沦陷时期，一直与叔父同居的钱杨夫妇，1949 年春，闻知叔父命锺书弟媳带两子女来上海，入住其家，不得不赶紧腾出住室，临时搬入友人的空屋。由于时间仓促，搬家时未能将床下满装两人文稿、笔记、书信等物品的一只大皮箱随身带走。同年暑假，钱杨夫妇应清华招聘，即携女儿匆匆北上，开始忙于新的生活。直到 20 世纪 60 年代初，杨先生在复旦任教的小妹杨必大病，她赴沪探望，顺道造访旧居，想将那只寄存的皮箱带回北京。当她踏进那熟悉的小小亭子间，望见床下皮箱犹在，心中有说不出的高兴，但待打开一看，箱内空空如也，片纸只字不存。心中的失望和懊恨，可以想见。

全国高校院系调整后，钱、杨一同离开清华，调入新创立的文学研究所（先在北大办公而由中宣部领导，后归属于中国科学院哲学社会科学部），不久，钱先生奉令借调到毛选编译委员会工作，而杨先生以“开口便错”，埋头翻译，论文发表不多。两人写信亦多是向亲长禀报生活情况和请安，旧雨知交已鲜有书信往来。

还记得那天杨先生说话较多，我怕她太累，便要起身告辞，请她躺下吸氧休息。杨先生却说：“不急，我还有事相托。”随即转身从橱柜里捧出一个大布袋，幽幽地说：“这都是我看了又看、实在下不去手撕毁的亲友书信。我近来愈感衰弱，自知来日无多，已没有心力处理这些信件，现在把它们全部赠送给你，由你全权处理，相信你一定不会让我失望。写信人中，不少你都熟识，哪怕留个纪念也好！……”我听着心里很难过，又恐她过忧伤身，忙说：“我绝不会辜负您的托付，至于如何妥善处理，容我仔细研读过所有书信，与您商量后再说。”

我心情沉重地提着杨先生的大布袋回家，几乎花了两三周的时间才将袋内的信件，按照写信人所写第一封信的时间顺序整理清楚，随后开始阅读。这里面有钱（基博）老夫子满溢爱子之情的手谕，亦有长杨先生十二岁的大姐寿康讲述妹妹所不详知的家史往事的长信，还有杨先生2014年生日那天，千里之外两个小孩寄来“为杨奶奶祝寿”的充满童趣的画和信。其中数量最多的是中外同辈学人的来信。从形式上看，除了法国总统、英国文化大臣等外国政要为钱锺书先生逝世致杨绛先生的唁信系打印件外，其他书信（包括外国学者来信）多为自电邮、手机、微信流行以来，久已少见的手写书翰，带着特别的温暖和情谊。

从时间上看，绝大多数的信，书于上世纪八九十年代。那段时间，一向低调沉默的钱杨夫妇好像忽从多年噩梦中苏醒，迸发出了巨大的创作力。杨绛的《干校六记》写成后，起初怕触犯时忌，不敢在内地出版，拿去了香港。胡乔木同志读后立即带话给文学研究所说：这本书内地也该出！在1983年欢迎赵元任的宴会上，又对钱锺书讲了他对该书的十六字评语：“怨而不怒，哀而不伤，缠绵悱恻，句句真话。”《干校六记》出版后，好评如潮，英、法、俄、日译本相继出版，英国《泰晤士报·文学副刊》发表W. J. F. 琴纳的书评，称该书是“二十世纪英译中国文学作品中最突出的一部”。杨绛接连写了不少散文，结集为《将饮茶》《杂忆与杂写》等，又创作了小说《洗澡》。钱锺书则发表了他采古喻今、寓讽于论，堪似人生百科全书的皇皇巨著《管锥编》。该书虽篇幅长，又系文言写就，普通读者不多，却甚受海内外博雅明通之士青睐。哈佛大学东亚系资深讲师方志彤（Achilles Fang）先生读罢即开“管锥编”专题课，指导学生阅读，其弟子艾朗诺（Ronald C. Egan）后曾选译《管锥编》为英文，向西方读者荐介。

与钱、杨通信的外国学者、译者，多相识于1978年9月在意大利北部山城奥蒂赛伊（Ortisei）召开的欧洲研究中国协会第二十六次会议期间。钱锺书走出关闭了十年的国门，在会上生动回顾了中意文化交流的历史并介绍了我国文学的概况，他最后高呼：“China no longer keeps aloof from Europe!”全场欢呼尖叫，掌声雷动。自此开始，充满好奇心的外国作家、学者频繁访华，交流互动，钱、杨亦成为接待这类外宾的忙人。

应该说，钱先生出访顺利，对陌生的海外学术界能应对裕如，钱、杨作品能成功推向世界，被钱锺书称为“文字骨肉”的知己好友宋淇（悌芬）先生功不可没。本书所收的宋淇来信，为我们提供了很多细节。

宋淇为我国著名藏书大家宋春舫先生哲嗣，出身燕京、光华，上海沦陷时期与钱先生相交甚密，每周前往钱府问学，评书论文，无所不谈。据宋淇回忆：那些年，深觉受益于正规教育者少，而受益于钱锺书的熏陶最多，做学问、写文章都时时不敢忘却钱先生的训诲。新中国成立前夕，宋淇因所患宿疾非服进口药品难以维持生命，不得不迁居香港。当时香港尚在英国统治下，不能与内地自由往来，但他始终心怀祖国。三十多年中，经过二十多次手术，一直坚持自修钻研他所爱好的翻译和诗词，在香港中文大学主持翻译研究中心期间创办《译丛》（*Renditions*）期刊与丛书，专门英译中国诗学、词学、史学及现代文学作品，宣扬汉声，不遗余力。《译丛》以其译文精正、注解详确、评书允当，受到欧、美、日学者的欢迎称赏。早在70年代初，宋淇已开始筹划推动《围城》英译本在美国的出版，并亲为校阅修改译稿。1979年后钱、宋恢复联系，鱼雁往还不绝，畅述胸怀，交流信息，评书议事，妙语如珠。

被钱先生视为“文学女儿”的德国学者莫芝宜佳（Monika Motsch）来信频繁，谈学述著，生动幽默，充满情趣，为钱先生一家带来许多欢乐。

除此之外，这批书信中值得一提的，还有乔木同志七十岁时所写的《有所思》、老舍先生的《新年喜雪》、冰心女士的短简和年高的苏雪林女士打听挚友杨寿康下落的来函。众多友好对杨绛痛失爱女和丈夫的慰问信，更是情真意切，令人感动。

读毕全部书信，联系此前所知的一些片段，对许多事顿有豁然贯通之感。我越读越投入，越读越感动，也更理解了杨绛先生何以不忍心销毁它们。这哪是些普通信件？它们荷载着文化的信息、历史的证据和人间情义，是极为珍贵的文史资料！

如何处理这些书信，成了我面临的一道难题，也成了我一块心病，我只有找杨先生商量。

不幸的是，杨先生此时健康已每况愈下，不时进出医院。一天清早，我赶到协和医院，在病床前坐候她睡醒。她醒来时精神不错，见到我也特别高兴，于是我们就共解难题。她问我是怎么想的，我说：“您留赠我的书信十分珍贵，您都下不了手撕掉，我更不敢也不舍毁弃。这些具有学术价值和历史意义的宝贝，不宜由我个人私藏。我的想法是：争取在我有生之年得空时亲自将它们整理翻译出版，留给社会，供广大读者研究参考，然后将原件全部捐赠国家博物馆收藏。”杨先生听了，拍拍我的手背，笑说：“所见相同！可谓灵犀相通。”我知道钱先生是历来反对发表其书信的，但若出版的书信集中，宋淇先生每每来书垂询，钱先生却有问无答，似不太合适，故拟摘录钱先生部分复书与宋淇来信相配。对这个想法，杨先生点头同意，说她当时正因考虑到这点，特将钱先生有关复信附于宋淇书札中，以备我采选。又说：“作为我们的著作权人，你有权使用钱信，不必多虑。”

难题解决，我如释重负，又觉得自己真傻——原来杨先生对此早有主意，我却冥思苦想，为难多时。我因有约在先，直到整理、翻译、注释完《吴宓师友书札》，编著好《吴宓年谱》后，方着手整理、翻译、编辑和注释《钱锺书杨绛亲友书札》，并与诸多写信人（包括已逝作者的家人）联系，获得授权同意。经过两年多的努力，总算不负杨先生所托，完成了这项工作。有个别经多方查找未能联系到的写信人或家属，欢迎联系，以寄奉样书，谨致谢忱。

本书编辑、翻译、注释难免有不妥之处，敬祈读者不吝赐教。

吴学昭

2022 年秋

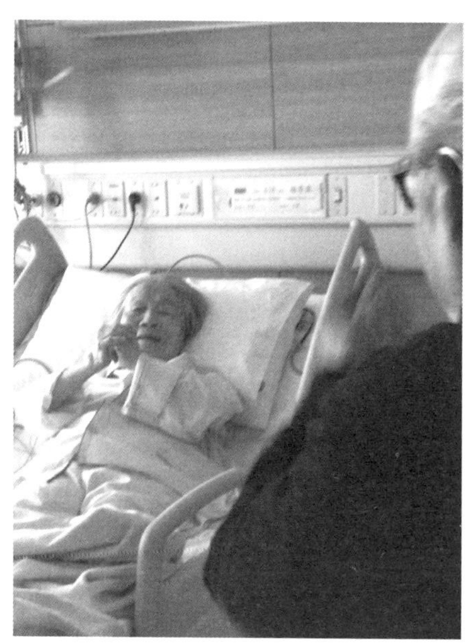

本书整理者吴学昭于2016年4月10日在协和医院探视杨绛先生，临别时杨先生拱手拜托整理本书

钱锺书杨绛亲友书札

钱基博*（二通）

（1）

先儿[1]览：

前发一信，想已收到。适接江泰轮方大副来快信告知谓江泰以十四日离沪开汉，我即去信托其以钱子泉名义留舱位两个。我到沪之后接洽。方函附发。惟汝母在上海须买物，原定十一日晚乘锡沪二三等特快车赴沪，提早乘十一日午前六点[2]十五分之锡沪二三等客车。则十点四十分到沪，尚有时间可着人买物也。匆匆不尽。

老泉

（1946）九月七日

（2）

先儿览：

昨日见汝致声淮[3]书，悉检查血管是否硬化，结果如何？极念。老

---

* 钱基博（1887–1957），字子泉，江苏无锡人。曾任江苏省立第三师范学校经学教员、教务长，圣约翰大学、清华学校国文教授，第四中山大学中文系主任，光华大学中文系主任、文学院院长。抗战前夕和抗战时期任浙江大学教授，湖南国立蓝田师范学院中文系主任。1946年任华中大学中文系教授。1949年后任华中师范学院教授。

人病是当然。汝夫妇正在中年，未来许多担荷压在肩上。我不以老病为忧，而愁汝辈之衰早。劳可节则节，心得放且放，不必以老人为念也。

我去冬便血，小发即止，私自欣幸。不意此次一发累月，每登厕则紫血块血饼并下。校医诊视，血压盘旋于一百十度与六十五度之间。血既一时无法止，且先补血。两星期来，每日护士来静脉注射葡萄糖及维他命C（认为有抗坏血神经作用）两种针，皮下注射肝精针。一面请中医雷医生诊视，认须和胃清肠热服煎药，然而血终不止。今晨便畅而血大减，未有血块，或者从此将止。

前日陈英武来问病，力劝我进湖北医院治疗。我以前年住医院亦未有办法，而服食种种不便；近以胃口极坏，益踯躇。昨日英武又来，渠现在湖北医院工作，处理文牍，称现在医院延一老中医蒋先生，每星期二三去演讲中医治疗，渠亦去听。蒋系旧识，索雷医方去向蒋商询止肠出血是否有特效药。一面和内科主任商量痔血久不止是否有法治来复我，再决定住院不住院。我以其意甚殷，即托英武去商询再说。

我近检铜、玉、陶、瓷十七事。。贻汝业余摩挲，以怡神自娱[4]。。[5]其中玉器之商瑚斧、汉车饰，铜器之王莽印，六朝透雕薰壶，唐天鸡尊，陶瓷之汉绿釉陶瓿，宋真窑壶，建窑吉州窑鹙盏，皆精品。京中未必有，我读京中出版考古各种书报知之。因即平日与雷、彭两人研讨所得写定《精忠柏石室传器录》一册，自谓多阮、吴诸公所未知，而京华当前诸公亦罕见有论及。如以授健汝[6]。。可作暑期历史补习课用。我写此册，振笔直书，写写睡睡，七日而完。昨日复看，圈点一过，居然理明词达，前后一贯，足见我虽老病，而神明不减。。汝阅之可放心。。今日彭祖年唤木匠来，铜、玉、陶瓷，分装三木箱，陆续交邮局挂号寄出。汝收到后复我可也。许景渊装木箱寄来大砚二（一朱竹垞铭；一吾家梅溪翁百汉斋砚）。我因想到我何不可捡些东西寄汝摩挲乎。汝事忙，如有暑假与其触热来看我，不如好好自己休息一两月为足以慰我。我此次便血一个半月，阿武亦未使知，以武亦自身忙不开也。我此次病发，与汝母闲谈说“万一我先乘化归尽，你可入京依先儿。。武、牛儿女累已重。现在社会尚需要我，我尚可半眠半坐，劳力自给，且两老人相依为命，儿子中年负担不轻。。何必以老年之身相累。。”。汝信称迎养自是孝意，现在且不必。我在此声淮夫妇以外，雷、彭及其他同仁都对我夫妇作种种招呼。一入京，则非汝夫妇招呼不可，无人分劳，一也。又我对教学兴趣未减。声淮文学史课，日相商课，渐成专家。而雷、彭两人考古方面亦渐入门，虚心孜矻，一二年后，我可放手，现在尚未。其他同仁涉及中国文史哲理方面，亦时有疑难相商，我笔舌互用，无不各得其意以去。一线生趣，赖有此耳。一入京，则所学尽废，食闲饭而已。吾正月答叔父信谈“吾二人不私其身，乃不以寿为辱。如徒寿，则老病不过延长痛苦而为社会各方面负累，非所私好”。叔父复信亦以为然。匆匆惟

善珍重自爱

老泉（1956）[6]四月二十九日晨

整理者按，以下附言，乃钱子泉老先生于次晨补书于其两页信笺空白之处者。

昨日得宋拓汉熹平石经，书经两石，仪礼两石，论语两石，公羊一石。墨乌如漆。。纸白如玉。。后附翁方纲临石经，仪礼两石，公羊一石，诗经一石，论语两石，仅同。仪礼一石，尚系翁氏手拓。纸墨亦极精好。后有同治己巳仲春周祚峄字芝珊（光绪初官四川盐运使）录石经考，字即作石经体。又有芝珊孙墉作长跋，记此册乃其祖于道光丁酉随其曾祖吉卿公往山西，得自崞阳田辛岩。田乃翁方纲之门生，于山西为

著名藏家，云此册可与范氏天一阁藏汉刘熊碑相配成双绝。附告志喜。蒋去年北京专函聘入京讲中国医学，著述甚富。蒋不愿，乃由省政府延作湖北医院特约讲师并临床疑难顾问。现湖北医院筹备特辟中医治疗部，设病床五十，由蒋延人主持。附及。

昨日信写好未发，午后陈英武来，称蒋励庵先生将来看我。我说“未可，当得我登门去请教”。晚饭后，英武乃雇一三轮车来，同去访蒋先生（英武乃未同车坐而扶车步行，我极不安）。蒋先生诊视之后称：“放心，至要至紧一句话。。公此病于生命无碍。。且于健康无碍。。不过痛苦而已。诊公之脉，轻按有，重按无，久按又有。脉细而静，唤做芤脉，照例是多病而寿。九十我不敢说，八十必可庆也。血固然虚，然而通瘀下血固然可怕，然而瘀血不下，将生他病，转生大害。现在须着眼去瘀生新。。补导兼施。。一味止血。。非法也。。我为公斯文一脉所系，必为公治好此病，不过方我今天不能草草开，三日后报命。现在且先购脏连丸二两，每日早晚空心服二钱。人只知黄连苦，而不知黄连有清热导火之效。”议论伉爽，不同凡响，且一再声明“不以医病买钱，与公结一朋友则可”。年已六十九而朱颜乌发，读书极多，云“文郎《谭艺录》我再三读”，且检视。

三十日晨又笔

整理者按，钱子泉老先生此信，杨绛置于老先生特赐赠钱家孙辈唯一的“读书种子”钱瑗的一册手抄《芥子集》中。杨绛附有一纸说明：“‘健汝女孙’读物。1950年一二月间爹爹手抄，奶奶手订。及爹爹谕先儿书。”此信为钱老先生用毛笔以繁体字所书，原信无标点，现标点符号为整理者所加。

《芥子集》乃钱老先生专为钱瑗所摘选的经史子集内容，于该集扉页书有：祖父手写，祖母手装，付女孙健汝熟读之。已亥冬十二月二十四日夜，老泉时年六十三，客授武昌（杨绛注：已亥误，当是已丑年1950年一二月间）。卷首有钱老先生手书所作之序，原具新式标点。附录如下：

附录：《芥子集》序

人亦有言：五分钟之演说最难。而不知百十字之文章，同一不易！盖辞约，则意不尽，神不足。然能者为之，则有辞约而义丰，幅短而韵远！经史子集，肆业所及，汇成一帙，分为两类：曰客观，曰主观。客观之目四，曰记事，传人，体物，写景。主观之目四，曰论人，论事，说理，抒情。都一百一十四首，写付女孙健汝。少者不足十字，多亦不逾二百字，短章寂寥，而味之无穷；薄物细故之中，有妙道焉！短札数行之间，有远韵焉！呜呼！学佛者不云乎：含须弥于芥子，此佛之所以神通也！然则涵宏深于寡短，此文之所为隽妙也；遂题之曰芥子集云！

已亥冬季，老泉识于武昌客次

---

[1] 此为钱锺书儿时小名。钱锺书一出世即由伯父（子泉先生长兄，无后）抱去抚养，取名“仰先”。周岁时乃有学名“锺书”，“仰先”就成为小名，被家人叫作“阿先”“先儿”“先哥”。

[2] 此前数字，为泼墨所污，字迹不清。

[3] 石声淮（1913–1997），湖南长沙人，国立蓝田师范学院中文系毕业，留校任教，历任蓝田师范学院、华中大学、华中师范学院中文系教授。石声淮为钱基博老先生的女婿、钱锺书妹妹钱锺霞的丈夫，常年与钱老先生生活在一起。

[4] 信笺此处上方有眉批：铜、玉、陶瓷分装三箱寄出。附。

[5] 钱基博先生两函，所书双圈，整理者均以两句号代示。老辈先生作文习惯以双圈表示重要。此信落款处未写年份，现所加（1956）乃据杨绛在该信角所贴小条：“当是1956年信。”

[6] 即钱锺书女儿钱瑗，“健汝”系钱基博为其“女孙”所命名。钱瑗属钱氏家族“健”字辈。

钱基博先生为健汝女孙摘选的《芥子集》

向达*（二通）

（1）

默存兄嫂侍右：

月前一晤，极慰怀想。迩来溽暑炎蒸，诸维善自珍摄，为无量祝！寄上《蛮书校注》[1]一册。聊供夏夜噱谈之资，兼报故人无恙而已！定公所谓著书都为稻粱谋，名山事业不过尔尔。率闻，即叩

俪安！并问令媛好！

弟　达上

（1962）七月廿日

（2）

默存兄嫂：

在西单旧书店，看到杨绛同志的《弄真成假》，大为欢喜，买来两部，谨以一部奉呈杨绛同志，作为新春献礼！稍迟当来奉谒，一候起居！

---

* 向达（1900–1966），字觉明，湖南溆浦人。南京高等师范学校毕业，先后任商务印书馆编译员、北平图书馆编纂委员会委员兼北京大学讲师。1934 年赴欧洲，先后在牛津大学图书馆、大英博物馆、巴黎国家图书馆、柏林普鲁士科学院等处检索敦煌写卷、吐鲁番古文书和汉文典籍。1938 年回国，历任浙江大学、西南联合大学、北京大学历史系教授及中国科学院历史第二所副所长兼学部委员。1957 年被错划为“右派”。1966 年“文化大革命”初期被迫害逝世。

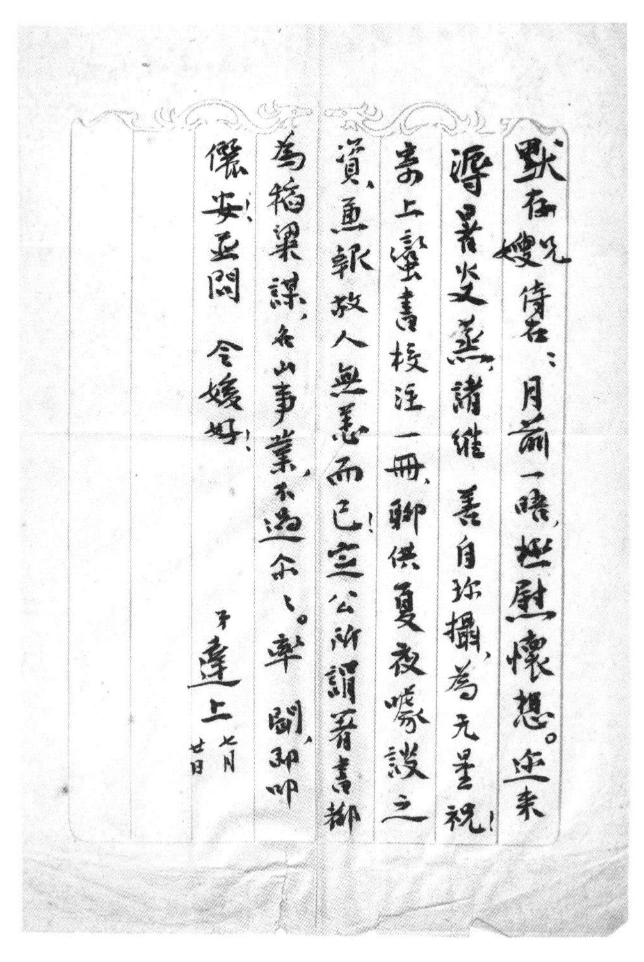

默存兄嫂侍右：月前一晤，極慰懷想。近來溽暑炎蒸，諸維善自珍攝，為无量祝！寄上蠻書校注一冊，聊供夏夜噱談之資，直報故人無恙而已！定公所謂著書都為稻粱謀，名山事業不過尔尔。幸 [illegible]

儷安！並問令媛好！

弟 達上 七月廿日

向达先生信函手迹

北大历史系实行半工半读，已于二月一日迁十三陵之太平庄，距明思宗陵不远上课。弟以无课，又乡下房屋奇缺，故尚留海淀未去也。并闻！

弟　达上

（1964）二月十八日

[1]《蛮书校注》，[唐]樊绰著，向达校注，中华书局1962年出版。

老舍*（一通）

锺书同志：

谢谢书、信！头昏，诗不像样子，祈哂纳！大著宜细心咏读，获益必深！

恭祝

年禧！

老舍

五日

杨绛同志康健！

附诗

梅花傲对雪花开，放眼山川无点埃。此景此情应小醉，诗人恰寄宋诗来。

新年喜雪，复得锺书同志赠所著《宋诗选注》，狂喜。书此致谢，未计工拙，并祝新年愉快。

一九六四年元月五日　老舍

整理者按，原诗毛笔大字书于宣纸，老舍名下盖有“舒”字印章。诗作原无标点，现标点为整理者所加。

* 老舍（1899–1966），原名舒庆春，字舍予，笔名老舍。小说家，剧作家。新中国第一位获得“人民艺术家”称号的作家。代表作有小说《骆驼祥子》《四世同堂》，剧作《茶馆》等。1966年8月24日，因于“文革”中被迫害，自沉于北京太平湖。

张难先[*]（一通）

“向刘合传”已交聋伫缮正了一本，（此本是送您俩纪念的）［澈生每日原将几种日报及《参考消息》看完，次日择要念给我听，也是太吃力，（每日总是十二点才抵）所以未要他写。］却是又添了九条蛇足。（有好多不注不明，因此又加了九条注释。）此事您曾赐教，想杨大姐也费了力，一并致谢。我现在才知道是他两人革命运动的百年节日。（同治三年，公历是一八六四年，今年是一九六四年，刚刚一百年。我能须臾必完成本册，弟实在高兴，您该再不怪我性急吧，哈哈！）此文写毕，我才在地下再见那个好骂人的刘五爹了。一笑。敬祝

双福

老难叩

十月十八日

整理者按，杨绛在此小册上贴有小条：张难老因请锺书改稿，特赐此作为谢。又，该小册封面有张难老亲笔所书“向芷侯刘彤轩合传　一九六四年仲秋旦庐题”。封里贴有张难老照相一帧。扉页则有张难老所书“钱默存先生　杨绛大姐赐存　一九六四年十月十八日张难先敬赠于首都　时年九十

* 张难先（1874–1968），谱名辉澧，号义痴，字难先，湖北沔阳（今仙桃市）人。历经清末、民国、中华人民共和国成立后的二十年，他反清、反袁、反蒋而拥共。1949 年出席中国人民政治协商会议第一届全体会议，后历任中南军政委员会副主席，全国人民代表大会第一、二、三届代表及常务委员会委员。2009 年被选为“新中国成立做出突出贡献的荆楚英雄模范人物”。

向芷侯劉彤軒合傳

張難先稿

晋沔自陳友諒後，越四百余年，又有兩奇人焉。向芷侯，鳴賡，劉彤軒，鴻藻，兩人夾新里仁口通順河兩岸以居，芷侯居河之南向家洲，而彤軒居河之北下長河嶺，相距三四里耳，均早慧有奇氣大志，往来甚密。

太平天國亡，兩人者隱謀起兵，光復舊物，以成洪楊未遂之志。時芷侯年二十，彤軒年二十三耳。芷侯

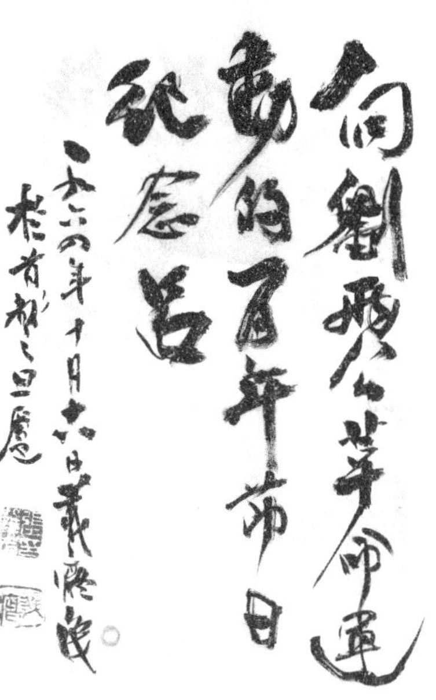

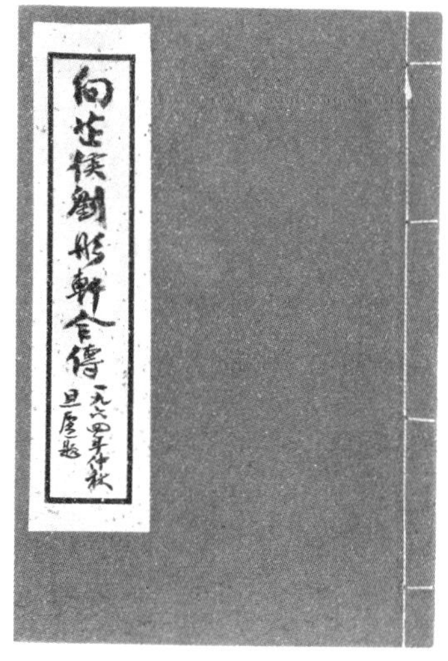

张难先先生文稿

张难先先生题赠钱杨夫妇

有一”，盖有“義癡”印章。其后有题词：“向刘两公革命运动的百年节日纪念品。一九六四年十月十八日義癡识于首都之旦庐。”

附录：向芷侯刘彤轩合传

吾沔自陈友谅后，越四百余年，又有两奇人焉。向芷侯（培麐），刘彤轩（鸿藻），两人夹新里仁口通顺河两岸以居。芷侯居河之南向家洲，而彤轩居河之北下长河岭，相距三四里耳。均早慧有奇气大志，往来甚密。

太平天国亡，两人者隐谋起兵，光复旧物，以成洪杨未遂之志。时芷侯年二十，彤轩年二十三耳。芷侯世雄赀财[注一]，以画策、筹饷、招纳任侠为己任，实此役之魁渠也。彤轩则辅之，奔走江汉上下游，联络豪俊及会党，约期首义，机事不密，未底于成。

先是芷侯之往来文书，虑有疏虞，因遣同志一投州城[注二]纸伞店当学徒；一则变服为小商人，向大埠购纸伞多柄藏之。俟习伞业者归，出伞，命其转教数十同志，脱柄，一剖为两，纳文书其中，再仿伞店图案，以藤篾束其柄，并作花纹以泯其迹，而复原状。数十同志俱分布各机关，司传递收发两职，行之数年人无疑者。

芷侯豪放不拘小节，所狎仙桃镇名妓某[注三]，泄其事。清吏获其文书，侦骑四出，芷侯与彤轩跳而逸。芷侯之父芗波皇遽不知所出，竟夜摩擦两股，时适盛暑，生衣为之靡烂。因急交密函于亲信之善走者，奔甘告长男鹤龄。鹤龄者，开展有才略，部叙道员，左宗棠督陕甘时，延为幕客，己巳年（一八六九年，即同治八年），宗棠奏调湖北布政使周寿山总统甘南诸军，并调鹤龄随往，会办营务，复奏办甘南各州盐课、杂税、厘金、牙帖总局，兼甘捐及军粮杂务，章则尽出其手，宗棠甚倚重之，海内显贵人多与通声气。得父书，忧甚，以爱弟故，尽委曲弥缝之急智以救护之[注四]，复倾家财以赂各当道。以故内而尚侍，外而督抚，俱以查无实据，为芷侯缓颊，得免灭门之祸，亦岌岌乎殆矣。

彤轩家仅小康，亲故亦力薄，无援手者。不得已，亡命走朝鲜，不能容，复浮海达南洋。夙擅六法，画梅花鬻之以糊口，因别号梅痴，亦曰中外行吟客，浪迹南洋诸岛屿者凡二十余年。狱缓后至香港，华字报馆主笔潘兰史（飞声）奇之，为定润例，求画者踵相接，生涯亦裕如矣。

芷侯赖兄力，得保首领，然仍匿迹穷乡僻壤，寄食亲故家，亲故懦谨畏株连，无敢久留者，虽不逐客，而相遇落落然。芷侯流转传食，所之辄不契，无已，乃返其家。其父见其归也，戒之曰："汝归，吾以父子之情不能拒而不纳。汝事汝自知之，今既归，汝其安居慎出入，勿自蹈网罗也。吾家业已荡尽，苟后有故，末如之何矣。"遂以昔年擦穿之衫，付芷侯置座右，俾触目而惊心也。芷侯素性豪宕不羁，既局趣如槛猿笼鸟，郁郁不自得，因逃于酒，时哭时歌，忧能伤人，未几病卒，知者痛惜之。

彤轩寓香港，见国中经戊戌庚子两大变革，怒潮澎湃而不可遏，心焉喜之，遂归故乡，年已六十矣。吾是时遭难[注五]家业如洗，然人穷而志益坚，扃门谢宾客，纵览四部，衣敝炊不继，泊如也。或悯余贫，引后生来，束脩求诲，余意不屑，峻词以谢，故邑人呼余为颠为狂者多有之，然亦有一二少年踵门坚请共学者，余察其志诚，不忍固拒，如同邑新里仁口之向笙三、余积湖之许远香是也。

一九零一年（即光绪廿七年）夏，余过笙三家，见上坐一白发翁，被服华丽，架全框墨晶目镜，余意为显贵人，素所鄙恶也，因不与为礼，而径共笙三语。笙三介绍翁于我曰："此吾之长亲刘五爹[注六]者也，新由香港归来。"余始惊异。未及言，笙三复指我语翁曰："此吾之学长张难先先生也。"翁跃起曰："汝即是张难先乎，吾见汝为吾弟子邓生子泉所书屏联，腕力何雄健乃尔，曷从吾学画梅花乎？"余谢曰："小子孤陋失学，方涉猎书史，以多识前言往行，而备世用，绘事乃不急之务，窃未遑也。"

翁曰："十日足矣，即膳宿吾家，学十日不成，汝惟我是问。"

余感翁之豪迈真率，许以次日约笙三往谒。因缮一门生帖，贷笙三千钱官票一纸为挚。诘朝至翁家，行弟子礼如仪。翁狂喜，命其孙扫西厢榻馆余。明日，治具召子泉笙三共饭。余席间叩翁当年与向公图光复事。翁述旧，口滔滔如悬河，目光炯炯射四座，吾前所记，皆翁席上语也。且朗诵芷侯所作讨满清[注七]檄文，惜余未及追录，今已忘之矣。酒阑，翁出自著梅谱，详述使用笔墨诸法，吾一一遵摹。每写一篇呈阅，均亲手批识，称佳者再而三。十日将届，翁曰："我今日画梅，汝须用心细看，书画妙处，惟在用笔，有心者看人书画，最易得诀，汝其勿忽。”其孙持墨及五尺宣纸六条来，翁动笔如壮士舞剑，锋芒作作不可近。翁曰：“此即画谱所谓手如飞电法也，然非腕力足，运指活者不能学。”继画枝，圈花，翁又曰：“此即笔笔折，笔笔转之法，书画之总诀也。”遂告以题记、盖印诸法。次日，翁又画梅兰菊竹花鸟两巨册，均工绝，书上款曰 “义痴”即余之别号，余始知皆为我而作，大喜而拱手谢焉。翁又捡所著《梅谱》《南瀛日记》《小桑园诗草》诸书为赠。（抗日时我是只身出走，书籍文物均为日寇抢去，恨极。）尤可感者，重之以婚姻[注八]，以其孙女菊仙，许字吾长男少勤。临别复恳切叮咛曰：“写梅之法尽于此，汝归而实时习之，可以名家矣。惟汝读旧籍至博，尔后当多读新书新报，以识时务，勿沉溺故纸堆中，自误终身也。国事方殷，拯民救国，非异人任，子行矣，其勉旃。”吾闻翁言，不自禁泪涔涔下也。行弟子礼而别。

自是厥后，余刮磨旧习，不复闭户读书，束装赴省，与武备学堂同志吕怀庭（大森），及马队同志黎元洪，书记刘静庵（大雄）商组革命机关，名曰科学补习所。及成立，军学界参加者极踊跃，最著名者有曹亚伯[注九]、宋教仁、王汉、朱子龙、孙武、田桐、时功璧、胡瑛、欧阳瑞骅诸人。当推吕大森为所长，鼓动学生军队为鹄。并遣曹亚伯、宋教仁赴湘，联系黄克强所组织之日文讲习所诸同志，约于清那拉后七十寿辰，湘鄂各大吏齐集两皇殿祝寿时，掷炸弹起义。其事为湘同志运动会党者所泄，两省大吏封闭各机关，各捕党人，党人多亡命海外及沪汉租界，此甲辰年（即一九零四年）十月间事也。翁闻讯，扼腕拊膺者久之。明年冬，亦病卒，享年六十有四，不获睹辛亥武昌之举义旗，赍志而殁，伤哉。翁娶于杜，有懿德，后翁数年卒。子二，长早故，次明珍，有孝行。孙轩孙，曾参加辛亥革命，善写梅，能绍祖风。孙女菊仙，即吾子妇，深明大义，吾家老少咸称之。轩孙、菊仙皆物故，及见翁者，独吾存耳。吾承翁教诲，献身革命，经六十余年之狂风暴雨，得以稳步前进，获见今日之社会主义新中国，岂非幸哉。吾今年九十矣，饮水思源，谨述翁与向公之轶事，为后世矜式焉。

六其居士曰：吾阅耆年长德多矣，从未见豪情壮概如刘翁者。翁每至一地，必交其贤豪长者。如我所知，吾省罗田，姚彦长（晋圻），江夏钱季芗（桂笙），吾沔黄翼生（福），王仪九（家凤），皆博学鸿儒，而俱与翁至交。吾在向家见翁时，疏慢倨傲，时溽暑，衣一蓝粗布大褂，两袖皆破烂，昌披了鸟，真所谓遍中国无与立谈者，翁独奇而纳诸门下，并以其孙女许字吾儿，卓识高情，岂流俗所有哉。芷侯吾未之见。“语云，不知其人视其友。”见翁，亦可知芷侯之为人矣。

一九六四年九月八日义痴书于首都之旦庐，时年九十有一

整理者按，以下为张难先先生为《向芷侯刘彤轩合传》稿所加的文中附注。

[注一]芷侯家财号称百万，其侄怀之语吾谓："吾家系两次败尽，一咸丰五年，太平军入沔驻仙桃镇，日以手车百辆搬运吾家金银衣物，月余始尽，占总财产半数矣。其余田地、房产、商店（当铺有十三家半）自芷侯叔案出，鹤龄伯、爷倾家以救五叔，家产即耗尽矣。"云云。私产损失巨大，芷侯毫不介意，并起而继志革命，事虽未成，然处洪杨惨败之后，满清及曾、左反动淫威遍天下之时，顾可以成败论人哉！若芷侯者，真可谓豪杰之士矣。

[注二]州城之三店之技术特别，以藤篾缠柄而作花纹，此为各大埠所无。其撑骨俱用五色花线织成。花纹织满者谓之满绒，半者谓之半绒，极宜藏匿密件。故芷侯派人往州城伞店学习也。

[注三]史家直笔行文不讳，如太史公撰孔子世家开首就说叔梁纥“与颜氏女野合而生孔子”。孔子自汉至清，帝王师之，孔裔世袭爵位，从无人提出翻案。事实所在，叙之难略，请向府无误会。

[注四]时鹤龄救弟心切，即以芷侯名列入甘南战功保案中，由左宗棠奏保芷侯补用河南某职，以塞举发者之口，故芷侯案无形消灭。

[注五]吾生于小商人家，父兄及胞四叔俱正直能干，其家全靠此三人生活。吾十六岁，父兄及四叔俱相继病故。又汉口大资本家分店张家沟垄断贸易，小鱼即为大鱼所吃，致一败投地也。吾为读书革命，子女冻饿而死者数人，言及心疼。

[注六]彤轩先生行五，好骂人，常刻章曰“刘四吾兄”。故人皆以“刘五爹”称之。

[注七]刘翁曾为吾言，芷侯工诗古文词，故檄文为其手著，惜遭变故，其著作为家庭亲友所毁，故其革命事迹无从搜得资料，只好阙文而已。

[注八]我国早年陋俗，儿女初生，就为之订婚约，恐后为难。吾长男初生时，适

有一友生女。邓子泉而介绍双方订婚约。友人喜，并向子泉商定纳庚日期。子泉报告，吾即准备纳庚事件。孰知纳庚之先一日得子泉信，大为道歉，谓某君之妇云你无立锥之地，又为一神经病者，大为反对云云。吾回信谓：某嫂所云，均系实情，自应作罢论。并劝子泉勿怄气。及刘翁召子泉共饭，子泉即以此事诉于翁，因某君亦翁之弟子也。翁曰：叫他莫糊涂，仍照原议办理。子泉曰：不能再说了。翁曰：汝去，汝只说，刘五爹说的。子泉即与翁耳语曰：某惧内。翁就像呆了的，随把双眼一瞪，即大声曰：好，他的女儿不许字难先之子，我的孙女许字他的儿子。我吓极，连声道：不敢。翁曰：我不嫌你穷，你还嫌我耶！逼得我无法，我始言曰：承不弃，我不敢不遵，不过我还有两件事要求。翁曰：你还有何事要求？吾曰：姑娘要读书，不包脚。翁曰：你糊涂，我的孙女还包脚不读书吗？于是一场怪剧始告结束。惟不肖父子俱无甚建树，有负老人盛意，只内愧而已。

[注九] 此所之员最多者为文普通中学校——初办学堂，校名俱极可笑。中学学文者，叫文普通中学校。学军事者，就叫武普通中学校。不久都改名——宋教仁、欧阳瑞骅、田桐、刘复诸人俱文普通学生，其中年纪最轻、学问最好、提倡革命最力的，以宋教仁、欧阳瑞骅两人为巨擘。故科学补习所失败时，只开除宋、欧两人学籍，就结束此案了。两人国内不能容，都赴日本留学。宋到日，一见孙、黄两公，即似胶投漆，声名大震。欧到东京仍守家风（他是黄福的学生，亦黄福之故人子），沉醉于国学，故声望平平。

再本年七月，清派铁良往江苏两湖等省查看财政武备，其内容即在搜括东南财赋。本所即开一紧急会议，主张刺杀铁良。王怒涛（汉）、胡经武（瑛）奋勇请往，议决铁良至鄂时，由王、胡负刺杀铁良之责。当在汉阳鹦鹉洲设一秘密机关，为藏枪支军火及紧急隐避之所。铁良至鄂，行踪极秘，汉、瑛至汉口车站，则良之车已开矣。知良犹有事于河南彰德，尾追及之。良彰德事毕，至车站回京。王汉狙击之不中，车站秩序大乱，汉、瑛杂人丛中逃至旅馆，时搜索急，汉知不免，当投井死。瑛跳而逸。此本所被封后同志仍履行决议之一奇迹。后吴樾闻王汉风而继其志（详吴樾遗书中），以刺五大臣。而胡瑛则在民初投降袁世凯为世所弃，薰莸真不能同器而藏哉。

许景渊*（十通）

（1）

锺书大兄嫂[1]俪教：

别逾半载，思与时积。夏间在宁晤文哥[2]，知大兄又赴罗马讲学，不知已否归程？近体如何？为念。兄以古稀之年，浮槎万里，异域传经，声满瀛寰，望重山斗，真当睥睨一世、傲视前贤矣。又闻瑗侄女再渡重洋，英伦负笈，两世清芬，一门佳话。方之古贤，则曹姑蔡姬，未足拟也。弟猥托葭莩，忝承教益，下风逖听，欢忭何似？

报载《管锥编》即将问世，度系文论萃编，精金戛玉之作，会当传百世而不朽。不知何日出版？尧兄[3]来书嘱设法代购一部，则以纸贵洛阳，恐不胫而走，冀捷足先得耳。近来欧美名著，纷纷重刊，不知大嫂校订之《名利场》亦将再版否？读者期望甚殷。比阅近期《外国语》杂志（上海外院编），刊载翻译文章，中多摘引《名》译隽句，作为范

---

* 许景渊（1912–2006），字镜玄，笔名劳陇，江苏无锡人。1934 年毕业于北平税务学校，在海关服务近十五年。1951 年至 1955 年中国人民大学外贸系学习。1957 年被划为“右派”，1961 年摘帽，在山西晋南专区物资局任仓库管理员。1964 年调北京国际关系学院教授英语，“文化大革命”中双耳被打聋，从兹自称老聋，笔名劳陇。1974 年分配至河北大学外文系任教。1979 年改正错划。1982 年调回国际关系学院，先后为副教授、教授。1988 年为北京师范大学兼职教授，指导研究生的翻译理论研究。

例，加以敷陈，而又不注明出处，其情实近于剽窃，顾亦见后辈企仰之深矣。

弟近况碌碌如恒，顽躯粗安。慧女就学以来，尚能劬于所习，惟姻事未能进展，岁月蹉跎，韶华逝水，思之奈何？暑期无俚，挈女南游，道出汉皋，循江东下，揽匡庐黄岳之胜，以抵石城，晤文哥兄嫂；廿年暌隔，尘梦沧桑，往事低徊，唏嘘百感。旋附车北返都门，遄回保定。历程将及二旬，聋父弱女，伶仃千里；在安庆遭覆车之厄，几于不测，殆真上海白相人所谓穷开心矣。附寄摄影，并系小诗，以资存念。弟近校译《纽约时报》名记者苏兹贝克之回忆录*Forty Years and Seven Continents*，其中有几句，喻旨不明，难于索解。此间诸君子各抒高见，莫衷一是。不得不就教兄嫂，乞暇中一为剖析，以启蒙昧，不尽感感。

秋风戒寒，诸维珍摄自卫，不尽缕缕。专肃并颂

百茀

六十六聋弟　顿首拜

（1978）十月八日

尧兄日前来书云，九月十八日锡市为外舅[4]开数百人大会，摘帽平反。盛世明德，至可感也。顾墓门宿草，往事成烟，思之辄为黯然。

聋弟再及

九日

（2）

锺书大兄嫂俪教：

手翰并珍帙，一一拜嘉。大嫂厚赐，感荷莫名；惟有什袭珍藏，简练揣摩，冀或能有所进益，庶不负兄嫂教诲之谆耳。承拨冗剖析书疑义，使茅塞顿开，心感无似。此类文字，在大兄固不足一提；而朋辈得

挈慧女遍览匡庐黄岳
诸胜归来书此
人间夷险漫心惊身向千岩万壑行
白首尚存腰脚在青山犹见夕阳明
嵯峨琼阁天都近缥渺仙峰[illegible]海溟
赚得一身烟水气软红十丈又归程
山半黄山宾馆入夜明灯璀璨似仙山琼阁
中书大兄哂教
弟镜玄写奉

随信寄来的许景渊与女儿游黄山照及背面小诗（1978.10.8）

此诠释，不啻拨云见日，共叹观止矣。得非所谓残脂剩馥，足以沾溉千人者乎？读尊简后，去图书室展阅《亚细亚学术研究》五月号所刊胡博士鸿文，方知《围城》一卷，早已震烁海外文坛，the most carefully wrought novel in modern Chinese literature and perhaps its greatest，推崇之高，无以复加。大兄小时营生，竟成世界名著，亦云豪矣！大嫂旧时亦有“营生”，所编喜剧脚本，艺事之精，殆并世无俦；如能重行刊布，再登氍毹不亦盛哉！每思大兄嫂驰骋文坛，等身著译，少年并辔，白首同心；洵天上文星，人间仙侣；环顾古今文坛，未之有也。弟欢喜赞叹，莫著一词，惟有馨香遥祝遐龄永享，长为我艺苑增辉耳！专肃申谢，书不尽意。祇颂

百茀

六十六聋弟　镜玄顿首再拜

（1978）十月廿七日

大兄声望益崇，恐酬对笔札，不胜烦剧。敝札更勿劳裁答，迟日晋京，当面承教益也。来书戒以少出花样，俾犬女得专心学业；语重心长，不啻晨钟暮鼓，当书绅谨佩，铭记弗谖。

聋弟又及　廿八日

此间有西班牙语文教员李君（曾去古巴学习三年），近方对傅东华先生译本攻读《堂吉诃德》，弟因示以大嫂译本。渠读之如获至宝；谓傅译不独文词见绌，即意义亦多有出入云云。大嫂正本清源，嘉惠后学，实非浅鲜矣。

弟　再及

廿八日

整理者按，此信左侧空白处有以圆珠笔小字细写之英文如下：

"Here is a physiologic basis for the ancient theory that laughter is good medicine."Lately read an article in *The Readers' Digest* （September 1978）entitled *Anatomy of an Illness*，telling of this miraculous cure of a crippling，incurable disease，paralysis，by the medicine of mirth and laughter，by seeing a lot of comic plays，spoofing televisions etc. It seems that comedy is highly recommendable not only for its literary and artistic value，but for its medical effect，too！

"这是古老的理论认为笑是良药的生理基础。"最近读了一篇《读者文摘》（1978年9月）上的文章，题为《疾病的解剖学》，说的是这种奇迹般的治愈残废、无法治愈的疾病、瘫痪等的疗法：依靠欢乐和笑声的药物，通过观看许多喜剧、带欺骗性的电视节目等等，似乎喜剧不仅因其文学和艺术价值，还因其医疗效果而受到高度推荐！

（3）

槐绛大兄嫂俪教：

久疏笺候，驰念为劳。日前聆美国之音借悉大兄又将作美洲之行，为之欢欣鼓舞。

兄以古稀高龄重洋再涉，星轺万里，声满瀛寰，抑何壮也。况粲花妙著早驰誉海外，彼都士女想望风采，争图识荆，则又仿佛狄斯翁当年漫游美洲，文坛佳话先后辉映。翘望云天曷胜心驰。

弟昔年旧事已蒙昭雪，外贸部召归复职，弟以齿豁耳聋未堪再理旧业，以是逡巡却步，国际关系学院亦有意召回，容俟返京再当叩见兄嫂也。

尧兄、龙弟来书，亦告事解。二十一年桑海梦、摩挲潘鬓俱成翁矣！旧年岁暮，以改革音标去沪开会。一别二十八年，有化鹤归来之感。晤尧兄英妹夫妇，伤逝念旧，百感唏嘘。所喜尧兄英妹及龙弟子女五人去岁高考，同时获隽得五子登科之盛。后起俊秀不让前贤，戏效梅博士穆桂英挂帅中语曰：钱家的威风又来了。一笑。专肃驰候，书不尽意。祇颂

俪祉

聋弟　镜玄再拜

（1979）四月二十一日

小诗附呈一粲。

重莅申江蒙尧兄惠诗即步原韵

岂期白首又重逢，往事低徊一慨中。

尘海沧桑惊扰攘，萧斋寂寞老鱼虫。

惟将骏逸盼儿女，好学痴聋作阿翁。

事业名山漫相许，青藜照笔一灯同。

（4）

槐绛人兄嫂俪教：

春初肃呈寸笺，计蒙尘及大兄美洲之行度早载誉归来，海天万里，驰骋为劳，比想玉体清和，起居百苐为颂。今岁兄嫂七旬双寿，人间仙侣，艺苑佳话，弟无以为贺，谨缀芜词以表微忱，用资一粲耳。

弟还京一事，调令已来多月，以琐务未了，稽延至今，期年内当可成行，俟到京再当叩见兄嫂也。附呈近写札记稿一篇，系摭拾唾余敷衍成文，兄嫂阅之亦将哑然失笑矣。

前蒙颁赐《管锥编》五章，得先读为快。迴环雒诵，齿颊生芳，岂特文思之浩瀚绵邈不可方物，即辞笔之雅健沉雄，亦并世无俦，起三伯父于地下，当亦颔首。昔陆士衡所谓“精骛八极，心游万仞”“倾群言

之沥液，漱六艺之芳润”差可拟之。大兄真雄矣哉！亟转寄尧兄一读。渠学有所底，娴于文辞，读之当更多领悟也。全编甚盼早日问世，嘉惠士林。弟虽不敏，企予望之。

比得南中来书，言文哥复副院长职，亦意中事，党籍似无意申请。闻吴大荣君痼疾多年，殆已谢世，老成凋谢，可伤也。

秋风戒寒，诸维珍摄自卫。书不尽意，专肃并颂

百茀

聋弟　景渊再拜

（1979）十月廿四日

小诗附呈吟教。

旧稿蜕余集蒙远翁昆季校缮题词诗以志感

江关萧瑟平生意，诗卷凄凉白首吟。
留得卌年尘梦影，茫茫天壤有知音。

鹧鸪天　贺槐绛大兄嫂七旬双寿

瀛海归来鬓未华，遍传锦句满天涯。
齐眉并辔驰琼苑，朗照双星璨碧霞。
同心永，白头偕，人间福慧孰能加。
凭将彩笔绾春住，岁岁朱颜照万花。

己未之秋九月始朔　聋弟　镜玄谨祝

（5）

槐绛大兄嫂俪教：

年初于《外国语》杂志获读瑗侄女照应手法一文，发前人所未发，剖析入微，精辟无伦，而文词之雅饬，犹其余事也。大兄嫂笔砚清芬，薪传有人，曷胜欣忭。侧闻大嫂近应西班牙国王之邀，又作云天万里之行，如此殊荣，殆史无前例。又闻此间友辈传言，谓泰西学人崇大兄为华夏三宝之一，与长城、故宫鼎足而峙，诚旷古所未有猗欤盛哉！为之欢喜赞叹，无可言说。比来起居谅多清吉，秋风初劲，凉意渐深，诸维珍摄自卫。书不尽意，即颂

槐绛大兄嫂百茀

聋弟　镜玄再拜

（1983）十月廿四日

（6）

槐绛大兄嫂俪教：

日前蒙惠赐杰著[5]，举家欢欣，争先抢读，故弟至今日方克终卷，深叹其文思之奇谲，文笔之隽妙，剖析之精微，摹拟之传神，实已臻化境，刻画“一个时代”的文苑百态，燃犀铸鼎，何异史诗。后之览者亦将有感于“斯文”而为之嗢噱嗟叹乎？

大嫂八旬高龄成此不朽之作，实古今中外文学史所未有行见，万口争传，誉满瀛寰，合于《围城》先后辉映也。此间同事及其儿女辈，崇杨派甚多，闻之均欣然色喜，竞相购读，亦一时之盛。谨先肃笺申贺，书不尽意，祇颂

百茀

聋弟　镜玄叩

（1989）三月十八日

龙弟噩耗，度已有告。少者先零，思之怆然。

弟　聋又上　即日

（7）

槐绛大兄嫂俪教：

日前奉颁手教，知兄嫂为盛名所苦，惮于酬应，避事谢客，此意弟所深体，未敢重渎清神，谨致寸柬，以申贺忱，惟遥祝大兄嫂康强日晋，益寿延年，百岁同春，为无量颂耳。徐君处已转达申谢，渠虽笃念师恩，当亦善体此意，不致干渎也。弟近来对于翻译界现状，深感惶惑，颇思向大兄嫂一倾诉，以解其惑。旧门生白头问字，当蒙启迪也。

L君，度于大兄趋奉甚殷；此君实欺世盗名之流，未足深信。渠托词宣扬钱学，借以自高身价，其情尚不无可原；但任意歪曲文意，欺蒙读者，则实难于容忍。弟近撰文拟援引《管锥编》中文句，因取L君大作重读之，以期印证；岂知愈读愈糊涂，深奥莫测；兹将其原文，附签注意见附呈，祈大兄明察（阅后勿劳寄回，弟处均有存本）。L君自诩博学，攀附名贤，俨然以中国译论权威自居，人亦以此目之（编委）；实则其人头脑不清，钻入故纸堆中，不能自拔；恐终必自陷于绝境也。沈苏儒君乃诚笃好学之士，鉴于当前翻译界腐败情况，惄焉忧之，因撰文直陈其非（附影印本）。所言均属实情，并非危言耸听。盖“译协”当事诸公，大多不学无术之官僚，惟工趋媚，不务实学，专做表面文章，内容不堪问闻。如此领导，势必引译事趋于末路也。弟本风尘俗吏，不学无文，暮年寄迹学府，谬托士林，乃目击此种腐败情况，实觉痛心，顾人微言轻，回天无术。尝念为学之道，首重诚笃；乃今日翻译界欲说句真话而不可得，则尚有何前途可言乎。弟年将八十，墓木已拱，既无所求，亦无所虑。惟本诚笃之旨，说老实的话，不骗人，不谄人，知我罪我，均所不计，亦惟行吾心之所安耳。

兄嫂年来声望益隆，颂扬文章，比比皆是。惟读之辄感肤泛未得其真。或有誉为超脱尘俗，仿佛不食人间烟火者，尤有神化之感。惟读吴忠匡君《记钱锺书先生》一文所述最为真切感人。弟意此文是否可以再行刊布，俾世人得识庐山真面，而后学亦知有所取法也。此文弟处尚保存原本，如有所需，当即寄呈也。又《槐聚诗存》亦甚望能早日问世。弟窃以大兄虽著述等身，而造诣之深，实莫过于诗。近世学人之诗，舍寒柳堂外，殆无与抗衡者。胸襟怀抱，高风亮节，一一均可于诗中见之。而抗战期间，忧国哀时之作，尤沉郁悲凉，杜陵之遗，洵必传无疑。（此岂《围城》所能表达哉！）吴君相知甚深，所言当属非虚，甚望早日问世，一读为快也。再，《谈艺录》序文，哀时伤乱，百感交集，如读哀江南赋。其中有“重之伤乱，图籍无存”句。“之”字疑“以”字之误，然否？

伯岳父大人[6]一代儒宗，道德文章，举世共仰；其等身著述，不知近来已有重印出版者否？

弟忝附钱氏门婿，五十年于兹。虽未获亲炙教诲，而仰慕之私，无时或已。忆昔年攀附高门，亦由于伯岳一言而定之。缘其时先岳[7]意犹未决，因就征于伯岳，嗣后得复有：〇〇忠于所事，而文史自娱，如此青年，我见犹罕等语，而其议遂定。知遇之恩，没齿不敢忘也。自惭愚劣荒怠，不求上进，致风尘碌碌，一事无成，实愧对先德也。

伯岳之逝，弟曾拜诗泣挽，有“一代雄文从兹绝，千秋著述应长垂”一联，亦以志仰慕之微忱耳。先岳读而善之，谓将为伯氏修葺墓茔，而以是联刻石榜之墓门，则过情之誉，惟增惶悚耳。伯岳著述浩如烟海，弟管窥蠡测，岂敢妄事论列。所读惟《现代中国文学史》一卷，已叹其博洽详赡，并世所无，即作为文史资料，似亦应予重刊。其末章论新文学，不无扞格之处，致贻鲁迅翁“独树一帜”之讥。此章似不妨删去，当亦无损全璧也。未识大兄以为如何？

弟老悖昏聩，与世多违；草率陈词，恐多不洽之处，惟望大兄嫂念其拳拳之忱，有以谅之耳。专肃

百弗

聋弟　镜玄再拜

（1991）十月二十五日

（8）

槐绛大兄嫂俪教：

春初登楼趋候，晤谈为欢，忽忽又二月余矣。绿树荫浓，转眼仲夏，维大兄嫂体气清和，起居佳适，不尽企祷。兹随函附上最近期《英语世界》一册，系陈羽纶君嘱代呈阅者，其中刊有颂兄嫂一文，其原稿陈君曾令弟寓目，弟以篇首妄以傅雷夫人相拟，可谓拟于不伦，因力劝其不如删去此节为妥。乃陈君不纳忠言，仍予刊出，实所未解。想兄嫂叔度汪洋，当不介介于此。此等蛙鸣蚓呻，惟付之一笑而已。文中于傅雷先生，似亦推挹过当，读之甚觉不耐，亦以见时人对名流迷信之深耳。

吾国翻译界风气败坏已久，惟工侧媚，不事实学；谀词满纸，莫辨真伪，长篇累牍，无非陈词滥调，自欺欺人之谈，而于实质性问题至

今一个未曾解决。去岁沈苏儒君曾撰文（刊《外国语》91年5期）痛加针砭，而译协衮衮诸公对之竟漠然无动于衷，故我依然，“笑骂由他笑骂，好官我自为之”，此诚不可救药矣！弟前年曾撰文评卞、王诸公之诗律问题，至今积压，未敢刊出，学术界说一句老实话而不可得，夫复尚有何学术之可言，思之慨然。垂死迂腐，发为狂呓，亦徒见其不自量耳，一笑！临书仓促，不尽欲言。祝颂

百福并祝

颐寿

聋弟　镜玄再拜

（1992）六月十日

（9）

槐绛大兄嫂俪教：

蒙惠赐大嫂选集三卷，如得至宝，欢喜赞叹，无可言说。文章自足千古，海内外早有定论，弟不敢妄赞一词。集中怀旧诸篇尤真挚感人，重一展读，似温旧梦焉。卷首刊昔年俪影，望之真似神仙中人。因念大兄嫂五十余年驰骋文坛，患难相依，甘苦同尝，及今齐眉双偕，白首同心。此诚古今文坛所未有之盛事，对之尤增欣悦之情，惟有遥祝词笔长春，遐龄永享，为颂无量耳。弟顽躯粗适，尚堪笔砚自娱；近与所谓“名家”者打打官司，颇引为一乐，所谓不为无益之事，何以遣有涯之生乎，一笑。专肃驰谢，书不尽意。祇颂

俪祺并祝

颐寿

聋弟　镜玄再拜

一九九四年五月四日

（10）

槐绛大兄嫂俪教：

昨奉惠翰，祗悉一一。日前弟未经先容，冒昧造候，实以崦嵫日薄，来日无多，差幸腰脚尚存，亟思得一晤为快尔，实未敢有所干渎也。至戋戋之奉，则以曩昔蒙兄嫂厚赐，愧无以报，辄耿耿于怀，借此略表寸衷耳。来书云，以笔耕砚耘，辛勤所得，与民同乐云云，恐不无误会之处。弟暮年寄迹学府，谬托士林，得有寸进，皆兄嫂所赐，宁敢引以自诩耶。至笔砚耕耘所得，已扫数付之儿曹矣。盖自念忧患余生，孑然一身，偷息人间，淹留已久，随时可得物化，此区区身外之物，留之何益。暇中偶事笔砚，不过消遣光阴而已，非为锱铢之利。此意当蒙兄嫂亮察也。所译小说，系游戏笔墨，鄙俚无文，乃蒙大兄赐阅全卷，并予褒语，实非始料所及。为之喜心翻倒。“阿訇”误为“牧师”，系旧徒毕君（署名“劳力”）所为，渠所译系最后二章，弟所译前文均为“阿訇”也。此君小有才智，文思颇捷，近年颇多译著，不无自满之意，其译稿未经弟寓目，即行付梓。今抉出谬误之点，或可引起其警惕，而稍抑骄气乎，一笑。郑永慧君得大嫂厚惠，深表感激，一再嘱弟代致谢忱，其意颇拳拳也。匆匆驰复，书不尽意，诸维珍摄自卫，康强百茀，并颂

俪祉

聋弟　镜玄再拜

（1995）四月六日

附录：劳陇（许景渊）教授所译英国湖畔诗人华兹华斯*The Daffodils*一诗，题名《水仙辞》。此译诗曾在《翻译通讯》上发表。

信步闲游，似孤云缥缈
把幽谷巉岩绕遍
蓦回首，水仙花开
璨璨金盏一片
绿荫下，翠湖边
迎风弄影舞翩跹

---

[1] 许景渊 1935 年与钱锺书的堂妹钱锺元（1914–1959，无锡国学专科学校毕业）结婚。钱锺书曾语人云：劳陇君是我已故堂妹的丈夫，英文甚好，能作诗词及画，与我没有师弟关系。

[2] 钱锺韩（1911–2002），江苏无锡人。钱基厚之子，钱锺书堂弟。上海交通大学毕业，留学英国伦敦大学帝国学院。1936 年回国，历任浙江大学、西南联合大学、中央大学教授。1949 年后，任南京大学工学院、南京工学院教授兼工学院院长。曾任六届江苏省政协副主席。

[3] 指钱锺尧，钱基厚之幼子，许景渊之姻弟。

[4] 指钱基厚（1887–1975），字孙卿，江苏无锡人。钱基博的孪生兄弟，钱锺书的叔父，许景渊的岳丈。曾任江苏省工商联副主席，1957 年被划为“右派”，1979 年改正错划。

[5] 指杨绛新著中篇小说《洗澡》。

[6] 指钱锺书之父钱基博。

[7] 指钱锺元之父钱基厚。

张遵骝*（一通）

默存先生：

（前承赐新作巨制，规模弘大，意旨渊深。虽略翻阅一二，已深觉微言胜义无穷，绝非粗心浮气所能稍领会者，俟精力稍复，再当敬慎拜读，当从容请益也。）

二日趋府，承万分劳神，详为改正提示《大事辑》[1]稿中种种不妥洽之处，感同身受，欣慰曷极。经再拜读一过后即寄返。日前先后又收到《大事辑》稿下册及敝友[2]来信，铭感深情溢于言表。即尚有不周之处，想您当能鉴此八十老翁朴诚种种而谅之也。

特由宪钿[3]先将草稿带上奉阅。此段虽较前两册材料为少，但种种问题性质更为繁复，有劳尊神处恐更多。但务恳依据尊体及工作情况酌量为之。此事虽成非一人，而使您过劳仍觉不安。此外尚有敝友楚鄂旧作两篇，亦恳您能略为过目，稍予指正，则更为不情之请矣。

俟您从容看好，则请暇中赐书一二行告知，以便再趋府聆教也。余容面详。专此　敬颂

---

* 张遵骝（1916–1992），字公逸，祖籍河北南皮，生于北京。张之洞之曾孙。北京大学哲学系毕业。曾执教于抗战时内迁成都的金陵大学、上海复旦大学。20 世纪 50 年代调中国科学院近代史研究所，从事中国历史研究。

春安。

杨先生均此致候。

（近找出旧存多余一本《论再生缘》奉赠）

遵骝上（1979）二月十四晨

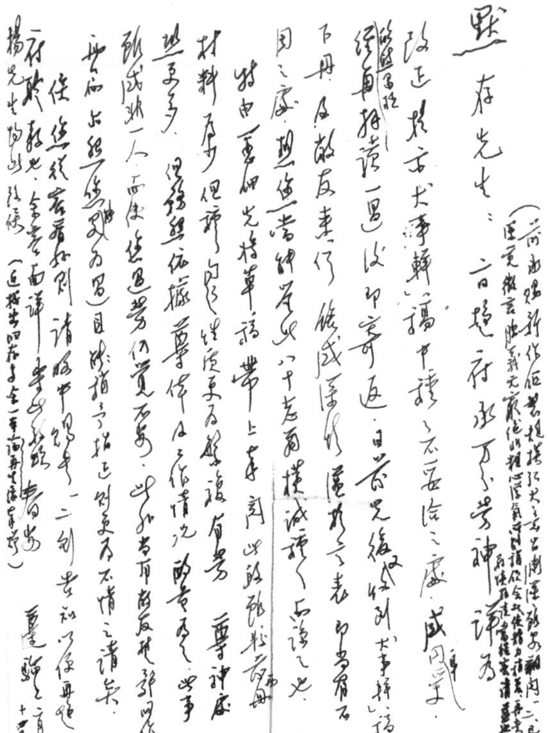

张遵骝先生信函手迹

[1] 指蒋天枢编著之《陈寅恪先生编年事辑》稿。

[2] 指蒋天枢。

[3] 王宪钿（1915–2003），张遵骝夫人，祖籍山东福山，生于北京。毕业于清华大学心理系、燕京大学心理研究所。历任燕京大学心理学系助教，上海女青年协会、中国福利会干事。后调至中国科学院心理研究所，从事儿童心理学研究工作。

蒋天枢*（三通）

（1）

默存先生道席：

奉教书并题签，感荷。业转古籍社制版。

去岁以迂拘，故未敢有所启白。否则早以题署请于先生矣。日前接公逸兄寄还下册，更蒙惠予諟正，感纫无已。现家属处草稿尚未寄还，一俟收到，当通体依尊旨修改。惟家属来信谓对上册中资料将有所增补，增补后之本，已来不及再行呈政。奈何。匆匆不既，即请

时安

教弟　枢敬上

（1979）三月廿日

（2）

默存先生道席：

接奉公逸兄转来先生读"寅恪先生诗存"札记，敬悉一是。《王

* 蒋天枢（1903-1988），字秉南，江苏丰县人，就读于无锡国学专修学校，师从唐文治。1927 年考入清华国学研究院，师从陈寅恪、梁启超，1929 年毕业。曾任东北大学教授，1943 年起任复旦大学中文系教授，1985 年后转任复旦大学古籍整理研究所教授。

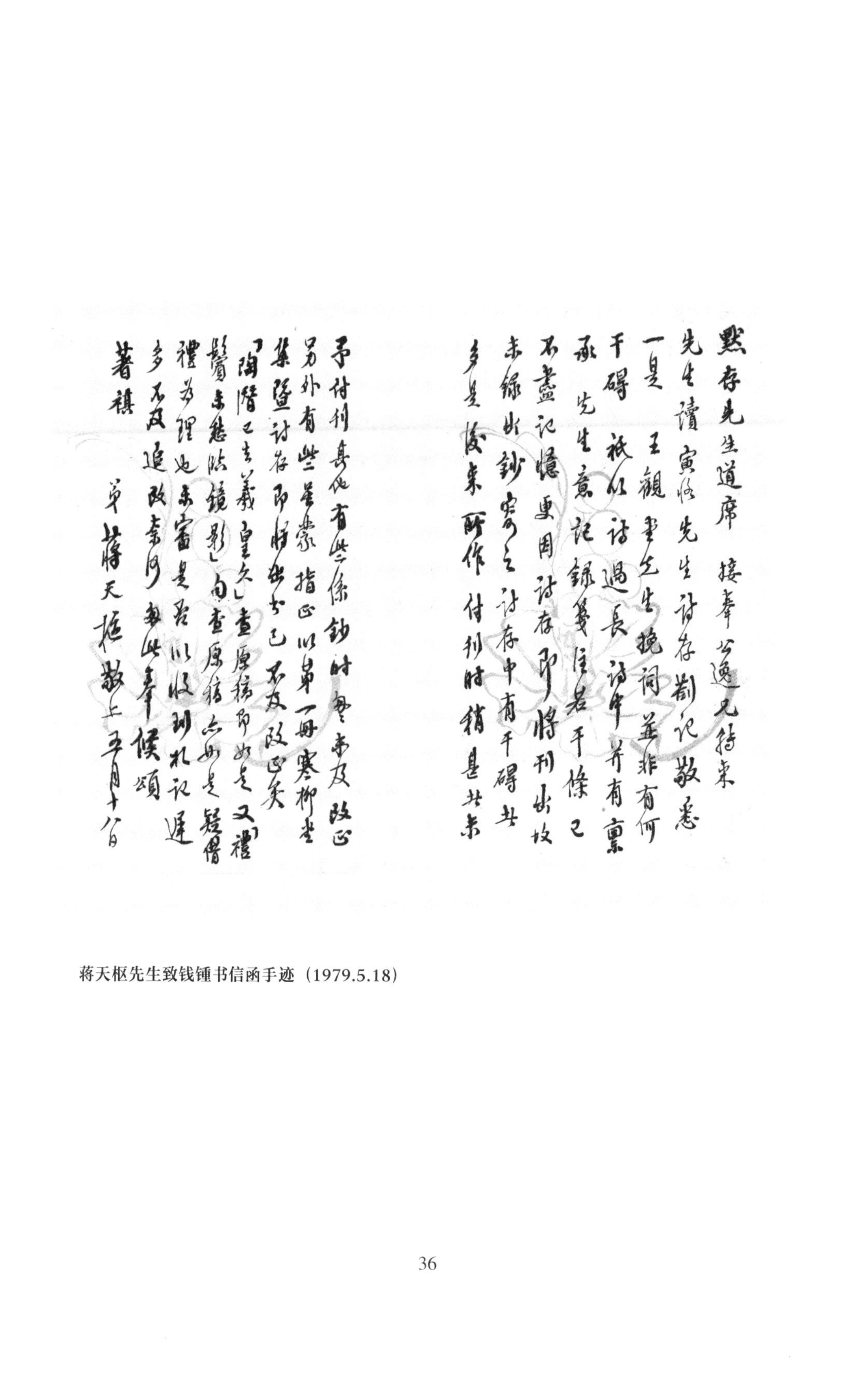

蒋天枢先生致钱锺书信函手迹（1979.5.18）

观堂先生挽词》并非有何干碍，只以诗过长，诗中并有禀承先生意记录笺注若干条，已不尽记忆。更因“诗存”即将刊出，故未录出钞寄之。“诗存”中有干碍者，多是后来所作。付刊时稍甚者未予付刊。其他有些系钞时匆匆未及改正。另外有些虽蒙指正，以第一册“寒柳堂集暨诗存”即将出书，已不及改正矣。

“陶潜已去羲皇久”，查原稿即如是。又“礼鬓未愁临镜影”句，查原稿亦如是，疑借礼为理也，未审是否。以收到札记迟，多不及追改。奈何。匆此奉候。颂

著祺

弟　蒋天枢敬上

（1979）五月十八日

（3）

默存先生著席：

《寒柳堂集》不识已见到否？此书印得很差，字既小而形式亦不理想。前钞寄之诗集中多有仅存题目及首句者。近日续得五首，另纸附上，盼令人补入集中。

印本中有两处，因原稿如此未敢改，一为《哀金源》一题，不用“圆”而作“源”，颇疑用金源二字或借以托谕蒋家王朝，故未改为圆。又贫女诗中“绮罗高低等珠玑”句，因疑其“高”谓高档，“低”谓低档义，故低字亦未改。不识尊意谓然否？专呈敬颂

著绥

蒋天枢敬上

（1980）十一月七日

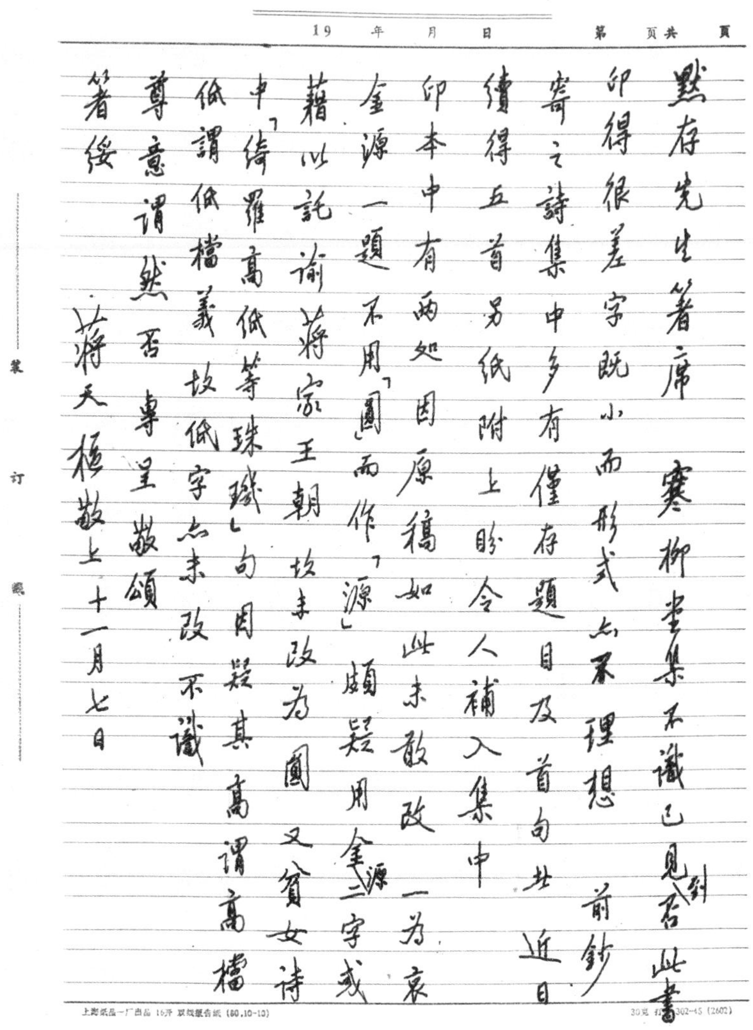

1980

默存先生箸席：寒柳堂集不識已見到否？此書印得很差，字既小而形式亦不理想。前鈔寄之詩集中多有僅存題目及首句者，近日續得五首，另紙附上，盼令人補入集中。印本中有兩処因原稿如此，未敢改：一為哀金源一題，不用「圓」而作「源」，頗疑用「金源」二字或藉以託諭蔣家王朝，故未改為圓；又貧女詩中「綺羅高低等珠璣」句，因疑其高謂高檔，低謂低檔義，故低字亦未改。不識尊意謂然否？專呈，敬頌

箸綏

蔣天樞敬上 十一月七日

蒋天枢先生致钱锺书信函手迹（1980.11.7）

陈西禾[*]（五通）

（1）

季康吾嫂赐鉴：

尊译《唐吉诃德》翘望已久。忽辱赐寄邮件到门时亟发封捧览，摩挲反复，真觉喜从天坠也。四凶肆虐之日，寒斋书物散落不少，惟大作原本及译品数册完整无缺，早已深藏，固扃不以示人。今又得此书，益觉珍逾拱璧矣，感激感激。原著及译笔有目者咸知宝重，无待妄加品评。当细意䌷绎，以益神智。默存兄近状想清善，便乞吒名道候不另。专此敬申谢悃，并叩

季康嫂文安

教弟　西禾谨上

（1979）四月十日

* 陈西禾（1911–1984），祖籍福建闽侯，生于北京。话剧、电影编剧、导演，评论家。抗战时期为上海剧艺社、苦干剧团编剧。1948 年任文华电影公司编导。1949 年后任上海电影制片厂导演。

（2）

季康吾嫂赐鉴：

本月中旬辱惠寄《春泥集》一卷，捧览之下，纫佩无既。以贱恙屡呈反复，又兼会议甚多，人事冗扰，致稽裁谢，主臣主臣。是集所收，弟曾于十余年前读过少数，其余所收，只闻篇名，而刊物则因过时已久，搜访不到。今乃得连同新作常置案头，以资研摩，幸何如之。现粗读一过，已觉各篇均精诣之所注，持论多发前人所未发。见解之高，文笔之美，迥非寻常自命专家者可比。研究戏剧结构一篇亦极有创获，益我良多。犹记国人某君曾在外邦大讲吾国古代剧曲与伊丽萨白朝戏剧之比较，谓两者法式颇多暗合。其说虽不为无见，然仅在表面上浅尝，远不若尊作探本索源，擘肌分理之精到也。前者柯灵兄自京来言默存兄受聘出国讲学，未知已成行否？上月曾肃芜函奉候想承察览矣。余不宣备

祗谢，并请

俪安，顺贺

年禧！

教弟　西禾上

（1979）十二月卅一日

（3）

默存仁兄道席：

负疴家居，久虚笺候。忽蒙宠寄大著《管锥篇》（整理者按，应为《管锥编》，此处应系作者笔误）四卷，又嫂夫人鸿文一篇，大慰渴思，拜谢无已。《管锥篇》乃阁下精诣之所注，捧读之下，如临长江大海，但觉渊深汪茫，莫窥涯涘。宝藏充溢，珍奇纷错，视客岁仅见选录者尤为卓绝。此等著作，世上不可无一，亦未必有二，岂惟见重于今，

且将传之于后，真不朽盛业也。钦服曷极。兹谨置案头，以备随时研摩，常受教益。《事实—故事—真实》一文，剖析精奥，发前人所未发，所论真实非尽事实一层，至当不易，足救当世研究者穿凿附会之弊，亦有助于创作者打开思路，不必拘泥真人真事。吉诃德观木偶剧而拔剑相助，亦犹吾国笔记所载某人观精忠记传奇，愤而登台饱秦桧以老拳。以假作真，遂使情感发于不能自已。此种观剧经验颇堪玩味。弟尝思其理而未能说出。今读大作，足导愚蒙矣。贱恙自入夏以来，又呈反复，足不出户者月余。今少间尚感腰部酸痛，不耐久坐伏案。原拟今秋入都一行，恐又未能如愿，徒耿耿耳。

暑盛伏维　珍卫　专此肃谢，再容续详。敬请

俪安不备

弟　西禾上

（1980）七月十六日

（4）

季康学长著席：

江南梅熟之日，细雨潇潇，连朝昏晦，闭门兀坐，岑寂无如思。忽蒙遥寄大作《倒影集》一卷，读之如到佳山水中旅游。是处风物闲美，令人耳目一新，浑忘其身在愁城矣。集中各篇感情细腻，描叙生动，行文从容不迫如话家常，不假雕饰而自然灵妙，涉笔成趣，是真小说中珍品。回环披览之下，无任心折。尊作傅译五种序言亦已于《读书》杂志上见到。文中追叙曩昔各人言笑情状历历如绘。年华不返，故交零落，此亦记忆中之一片倒影也欤。弟年来病况连绵，近更因心衰气喘往往夜不成寐，形销骨立，委顿不堪。医生坚嘱住院治疗，已登记床位，一得通知，便将前往重度病房生活。知注敢以附报。

[illegible]

吉诃德观木偶剧而拔剑相助，亦犹吾国华记所载某人观精忠记传奇愤而登台殴秦桧，以其认假作真，遂使情感甚发于不能自已。此种观剧经验，颇堪玩味。弟尝思其理，而未能说出，今读大作，足导愚蒙矣。贱恙自入夏以来又屡发，足不出户者月余，今少间，尚感腰部酸痛，不耐久坐伏案。承嘱今秋入都，行程又未能如愿，殊歉歉耳。暑盛，伏维珍卫。专此肃谢，再容续详。敬请俪安不备

弟 西禾上 七月十六日

1980

陈西禾先生1980年7月16日信函手迹

默存仁兄道席：日前寄府家居之一箋，頃忽承
寵寄大著管錐篇四卷又嫂夫人鴻文一篇
大慰渴思，拜謝無已。管錐篇乃
閣下精諳之所注，披讀之下，如臨長江大海，但
覺淵深汪茫，莫窺涯涘，寶藏之溢，珍奇
紛錯，視客歲僅見選錄者尤為卓絕。此等
著作，世上不可無一，亦未必有二，豈惟見重於
今，且將傳之於後，真不朽盛業也。欽服曷極。
茲謹置案頭，以備隨時研摩，常受
教益。「事實—故事—真實」一文剖析精奧，發
前人所未發。所論真實非即事實，實不啻為當今

贤伉俪近状奚似，想安善如所颂。溽暑伏维起居珍卫。支离握管不容缕，专谢。敬请

文安

愚弟　西禾上言

（1981）六月廿四日

（5）

默存吾兄　季康吾嫂著席：

病状沉绵，俗务猬集，久未肃笺恭叩起居，企想为劳。旬日前奉到惠寄大作《干校六记》，珍藏之私如何可喻。弟今夏住医院时即闻有此作，亟欲先睹为快。出院后到书肆购求未得，乃往访辛笛，假来载有全文之港刊《广角镜》一册，当晚倚枕披览，仿佛当年学农学圃景象一一呈现眼前，而文笔工雅，感情纯挚，委曲深婉，意溢言外，读之令人欲罢不能，而又惟恐其尽。掩卷之后，百端交集，一何感人之深也。因拟反复咀含，故借瓻尚留寒斋。今得是册，原物可早日归赵矣。弟今春突患阑尾炎，穿孔成为腹膜炎，入院割治，以年衰体弱难当外科手术，又引起并发尿毒症，一时险象环生，几致不起。幸救治得法，转危为安。留住病房数月归来，至今汤丸杂进，尚未痊可。平日简缘省事，凡百粗遣。秋间原定搭航机北上探亲访友，一散积郁，而医生则坚持不许可，只有俟来年再说耳。冬寒惺

信万珍卫。专此敬颂

俪安，顺贺

新禧

弟　西禾谨上

（1981）十二月廿九日

容吴稺蘅*（三通）

（1）

锺书兄、杨绛姊、圆圆小姐：

你们好！最近次女容思跟Sir John Keswick旅行团回国观光。我托她打听几位老朋友的地名。她打听到你的地名，我很兴奋，立刻写这封信，试试看给你们三位问安。我们分别好像有二十年左右，我也记不清楚了。只记得我住在上海西摩路（陕西北路）时，你们坐了三轮车来望我。最后好像在北京麻线胡同见面的。以后关山阻隔，音讯不通，但心里总常会牵记的。（全）增嘏兄[1]是否仍在上海，近况可好？我现在是一位78岁的老阿太，定居纽约，托福身体康健，精神也好。我的小女儿容飞、女婿应和椿住在我楼下，一切有人照应我。大小女容英定居日内瓦。次女容思，本来也在瑞士住了十多年，去年才到香港工作。我三个女儿都能干，吃人家饭拿工钿。她们供养我。我很舒服。我一个人住在一房一厅的小公寓里孵孵豆芽，闭门思过，以度余年。希望你们有时间，写封回信给我。

1979年圣诞前夕　老友　容吴稺蘅寄于纽约

望望增嘏兄。

* 容吴稺蘅女士为钱杨夫妇老友，在上海时相往来，有许多共同的朋友。

九年前，我生乳癌，动过大手术。

（ 2 ）

锺书兄、季康姊：

您们好！收到小女等畅游归来的信及到府上拜访的小照，我看了很开心。你们两位同以前没有什么大变动。锺书兄比以前胖点，季康姊一样娟秀，如果我在马路上看见你们，仍旧会认得，真不容易。小女说钱伯伯、钱伯母还有两包好东西带给姆妈，那真太不敢当了。人家只有送进去，哪里竟然有得送出来。我在此先磕头致谢。

锺书兄怕出远门，我很同情。像您这样饱学知名之士，一到国外，被人包围，问长问短，古今中外各式各样问题，问个不完，问得七荤八素，不来也罢。上次曹禺来美，曾来小女飞飞家吃一次午饭，公请的。我也下楼去张一张，苦恼子这位老先生给人家问得扁脱。幸亏同来有位英先生[2]代挡去不少。我也轧进去请他签个名，客气一番。岂不多此一举？想想好笑。他来吃这种外国官司，真犯不着。

北京京剧团来纽约，我去看了六个节目，都是配合外国人胃口的。我最喜欢的是《三岔口》。

天气渐冷，诸希保重。

稺蘅

（1980）10月26日

（ 3 ）

锺书兄、绛姊姊：

奉来书提及Emily[3]以往趣事，笑坏人。锺书记性真好，我全部忘记。经你提起，我又想起她的许多笑话。淘美[4]还给她取了中国名字叫宓姬（嗲透）。以后下嫁英人Boxer先生，我就没有见过她了。

我今年不运气，不见了两位老朋友，伤心苦恼。其中一位是John凯瑟克，你们也认得的。我现在很少应酬，坐在家里孵豆芽。我的幼女容飞住在楼下，一切由她招呼我。她出嫁最早。她已有了两个孙子，一个外孙。我也随之升级做了太婆。

你们两位，我常常记挂。你们有机会也不想出来，是聪明的，旅途非常辛苦。

祝你们家居纳福，新春如意！

稺蘅

1982. 12. 17

---

[1] 全增嘏（1903–1984），系容吴稺蘅和钱杨夫妇共同的朋友；浙江绍兴人。清华学校1923年毕业留美，斯坦福大学学士，哈佛大学文学硕士。久任复旦大学外文系教授兼系主任、图书馆馆长，1956年复旦恢复哲学系，改授哲学，先后任该系逻辑教研室、外国哲学史教研室、西方现代哲学史教研室主任。

[2] 指时与曹禺一同访美的英若诚（1929–2003）。清华大学外文系毕业，北京人民艺术剧院演员，曾任文化部副部长。

[3] 即项美丽（Emily Hahn，1905–1997），美国女作家。威斯康星大学毕业，曾任纽约亨特女子学院教职，《纽约客》特约撰稿人。1935年来华，曾与邵洵美合作办刊，后为宋霭龄作传赴香港采访，值太平洋战争爆发，香港沦陷，被关进敌侨集中营。1943年12月美日交换侨民，被遣返回美。

[4] 邵洵美（1906–1968），祖籍浙江余姚，生于上海。新月派诗人，出版家。为容吴稺蘅和钱锺书共同的朋友。

宋淇*（二十八通）

（1）

锺书先生：

自沪滨一别，一晃眼已三十二年，对故交无时不在念中，忽闻大驾出国"表演"，心中的高兴不言可知。我这些年来与顽疾搏斗，先后进入手术室二十余次，大概我的生存意志很强，居然能恢复正常工作，并在中文大学服务了十二年，也可以说是小小的奇迹了。我自思一生与theater有缘，年青时家父[1]要我专攻戏剧，引起我的反感，力加抗拒，奈大家都认为我家学渊源，一定要拉我出来参加话剧活动，令我大倒胃口。到了香港之后，以同样不成文法，被迫参加电影工作。而香港根据英国传统称手术室为operative theater，心中暗思此生休想和舞台绝缘了。结果居然咬牙斩断"银"丝，连看电影的习惯都戒掉，回到我从前喜欢的诗词、批评、翻译上去。在行政工作之外，每天自修，自知以前的根底太差，只好以勤补拙，谈不到有什么成绩，只求心之所安。这些

---

* 宋淇（1919–1996），原名宋奇，又名宋悌芬，笔名林以亮，浙江吴兴人。文艺评论家、翻译家、香港电影业的先锋。1940 年毕业于燕京大学西语系并留校任教。抗战期间在上海从事话剧和学术活动。1949 年移居香港，曾创办并久任香港中文大学比较文学与翻译中心主任。著有《红楼梦西游记——细评红楼梦新英译》《文学与翻译》,《更上一层楼》为其最后一部文集。钱锺书知友。

年来，深觉受益于正规教育者少，而受益于你的熏陶者最多，做学问和写文章都时时不敢忘却你的训诲。现附上旧作两篇，以博两位一粲。“评朱著”是多年来自修音乐、艺术后细读的分析，已手下留情，不像从前用“庞观清”笔名写文骂佐临时那样不留余地，当时曾牵累你，不知还记得否？P. and P.一文是专攻Austen三年的结果，怒安[2]兄曾嘱我译Austen，后来王科一抢先“出闸”，怒安仍劝我译*Emma*，我以正选有人译，“副车”食之无味，所以放弃了。平心而论，王译文笔还过得去，理应稍加鼓励，可是基本功夫没有做好，淘美又如此不济事，令人叹息。翻译一道经不起细校，放大镜之下无所遁形，请大国手杨绛看后不要暗笑才好。

日前正在赶论翻译的演讲稿，和关于《红楼梦》的论文，预备在六月中红学研讨会中宣读。不瞒你们说，在海外，我在红学界还有点小名气，自信功力当在国内所谓红学家或自封半个红学家的江青娘娘之上。环顾当代红学家中，国内我独许俞平伯，国外可谈者也只有余英时，其余都在考据中刻舟求剑。说这句话，我没有丝毫自负之意，因为受到文学批评训练而又熟读《红楼梦》的究竟不多。杨绛女士的“艺术就是克服困难”为此中硕果，内地红学家忙于搞“曹学”是不会懂的，倒是香港有人在一九六三年加以影印，收入一册论文集中。我曾写过《红楼梦西游记》一书，详评Hawkes[3]的第一册译文，其实他功力很深，文笔极佳，第一册时受他的老师妄人吴世昌的影响太大，但成绩远在杨宪益夫妇之上。此书在台湾出版，不知寄上有无困难，请告诉我，以便奉上并请笑正。

现在另有一事，先探一下你们两位意旨。中文大学虽仅成立了十五年，在国际学术界已薄具声誉。最令大家欣赏的就是在殖民地社会中时时以提倡研究中国文化为使命，且与香港大学不同，教职员以中国人为主体。第一件事就是锺书先生有无可能来此讲学一月，作公开演讲三至七次。香港天气温暖，很少冷达摄氏十度以下，尤其今年冬行春令，舒适异常，不会引发哮喘病（校中还有一位全港内科的第一把手）。春天（四至五月）和秋天（十至十二月）尤其宜人，绝对不用担心。新亚学院（为内地来的教员所创办，现在为年青一代所接办，面目已非）有“钱穆讲座”之设，对象是国际间有极高声望的学者，第一届为钱穆本人，第二届为李约瑟（Joseph Needham），第三届拟请锺书先生。新亚是中文大学出名亲台湾的中心，锺书先生如能前来，未始不是一次大突破，一露身手，必可有空前绝后之盛况，impact之大无可比拟。钱、李二位在他们本位上或许有他们的成就，我不敢妄自批评，但口齿不清，令听众失望。该讲座供旅费、食宿并有车马费港币一万元，合人民币三千以上，可供你们添购书籍之用，同时并负担招待夫人。不过我私下有一个想法，中国文化研究所每年请三四位访问学人，来校二至四星期主持演讲一次、研讨会一次，由研究所负担旅费、住宿。如果杨绛愿屈就，我们中心拟愿赞助（中心是研究所的成员），那么夫人就不用沾先生的光了。来的学者也并不是泛泛之流，前后有东京大学、巴黎大学、Michigan大学的教授，已办了一年余。这件事原则上如果能接受，我会再进一步向负责人取得更详尽的资料。当然写这封信我事先已得到他们的谅解和同意。此间还有许多手续要办，而我也知道国内情形，必须经过申请和批准。我想说的就是事不宜迟，因为本年度钱穆讲座人选必须在近日决定，如先生不能来，只好请另一位候选人吉川幸次郎[4]了。总之，此事如能顺利实现，那么我对中文大学可以问心无愧，这是为公；为私我也可以对多年来的所受恩惠有所交代了。

中心的《译丛》[5]已出十期，书籍也出了三种，当陆续寄上，均无政治色彩。该刊国际地位总算已皆奠定，分批寄上，至少可令两位知道当时在你门下屡聆教诲的后生，不是没出息的人。下一期当发表耿德华Edward Gunn君译的《风絮》第一幕，不知尚记得当时“三笑”“一哭”[6]之说否？承惠《旧文四篇》和《春泥集》并蒙题款，真令我始而“受惊”，继而“若宠”，真是不知（如何）多谢你们才好。纸短情长，言不尽意，就此打住。顺颂

双安。

晚　悌芬顿首

80年一月廿八日

整理者按，钱锺书1980年2月2日复书：

承兄邀请，真正“受宠若惊”！我若来港，主要是为见兄夫妇一面；上月傅聪来舍晚饭，谈起游港，我亦曰：“For me，Stephen is Hong Kong or rather H.K. is S, just as ‘l’état，c’est moi’.”至于讲学，已无兴致，亦无能力。去夏以来，美国三四大学皆相邀请，我都婉言敬谢；惟Princeton won’t take “No” for an answer，再三劝说，上周与兄相识之Andrew Plaks尚有函坚约，我仍推辞。今年欧洲有几个国际会议，亦决定不去。七十老翁，不宜走江湖卖膏药了！另请高贤，盛情只有感激而已。吉川去岁曾相晤，看来尚有周游列国之意兴，犹如我之借懒以鸣高也。兄治红学之造诣，我亦稍有管窥；兄之精思妙悟，touch nothing that you don’t adorn。所论敝同事著译各节，无不一语中肯。弟尝曰：近日考据者治《红楼梦》乃“红楼”梦呓，理论家言*Red Chamber Dream*乃*Red Square Nightmare*。此可为知者道，难与俗人言。余君英时[7]之中国学问，博而并雅，去年所晤海外学人，当推魁首，国内亦无伦比，颇有书札往来。《围城》英译已出版，想寓目。V. Sorokin去冬属西德Helmut Martin来函告其俄译本已就，将付印；昨得瑙威[8]I. W. Cappelens公司

来函，请许译成瑙威文。此皆志清及兄口角春风之影响，愧甚感甚！Martin言自1970年即着手*Der Chinesische Literaturkritiker Chian Chongshu*一书，而为拙著文言文体所苦，未能竣事，此又我不善推销本店货物之一例，一笑。

（2）

锺书先生：

二月二日大札接到后，欣慰莫名，奈以家中各人轮流病倒，先是我患了重感冒，随后传染给了内人，随后“家有九十八岁的岳母”跌了一跤，急得送入医院，忙得心神不定，所以不能安下心来作复，与“生意经”之谈不拢毫无关系。事实上，这生意经也是友人所主动，如果不试一次，他们一定认为我不愿尽力，现在也好让他们死了心。钱穆讲座不来也罢，大家尊他为史学大师，前二十年他为文云莎士比亚远比不上杜甫，给少壮派学者写了一文：“为五四下半旗”！其实先生这位同乡应有自知之明，你就谈谈国史好了，兰姆的莎氏乐府都不知道看了没有，真是何苦来？

蒙赐《管锥编》四册全套，香港首二卷已售完，现市上尚有少数第三卷。此乃可比美人生的大书，即使一小段读起来也要全神贯注，目前尚不敢正襟危坐地看。《堂吉诃德》此间亦售完。我手中已有一套湖北印第一版，现有了译者的签名本，转送给知音者，欢天喜地而去。

曾见*Chinese Literature*二月号吴世昌译词八首，其中第一首，柳永的《忆帝京》下片连用了considering abandoning、brooding、constantly、recompense等多音字，令人气短。霍克思因为不好意思，听了他的话，将《红楼梦》中的“醉金刚”译为Drunken Diamond，后来信中承认错误。

锺书先生所言《红楼梦》多魇和呓，足以令人深省。手抄本各本一字一句，此异彼同，争来争去，必无结果，所以有人研究版本，我就建议用“红楼梦魇”为书名，可见所见略同，不过先生是英雄，下走则为狗熊耳。“吃”字极好，国内听说各地要出四种季刊，每年需要三四百万字，红潮泛滥，不知要沉溺多少无辜的读者。我前几年写过一文《论贾宝玉为诸艳之冠》。（亦有作“贯”，并有妄人解为“贯串”，非。）最近方写完《论怡红院总一园之首》。二题均出脂评，后者原文作“看”，形迹上看，应是首，余英时起先同意，后作书时仍维持他的原解，作“水”字读。然后再写下篇，预备在红学会议上宣读。

我因要作一次演讲，曾将尊译和新的用英文全译本对照了一下，发现中译实在英译之上，其中“有理、没理、其所以然之理”一段特别举出示范，作为可遇而不可求之双关妙译，此外锺书先生的“二三其德”（Huxley：Two or Three Graces）、赵元任的you cannot divide a pear（pair），分梨与分离，均可列入绝唱之中。中译本的“信马而行”是飞来之笔，莫非锺书先生的笔触乎？杨绛现在是大国手，我实不该以小人之心来猜测。近十几年来，英美翻译界水准提高很多，曾拿《高老头》和*Eugénie Grandet*与怒安所译的两册对照，发现十处不同的地方，怒安大概译错了七处，奇怪的是难的地方他不常错，倒是容易的地方或idioms容易失手。那时怒安见到的英译本水准想来一定程度很差，又，即使目前的英译本，文字的通畅和气势还是比不上怒安。以前失落的杨必译的《名利场》，现亦已补购到，翻了一下，文笔真是第一流，在我们的朋友煦良之上，奈何，奈何！

我最近为《译丛》赶编完词专号，出版后当即寄奉。

Martin的太太是中国人，名廖天齐。十余年前曾多方打听来舍下访问，因为她的硕士论文为钱锺书，搜集资料极丰富，并从日本人那里找到一幅访问时与先生同摄的照片。婚后没有了下文，大概放弃了。中文大学麦炳坤的M.A.论文专研究锺书先生的创作，也很可观。Dennis Hu是香港去美留学的年青人，中文根底极差，M.S.是电脑，PH.D忽改行，访问过我两次，最后拿未定稿寄给我看，其中误解之处不少，例如“槐聚庑诗”，他不知锺书先生号槐聚，将槐聚庑者看作××堂之类的专门名词。《围城》一书的两位译者都是我们捧出来的，那位女士的第一重译文寄来，简直惨不忍睹。她根据的是香港盗印版，那时照相版尚未发明，误植和校对错误之处极多。我只好用手藏珍本来校，只记得她将第一回的赤身裸体译为pink flesh，与Waley的赤脚大仙译为red-footed immortal可以前后辉映，现在居然成为名译家了。茅国权君中文大学毕业生，中文理解力不成问题，但英文造诣尚不够火候。另平邮寄上《红楼梦西游记》一册，博二位一笑。书中所题之字系出版商请得，俗不可耐。匆匆即颂

俪安。

晚　悌芬顿首

80年三月十二日

（3）

锺书先生：

现在我们中心有一难题，尚未解决，只好最后向“活百科全书”请教并作最后判决。辛弃疾《贺新郎》有一句：“不恨古人吾不见，恨古人不见吾狂耳。”

同人中有两派不同之解释，相持不下：

（甲）解为：“我不恨见不到古人，我恨古人见不到我狂。”

（乙）解为：“我不恨古人见不到我，我恨古人见不到我狂。”

初审判定乙派得直，甲派不服，根据俞平伯最近出版《唐宋词释》之注解，此句下引《南史·张融传》：“融常叹云：不恨我不见古人，所恨古人不见我。”

甲派以此为证，上诉高等法院得直。乙派仍不服，认为加了一“狂”字，全句意义改观，俞注仅引出处，未作解释。大家决议上诉伦敦枢密院，而这位法官，非先生莫属，故推晚写信致先生，得先生一言，所有人均无不服。（又，晚属乙派，但绝不会影响法官之公正判决也。）一笑。

又，晚在沪时，曾抄录得舒位诗一首，五言古诗：

“天地有生气　终古不能死

人受天地中　同此一气耳

……………

铸出真性情　凿成大道理

其气从空生　生则乌可已”

共二十八句，此间图书馆有《瓶水斋集》，居然认为善本，不准借出，晚去匆匆翻了一遍，竟然寻不到。不知是否见《瓶水斋集》，不知是否舒位所作，为他人所引，便中亦请一并指点，以解迷惑。此信写时，不免想到从前每周必去尊府受教，恨不得时间倒流，再能受先生教诲也。叹，叹！匆此即颂

俪安。

晚　悌芬顿首

八〇年三月十九日

整理者按，钱锺书就老友所问，于1980年3月23日复书：

垂询稼轩句意，愚见以甲说为当，然非Sir Oracle，妄言之而君姑妄听之耳。此种句法，六朝时亦见《洛阳伽蓝记》，拙作《管锥编》第二册698页可参观。清人笔记小说名作乐钧《耳食录》卷五《疯道人》则仙姝歌李白诗："古人不见今时月，今月曾经照古人"，李白笑曰："误矣，乃'今人不见古时月'也。"姝曰："今人不见古时月，古人亦谁见今时月哉。"李白叹息。实本张、辛语意，为李诗补申也，并告供赏析之资。所示诗不知出何人手，寒家一无藏籍，恨不得《瓶水斋集》检之；港大有此书，目为罕籍，而珍秘不许检阅，les extrêmes se touchent! 此集即原刊亦不足为善本，大有寻常小家女被选列三千粉黛之概。王右丞诗所谓"贱日岂殊众，贵来方悟稀"，可以移咏矣。前日Princeton有人来，仍坚劝弟去，不拘时日，弟无法，又推迟至明年。大有西班牙人Mañana之风，身笑面软。志清[9]久无来书；於梨华来信云志清以久不得我书为怪。我以《管锥编》三四篇航寄英时、志清，同时有信，英时早收信道收到矣。匆布即问近祉。

（4）

锺书先生大鉴：

三月廿三日大札收到后，即翻阅《管锥编》，复承告清人小说《耳食录》资料，铁证如山，不容置疑，久未有机会亲聆教诲，不图于无意中得之，同人等均心向往之，大家都才感觉到"望洋兴叹"原来就是这种意境！

最近妄人徐訏为一短文，提及先生，文中且有人身攻击之嫌，后经马力君为文驳斥。晚不便牵涉在内，因徐訏器小，志清的《现代中国小说史》对他只字不提，故一直怀恨在心，这次志清又为长文，他就借

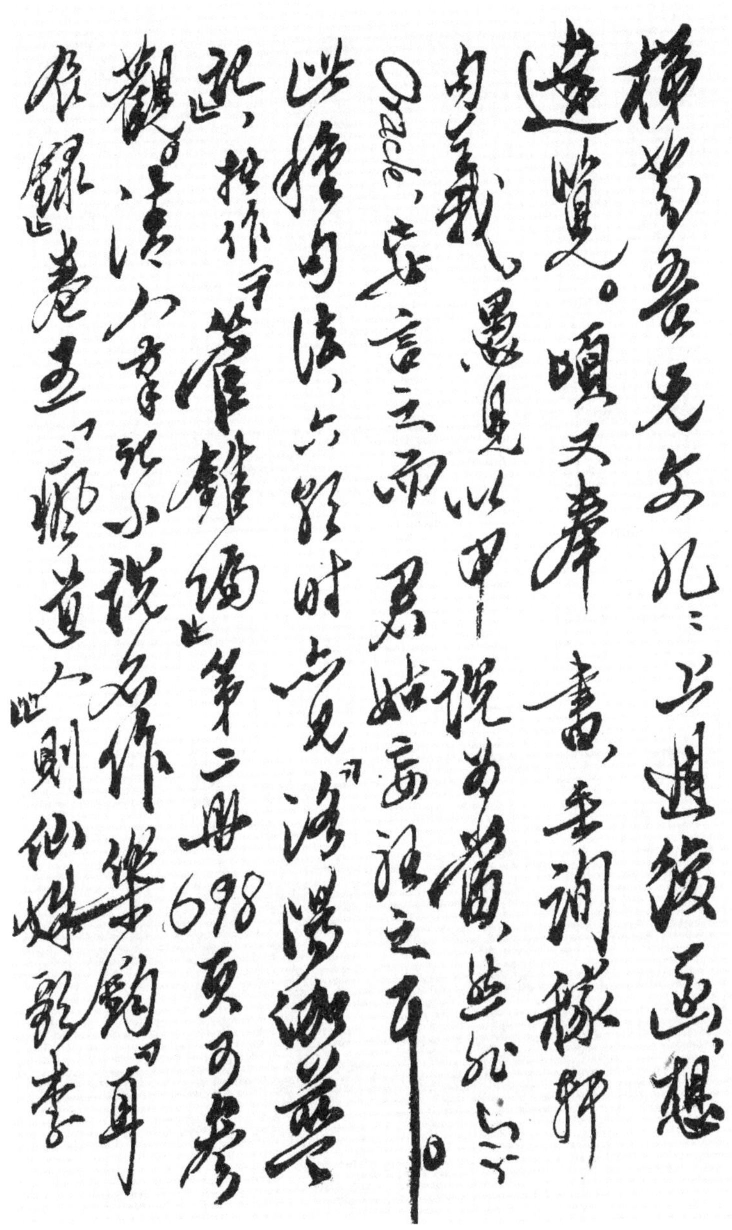

钱锺书1980年3月23日给宋淇先生的复函

到手十数篇之概。来书所谓
职日益张之，贵来书惭愧，可以稍
谅矣。前日Princeton又有人来，仍坚劝东去，
不拘时日，弟无法不推避至明年。
去西班牙人Mariana之函，尊嘱亟
数。志清久无来书，于梁公处云去
信以久不得我书为怪。我同此苦钦锁之の
篇牍实无时，志清、同事又复信，借此早
收信望收到后自当即奉闻
近祉
弟锺书上 二十六日

白诗："古人若见今时月，今月曾经照古人。"
李白笑曰："懂矣，你今人不见古时月，是也。"
嫦娥曰："今人不见当时月，古人亦谁见今时
月耶？"以李白叹息。实在张平猜意，
为李诗传中加了。并告供赏析之
资。所录诗不知出何人手，实属一无
花籍，拟不得翻姚，解集检之，港
只可以书目为罪，籍而珍秘，不许检阅，
les extrêmes se touchent !
此集即原刊亦不
并为善本，大可目录学常
小燕女谨题

机发挥。先生在国内尽可置之不理。他又想入中文大学任教职，未蒙录取，故对学校至今犹有妒恨。晚既为志清友人，又为中大雇员，故避之。志清为人天真热情，常为别人几句好话一说，即放弃正事不管，而去管闲事，对弟亦久疏音讯，想最近必有消息。志清的英文写得实在有功力，在学术性著作方面，到现在还没有人追得上他，可惜家中的幼女为他的包袱，令他治学作书都受影响。后起之秀中现在惟芝加哥的余国藩[10]，为人纯良勤恳，大有前途。余子以碌碌者居多。

附上书评一篇，两页须从上至下接连读，植误即接不上来。书评作者曾著有《曹寅与康熙》一书（一九六六），赖以成名。想来是位少壮派，大概是耶鲁的教授，在美国颇有点名气。书评对《围城》推崇备至，甚至泽及译者，亦异数也。他对其他的四书至无好评，晚亦无兴趣看。

国内拟出一专集，冯其庸曾转托人拟采及拙著《论大观园》一文。又，冯、陈毓罴、周汝昌三人均会去参加美国威大之红学讨论会，晚亦榜上有名，论文已寄出，但参加与否则尚未定，须视身体、天气及公私各事如何再行定夺。吉川幸次郎于数月前去世，所以今年中大讲座只好悬空。David Hawkes最近用中文写了一篇《西人管窥〈红楼梦〉》在国内《红楼梦学刊》发表，洋人能写得出这种中文，也亏他了。他的字写得不错，不像其他洋人那样涂鸦。他最令人佩服的还是英文行文漂亮，极有牛津盛时诸大家的气派。美国人中Burton Watson尚可一提，但他的日文比中文好，为美中不足。晚《红楼梦》论文题名“论怡红院总一园之首”，不日即可奉上，并请

双正。

悌芬　顿首

80年五月廿七日

整理者按，钱锺书1980年5月30日即复书：

上月中旬李达三相遇，弟即嘱其寄声，想已转达。上周陈毓罴来（并求介绍），以其论文中疑点相质（文论《红楼梦》与《浮生六记》，弟三十年前曾发见《六记》末二记之袭取何书，尝偶与谈及，今则失去笔记矣！）弟出名片介绍于兄，又一片介绍于Nienhauser Jr.，当坊土地，不得不然也。陈君有心思，亦好学，人当非浮薄。然才与雅，皆说不上；在敝所已为凤毛麟角矣。

今日忽奉来函，极喜。开会可见故人，是一快事；但实在吃力，兄又年少于我，“when asked：‘why a third?’ /He replied：‘One is absurd,/ And bigamy, Sir, is a crime’” Spencer 文已由Indiana Univ.Press 寄示（每当周寄Press clippings来），其人去岁曾晤谈，其所著作稍翻阅，写历史而出以小说笔法，非牛非马。吴周二昌皆为“红”蠹，阅《广角镜》四月号上吴有攻周之文，《开卷》上有关于长乐老两后人（一为哲学史家，一即此君）之一文献，热闹可想。志清亦已半年无只字，《围城》重印亦无，只被《文汇报》月刊索去先发表，文中坦白致谢志清，自信尚算得有骨力者（指不同于B某之流Public ex-Communication，Private Communication）。兄如去美，晤英时、Plaks、国藩，皆代我致候。大文在国内发表，弟极赞同，似可允许，亦使井蛙辈之见地稍开拓也。灯下作此，恕草草。

（5）

锺书先生大鉴：

喜奉五月卅日大札，灯下作书，盛情尤可感。美威大“红学研讨会”，最后终于不克成行，岳母年老体衰，内人不克作伴，加以贱躯亦欠安，只得作罢。阅报见到该会消息，细思不去也罢，因为看了看论文的内容，令人生气，在场时，缄口则心有不甘，开腔则得罪人之外，有自命“不凡”之嫌，自庆颇有后见之明。据云第一日下午讨论时，周汝昌攻击冯其庸，似牵涉私人恩怨。红楼二昌，霸气凌人，而器量奇小，平日读其文可知。尝戏谓日月为明，到了此二人，日月为猖。第二日下午，周汝昌即因病不见出席，是感情过于激动，还是气出病来，不得而知。其余各文亦少有令人心折的独到见解。私意以为凡受过文学批评训练的人，未必喜读、熟读红楼，而自命为红学家者，均未受过文学批评训练，几无例外。二者互为因果，以致目前的红潮泛滥下产生（一）本末倒置（二）走火入魔的现象。

有些人根本外行，连小说本身都没有细读，就下结论，真是胆大而心粗。例如唐德刚（自称为胡适的学生）说细读《红楼梦》，从头到尾没有发现一处明讲书内女子是大脚或小脚。其实，凡旗人，甚至汉化的旗人（包衣）均不缠足，否则十二钗在大观园中走来走去，非累死不可。外来的人则有可能为小脚。六十五回，尤三姐消遣贾珍“一对金莲，或敲或并”，后为程高本所删。第六十九回凤姐把尤二姐骗入园，见贾母细看皮肤与手，“鸳鸯又揭起裙子来”，仿佛贾母还摘下眼镜来说，尤二姐是个“齐全的孩子”，这当然是在验小脚了。程高本将“揭裙子”也给删了。可是第七十八回芙蓉诔的“捉迷屏后，莲瓣无声”明明说晴雯是小脚，而这两句程高本是保留的。最后唐德刚才说他所根据的是纽约唐人街某书店1974年的版本，原来如此，岂不是浪费大家时间？

另外一点是大家所忽略的，曹雪芹云“披阅十载，增删五次”，是真实情况，并不是因为他根据别人的小说，窃为已有（如戴不凡所说），因此举棋不定，而是因为他在找寻一种新的形式——前无古人、后无来者的长篇小说，处处不忘述旧不如编新，以图超越古人的诗、词、曲。所以他去世之前没有完成全书，也没有一种他（！）自己审订的全本。目前在考据各钞本的版本学家，从未忽略了这一点，因为他们想证明此早于后，可是《红楼梦》的版本与早晚无关，既无定本，早的版本未必是好的版本。而所谓好坏，既非原作者所审订，完全是后人主观的臆断。这种版本学徒劳无功，不治也罢。

最主要的一点是大家把《红楼梦》作为各种性质的文献研究——历史（纳兰家事、清宫廷秘史、清初政事、反清复明的血泪史）、社会发展的文件（贵族和封建阶层的崩溃、阶级斗争的反映）、自传或合传（脂砚是史湘云、雪芹之妻）、曹家的家谱etc.——除了一样，从来没有人拿它当"小说"看。《红楼梦》是一个创作者用说故事技巧写的小说，不管它有些地方如何不成熟。多年来我越来越相信，研究《红楼梦》只有一条路可走：The proper study of Redology is *Red Chamber Dream*。所以我在论文中讲的全是极简单的事实，一直放在那里，问题是大家不去看，不想看，因此没有看到。所有的红学家都去找寻秋毫去了，虽有舆薪放在大家眼前，没有人去理会，这岂不是荒天下之大唐?唯其如此，论文中并没有任何故作惊人的论断，大家可能认为这是老生常谈，不以为意。所以心中并不抱有任何奢望。现在的曹学家，入迷已深，不可能顽石点头。在这种情形之下，唯有将心中不成熟的想法为解人如贤伉俪言之。

志清六月中去巴黎参加"抗战文学研讨会"，其论文题目为"端木蕻良"，然后八月中又要去开一汉学会议，论文为《玉梨魂》，故忙得昏天黑地。在美国大学的publish or perish压力之下，他这几年来没有出过书，只好多写点论文和书评。有人将这句话译成"不出版，就完蛋"，晚戏译为："不出版，就出殡。"

鱼目诗人大概尚未去成。此人得到英国文化协会奖金后，挂单牛津，大概没有资格做正式生，期间曾试写Joyce体小说。导师劝他不必多此一举，因他简单英文尚未写通，只好铩羽而归。经过香港时，住在港大的Registrar、牛津毕业生Mellon家中，观望数月，后以英文说得没有人懂，找不到人和事，只好回内地。在港时，晚本人自顾不暇，对他更是不敢高攀，故从未来往。

中心有年轻同事黄国彬，为好学不倦之文艺青年，精通法、德、意文，英文则教过三年大一英文，故基本文法基础极佳。国文则自诗经、楚辞、文选，以至唐大家，全赖自修。在此两年内，先后读完李、杜全集，为人纯厚，善良。最近获得意大利国家奖项，专攻但丁，将不难将《神曲》全部译出，而且采用诗的体裁，其志可嘉。现附上其近作《论李白》一文的第一章，有暇盼一阅并加指点。他对先生佩服得五体投地，恨不得能来追随先生左右，但目前只好先去意大利再说。青年学子中，除吴兴华[11]外，如黄君者，尚未见他人有他的潜力。

其余有关万里访美见到志清时的笑话，说来话长。下次有机会再写。匆匆即颂

俪安。

晚　悌芬顿首

80年六月廿六日

又，中国古籍中（尤其小说）有关同性恋的记载，不知有否？（当然男色和娈童不能算数。）信中请赐其出处，若复有专论，可供参阅，尤所感纫。内地《红楼梦》研究室主编《大观园研究》资料汇编转载拙作《论大观园》，未知见到否？

整理者按，钱锺书于1980年7月1日复书：

大文细读甚佩，必具此种艺术感受与体贴（taste & tact），方许从事文学中之考据。今之从事文学考据者皆盲于心。盲于心，而亦盲于手指［Blake: “blind hand”；Rilke《咏盲妇》（*die Blinde*）诗托妇自言以手指能觉玫瑰香味“Und fühlte：Nah bei meinen Händen ging / der Atem einer grossen weissen Rose”］，故尚不及瞎子之能摸索，只知牵扯堆砌以为博学，穿凿附会以为特识而已。故弟夫妇常云“A rescue operation must be mounted to save *The Red Chamber Dream* from the professional ‘redologists’”。来书所云，深得吾心。至国内讲文艺理论者，既乏直接欣赏，又无理论知识，死啃第四五手之苏联教条，搬弄似懂非懂之概念名词，不足与辩，亦不可理喻也。

整理者按，对此信所询，钱锺书于1980年7月26日复书：

大暑而客多，遂稽裁报。先将尊问二节奉答。Jean Moréas 晚年闻人谈哲学、神学等一切问题，辄曰：“何不读吾诗集，吾诗集中亦有之。”（Il y a aussi de l’ésotérisme dans mes *Stances*，etc.）弟自笑亦大类此。兄之第一问可于《管锥编》798页“潘章”条首四句得线索。此为中国小说中言此事最早者，《晏子春秋》外篇《不合理术者》之十二羽人事为经籍中，道此事之最早者——皆异于“龙阳”“鄂君”等事（参观《管锥编》121-123；《管锥编》《史记》卷中原有考论邓通一节，后删去）。此外可看《香艳丛书》吴下阿蒙辑“断袖篇”，忆于《晏子春秋》《太平广记》皆未征引。荷兰人Van Gulik *Sexual Life in Ancient China* 一书亦尚可翻阅，然已不记是否道及娈童者，弟列所举二事矣。

（6）

锺书先生：

奉七月一日大札及附来《事实—故事—真实》一文，喜甚感甚。杨绛此文道出fiction的基本原理，其奈对牛弹琴何？红学家中真是真假不分，以假为真，以真为假，到最后原作为之"玉石俱焚"——我总说大家猜测的最后一把火，将宝玉和石头焚毁为止。此次红学家三人由美经港返回，在港时，由晚接待，很是热闹。毓罴兄云卡片太名贵，不敢随身带，已由周策纵函寄。他为人很诚恳，报纸誉之为"平易近人"，不过总是觉得自己患口吃，有点自卑。说起来，他曾去莫斯科大学专攻Chekhov，短篇小说我倒是下过数年苦功，曾将各大家的全集以及纽约客、星六晚邮、*Collier's*的选集等全都看过，最后认为契诃夫乃此道大师，所以和他很谈得来。他的论文我尚未见到，不过从报纸上见到有关的论调，好像是说黛、宝生活在雷同之大家庭中，处处受到干涉，反而不如沈复、芸娘的幸福。此点晚不能完全同意，如果《红楼梦》主要描写为婚姻不自由，曹雪芹誓不肯为雷同之文，大概不会如此写。否则他不会在开始时，就建立起一个形而上的解释——绛珠仙草来世界上无非是还泪，以报神瑛侍者灌溉之恩，黛玉哭时也不会用"自泪自下"的字眼，而五十回前（手上无书）黛玉也不会说："最近好像眼泪流干了似的。"我的设想是二人可能成婚（事实上，前八十回，贾母与熙凤并没有反对二人好合之意，兴儿对二尤的话代表贾府众人的一致看法），明明可以到手的却因黛玉泪尽夭亡而交臂失去。如此写来，当亦可脱却俗套，曹雪芹一定有他的腹稿，造成一种特殊的悲剧感，远超过受压迫的人为悲剧因素。这当然只是根据原文推测而得的假设。莎翁的*Romeo & Juliet* 最后的trust 也不落窠臼。

志清的遭遇令友人为他扼腕。美国教授为"清高"之职业，清者两袖“清”风是也。高者不能组织工会，不能罢工，故论待遇远不如泥水匠、木匠、货车司机。写文章无稿费，出学术书无版税，所以现在只能以海外学人身份写点中文稿子，赚外快以贴补家用。加上女儿的事令他心理上永远有一个包袱，令人爱莫能助。最近去了几封信，也没有回音。匆匆即颂

俪安。

晚　悌芬顿首

（7）

锺书先生：

七月廿六日大札拜读。这一阵忙于公事，为学校向基金会申请补助，美国金圆国亦闹穷，其难可知。所幸平日善于应付，中心成绩亦差可告慰，终得偿所愿，晚留校期间，可继续维持，至于退休后，则非本分内事，要看后人的缘情了。

此次红学会的论文，令人佩服者仅余英时兄一篇，有见解，有分量，其余不是钻牛角尖，就是走火入魔。英时兄本拟来港一游，奈其尊翁忽然在美去世，迫得取消此行，未能有机会畅谈，至以为憾。最近有机会与志清兄匆匆一晤，席间有人指出其为文捧先生过分，有失自己大师的地位，志清兄答得甚妙，手指周策纵云，周公的学问比我好，如果我早生几年，得读几年私塾，自己再多用点功，自信可以追得上他，钱锺书先生，never! 我无论有多好训练，无论如何拼命，永远追不上他！你们说我捧他太过，我还嫌捧得不够。责难者无言以对。志清可爱之处即在此种地方。

子建弟亦一怪人，年青人中万中不得一，对外国事物一窍不通，但中国书法和治印方面颇有天才，来港后在治印方面已具声名，平日仅从

一些老夫子游，自得其乐，为妙人一名。因其与先母方面有远亲关系，来访多次，觉得尚天真可喜。此次曾嘱其带上原子笔一枚，即晚草此书所用者，笔芯可维持一年之久。如收到，请勿见怪。兹附上照片两幅，其中一幅乃子建摄于晚办公处所。体重增加，胜于昔年，但牛山濯濯则反不及先生之精神抖擞。岁月不饶人，转眼已届退休年龄，校方虽延期一年，然极思退居林下，无奈写信同招待过境客人，则与退休无关，仍不会放过人。大札所云来人来信不断，盛名之下，自不足为奇，然如晚则奉命行事，师出无名，深觉不便及不安耳。

附上译文一段，乃晚最近草论文一篇，举以示范者，查英译中漏“和风”一词，不知原作中有该词否？便中请译者代为一查，以释疑惑。即颂

双禄

晚　悌芬顿首

80年九月十四日

（8）

锺书先生：

接到《围城》样本一册，并蒙亲自题签，真是惊喜交加，内附短笺，得悉近况，欣慰之至。近闻先生去日本，复值自校园迁家至市中区居住，叫苦连天，故未暇作书问候。大作《管锥编》此间发行欠佳，分册出售，有时缺货，难以补足，最近始有全套问世，尚定价过高，从而令翻印商人有机可乘。然商人唯利是图，不是生意经的事，绝不肯做，可见大作虽不易读，然声势夺人，照样有人抢购也。叶维廉来校访问一年，自身为Princeton出身，人极诚恳用功，但中、英文均乏文采，人缘可以抵过文字之不足。

此次鱼目诗人过港，由其相邀，临时嘱晚代为致辞介绍，晚固辞不获，因上一晚鱼目云与晚相识，而冯亦代亦与另两小友极熟，故身不由己，只得临时随便说了几句话，因为身为中心主任，而叶又为中心同事，实在无法推却。事前在校午餐，席前彼向晚表示曾与先生同车北上，先生去清华而彼去北大，言下深以为荣；此外又提起曾设法聘请吴兴华去外文研究所，因事未果，殊为可惜，晚亦不置可否。如吴去外文研究所，第一个反对的人必属他无疑，何必假撇清？兴华之死给晚打击甚大，现虽平反，家属生活只略加照料，每月发三十二元，实不足以应付，盖二女正在求学，闻国内大学明年需加学费，其爱人谢蔚英未曾有联络，骨头甚硬，不肯接受资助，而兴华在世时，独往独来，埋首读书，无后台亦无有力人士关说，同事中亦乏敢言之士。天道难言，国家对此种人才横加摧残，不啻自毁长城，任令庸才当道，不胜浩叹！晚对人类前途，比先生更进一步，不要说长期，连短期都是pessimist。

闻叶维廉亦有信邀请先生来校，云先生嘱向晚一询便知。又据云先生已接受哈佛邀请，不知确否？哈佛最近情况江河日下，Hightower已退休（？）余英时去了耶鲁，现在因Reischauer为前任驻日大使，有办法从日本研究基金会弄到钱，故重点已自中国移向日本，费正清系人马全部失势。最近穷得要理学院的教员以研究所得开设商业公司，全美因此大哗，由此亦可见美国已不成其为第一流大国，哈佛已不成其为第一流学府。世事往往如此，故不必为此等事烦心。

吴子建云事后在上海曾寄出笔两支，信中未见提及，想已为人半路劫去。以后当另设法托人带上或寄上。先生有何需要，盼不吝告知，自迁返市区后，办事极方便，年底当有机会寄一pencil前来，事先自当问妥，何物可进口，何物禁止入口。Hawkes第三册《红楼梦》英译已出版，序前承其致谢意，极不敢当。其婿本为得意门生，现在天津外语学院，即晚所编之译词集缪钺一文之译者，后四十回由其负担，盖Hawkes认为书既二人所作，自应由二人分译，闻其去津后忙得人翻马叫，第四卷亦已完工，第五卷则尚未有暇执笔，令人深觉不值，亦无可奈何之事也。匆此即颂

双安。

晚　悌芬顿首

80年十二月十五日

（9）

锺书先生：

前信与用挂号寄出之文具小包件寄出后，又有一问题思之再三，踌躇不能决，唯有“出后门”之一途，与“走后门”不同，一笑。

最近有人投稿，重译白之《长恨歌》，将钿合译为：copper jewel box。

理由是避免与金钗之金犯重。查坊间《唐诗三百首》各版本中的“钿合”下均注为“嵌金的合子”“首饰合”“镶嵌金花的合子”。同人中有人指钿合不一定为盒，因为诗中段有“花钿委地无人收”句，此处绝不可能指“合”，且临走时，仓忙逃难，亦不可能将首饰盒子带在身边，所以他认为钿合亦应指插于头上之金饰，不过左右成双，所以称为两扇。其言甚辩。然晚细查各书，新编之《辞海》中无此条。其他有如下各处：

沈约《丽人赋》“杂错花钿”，下有注，引《说文》曰：钿，金华也。

隋书《后妃传》“杨广遣使者赍金合子以赐宣华夫人陈氏，合中有同心结数枚”。

李贺诗“钿合碧寒龙脑冻”（《春怀引》，注云：“钿合，金花合

子也，碧寒者钿合之色”）。

以上两条，似为金花合子无疑。

《太平御览》引祖台之“志怪”：“有一女子解臂上金合系其肘下，令暮更来。”则又作饰物，因女子不可能将首饰盒子挂在臂上。

洪升《长生殿》，前后凡提到钿合五处之多，其中钿合三处，显指盒子。第二出，《定情》；第四十八出，《寄情》；第四十九出，《得信》均明说“劈盒一扇”，“半边钿盒”，“钿盒分开”，实无可疑。第二十五出《埋玉》“钿盒一枚”，第四十三出“硬撑撑死盒无寻处”亦与上下文无矛盾。

洪的来源当是陈鸿《长恨歌传》：“定情之夕，授金钗钿合以固之。”“指碧衣取金钗钿合，各析其半。”语气似尚未肯定其必为盒子，故晚不能无疑，不敢骤下结论。晚意以为钿字独用，指金花pattern之饰物，“钿合”则指盛定情信物之金盒，以志永好。如此解释，不知亦能自圆其说否？查《管锥编》二卷有“长恨传”条，未及此点，故只好写信来投先生以释群疑。又《诗经》第一首“雎鸠”，英译亦分两派，一主hawk，另一认为性质凶悍，与全诗的情调不称，故应译为dove或sheldrake。两派亦均有所本，一时不能断言其是非，晚早年读《诗经》，仅知背诵，塾师从未讲解，故亦不能识鸟兽草木之名，惶愧之至。

因英译而重读《长恨歌》一过，忽忆“东望都门信马归”可能为《儿女英雄传》“信马而行”所本，则《儿女英雄传》亦不能居创新之功矣。

此次寄文件小包，乃用挂号，据云仍有失落之虞。如近期（平邮应在半月内到达）未到，请来信通知，以便查询。本身价值无几，在未见世面之人看来，则不免为动，涓滴归私，亦属人性之常。方值新年，谨祝一切如意。

晚　悌芬顿首

80年十二月廿七日

整理者按，钱锺书于1981年1月3日获读宋淇以上长书，立即作复，节录其“答询”于下：

垂询数事，急答以慰好学虚怀，未必有当耳。

（1）“钿”与“钿盒”乃二事，尊函考索精到，无须补益。“花钿”之“钿”是否“钿盒”之简称，则难决定，只译为金饰，似亦无妨。“copper jewel box”却似不切，“copper”固太寒窘，“box”字尤难达“合”字双关之意（“配合”“和合”，圆满故为圆形，函盖相称），然西语乏相当形状之物名（忆惟hatbox为圆形），恐须加注耳。拙著[12]确未道此物，然695页曾及白诗，与“破镜”连类。

（2）“雎鸠”见《管锥编》1017页[13]。问题乃“雎鸠”是否水禽，“在河之洲”；至于其是否猛禽，则譬喻取“边”，古人不如后人联想之周到，弟所举“狼”“虎”“thief”“ass”诸例可参。弟近作补诗（未发表），举Keller, *Der grüne Heinrich*, Ⅲ.1称上帝“无声无臭”如小鼠（Gott hält sich mäuschenstill - *Sämtliche Werke*, Aufbau, Bd. V, S. 374），亦犹《圣经》比上帝于“thief”，盖推陈出新也。

（3）“信马”犹“信手”“信口”“信步”等，乃唐人常语。舍尊举白诗外，如张籍《各东西》：“出门相背两不返，惟信车轮与马蹄”，盖不特“信马”，亦可“信车”，故清人小说曰“信马由缰”，即唐彦谦《春深独行马上有作》：“独行无味放游缰。”此等语乃当时共同习语（the general usage in the language of the epoch），非某诗人之自铸新词（a trait of individual style）。名作家之诗文后世讽诵不衰，而当时一般作品被人遗置，于是讲stylistics者每以同时之共语归功于诗人之独创（cf《管锥编》743页“鹅鸭”，1516页“湧”）。Henry James书信中评Taine, *Hist. de la litt. Anglaise*，谓其于英国文学虽是卓识敏感，而欠“saturation”；此语甚有味。故Stylistics、Thematology等均需于专研名著而外，旁观泛览，求某种程度之saturation。弟老矣，不能不有望于后贤也。

（信前空白处有其后所加一语：I hope the letter is legible enough。）

整理者按，钱锺书1981年1月9日致宋淇函，就其前所问“钿”事，又有数语：

承询“钿”，前书率陈鄙见。吴梅村《题冒辟疆名姬董白小像》之七：“钿合金钗浑抛却，高家兵马在扬州”；渠显然以《长恨歌》中“花钿”“翠翘”十四字缩为七字。然此与翻译无与。C. Tomlinson, *The Oxford Book of Verse in Eng. Tr.* 导言中开宗明义，即引Chapman：“With Poesie to open Poesie”，乃可开拓心胸、破除纲领也。

（10）

锺书先生大鉴：

连奉九日及十日大札，些须微物略表心意，何劳执笔作谢。前数月曾虚构一笑话，一友人在美结婚，随后回港拜会岳父母。丈母娘看女婿，越看越有趣，当场塞了他一封见面钱。

泰水：“意思意思。”

婿（推却）：“那怎么好意思呢？”

泰水（一定要他收下）：“小小意思！”

婿（连忙收下）：“太不好意思了。”

友人是电影导演，问他如此对白精彩否？他说广东人未必能体会，洋人一辈子弄不明白。晚这点东西也不过“意思意思”而已。阴错阳差，逼先生再无遁辞，非用不可。其实此笔并不名贵，但全港仅有一家文具店有货，子建回港后遍觅不得，后来问得该店所在，连忙买了半打。前书中剪报是晚昔年在沪时的笔记，本预备给怒安和煦良编的《新语》，后来刊物既停办，文章也没有写成，来后多年，为人索稿，取出塞责，故笔名仍用欧阳询，乃不忘前在沪时用欧阳竟笔名，为先生呵笑，欧者西也，欧阳竟即西洋镜之谓。

来函有关论鱼目事，晚决不会告人。外人中有称晚为先生的Boswell，至非事实，手中决无记录，对先生的教诲不敢忘，私下评论人物则完全是私人间的事，无公开之理。又来信询及有无办法觅得盗印本的《谈艺录》，真是问对了人。晚手中正有一册1965年龙门书店的盗印本，开本较大，字迹清楚。平时不舍得翻阅原版，多用此版。今既有此求，而难得有如此好学的青年，当遵命寄去，待收到后自会向先生报知，请释念。

四日前与子建相晤，同往选购Blum’s Almondette两小听。Blum原为欧洲移民，二次大战时在旧金山开一小糖果店，每日手制若干磅，售完即歇，顾客须排队。后为资本家看中，向其购买秘方，大量生产，但港人无文化，不知此乃天下名糖；又另购See’s Marzipan Chocolate两小盒，每盒半磅。See为美国家庭主妇，亦在西部开一家庭商店，其chocolate种类繁多而另有风味，试尝多种后，认为Marzipan应抡元，其馅乃杏仁磨成粉末，易溶，糖则近纯巧克力，与牛奶巧克力不同。去年来港开一分店，原料秘方均自美运来，出品新鲜清香，西德、瑞士、英国各名厂出品均为其打倒。子建已于十八日离港，十九日到沪，即可寄出。希望能在农历年前到达府上，亦甜甜蜜蜜之意也。

子建因时间仓促，不克北上拜谒，深以为恨。收到大函日，兴奋之情溢于言表。本拟自治一印，刻好后先请一审，如满意，则再奉上。国内画家一半以上之印均为其作品。但问题在好石难求，以前在国内不屑一顾者，此间奉为至宝，故至今尚未觅到，此行如有收获，当于回港后精心雕治，特代为先容。《围城》一册有亲笔签名，视为一生莫大光荣。子建在校外进修却授课成绩不恶，居然有学生愿从其学习书法，故校方已请他另开一课："篆书与治印"。可见如有真才实学，不愁无人赏识。《围城》一书新版此间恐不如内地轰动，港人守旧得出奇，至今国语电影观众听不懂，要在片上打中文字幕，真可称为海外奇谈。简体字多数人怕看，拒看，说不定宁愿看盗印本，否则口碑如此之佳，定可成为畅销书。叶维廉寒假离港他往，回来后见面先说已收到赠书，便中请先代致意，当于公事理清之后作书相谢。彼前日在翻译学会作午餐谈话，论翻译问题，颇有新见，令晚刮目相看。方知独在异邦为异客、不出版即出殡的压力之下，即中驷之才亦可压成针也。岂全像晚那样东不成西不就，做自了汉子？

徐订已于去年冬患肺癌逝世。他抽了几十年烟，去年夏天在巴黎开中国抗战文学研讨会时即感不适，回港后说是感冒，后又说是旧肺病复发，最后终于自己也知道了真实病况，连忙请神父为他讲道，临终前总算受了洗礼。这种病有时也和心情有关，晚年多逢挫折，而又想不开，念念不忘旧日的成就，而不知世界大势不同。来港后先后在各地创办了多次刊物，总是夭折，殊不知此时此地再也没有《宇宙风》或《人间世》的环境了。最值得惋惜的是没有自知之明，以为当时风行的通俗作品为传世杰作，《吉布赛的"诱惑"》既无"诱惑"，《荒谬的海峡》则真"荒谬"，而《风萧萧》集抗日、特务、伤感、曲折雅诱（广东人说是不合情理、荒唐）之大成，反不及来港后写得较朴素的短篇。自命为大诗人，而他的诗实在不敢恭维，一韵到底，像白话的弹词。现代诗人和批评家从没有人提过他和选过他的作品。所以他只好永远觉得怀才不遇，终于抱恨以终了。他对晚在背后屡表不满，对张爱玲、柳存仁、夏氏弟兄和他们捧的人无不妒忌。这也难怪，他原是宁波人，可以做一个很精明的发行人，但他非作家的材料。夏氏兄弟有一相识，北大毕业的怪人，说话时口沫纷飞，滔滔不绝，女作家某称之为“黄河之水天上来”。曾有名言一句：“中国人中以宁波人最‘耿’（吴音），而宁波人中最耿者有二：一为蒋某人，一为徐訏。”可称极好的墓志铭。晚对他毫无恶感，只是觉得怜悯。人已死去，一了百了。就怕他到了缪斯那里，发现自己正册上无名，甚至又在副册上均无名，文榜上没有他的名字，不知有何反应？T. S. Eliot晚年有诗云：For us, there is only the trying. The rest is not our business.[14]晚深为膺服，惜徐訏还未到此境界耳。最近稍有暇，将《名利场》对照读了一章，大为钦佩，中国译书界真是“杨门女将”的天下了，一笑。匆匆即颂

双安。

晚　悌芬顿首

81年一月廿一

整理者按，钱锺书收到老友寄赠的“意思意思”，即书简致谢：

巧克力糖已与老妈小女小婿同尝，腴面触清，境界高绝；口啖异味，心感良友。Lamb所谓“Presents endear the absents”！

整理者按，又以不久前收到霍克思信，复告以云：

前日忽得Hawkes函；寄至 *The Story of the Stone* 第三册，稍事翻阅，文笔远在杨氏夫妇译本之上，吾兄品题不虚；而中国学人既无sense of style，又偏袒半洋人以排全洋鬼子，不肯说Hawkes之好。公道之难如此！弟复谢信中有云："All the other translators of the 'story'——I name no names——found it 'stone' & left it brick"，告博一笑。

（11）

锺书先生：

奉读年初四（二月八日）大札，知"意思"已到，慰甚。读来示是人生一乐，妙语层出不穷，智慧与幽默共存，而书法圆浑自如，已臻化境，赏心乐事，莫过于此。

Sontag一书晚手中一册已旧，此间书店无货，故已去信纽约购得，平邮寄来，当在一月之后，好在此书无时间性质。Sontag多才多艺，写小说、论文、电影剧本，指挥歌剧，最近去意大利导演新歌剧，为现代作家中之特出人物。此书颇见巧思。然晚宁读Trilling、Auden等之作品，尚有共鸣之感。另一大出风头人物乃Tolkien，其*The Hobbit*一书畅销历久不衰，盛况不下当年*Alice in Wonderland*。最近还有人投资拍卡通片。此人是牛津的中古英文教授，当时正好和先生在牛津时碰上，不知领教过此公否。

大作《围城》新版运到后，大受读书界注意，报章上评介几无日无之，当择其无碍语者影印寄上。而且此书越传越广，连家庭主妇都以一读为荣，几如当时竹枝词："闲谈不说红楼梦，读尽诗书亦枉然。"任何人在香港口中不讲《围城》，专栏中不提《围城》，此人便算不得"in" person。晚前估计大作在港销路恐有问题，此回要"跌眼镜"矣（广东人称估计错误，沪人所谓"看豁哉"）。一笑。

蒙赐照片一帧，大作一份，精神尤胜晚等后生，而文章词藻之美不胜收，无一句不是epigram或pun，通译者何能胜任？日本人现懂国语者越来越少，恐难以欣赏原作之精妙处，大概像猪八戒吃人参果，吞了再说。

阿聪为人感情奔放，性情中人，应生活于十九世纪浪漫主义时代。第一任妻子为当代大提琴家Menuhin之独生女（前妻所生）。现代乐坛完全为犹太人所把持，他之能打入乐坛后直上青云，多少与婚姻有关。成名之后，以其dark & handsome，到处有人投怀送抱，而阿聪亦非现代柳下惠，艳史频传。后与一瑞士女音乐家善，为私家侦探捉到把柄，引至离婚，并负责女方生活费（为其收入三分之一），但翁婿感情虽不如前，尚能维持。及至以色列及阿拉伯国家七日战争，阿聪公开表示同情战败国，遂遭犹太帮封锁，本身成就及地位尚未达到大师级，故只能在乐坛浮沉。年来未能扬眉吐气，挣扎图存，极为不易，故痛苦异常。平时自称为"卡"级钢琴家，盖不上不下也。美国更是犹太帮天下，故誓不踏入美国，而美国独多有钱之妇女，自命风雅（以居寡之老妇人居多），如获得她们的matronize（此字为晚所杜撰），生活问题便可解决。阿聪绝不屑为之，苦闷异常。目前co-habitate之香港女钢琴家，性格不合，无家庭乐趣可言，友人均爱莫能助。知先生对他亦甚关切，故顺便将其情形奉闻，不足为外人道。

前曾寄上《中国文化研究所学报》一九八〇年第十一卷，内有王煜之《管锥编》书评一篇，此人居然敢评大作，已非易事。晚为挂名编辑委员，从未与闻其事。刘殿爵教授亦不愿任编辑，因前任始终未编好，目前只好勉为其难，得过且过。王煜君为本校哲学系讲师，其学士、硕士、博士均得自香港大学，可以说是地道的香港土产，可能为自修喜读出身，然在港已万不得一，平日发表欲极强。殿爵教授说他书评中常有自传成分，不合体例，因刘平时极少臧否人物，对他的文章不肯多置一词。然晚对他的书评毫无兴趣，因他一开始，即将先生和朱光潜相提并论，就此看不下去了。

学校方面最近有人来征询晚对邀请先生来中大讲学事之意见，晚据实以告，听他们的口气似对此举已有动摇之意，希望他们理智一点。港大请了卞之琳、王力、刘海粟，无不大失所望。肯来者未必好，好者未必肯来，此种浅显的道理，还要说明吗？专此即颂
双安。

晚　悌芬顿首

81年二月十四日

（12）

锺书先生大鉴：

奉二月廿七日大札，后二日又自马校长处转来惠赠之人参四枚。不瞒两位，我们今生尚未吃过人参，当去问过中医然后再服用，免得做猪八戒也。

本拟即作复，奈以前日晨睡眠中不慎，转身时太快，引致旧疾头晕症复发，服药后，瞌睡不已，故精神不能集中。今日稍痊可，故作此复，以释悬念，并致感激之情。

大作畅销，而先生独能以出世态度处之，真大智大慧之哲人。所引祸福倚伏，乃是晚心中想说而踌躇说不出口者。不论中外古今，任何作家之作品一成为畅销书，一方面名成利就，一方面毁谤忌恨随之而生。盖有了读者，便是有了群众，成了目标，是福是祸，便难以预测。所幸先生作品当年不为人所注重。大家都奉周、沈、李、万等为偶像，遂得平安渡过多重难关。目前先生重要著作已皆完成，可以问心无愧，安然度此余生，即使因此遭忌，然以先生之声望及国际地位，亦无再遭无理打击之理。此书之终于被再认识，虽然迟了三十余年，却正是适当

时刻，视之为锦上添花固可，视之为霜叶红于二月春花更可。晚一看到香港的反应，便知此书来头不小，其势沛然而莫能御。私衷为先生贺，奉信后更为先生智者之言所感动。晚早已看透一切，多年来即抱“苟全性命于乱世”之旨，根本谈不到有何雄心壮志，自去年能与先生通消息后，便觉此生再无余憾。

又有一问题相烦：周清真《西河》——金陵，上片末句：“赏心东望淮水”，《片玉集》，唐圭璋《全宋词》，俞陛云《唐宋词选释》均作“赏心”。查赏心亭为金陵名胜。宋初丁谓（？）所建，辛弃疾有词《水龙吟》咏赏心亭，辛在苏后，可以不论。苏东坡《渔家傲》——“金陵赏心亭送王胜之龙图”，周在苏后，无不知赏心亭之理。今胡云翼词选作“伤心东望淮水”，今又收到陈毓罴寄来《唐宋词选》，亦作“伤心东望淮水”，不能无疑。晚以为周词重含蓄，此次是普遍的感慨，不如“六丑”“蝶恋花”等词之personal，如直接开门见山说伤心，似不合他的风格。故晚个人宁取赏心而不取伤心，不知尚可立足否？有暇盼赐指示以释疑情。此间乏解人，亦少可谈之人，香港人只能作手谈，谈论学问或笔谈乃强人所难。一笑。即颂

双安。

晚　悌芬顿首

81年三月十一日

整理者按，关于上书末段宋淇所问，兹节录钱锺书1981年3月18日复书：

垂询清真词，兄言是也。忆梁任公女令娴《艺蘅馆词选》、龙沐勋《唐宋名家词选》皆作“伤心”，不知何本。此篇皆对“佳丽”而“记”“盛事”，本刘禹锡《西塞怀古》绝句（即《月过女墙》）。首

以“谁记”（旁注：半主观）冒，中间指点物色（旁注：客观），结处先以“想”（旁注：主观），后以“不知”（旁注：半主观）属“燕子”，犹“记”属“谁”，作者不自言（“犹记”“也知换世”），含蓄如兄所言。“伤心”于结构上，出现太早（下尚“酒旗”云云物色），于情调上，语气太露，全词乃elegiac（旁注：惆怅）而非tragic（旁注：悲伤）也。选词诸同人皆实不解文学（literary sense）；其学尚未足以为“学究”，而其才断不能成“秀才”（王荆公语：“欲变学究为秀才，不知变秀才为学究”），告兄知之，不悉认真看重著作也。

半主观→客观→主观→半主观（首尾呼应）应所谓“常山蛇势”（cf《管锥编》230、1411-2页）。

（13）

锺书先生大鉴：

一月廿一日寄翰收到后，至今方复，说起来话长。晚自去秋以来，即感身体不适，后终于决定入医院彻底检查。这架老爷车日夜奔驰，是应该入厂修一下引擎的时候了。一月廿八日入院，二月中方出院，三月初住在家服药调养后复去复诊，然后去向校医处报到，商讨以后治疗方式，才正式回办公室处理公事。检查结果为原疑肠胃部分可能有问题，竟告无事，而意外发现血压奇高，主要原因为心肌受以前手术影响向左倾倒，以致肺容量缩小，易患气促、心跳加速、血压增高。现除服降低血压药外，必须时时留意饮食（目前须戒盐），接受物理治疗，避免情绪紧张。如能照此做去，仍可带病延年。高血压为现代文明产物，患者众多，幸能及时发现，否则拖延下去，可能促成措手不及之急症，斯则又为不幸中之大幸。

前曾提及之美国女作家Susan Sontag曾于1980写文介绍Elias Canetti，

当时无人注意，因此人原籍保加利亚，久居英国，而以德文写作，知者绝鲜，不意去年荣获诺贝尔文学奖，美国各资料室电脑设备的memory bank都没有他的名字。Sontag于是大受人注意，青年人更目她为偶像。近闻她的新文集，所论作家均为晚所未之前闻者，唯有自叹落伍。

此方面晚尚有自知之明，大札所云诸君子即不闭塞，仍为冬烘头脑，其言可称一针见血。但彼等仍在不停讨论随笔小品，殊不知此类文体已在英美绝迹，现在的essay唯一存其名者为*Time*周刊的Time Essay，然性质、写法大不相同；他们仍在提倡报告文学，殊不知现代小说报道与虚构其中界限已不再泾渭分明，Truman Capote的*In Cold Blood*用的是真材实料，讲一件谋杀案，却名列小说畅销榜首。旧友馨迪兄因为珍珠港事变前后曾有一批诗集流销香港，有不少人均称他为新诗重镇，复获叶维廉教授青睐，得以在会后留居学校，做学术演讲，论调仍是三十年代的一套，诗必须明白易晓，节奏易于朗诵，主题健康云云，有时讲到海外中国作家，每与时代脱节，好在看他年逾古稀，大家对他要求也不太高，即为一例。

兹有一事相恳，本校同事陈方正博士，为以前香港中学会考状元，获得奖学金去哈佛获学士，后在Brandeis大学得博士学位，专攻物理，原任物理系教授，后由马校长聘为秘书长，等于是大丞相，非但中英文精通，语言能力极高，为人亦极厚道可亲，自然科学之外，对文学极有兴趣，晚中心之出版著作亦极受赏识。平时对先生伉俪诸作倾倒备至，下月或可能来京，拟来府上拜望。晚以其为人好学在港尚不多见此种通才，故愿为之作介，届时可能造府，烦渎清神，特此预为先容，万勿见怪是幸。校中其他人士，晚均推以事忙至需静养，无暇接见太多客人，加以婉辞，此后亦不见得会有他人再来烦先生。

葛浩文君（Howard Goldblatt）拟将《干校六记》译文交《译丛》发

表，彼本希望能代为出单行本，但该书中文版权属《广角镜》，恐感不便。如不出中英对照本，则篇幅不足成为一本小册子，如对照，非但版权有问题，英译亦极难表现原作之subtlety——此点译者亦承认。原作译为外文，照西方通行规例，必须事先取得原作者同意，则《译丛》要先向原作者打招呼了。照理《广角镜》方面似无权干涉，然为礼貌起见，是否应知会一下？

赵元任老先生去世，也算福气，此人语言学方面之成就，晚不敢置一词，但非常欣赏他好写pun的癖好。他生了女儿，写信给Russell，云他们是the causes of the present chaos in China。他看了一部中国电影，其中男女主角不肯同吃一只梨，因为吃梨之后要分离，英文字幕冗长而说不清楚，他说：何不改成you can't divide a pear（pair），真是飞来之笔。

最近Evelyn Waugh的*Brideshead Revisited* 改编成电视片集，先后于1980年冬、1982年初在英美上映，轰动一时，绝版之书重印又复畅销。此书晚于五十年代时曾阅多次，深喜之。背景人物均为牛津二十年代人物，主角是夫子自道，其中隐射当时同学，包括Peter Quennell、Harold Acton等文人，导师则隐射Maurice Bowra（晚知此人学问不错，精通多种语言，后颇享誉）。Waugh笔下竭caricature之能事。批评家对此书毁誉参半，精装本出版于1945年，企鹅平装版则出版于1951年，不知曾过目否？匆匆即颂

俪安。

晚　悌芬顿首

82年三月十五日

（14）

锺书先生大鉴：

三月二十日大札收到多日，琐碎待办之事极多，加以等待葛浩文《六记》之英译，故未能早日作复为歉。所可告慰者，自遵医服药调养后，血压已恢复正常，而药剂亦自每日三粒减为一粒。以后如饮食能减少盐分，避免过劳，或可置于控制之下。

《译丛》第十三期方赶出，为“中国史学专号”，中有余英时、Burton Watson等作品，因此种性质之书不多，在今年AAS大会尚受欢迎。现由平邮寄上平装、精装本各一册，请加指正。

葛浩文《六记》初稿已译毕，除少数俚语及典故外，对原作尚无严重之误解，自知对表达原作之含蓄和字里行间之意不能胜任愉快，总算有自知之明。经详细校核后，发觉其译笔颇平实，虽乏神采之笔，但亦无大谬误。有些地方则连晚都不晓其详，因为究竟是久居都市的知识分子，五谷不分，故将心中有疑问而没有把握者另列一纸附上，以便求教。现代美国青年学生英文写作能力普遍降低，有了电视之后，此种趋势更为明显。平日与友人谈及，即求之于目前英美汉学教授中，英文写得有格者亦不多。英国得一Hawkes，美国得一Watson，大名鼎鼎之Hightower亦难使人折服。无怪志清会受彼邦人士看重。Hightower退休后，由Yale之Stephen Owen（专攻唐诗）承其缺，尚为少壮派，作品尚无机会详读。

中国年轻学者中，尚一时无人可以接承志清和英时两兄之成就，所谓“接班人”不是不用功，不是没有才能，但时代不同，背景不同，所受训练亦不同，欲发扬光大前贤之业绩则为另一回事。余国藩有神学与比较文学之根柢，通希腊、拉丁古典文艺，且具旧学渊源，所译《西游记》有时仍需刘殿爵教授审阅。王靖献（笔名叶珊）为陈世骧关山门弟子，颇知刻苦自励，攻《诗经》及古英诗，写得一手好散文，但学问、英文行文方面尚有所不足。李欧梵最近为芝加哥大学挖去，原随费正清读中国现代史，近改修现代文学，人天分极高，文字亦潇洒，尚有待进一步苦修方可成大器。其余诸子或有一技之长，或徒有虚名，自郐以下，更无论矣。我们这一代对先生就觉得高山仰止，无力为继。柳存仁兄曾云：寅恪先生之后有谁？默存先生之学现又有谁可获其心传？我们都已愧对前辈，谁知我们以勤补拙得来的一点粗知浅学，都难以觅到接棒人？目前流行电脑、传播，文学则唯结构派马首是瞻，趋之若鹜，令人浩叹！

诚如先生所说，Waugh的文笔极好，现代小说家中极难见到同等功力者，出身牛津，且具天分，其不同凡响，固自有由来。近阅Waugh之长子一文，云小说中之Tony，并非Acton，当时人俱以为Acton喜美术，遂误信此说，其实另有其人。小说家写人物性格必为composite，不必根据某一特殊人物，自不待言，否则又成了刻舟求剑的索隐派了。读Auden传，云其在牛津时，亦从Coghill读古英诗，由此可见牛津二十、三十年代人材辈出，令人向往当时盛况。其后国运文运日衰，好景不再，以致今日受辱于阿根廷之手，令人不胜感慨。

北大教员张隆溪君由叶维廉介绍来校访问一月，曾晤面一次，未及详谈为憾。据云先生事忙而访客如云，普通访客只得婉拒。早知如此，则不应介绍陈方正君来拜见了。行前曾云怀了朝圣的心情去京，如见不到先生的话则入宝山空手而回，未免有虚此行。以其念诚，故冒此大不韪。以后再不为继，免得有渎清神。到头来应酬访客如何可与修订《谈艺录》相提并论？

《抖擞》月刊早已收到，大作为一eye-opener，从事翻译工作多年，对此第一篇翻译作品竟无所闻，对先生之渊博固感佩，对本身之浅陋更无地自容，始知坐井观天徒令人笑，乃“无可奈何”之事。即颂俪安。

晚　悌芬顿首

82年四月廿八日

（15）

锺书先生大鉴：

四月十八日大札收到后，尚未作复，又复获五月四日函连同作者释疑及勘误，令晚既感且愧。前辈风范，谦虚又复认真，岂后生小子望尘可及？

载有耿德华君（Edward Gunn）译文之《译丛》出版后即寄奉原作者两册。现在方知由张隆溪处才阅到，深以为异，接信后即查询，据云可能套错信封，误寄上词专刊，而该期则另寄他人，可谓张冠李戴，荒唐之至。兹已嘱同事另行寄上两册及史学专刊一册，并志歉意。

耿德华君为当代青年汉学家三剑客之一，现任Cornell大学助理教授，因年资浅，尚未获实授。美国近年每大呼因经济困难，对青年学者仅授三年合约一纸，如满意再续三年，约满即辞退，因届时不能不升为实授副教授，且每年薪水递增，何不另觅年轻博士代之，又卖力，又省钱，一举两得，何乐不为？故此辈多浮沉学海，到处觅一枝之栖，其情可悯，真有斯文扫地之叹。耿君现已续约，故战战兢兢全力以赴。其学问与另两人各有千秋：旧金山大学实授副教授葛浩文（许芥昱之得意门生，为其所力保，许为人为学极可取，惜为人耿直，故未能打入Ivy League大学之门，最近为暴雨激流连人带屋冲没，亦一大惨剧）及洛杉矶加州大学之Perry Link（林培瑞）。三人均受同类训练，用direct method，故能操流利国语及通晓语体文，尤以林一口京片子令人闻声起敬，但对古典文学缺乏基本训练，犹如今日香港、台湾之一般中国大学生。与前贤相比，口说及阅读近代作品能力较强，其余则不逮远甚。Watson之日文犹胜中文，Hightower亦精通日文，往往可借重日本学者之研究成果，Hawkes除日文外，复精通拉丁及romance语言，则更属难得。但中国近代文学又有多少题材可资研究？耿除其沦陷区作家一书外，完成现代戏剧一书，现正从事研究现代散文；葛除鲁迅、萧红外，旁及台湾乡土文学；林的博士论文为鸳鸯蝴蝶派文学，已出书，现改随侯宝林习相声。总之，三人已逐渐坠入魔道而不自知。志清当年亦自现代文学入手，后知自拔，改习古典，除小说外，兼攻元、明、清戏曲，仍可成一家言。三剑客如不改弦易辙，总有一日发现此路不通。何况我们贵国的留学生也在走这一条路，如胡君不专攻钱锺书即非他们能力所及（港大有位讲师，专攻鱼目诗人，宁非怪现状？），将来兔死谁手（不能说鹿）亦一大问题。此种事，作为笑谈可，作为伤心话亦可。

耿德华君译《风絮》病在对原作中对白的反话、有刺的话，有时看不出来，后曾在办公室与他讨论了一小时，事后他抹汗不已。话剧的重点在话，而不在剧，但也不能责其一人。昔年有人译易卜生，少奶奶的扇子，何尝不胡言乱语。葛浩文君大体对原文认识正确，自知力不从心之处往往注出，其病在文中暗隐的典故无从觉察，固不能深责。原作近结尾处引柳永词两句，应为柳词“凤栖梧”，而刘若愚在其书中断定为欧阳修之“蝶恋花”，唐圭璋在《全宋词》柳词后有小注：“别又见欧阳修《近体乐府》卷三。”“伊”字一般洋人均依张相《语辞汇释》译为you，窃不敢苟同。依照原作语汇及原作引文后的“祖国”，似应译为her为宜，尤其在祖国译为motherland之后。张相所引之例多数为“你，伊”互义，不可拘泥执着，浅见不知有当否？

近阅李治华夫妇所译《红楼梦》法文全本，觉其太“死心眼儿”，大概受了他业师d'Hormon（铎尔孟）的影响，例如袭人译为Bouffée de Parfum，与前人英译Bombarding Fragrance 相辉映。十九回元春省亲后，见驾谢恩，“龙颜甚悦”，Hawkes译为“the emperor was visibly pleased”，李居然译为“La Face de Dragon du Fils du Ciel témoigna d'une grande joie”，无怪法国学人均表失望，而Jacques Dars（年仅四十）的《水浒》全译本珠玉在前，更形失色。译本之难，不在功力而在有无慧心，于此可见。录之以博二位一粲。即祝

双安。

晚　悌芬顿首

82年五月十二日

（16）

锺书、杨绛先生大鉴：

欣接三月二十日华翰及亲题大作一册，喜出望外。

锺书先生信中最后所论一段，晚存之于心已有多日，但不愿再说，恐造成“小心眼”的印象。这位名教授在中学时常奔走于晚门下，自命为文艺青年，向晚借书阅读。其后以侨生资格入了台大英文系，后以诗人作家身份，代表香港去参加聂之未来夫婿所主持之“作家工作坊”，然后再入Princeton，研究Pound之译中文诗，获得比较文学博士之名衔。因缘巧合，彼时攻比较文学者绝鲜，得风气之先，遂入加州大学San Diego分校任教，在洋人前教中文，回港，则反教英文，其实二者均不通，完全是南郭先生一流。而加大并非所有分校均为第一流学府，Berkeley可入前十名，尤以科学为著名，L.A.亦近得名，再下则为Santa Barbara，其余分校并无地位，但彼以名校大教授姿态出现，亦无如之何。来中大访问，照理他是比较文学组的客卿，明知晚是中心负责人，

故意不理，从来未做过任何表示。晚非做官之人，从未以主任自居，对比较文学组一向尊重，为他们捐书、捐钱，而从不顾问业务，写年终报告，亦由他们自写，另外独立，可以说仁至义尽矣。想不到他非但忘旧，而且忘本，直到鱼目诗人及馨迪兄前来见晚，始觍颜陪同齐来，晚亦客客气气。他以与陈方正兄中学时相识，故自命可直见校长，目中无人，直接建议聘请专家四人为该组之名誉顾问，晚一直到校长的副本前来，始知其事。后文化研究所所长郑德坤（现已七十六岁，曾任剑桥Reader，为本校之文学院院长、副校长，退休后，前后两任校长均挽留其为名誉所长。大家都称他为郑公，为国立厦门大学名誉教授。国内青铜器在美国展览，纽约Metropolitan Museum聘他为顾问，前往主持，为铜器、玉器权威，所藏木扉古玩字画，价值以百万美金计。为人极厚道，是典型的忠厚长者。他是洪业、邓之诚的弟子，为首届Harvard-Yenching fellow。）向晚询问事先何不照手续通知他一声，中心隶属研究所，理应知会所长，晚即以实情相告。他大不高兴，认为此人不懂办事手续，即使不向执委会提出请求，至少应以致校长函之副本分致所长及中心主任。过不了多久，他忽然有一天去见郑，说比较文学组想请北大的张隆溪为访问研究员，郑君根本不识其人，原来他也不屑去见所长，即问他有何根据，他居然说是钱锺书先生所推荐，郑即答以既是钱先生推荐，请将钱先生之函送来，以便在执委会提出，他支吾以对。其后郑君即来相询，云是否与钱锺书先生相识。晚说其他不敢说，相识事不成问题。然后即谈到张隆溪的事件，晚即说至少钱先生在信中未提过此事，且晚素知他为人，很少会管这种闲事。郑即云：岂有此理，他信既拿不出来，根本不必讨论。过了半月，他又去催询，郑即不客气对他说，你既属中心，照规则应请你们中心主任前来，我相信他同钱先生必相识，如有何推荐，自会知照他。何况访问研究员俱属成名的大学教授或副教授，副研究员也至少是有博士学位的讲师，张君资格只可做助理研究员。请你以后不要随便来我办公室，浪费我时间，否则以后张三、李四前来，我不必做事了。他碰了一个大钉子，也不敢前来找我。其后他自知此路行不通，只好去求陈方正兄帮忙，由学校协助，英文系出面请张君前来一月，也不敢公开张扬。最后学校举行改组，郑公即在执行委员会提出，将比较文学组取消，认为他们的工作一半以上与中国文化无关，且独自行动，事先从不知会，但发消息则又利用文化研究所。其次，顾问四人，可能为比较文学专家，但经过打听，没有一个懂中文，况且学校紧缩开支，研究所与中心无力负担他们十五万的常年经费。晚以当时纳入比较文学组为原经手人，现在如此做法乃出尔反尔，故表示弃权投票，结果以四票对一票弃权通过。决议案上校长室，陈方正兄事后知道，他大概也听到消息，就派袁鹤翔和他的得意门生郑树森（马来西亚华侨，亦加大出身，英文比他好得多）来见我探听情形。我据实以告——张隆溪事当然不提。其后他去找陈方正兄商量是否可补救，方正兄皆以所方理由光明正大，有根有据，后来商量出办法，比较文学组照其他学系退回英文系，由division改为unit。袁鹤翔来求我旧办公室可否仍然沿用，因英文系实在没有空余的办公室，晚当然愿意协助，即去婉陈郑公不为已甚，郑公云目前不成问题，将来如两方需要，自当收回。这就是他飞扬跋扈的下场。他来访问了两年，一方面留恋中大的地位、享受、风光、待遇（其时港币尚未贬值，港大与中大教授之待遇为世界一流），另一方面又不舍得加大的Tenure，结果还是回加大去了。

张隆溪来后当然不知此事，与晚谈话次数不多，但极默契，最近亦时有信来。不知会不会有可能先生在见到叶维廉时，偶尔提及张名，遂令他借假名义。如果没有，则此人简直是个liar，不可救药。

又，此次美学专家前来就钱穆讲座教授，第一次在大堂，听众仅三分之一，约二百人，共三四十分钟。第三次仅数十人（改为小课室），不足二十分钟，成为一大fiasco。他的桐城国语粤人一字不懂，与钱的无锡国语不相上下。晚前次相邀，实出无奈，但知如是讲座之名，兄未必允会来。信亦经送他们看过，表示晚已尽了全力。晚对叶事，如骨鲠在喉，不吐不快。乞谅此种少见的outburst。匆匆即颂

俪安。

又及，陈方正兄今日随一团体回去考察参观，一切由接待者安排，大概会在京逗留几天。据彼云如有时间定当到府拜谒。可能此信到前已相见亦未可知。临时通知，来不及准备，后请其带点微物略表心意，所谓“意思意思”而已。

承友人代购得磁震布鞋一双，每日只须着两三小时，近一月来健康颇有进步（不知是否有关？），故已能回校整理文件。又，家岳母亦已自香港移居九龙教会办之老人院，省得内人过海奔波，全家心情为之一松，这也是晚近来身心均有安全感之因，想定为您等所乐闻。晚多疾之身一直为友好所关怀，故如有转机，大家均可释念。AAS年会已告结束，现正静候他们的报告。

晚　悌芬拜上

83年3月31日

整理者按，关于有人在港假借其名事，钱锺书其后曾致老友书中言：

所言某君事，弟已知其借贱名招摇；其在美到处交接学阀名流，为耀名地位计，弟亦晓一二。“后生可畏”，Young men in a hurry愈“可畏”；然持较Johnny the Apostate最近拉扯到贵校之二人，纯然charlatans，则此人尚小有才学，《至正直记》所谓：“昔时人中拣贼（to be rejected），今日只能贼中拣人（to be employed）。”弟于后生辈

不介自来，灌米汤、burn incense者，皆有戒心；《也是集》103页、110页，已微示鄙见。

（17）

锺书先生大鉴：

得华翰总是人生一乐，欣赏书法并可领略文采，而信手拾来，均成名言隽语。元璋后人此次前来，有人要求晚转载书评区，晚以不令学校难堪，遂体上天好生之德，加以婉却。同道先生（彼现在已全盲）则与他二人自拉自唱，令人叹为观止。按元璋后人看上去似血管已硬化，血不易到脑部，经常缺乏氧气，故对时间观念、外界反应，似一无所觉。此来收获甚丰（指cash），而木公（谐音，另有他义，见下）当然不会在其下。晚为彼等二人作一联：

一双极极水友客　两个行将就木人

“极极”为广东人的特有说法，即“极其”（或沪人之“交关”“邪气”），“水友”亦是典型香港广东人口语，等于北方话之“糟糕”“陋（读如搂）蛋”，上海话之“推板”“蹩脚”。可惜水和木不能并列，为憾，否则真是妙对。

木公昔长新亚书院，后得美亚州协会、耶鲁大学之支持，大张旗鼓。三年后两资助者发现其并无会计制度，得随时凭条支付：“某某人母病需医药费×千元请照付”，看得目瞪口呆，故随后促进其加入中大为成员。然彼不能说或听英文及广东话，甚至国语，每次开会均要带翻译员一名（懂上海话者），笑话层出不穷。中大规模虽小，然原则上均希望能照章行事。某次为决定中国历史讲座教授，木公云非其手下之某人不可，其余诸人云不如向校外权威人士咨询，彼即拍桌大叫：要什么权威，我就是世界权威！大家为其气焰所慑，即通过如仪。其后，又为了史学讲座教授，他又想重施故技，坚持要为他同乡某人力争，此次则其余两院长均不允，他坚持投票表决，校长左右为难，弃权，结果以两对一票否决。彼即恼羞成怒，拂袖而去，此后即表示消极，终于挂冠而去。外间传说云其思保存中国传统文化精华不果，故唯有乘桴浮于海。结果耶鲁请他去了一年，亚洲协会请他去马大两年，胡适、林语堂相继弃世，经人推荐而承其缺。台北的“中研院”为胡适、赵元任一系所把持，木公始终不获提名，傅斯年死，胡适上台，一仍旧贯，据说后由当局亲自下手谕，方得入院。入后既无表现，亦无发言权，反不如余英时兄之受重视。

英时兄为人厚道，因彼自新亚研究所出身，故称其为师。弟当初以为木公能调养出这样一位弟子，必有两下子，故详加询问，其后始知英时兄抗战时随其伯父读古书，通文史，然后再受正规教育，其大学乃在燕京历史系，曾受邓之诚、齐思和、聂崇岐、洪业等熏陶，去哈佛师事杨联陞，方能有今日。最近杨已退休，且早已志衰多病，刘子健（比晚低一班）亦曾患精神分裂症，何炳棣则火气远大于学问，三人均已成过去人物，独得英时兄在挑大梁，其余反而是洋人世界。可叹！

《六记》一书（非《干校》，乃《浮生》，一笑）非但葛浩文，连白杰明也赞得世上少有，现在这代洋人不看古书，由于林语堂的译文知道有此书，其后有机会见到此书，勉强能懂，不胜之喜，自以为博古通今起来。晚同他说过，他非坚持不可，其实这种专门洋销的古董也许生来就是唬洋鬼子的。Perry Link拜侯宝林为师，还听说侯为大学名誉副教授，未闻Bob Hope、Jack Benny出任哈佛、耶鲁之名誉教授。侯当然为相声一道之杰出人物，然置之于最高学府，若如此则不知有多少精通一技之士都可涌入最高学府去了。话说回来，最高学府中的诸位有多少是名副其实的学人，此则方是致命之伤。年渐老而牢骚渐多，请两位不要

见笑。即颂

双安。

晚　悌芬顿首

八三年四月廿八日

整理者按，钱锺书阅葛浩文为《干校六记》英译本所作序后，作书宋淇：

葛君序谓弟自云不喜沈三白原书，实涵深喜之意，读之失笑。“When a diplomat says ‘yes’, he means‘perhaps’. When a lady says ‘no’, she means ‘perhaps’. If a diplomat says ‘perhaps’, he means ‘no’. If a lady says ‘perhaps ’, she means‘yes’. If a diplomat says ‘no’, he’s no diplomat；& if a lady says ‘yes’. she’s no lady.”禅宗亦有“打是不打，不打是打”之谑。弟宦非外交家，性别非女人，发稀未成秃瓢，难充和尚，而说话亦如“风月宝鉴”之须反面看，大可笑也。愚夫妇均不喜《浮生六记》，说来话长。然今日美国学究辈，竞赶时髦，奉Jacques Derrida为圣人，读书时高谈“La mort de l’auteur”,“La mise en abyme”,“Free play in interpretation”。见仁见智，呼马呼牛，任之而已。来书所举后起才人，读之鼓舞，然“惟贤知贤”，非兄具超卓之识见，广大之度量，安能鉴别之，爱赏之哉！……

（又告以）志清上周有信来，欲回国探亲，命弟设法，弟与院中商妥，发电邀请其来华“参观访问两周”矣。

整理者按，夏志清1983年6月21日经港抵京，钱锺书知宋淇关心，7月1日即函告：

他在京只五日，要游览，又要看访人，真是日不暇给。我衷心愿他下次再来，可以多住一阵，这次不去侵占他的时间，没有到旅馆去拜访他。他来我处畅谈三小时，吃饭又畅谈两小时许。

（杨绛打趣云：）（抵京）当晚我们院部的最高负责人设宴款待，鱼目和晨钟皆在座。志清席终笑说："这么多菜，比读博士的courses都多了！"妙语双关，可惜了解者不多。

（18）

锺书、杨绛先生大鉴：

自前次奉上一函后，家岳母即于五月廿三日逝世。彼为基督教徒，故云寄居尘世一百零一载。中国人云凡寿过八十，均算喜丧，人达一百，则讣文应用红色字体而不用墨色字体。晚等尚不致如此之急欲标新立异，为她办了简单而大方的宗教仪式算了。这三年来，她因跌了一大跤而入医院，把我等二人，尤其内人，拖累得很是辛苦，现在大事一了，经济上、精神上以及身体上的压力忽然失去踪影，颇有点像太空人的失重状态，大概也要经过一个时期方能适应。

译者葛浩文将以前的序扩充为文，变成一篇论文，到东部的圣约翰大学的现代中国文学研讨会去宣读。美国学人颇会这种手法，所谓"一鱼二吃"，必要拿水果的最后一滴汁榨尽，方始觉得够本。葛以许芥昱惨死，许氏生前对他很好，所以他比别人晋升为正教授为早。许氏死后，他就取许的地位而代之，野心颇大，信中云想成立中心，又想办一刊物，且看他是否会给胜利冲昏了头脑。现在年青一代治中国学者，均用direct method学中文，所以听、说、读都不成问题，还有两人能写流利的白话文，可是同敝本国的中文系学生一样，古典文学根底极差，几乎看不懂。例如《六记》中的"离愁""剪不断"等浑不知出处，所以将来成就有限。五四时代，不经一读，大家只好研究萧红、沦陷区时代文学、鸳鸯蝴蝶派文学，最近一窝蜂抢译“伤痕文学”和“朦胧诗”，可叹，可叹。

葛氏此文大概寄给国内友人，有人替他译成中文，连载于本港《大公报》上。此人还替他补了两条小注，索隐其中人物，殊不知《六记》的宗旨就是要使其中人物写得impersonal。听说晨钟君病重入院，译者恐是这一流人物，殊失原作本旨。

去年秋晚中心添了一位得力助手，闵福德（John Minford），彼乃霍克思之得意门生及女婿，牛津Balliol一级荣誉生，澳洲国立大学随柳存仁读博士，Penguin classics 的第四册《石头记》由他译出，已出版。霍克思君认为原作为二人所作，则理应分由二人翻译，身体力行，真有见识、有胆量。他的英文极好，中文的白话文大概比不上前说几位，可是古文根底不错，所以前途反而比余人广宽。霍克思已在Wales买了五十亩田，今年年底退休，最近已将初译《离骚》大半修润完毕，从此向学问告别，归农田园，颇有陶渊明之风。他真是一位奇人，连轻松的fellow都不愿做。闵君曾在天津外语学院任教两年，向其问起，云多次想来拜谒朝圣，然最后失去勇气，终于不敢渎烦。晚希望他能安定下来，则自己可早日脱身，虽然并没有任何计划，也提不出什么名堂，只是想享两年清福。

陈凡访问先生译文，想他必会寄上。葛君一文的译文，将来也会有人寄奉，但还是同函寄上。将来出单行本，他应重新写过，我们必会留意细节，有的话不许他乱说。

柳存仁兄来港任港大校外考试委员，彼为*Renditions*新串编一期*Middlebrow Fiction*，大家都以为他专攻道家，其实真正所长乃在通俗小说，对各家各书历历如数家珍。该期有王际真译《醒世姻缘》数章，他已八十余，此后也不会有任何译作，究竟是第一位打入美一流大学的中国人，而且与志清兄无一面之情，竟力荐其继任哥大之职，颇有古时山东人的爽朗作风。志清论《玉梨魂》一文亦极见功力，但出版期又要推迟了。存仁兄见到了余国藩，相见恨晚，对其深表钦佩。《西游记》英译四厚册已全部出版。即颂

双安。

晚 悌芬顿首

(19)

锺书先生大鉴：

接奉六月二十日华翰，想志清兄已见到，久别后作深谈亦人生一乐。彼读书既勤且广，在本身专长之外复留意世界文坛趋向，实不可多得，晚望尘莫及。其实越是这种人，越是要争取，至少给世界一个印象："连他都回去了！"何不思之甚!

前曾寄上一记录文章，兹又附上一短文。此文作于去年夏，至今年觉得又有些要补充和修改：(一)余国藩的第四册[15]已于今年初出版。(二)李治华之法译本虽经联合国文教会定为丛书之一，但译得极"死心眼儿"之能事，实应除名，例如元春省亲后回宫，报告经过，下文是"龙颜大悦"。Hawkes译为：The emperor was visibly pleased。李译为：La Face de Dragon du Fils du Ciel témoigna d'une grande joie。二位读后有何感想？(三)丰子恺第二册《源氏物语》已出，仍是不行。(四)把梁实秋放在第一，乃时间先后关系，不以人废言，他不会译诗，故*Henry IV*不及吴兴华，*Hamlet*不及卞之琳，但他的对白、散文、双关语等实不在任何人之下，况且中国有谁译了莎氏全集？(五)杨必的《名利场》应列入，初为中国文人词典所误，云其将原作部分浓缩，实则乃另一册《剥削世家》之误。且晚所核对者为商务之简本，对原作没有校

核过的一概不敢写，以示负责。（六）霍克思修订《楚辞》，即将付印再版，将来亦可列入。国内的《简爱》新译本据说很好，但还没有时间去买和校。

晚于上月获香港翻译学会所颁之荣誉会士名衔，第一位是与李约瑟合作之何丙郁。下次当将Acceptance Speech之底稿寄上以博一粲，不是为荣，其中举的例极好笑。翻译虽小道，沉迷其间，颇能耗人心智，只有学书不成、学剑又不成如晚者走此羊肠小径，其中甘苦固不足为外人道，唯有向知我如贤伉俪前方能一诉衷情。匆匆即颂

双安。

附致志清信，请代转。

晚　悌芬顿首

83年6月27日

又，附上《世界译坛的新方向》及致Ellwood信给志清。

（20）

锺书、杨绛先生：

前曾上一信，无非说些文人掌故，聊以解暑。近来写文和读书遇见不少问题，只好写信来问不缺角的万宝全书了。

整理者按，以下大段解释美国出版英译杨绛《干校六记》精装版拖延的原因，在于宋君几次否决美方提议的作者序。此处从略。

同时寄上《读拜伦诗四节三译商榷》一文，其中有几点，想请教一下：

（一）吴兴华译为“唐琼”并没有错，这是我疏忽，没有查Daniel Jones，到现在为止仅有“琼”一音，美国字典读如wan，*Longman*字典二音并列，志清云我冤枉了兴华，当更正。

（二）George IV (1820-1830) 即Regent，因其父George Ⅲ最后九年发疯，由其以Wales之Prince的身份任摄政九年（1811-1820），拜伦讽刺一向一剑直刺对方，不会中途一招化为两招分刺二人。文章发表后再读时心中起疑，一查果然。当时在校，曾修英国史，大概后来闹罢课，这一时期都没有好好读书，致有此失，三译者均误。

（三）epic renegade，志清来信云晚的解释很牵强，他直觉上认为查译“头号叛徒”可取，但“叛徒”应改为“变节者”。最后一点是他不明白国内对叛徒的用法和意义，不论。问题是epic作为形容词，1950年版*Shorter Oxford*仅有二解，都是pertaining to epic poetry，作为名词，则为epic poem和epic poet。*American Heritage*大字典（此书极佳，与*Random House*大字典争取了*Webster*的销路），作名词第四条Capital E：The form Ancient Greeks used in epic poetry，作形容词第三条Resembling the epos in grandeur，scope or theme, heroic：“Theresa’s passionate，ideal nature demanded an epic life”（George Eliot）。汉英字典即根据此条而来，查译显然同一来源。但查史实，Southey于1819年忽然发表在牛津读书时花了三天写的短剧*Wat Tyler*，为议员在国会指摘为renegado（按：是西班牙文，笔下一时不慎误写意大利文）。拜伦写*Don Juan*是1820开始，正好用上。晚当时的想法以为Southey既是王家聘用的御诗人，没有理由成为国家政治上的叛徒，而*Webster* epic下列举*Paradise Lost, Beowulf*，*Nibelungenlied*，*Chanson de Roland*，*Iliad*，*Odyssey*，知文学字典例不如此，不必查翻。主要的是Byron看*Lake Poets*不起是他们的诗，而不是他们的政治观点——这才是献词的主题。晚的想法可能有点roundabout，但似乎还说得通。Byron为什么应用Capital E，如果是头号，何不用epic？盼兄有以教我，指点迷津。

（四）吴均诗《春咏》，首联“春从何处来？拂水复惊梅”。《古诗源》沈德潜注云“一起飘逸”。最近读英译本以之与《玉台新咏》旧刻本互校，发现刻本作“拂衣复惊梅”，刻本误植不止此一处，疑“衣”或有问题。“拂水复惊梅”由远而近，是动的，“拂衣复惊梅”则既已到身上，梅如何再会受惊？台湾世界书局翻印本亦根据刻本而作“衣”，亦无他本可查。译者Anne Birrell是Watson和志清的学生，大体上还不错。尚待细校。她一个长处是通古代和现代日文，这点英美汉学家比我们占便宜。日本人用功之勤令人咋舌，最近看日译《海上花》，有一条注关于京戏《送亲演礼》，又名《打牙巴骨》，“牙巴骨”谐指吴谚“亚白哥”，看得令我如闻雷失箸。京戏我不熟，可是她能找出其中的关系，真使人吃惊。

Hawkes定今冬退休，去Wales做老农，颇像陶归田园居。Watson弃Columbia和Kyoto的教授而不为，加入日本佛教团体，在Osaka曾译佛经，英美译坛的两大巨子都先后受东方影响而退居林下，今后将是廖化之流的天下，令人感慨。夏日奔走学校与寒舍（有冷气）之间，极易患感冒，如能安度今夏，则希望身体当能更顽健也。北京亦患盛暑，盼善自珍摄。即致

俪安。

晚　悌芬顿首

83年8月19日

整理者按，据钱锺书1983年8月27日复书答宋淇问：

大文细读，极为细密、公允，而识见明通，即事明理，因小见

大，非死抠Nit-picking者所办，必通人方可。弟愈老愈觉才识比学问更重要，An ounce of motherwit is worth a ton of clergy。王荆公所谓“学究”与“秀才”之别。于兄即欲以“大通人”之尊号奉称，来书所称某某两君[16]，以弟观之，只可为“学士”而已。文末提及从《唐璜校注本》四卷，弟窃自负乃此间第一精读者（cf《管锥编》p. 95 note 2，& passim），不知是否仍为唯一精读或略读者耳。“epic”似即worthy of being celebrated in an epic poem，引申为非常、伟大、heroic之义。小女亦喜阅兄来函，渠阅至此即云“epic”乃stylistic device（渠在英学stylistics），因检示R. Quirk *Grammar*，p.1079：“Capitals are sometimes used in light or facetious writing to indicate spoken prominence for the words so specified ”；D. Bolinger, *Aspects of Language*, p.476：“Capitalization… [is] added here & there in verse or prose to dignify or exaggerate.” 似当说得过（此处之E乃mock dignity），乞高明裁之。

吴均《春咏》明本《玉台新咏》正作“衣”字。归愚选作“水”者，不知何据。当是“衣”“水”形近易误，而潜意识中为首句韵节所影响，欲次句亦谐五律近体韵节乎（原二句之平仄为— — —｜—，｜—｜— —，首句可入律，次句不合律；改“衣”为“水”，则次句为｜｜｜— —，完全是律句，和首句顺承而下矣）。臆测请指正。

整理者按，钱锺书知宋淇关心夏志清来访事，故于复书中附言：

志清返美后，已有信来，甚以与兄不得多晤为憾，惟怪本期《文艺报》长文抨击其《小说史》，颇斤斤。实则此文早就，后以志清欲来访，敝所主者特请《文艺报》缓发表一月；文虽官腔，然于《小说史》不一笔抹杀，已属难得，且海外此类著作在该刊物如许郑重评论，尚属破例，足征对是书之重视，亦对志清之inverted compliment也。

（21）

锺书、杨绛先生大鉴：

自奉八月廿七日华翰后，一直牵延至今未作复，乃因到处寻觅资料，问题一日不解决，一日不能交差也。

吴均诗“拂衣复惊梅”乃译者Anne Birrell根据某一特殊版本死译（序中未说明系何版本），而且她的日文远比中文好，显然以铃木虎雄的日译本为底本。译笔似又倒退到Amy Lowell和Pearl S. Buck的时代，“行行复行行”译为Oh, oh, ever on and on,“千金躯”译为thousand gold coin body，死心眼儿得令人吃惊。根据清徐乃昌影印崇祯赵均复宋刻校本，吴均诗“拂衣”条：“衣”《艺文类聚》作“水”；中华《四部备要》清吴显令注赵均复刻本：“拂衣”下有一作水；是则沈德潜《古诗源》实有所据。承指出“水”平仄不合，如易为“衣”，则合前句顺承而下。晚因受电影镜头运用之影响，总觉得应先看到远景，小河忽为春风吹起微波，然后镜头向后拉，成为近景，看到梅树和树上颤动的花朵，对律诗之音律未尝讲究，故有此问。前信云“拂衣复惊梅”由近身而及远，与摄影机（代表人眼）之操作原理不合。

关于Byron《唐璜》的epic renegade问题，曾写信给志清兄，他也借不到汇校本，可是根据Byron的日记与信札查出此字为Byron自己所引申借用。Byron首次与Southey相遇，双方都为对方的仪表所impress，故前后用了三次epic（一次大写）以形容其美丰姿，但对其政治立场则大表不满。兹将其寄来之资料影印奉上。志清云或可译为“气概非凡”，仍有heroic之义，不如译为“相貌堂堂”，但四字太长，两字的妥适形容词如“清秀”“隽美”均不合。叛徒则仍出自下议院指责之词，renegado为西班牙文，一时笔误，写成意大利文。甚矣哉，解诗之难，晚下笔之前，曾请教牛津出身之英国文学讲师，想不到问道于盲。志清兄自承当年曾随Pottle读过一学期*Don Juan*，但若非其受过严格训练，记忆力强，盍可臻此？现已将全文漏洞一一改正补写。结果看下来，吴译仍居首，查译分数则可提高。

前两星期老同学王世襄来所访问，乃应英Victoria与Albert Museum之邀，为鉴定一部分藏品，顺道留此。彼为明式家具、漆器、竹刻专家，燕京哈佛出身，在校时较晚高两班。研究专题时曾在京觅得木匠、漆匠之老师傅，请去其家，酒食款待，故能理论与实践结合。为人直爽忠厚，此种人以后是不会有的了。谈话中提到先生，不胜钦佩，云先生现出任副院长，非先生本意，但当局坚持，如此则可作为对于尊重知识分子之表现，与其他文学人之论调不同。访校所谓学人提及先生时，往往说："他现在不得了啦，升了副院长，地位和副部长一样！"言下颇有既羡且妒之意，与世襄的谦冲和过人的见识不同。在校时曾作两次演讲，一为明式家具，一为漆器，均有满座之盛。第二次讲到一半，正值台风袭港，居然有一半人愿留下听完才肯回家。

《六记》单行本已付排，采用Garalda字体，较秀丽，行与行之间空白较多，将来或可达130页以上。译文有误译或误植的均一一校正。序文现已请得Jonathan Spence（以《曹寅与康熙》一书成名）写一短文，彼为年轻一代汉学家红人，似乎出身剑桥，措词亦颇得体。另拟请Stephen Spender，彼较锺书先生长一岁，不知二位在牛津时与他相识否？该时他已自牛津本科毕业，现仍写诗，但不太活跃，为硕果仅存之现代诗人，MacLeish及Rexroth均已逝世，但成事与否尚在未定之天。这两人是经过千挑万选由晚圈定的，因一不能太热门，二不能为China Watcher，三不能没有地位，而且要有超然的地位。他们都笑我主意太强，比挑女婿还严格。奈晚认为此书不出则已，要出就得令人另眼看待。如各方面配合不上原作，宁愿迟一点出。将来拟由华大出美国版，否则美国出版界认为是“进口货”，数量上有限制，而为各大刊物暗中抵制，不大愿意登有利之书评，以免“利权外溢”，所以这是中心第一次改变出版方针，将来另由大学出版社出一亚洲版，就不会影响美国方面的推广与销售了。中心人少事多，除葛浩文尚合作外，其余各人一则懒，二则做不好，此书只好由晚事事躬亲，情愿慢工出细活，好在二位是明白人，当不致见怪也。

与志清之资料，另附影印近作一篇，乃媚俗之作，想不到大受欢迎，可见目前读书界风气之一斑。然此种文章亦殊不易写，仅可偶一为之，游戏笔墨并非儿戏，寄上乃博贤伉俪之一粲耳。匆匆即颂
双安。

晚　悌芬顿首

83年10月22日

另寄上台北制曾、江之书画书笺，不知何许人，友人中亦无人有资格使用，故奉上，也算是文化交流了，一笑。

整理者按，关于吴均《春咏》，钱锺书写于1983年11月22日夜之信中又略及数语：

吴均诗作“水”字方合律句，曰“衣”字则古诗，然不论为“衣”为“水”，均合理。摄影乃unisensory（i.e. in terms of usual perspective），咏物可multisensory（i.e. shifting from tactile to usual or auditory experience），似不必泥也。

（22）

锺书、杨绛先生大鉴：

《六记》的英译本由我们的代理美西华盛顿大学出版社自行出版，我们当然不加反对。此书如在美国印刷发行，读者心目中观感不同，认为是国货，而非外来进口货。刊物和书评家就不会有成见，否则他们心中总存有歧视排外心理，如果该书畅销，岂不是要利权外溢？

照华大出版社的意思，除序外，正文前应有两篇短文介绍两位生平著作，要求我们供应。晚认为义不容辞，只好硬着头皮写了两段，看了英译《围城》和耿德华君书中的介绍之后，觉得不必太公式化，可以写得轻松一点，以配合原作的性质。计每人各三节，将人云亦云的话都免去不说，当然以作者的篇幅较长。文中免不了有点personal的笔触，但前后已三易其稿，一方面要内容充实，好让洋人知道我们中国有的是人才；一方面要言简意赅，清心直言（港译*nothing but the truth*），以免造成借机宣传之嫌，着实为难。葛浩文另依华大出版社要求补充了一批注解，置于书末，因为译文精妙之处他们只能模糊猜到而不能意会。原作中的注解反而删去两条。总之，原则上不宜歪曲原作，他口口声声一切要他负责，《译丛》出版时文中曾有编者注，他说现出的单行本，何来编者，应取消。我们又不想沾光，他既然想借此书再提高身价，我们何必与他一般见识。

现附上两短文之影印本，凡文中有不妥之处，请指出，然后可以或删或修改。阅完后请批在另纸上寄回，表示并未得到你们的personal endorsement，此事经过亦不会向外人提。反正是不署名的，大可寄去交差，但于情于理（或礼貌courtesy亦可）均不合，况与两位相交之深，万一有什么疏忽之处，则罪甚矣。明知两位事忙，仍以此不急之务相烦，实在是为了求心之所安，想必能加以宥谅也。即颂俪安。

晚　悌芬顿首

83年十一月十九日

（23）

锺书、杨绛先生大鉴：

连奉廿三日廿五日大函（整理者按，钱先生认为华大出版的英译《六记》无需介绍作序者，请求取消一篇有关小文[17]），关切之情，溢于言表，感愧之情，岂语言文字所能表达于万一?英译上有关锺书先生一段必不可少，否则金瓯有缺。此乃袭三国关云长对曹操之故智，云：关某何足道哉，舍弟张翼德有万夫不当之勇。故不用一般书籍之刻板vidao，而用abat，不特提高作者身份，亦自抬高锺书先生身份。以先生之著作及贡献，岂短短三节可尽？《六记》一书主要是写默存，无默存即无《六记》。《浮生》后篇即无芸娘。可笑西人捧沈复至殊云为经典之作，大概非如此不足以显示其渊博。总之，此书之处理方式，煞费思量经营，经苦心思虑达一月之久，非率尔操觚之作，对先生亦仅点到为止，绝不至于喧宾夺主。晚对此书此一方面绝不放松，耿德华一知半解，万一交给他去负责，事实上有点出入还无所谓，其他方面如有错失，则晚罪莫大矣。

话很多，一时说不完。匆匆即颂

俪祺。

晚　悌芬顿首

83年十二月六日

(24)

锺书、杨绛先生大鉴：

自奉去年十二月八日来示后，始终未得暇作复，歉甚愧甚。《六记》一书，现已由华盛顿大学独自出美国版，先出精装本，如成绩良好，再出平装版。中心则已放弃，因原作及白杰明之英译普遍发行，难以竞争，故仅添印off prints送人。此书之印刷、装订全部在美进行，但中心有权顾问涉及。

尊夫妇之简历，前示所提各点均已照改，及新近由译者增补之附注亦加删改，务使其不违原作精神，此点请放心。锺书先生之请求已转达，两次均不获同意，云如无锺书先生，即无此书。读者无法了解，与其由读者及评者猜测，不如交代清楚，免增误会。现在细思：由华大出版亦未始不是佳事，因美国出版界器量狭小，保护主义始终存在，如在香港印刷出版，则各报刊均视之为舶来品，拒代为宣扬，以免影响国内产品。此次如再不能突破，则无话可说，亦不能说中心未尝尽力一试。现在译者葛浩文意气风发，据为己有，我等只要他不损及原作，由他小人得志好了。听说去年在St. John's大学开讨论会，他即以《六记》为题，作一报告，俨然以专家自居。他们（加上Gunn、Link林培瑞）三位少壮派，学的都是direct method，能听，能说，能写国语白话文，但一逢到文言典故，即手足无措。据说Link曾随侯宝林学相声，说得一口道地京片子。白杰明有人捉刀，写白话文不及耿德华，据说现在随Simon Rhys（他的法文书评想已见到）攻读博士，论文题目为丰子恺，实在没出息，不提也罢。

二十余年前忽然心血来潮，想把英文弄好，就买了一批书，其实根基没有扎好，无异舍本逐末。其中有F. L. Lucas: *Style*，及Dobrée: *Modern Prose Style*，Brooks & Warren，*Fundamentals of Good Writing* etc. 比较有

分量。这种书现在大多已绝版，商人也不愿再版，故不易得。不知令嫒有没有这些书？当然与所学之Stylistics是两回事。家中地方小，书斋泛为书灾，想想此生也不会有时间再去此中钻研，即使读也无用。便中请告知，当即一并寄上，破书亦当送与识货之人。一笑。

假期中曾寄上柳存仁编*Chinese Middlebrow Fiction*一书。他今年自ANU退休，故对他说来，颇有纪念意义，曾特来信嘱转致一册，奈在下已先下手为强，他还是迟了一步。柳公对此道颇内行，大概他弱冠时的趣味正是此类说部，可以说熟门熟路，即如《译丛》封面上的插图，我们都不知作者为谁，他指出为但杜宇。书末如女明星，既非胡蝶，亦非陈玉梅，有点像徐来，他说是黎明晖。至于轶闻典故、隐射人物，他无不了如指掌。志清惟有甘拜下风。柳当时苦英文不通，乃苦读林语堂之《卖国卖民》（音译），为我等所笑。想不到来港后，以勤补拙，居然能说和写简易之英文，至诚可以感天，令人不得不信。他为人诚恳厚道，退休仍每日读书作笔记二小时。道庄第二遍已读了一半以上。能在海外立足，绝非侥幸得来。

与此信同时寄上小友黄国彬“重读《谈艺录》”一文，作该文时，彼年方三十一，其诗学之造诣实在吴兴华之上。吴病在身体单薄，锋芒太露，不似黄之自幼即以献身于诗之创作及研究为终身志愿。同时在香港，接触面广，与世界各地诗人及刊物均有来往，且为人谦恭有礼，学问与日俱进。外国语文能力亦在吴之上。此人将来前途不可限量。可惜不能向先生门下求进益，否则随先生读书一年，必有大成。

年后寄上Toffee及Chocolate各一盒，乃过年甜甜蜜蜜之意，以代思念之忱。学校拙于经费，中心经费须自筹，而一手嫌不足，故公私两忙，幸贱体尚安，可以暂时应付。最好先生有暇时能写一信给本校校座，向其直陈对《译丛》及书之印象，不必作任何溢美之词，清正直言

（港译nothing but the truth）即可。盖如人，尤其如先生之言远较校内同事进言有力。但此事亦须本良知而行，所谓人情人情，在人情愿，故亦非因私交而作此不情之请，不过实在为此花了“十年辛苦不寻常”所编之刊物惜耳。匆匆即颂

俪安。

晚　悌芬顿首

84年二月二十二日

整理者按，钱锺书接读此信后，即复书：

悌芬我兄如面：得长书甚喜。弟半月中先后复兄多函，一于*Middlebrow Fiction*中有关《醒世姻缘》，一谢佳饴之惠，想已达览。内人拙著，种种费心，愚夫妇皆极感激。

后译本各报书评八九篇均由出版家印寄；Leys在*Liberation*上所写一篇，并有英载*New Republic*，亦收到矣。二月前巴黎又出版Bernadette Rouis & Isabelle Bijon与女合译法文本，上周寄到，译笔轻快，胜于Isabelle Landry译本也。国彬先生撰著，弟曾读过，极佩才识，论拙著文，语多溢美，弟读之惭惶，亦老朽而未丧廉耻之心，当知惭愧也。

整理者按，于宋淇所议“谢客之方”，钱锺书谓：

去岁得书，并示以谢客之方，许为代办，嘻笑感刻，久思作报，而退鬼有符，避人无术，今年春节，热闹逾于昔岁。愚夫妇只取守势，而有来则不得无往，且来者年高望重，更不得不亲往谢步。牵延至上元始了。旋又奉惠寄*Chinese Middlebrow Fiction*论文集，近更承邮示黄君论拙著文。盛意殷勤，亟草信数行，道谢且道歉。

谢客form，未敢请代印，而其精神（spirit in contradistinction to the

letter）则弟已信行奉持。弟不幸早有狂傲之名，无意中得罪于人不少，如叶公超即精心排挤，不遗余力；此间同辈尚有陷害不遂，专事诋毁者。今弟年老气衰，遇事让人，藏头自晦，而忝居现职，侧目者多。倘以印就form作"逐客书"，必召闹挑衅，且流传成为话柄，由话柄而成为箭靶。畏首畏尾，兄当笑我为Moral Coward也。弟去冬阅毕Virginia Woolf *Letters*六册，见至中岁以后，深以客多信多为苦，有一节甚得吾心，即欲钞示，兹摘呈一笑："…if the problem were …a question of 'aspirants for interviews' then I've solved it long ago. I never never never see them. …What I find impossible to solve is the problem of personal friends [and acquaintances & colleagues] & the friends of personal friends…"（Vol. V, p.76, To Ethel Smyth）。

整理者按，关于*Chinese Middlebrow Fiction*中有关《醒世姻缘》，钱锺书复书：

*Chinese Middlebrow Fiction*甚有表微补阙之功。惟王君谓《醒世姻缘》"discovered by Hu Shih" etc.，则颇耐寻味，弟尝叹当世中年治吾国旧文学者（包括华裔Sinologues）皆颇博究而非"书香"人家子弟，故其Critical Cosmogony begins with Hu Shih & Lu Shin，此即一例。弟儿时乡居，家即有木版大字之《醒世姻缘》数十册，后在清华读书时，曾于东安市场购得清末此书石印本，所接同光遗老（皆不屑看胡适之著作者），偶及此书，均甚熟悉（如陈石遗先生、谭泽闿）。口说无凭，有书可证。李慈铭《越缦堂日记补》（即191页影印其手札者）第七册咸丰十年十二月二十六日："阅小说演义，名《醒世姻缘》者。书百卷，乃蒲松龄作，老成细密，亦此道中之近理可观者。"李葆恂《义州李氏丛书·旧学庵笔记》："《醒世姻缘》可为快书第一，每一飞笔，

辄数十行，有长江大河、浑浩流转之观。……国朝小说惟《儒林外史》堪与匹敌，而沉郁痛快处似尚不如。”黄遵宪光绪二十八年《与梁任公论小说书》：“将《水浒》《石头记》《醒世姻缘》以及泰西小说至于通行俗谚所有譬喻语、形容语……分别钞出。即此三例，已征其书为文人学士所赏，特未通俗耳。”In a certain sense乃highbrow reading，亦非middlebrow也。他例必多，惜弟一时忆不起。又忆咸同时“独逸窝退士”编《笑笑录》，摘录白话小说只有《醒世姻缘》中狄希陈戏弄塾师一回，破例刮目，重视可想。今世撰论文学史者，于“climate of opinion”不甚探究，遂认胡适为先觉，独具只眼矣。Henry James评Taine英国文学史，谓读书甚广，欠“Saturation”，可以移评。Entre nous，不足为外人道也。

整理者按，至“翻译中心”事，钱锺书答：

“翻译中心”所出版各种书刊，精正翔实，出色当行，凡non-English-speaking Sinologues来访，弟必炫示之，其交情笃者，或即赠送，莫不交口称赞。遵示径上马校长一函，由内人录副本呈阅，说实话而力求避免log-rolling痕迹，不识有当否。此乃要事，故即办并告。

（25）

锺书、杨绛先生大鉴：

九日晨忽接校中同事来电，云有钱教授来访，一时之间脑中来不及make connections，其后始知钱瑗光临本校，喜出望外。晚适值十二指肠溃疡复发，正在借机歇夏服药，未得享受每年例有之假期。故未曾去校办公，而钱瑗云奉父命，不得在外“招摇撞骗”，未敢惊动与会人士，非亲自到晚办公室不可，直到会议即将结束，凭摸索始告探险成功。通话后，遂与相约，由同事下午陪同前来舍间畅叙别情。

彼此来使晚夫妇不胜之喜，一则知两位身健如常，并劳大驾亲去荣宝斋精选工笔山水一幅惠赠，隆情高谊，盍可当此？颇有“受惊若宠”之感；二则倾谈之后，与钱瑗一见如故，常识丰富不难，难在通情达理，有知人之明亦不难，难在有自知之明，令晚二人觉其可亲可敬，可见贤伉俪教女有方，有女如此，老怀弥悦，不在话下，人生如此，夫复何求？

自内地来港之中年、青年多矣，愚等所见人中，实言之，均私字当头，只知有己，不知有人，说谎犹如“食生菜”（广东话，言其易也），处处为个人眼前小利精打细算，并无国家及社会观念，私叹唯物论果能改造人性至如此地步乎？钱瑗之来令愚等对中国前途又恢复几分希望和信心，如内地中、青二代知识分子个个如此成熟练达，何愁现代化不成？

前曾上一函，与拟将私藏有关英国语文，尤其style之书，整理出来，寄上以赠钱瑗。此言非虚，因晚今年已六十有六，以后再也不会读这种书，即使想发愤细读，亦已时不我与。这批书籍早已安置卧室书架之上，原须分数次带去学校，包扎邮去，故一时因循，尚未动手办理（一个人要偷懒，必有借口）。今钱瑗既来舍间，当面点交，主客均欢（钱瑗“人”虽“佳”，然书籍不得称为红粉，盖非装门面之化妆品也）。有朋自远方来，书籍赠与爱书人（称彼为学者，必不肯承当，而先生亦未必首肯），真是“不亦乐乎”！

又钱瑗谈话时曾提及以后购买书籍，校中同事云可代购邮寄，言下甚喜。按香港西书业为客家人李氏一家所独占（书店名Swindon），晚与其东主相识三十余年，有特别购书卡，可打九折。九龙总店由其妹主持，香港总店由其夫人负责，然后Kelly and Walsh（为其所收购）及其他十数分店由其本人总其成。香港大学及中文大学均有分店，主要销教科书、工具书、参考书。中大书店张君为北京人，自内地来此，更可予晚特别折扣，故以后如须添置书籍，只须将书名寄来，在晚仅一举手之劳，即可办妥。当时不愿提出，生恐钱瑗客气，如加婉却反为不美。务必请将以上告知，以安其心。与其烦中心同事，不如烦自己人，千万千万。

另转呈《干校六记》美国版一册，乃方于一星期前收到之样本，正式发行日期定为十一月八日。此次中心决定由美国承印及发行，实因美国虽大国，其排外及歧视心理则仍普遍存在，出版界亦自非例外。中心各书至今尚未为名刊物所评介，盖彼等心中抱有成见：万一加以推荐，则外国书会抢去本国出品生意，故此次决定改弦更张一试，希望能借此打入各大报及名期刊之书评栏。凭心而论，无论我等如何努力，外文书籍之印刷、装订方面究竟逊人一筹，而中心各书在港已达首屈一指之水准，希望此次能扭转情况。美出版社云同人中对书中各名词多数不甚了了，可能影响一般读者的接受能力，脚注太多则打断叙事线索，均由中心另加附录（译者所加大而无当，且色彩太浓厚）。最后看校样时，居然有一百余页，定价为中心各书中最低者，以求多销，而华大出版社推销亦不遗余力。此次在美出版完全为中心争一口气，谈不到利，译者版税亦极低，但好在将来如有好评，credit却完全归其一人所有，坐享其成亦未可知。反正他还年轻，为许芥昱之得意门生，弱将手下如何会有强兵？许横死后，大可升职扶正，此是后话。

钱瑗此来匆匆，通知期限又太局促，故实在抽不出时间去觅一二纪念品托其代呈奉，颇觉惭愧。唯有焚香默祝二位百年如意，身强力壮。

晚　悌芬顿首

文美同此

84年八月十一至二十一日

整理者按，钱锺书自女儿回京，即复书致谢宋淇夫妇：

昨日下午小女归，极口道贤伉俪情意殷笃，并言尊体病情之详，兄议论之妙以及尊庖之精，又出《六记》印本及惠赠书刀等佳品，愚夫妇既喜且感。正询问间，邮差送来赐函，益增忻悦。小女尚知好学，亦颇有识见，任事有胆气骨力，非如乃翁之偷懒息事者。承兄奖饰，渠殊感奋。愚夫妇早蒙兄偏爱，今小女又幸邀赏誉，一门两代均所谓“知己感恩”矣。兄胸中水镜，皮里阳秋，当世人伦，不轻许与，何意品藻荣施，真可起衰立懦，铭心刻膺！冒雨雇车，亲送其返舍馆，令渠折煞；贤伉俪归途未过劳累否？念念。《六记》英译出版全费清神鼎力，且大笔弁首，“文章有神交有道”，盖两得之，内人深感报称之难。Spence君曾在Yale晤谈，*New York Review of Books*中《围城》英译本评即出其手；渠所撰*China Helpers*、*Emperor of China*二书，寒家皆有之，文笔殊佳，而学派则法国所谓“Annales”新史学也。

宋淇夫妇，摄于1980年，香港

（26）

锺书、杨绛先生大鉴：

久未驰书问候，殊为不安。晚今年退休，但仍有一专号及二书尚待亲自编订，校核及设计出版，此外仍有不少琐事须亲自料理及交代，故每星期仍须去校两天，颇为忙碌。余日在家，审阅稿件，作书写文，工作量并未轻减，故虽退而实未休。

《译丛》最后一期为“诗与诗学”，乃晚之临别纪念，所谓“天鹅之歌”者是也。年前曾求许可将“尊作”《诗可以怨》译成英文以光篇幅，并蒙俯允。然校中英文系、比较文学系诸君子阅后均摇头不敢接手，面有难色，仅叶大教授维廉云非难事，然将影印稿取去后一直到回美，亦无下文。最近因出专号，思前想后，非有此一篇通论不可，否则无以总其成。最后求得港大之黄兆杰君，彼乃霍克思之最得意弟子，专攻中国旧诗，英文笔下着实来得，恂恂儒雅，平时与晚虽无深交，然尚彼此相重，彼阅后允勉力一试。最近居然告完工，现正在润饰打字中。兹附上最近之目录一份，可能将来略有出入。先生阅后当同意阵容相当坚强，老、中、青三代隽秀几一网打尽。最妙者为中、英、美名家各三人，分配平均，而后起之秀亦颇不弱。计第一代九人：

中国　钱锺书

　　　刘殿爵

　　　刘若愚（James J.Y.Liu）

英国　霍克思（现已退休，去Wales归农）

　　　Graham

　　　Cooper

美国　海陶玮

　　　华兹生（现在日皈依佛门）

Owen（海陶玮退休后之继承人，前途不可限量）

而第二代亦有叶嘉莹、郭长城、宋淇（又名南郭先生）、K.C.梁等人。青年人中闵福德、McDougall、黄国彬、钟玲等均有书刊发表。

晚本人原拟写一文评Anne Birrell之《玉台新咏》英译，此女胆大妄为，乃英美赵景深之流也，自命为discoverer of中国爱情诗，撰了一篇长序，大吹大擂，然后将徐陵之原序置于附录。诗名、分段均凭一时兴致为之，注解不附诗下，亦不照前后次序，而照注之英文字母排列于附录中，令人不敢置信。至于译文，要见到之后才会相信，决不在以前赛珍珠等之下，“千金躯”译为thousand gold coin body;“十十复五五、罗列不成行”译为Ten tens and Five fives，计一百二十五；“相思”永远译为love you，“相思杯”成了loving-you cup，不一而足。最妙是不声明根据何版本，将该书献给日译者，本人却是夏志清和华兹生的门下。但考虑下，如笔之于书，似有伤厚道，于友好及知我者前，或可逞一时口舌之快，则无伤大雅。虽可将文章遮掩，语气tone down，但仍不免予人以霸道之印象，似有利用编辑之威，以凌一个“妇解”运动分子之嫌，故做好了计分十节之大纲后，终于放弃。现拟另写一短文，然尚未成熟，更不敢在先生前献丑，将来或有定稿后，壮起胆子来再说。黄兆杰译文，亦不拟烦先生，盖彼文责自负，但如发现有重大疑问时，或会考虑到可能贻笑大方而出一下后门亦不敢必。

近来国内学者去美讲学者路经香港，停留少许时日而来中大者颇多。其中十九目的在港购买价廉物美之电视机、录音机等，对学术交流毫无兴趣，而自视仍甚高。其中偶有一二人承认封闭多年后，的确在各方面落后。见到此等人的嘴脸，方知《围城》尚是笔下留情也。先生等为例外，至于其他接棒人问题，并不存在，何来棒可接？此其乃以晚等对令爱珍惜之不已，将来中国希望仅在少数有良知的中年精英分子身

上，似乎有失公道。不禁掷笔三叹！匆匆即颂

俪福。

晚　悌芬顿首

整理者按，钱锺书于1984年11月1日复书：

得书既喜且感慨。兄乃弟心目中之“bright young things”（恕我用Evelyn Waugh，*Vile Bodies*中通称时髦美丽贵家少女之society parlance）之尤者，今亦引年将退，则弟为“冢中枯骨”，偷生视息，更不待言。*Renditions*于中外文化交流贡献最大，挑选材料，皆具眼光，绝少赶浪趋炎，瞎子吃鱼汤，聋子听笑话，随众叫好之俗态。当归功于master mind（即兄是也）。将来“接棒”之人，已恐后难为继耳！

拙文（整理者按，指《诗可以怨》）承采译，以荣为愧。小女在港曾晤译者黄博士，承以其大著（即其在牛津之titolografia）惠赠，略一披览，不负兄之褒奖。叶嘉莹女士曾过两次，并蒙以《迦陵论词集》相赠，又以《评王静安论〈红楼梦〉》抽印本等为媵。颇读书，亦尚有literary sense；终恨“卖花担上看桃李”，只须以其集中“论‘常州’派”一篇及王论《红楼梦》一篇与《也是集》中79-83页、117-122页相较，便见老杇之学穷根柢、直凑单微，数千言胜于其数万言也。其引西书，则显未读叔本华原著，遑于其他，其于引T.S.Eliot、Empson，皆近乎扯淡，虽半辈子在美洲，而于西学亦殊浅尝也。欧美中青年学人来讲学者，亦似于本国经典未尝读过，只从其教授讲义中道听途说，误谬时出；旧宣统老师Johnston尝云，与胡适之谈，知其实未看过康德。今则此风普遍，亦于中国学者之实未看过杜甫韩愈等而高谈唐代文学也。狂言不足为外人道。

（27）

锺书、杨绛先生大鉴：

十一月一日大函及圆圆来信至今未复，不胜歉疚。晚因急于完成未了编务，伏案工作多日，以致患静脉炎，幸及时发现，控制得宜，后因情绪紧张，四十年来之痼疾十二指肠溃疡又复发，虽有特效药，但亦颇费周折。

另函中附上书评两篇，想一定有友人为两位寄上。此次晚的估计果然不错，《六记》如系仍由香港出版，书评可能仍上不了报。此事之成，诚如前次来信所说，排印（因美国无中国字），关于作者、锺书先生以及注解由晚负责，封面乃高克毅根据原作代为设计，书评人选由他指定，志清兄转嘱，因书评人之中国文史乃志清之弟子。此女颇有头脑，写文章极有见地、有分寸，远在一般中国通之上。美国之出版社及译者坐享其成，他们做事不肯用心，亦不肯卖力，分外之事，拔一毛而不为。英国老大已患绝症，不图美国亦复如此，无怪优秀知识分子渐由亚洲籍人士取代，是则英语国家之衰亡，为不可避免之趋势。Simon Leys为替三联的白杰明的英译本写了一篇书评，不敢提译笔。白最近投奔他门下读博士，题目为苏曼殊，故仍捧场。Leys此人平心而论为西方汉学家中后起之秀，近正在译《论语》，白译为journalist体，求其畅顺，对原文不求甚解，有时仅复述大意，不能算是严格的翻译。

尊函中称大作为《译丛》采用为荣，其实细观目录，全书如缺此文，实乏一压卷之作。译文晚已阅过，大致说来，有数处对原文略有误解，但不严重，英文胜晚多多，年轻人中有此功力者尚不多见，故不拟寄呈校阅，免得将来为人所知，称曾获御准。如有失误，文责由译者自负。又叶女士曩昔曾于抗战时期随顾随在辅仁读中国诗词，以苦水老人关山门弟子自称（约低刘若愚两班），而于英文略识之者。后去台湾教中学国文，常在刊物上发表论文，因而辗转入台大，以其一口清脆之京片子颇能叫座。其后去哈佛进修，得识海陶玮，而海正缺一中国合作者，随助其一臂之力，将其作品陆续译成英文发表。为文皆时尚有见解，但嫌重复太多，枝叶太繁，冗长得令人几疑为在骗稿费。其有时引西洋人之议论，多数引自他人译文，现在加UBC多年，英文阅读能力稍高，但仍距写作之程度甚远。晚曾推荐其去港大马蒙兄处任高级讲师，彼即以之与UBC讨价还价，卒正式入了UBC中文系。想想请她固然未必理想，但教书颇负责，较之青年比较文学博士尤胜一筹。惜遇人不淑，生二女，大女儿方获归宿，不幸撞车死去，故亦算是薄命司中之人物了。晚之收此稿，全视海陶玮之地位，因为他算是美国一霸，去年退休为荣誉教授，继任人即Stephen Owen。Owen原在Yale，曾出过初唐、盛唐诗人二书，译笔谨严，为后起中之佼佼者，此次将中唐绝句寄来，颇具功力。大抵他们都精通日文，借重日译注解，有时实胜我们的年轻博士，此乃有感而发，非一时之牢骚也。Plaks曾有同席之缘，食物不沾唇，后始说明，为他做了一盘素什锦。他的《红楼梦》一书中颇多怪论，五行之说应用于人物分析，云宝玉属土（晚初以为因他说男人是泥做的），因其居中央；凤姐属火，因其脾气火暴；最后云高鹗后四十回文字洗练，叙事有条不紊，远胜前八十回。一次弟在座谈会中讥讽其坐井观天，犹如贾政之责宝玉为“管窥蠡测”。余英时兄未见此段，当场亦附和，晚虽未指名道姓，但他颇有点坐立不安，现在改攻其他旧小说了。他已中了比较文学派之毒，颇有走火入魔之险。

晚近为志清散文集写一序，兹影印附上，由此文可见其生平和治学经过。他没有想到晚会如此写，阅后甚喜。晚以其多年来刻苦治学，绝非幸至，外人知之者鲜，能让后辈知道一点也是好事。他治学问重理，为人则重情，有时且滥情，极不相称。……

钱瑗信中所提Gowers一书，Fowler兄弟一脉相传，为英政府规定公务员必读之书，因英国人现在的英文越写越不像话了。辰冲书店Rupert李君未来询问，如提贱名，必不成问题，信中不妨说如服务及价格合适，当向他校推荐，生意人必会心动也。即颂

双安。

晚　悌芬顿首

84年12月29日

顺颂阖府新年快乐。

整理者按，钱锺书即于1985年1月11日夜复书：

得长书忻喜，惟知尊体以著作过勤致疾，则甚系念。读书著书之伤生，往往不下于酒色；细水长流，万勿操之过急。兄体虽弱，而心境旷朗，神识明通；带病定享大年，“creaky gates last longest”，可以预卜而亦预祝，从容将事可也。Swindon公司承兄一言九鼎，最近将订书发票寄来，约港币一万五千余元，两日前小女已托中国银行将书款在港交付，并欲弟向兄致谢。渠本欲自作书向兄嫂叩谢，而该校将命渠为外语系主任，从此做牛做马，任劳任怨，故焦急万分，正日夜奔走，力求脱卸湿布衫。渠自前年当副系主任以来，公而不能顾私，反累愚夫妇照料其日常生活，弟亦请院方向其校乞情，未知有效否。拙文承兄提奖，感甚。译者黄君兆杰去夏与小女在港大晤面，并以所译*Early Chinese Literary Critism*赠之。弟拟以《谈艺录》新本酬答其劳，将来与奉兄者一并寄上，托兄便交，何如?

《鸡窗记》序快读方毕，而志清寄此集至（将序中“林以亮”改为

大名，一若弟不知“渔洋山人”即王士祯或“鲁迅”即周树人者！），因一口气顺读之。殊有“the［beautiful］bridesmaid upstages the [less beautiful] bride之感，因兄之文笔安雅明净，大方得体。志清文如其人，心直口快，气盛笔放，极有guts，而与大序相形之下，便略欠taste，见得garrulous，clamorous，strident，不如兄之play it cool。例如p.39页称罗隐诗“拍张逸人的马屁”即甚无分寸，张乃山野隐居之士，罗何必“拍”其“马屁”，其诗系表示羡慕隐居生活之舒适（而己则须奔走功名），或安慰隐居者，请其知足而不必羡慕富贵耳。然集之内容，却甚丰富多彩，足见其many-faceted personality也。《六记》译本多费清神，内人嘱道既愧且感之忱。白杰明能写中文，弟所识欧美日汉学家之中，已算罕见，仅次于《围城》德译者Monika Motsch；然其英文殊不高明。其论文题目非苏曼殊，乃丰子恺（！！！）；亦征洋八股题目愈来愈枯窘，亦如旧日八股文之题目正经像样者都已出过，后来考官只好以出“截搭题”了（如俞平伯曾祖曲园在河南学政任出题：“君夫人”“阳货欲”）。

今冬北京奇寒，曩年所无，弟之宿疾几乎复发，全力悉心与病魔抗，尚未知最后胜负。法国最新slang称老人曰“PPH”（passera pas l'hiver，过不了冬天)，真洞晓人生语，于吾心有戚戚焉。

（28）

锺书、杨绛先生大鉴：

农历年时，免不了酬应，文美不慎患了感冒，特别小心，戴了口罩，并还分房而居，以免传染。结果bugs无孔不入，晚仍不能逃此一劫。照例头痛、骨痛之外，另有其他并发症，最后当然是支气管炎（中大有句隐语，惧内者好患气管炎，写“妻管严”）。偏偏今年多雨水，几乎到现在为止，只有一天晴天，其余日子阴湿不堪。故咳嗽一时不易断根，每日早晚各一次，辛苦不堪，弄得脾气躁急，亦无济于事。以致久未上书问候，于心深为不安。

前奉大函，其中有极大之误会[18]。旧诗乃亡友吴兴华所作，晚何德何能，有此种才力？

先生看人绝不会走眼，如其失手，则金字招牌岂不要更换乎？一笑。问题是晚信中语焉不详，犹忆前信该段最后提及吴兴华，接下去说旧诗，并未另起一段。主词应为同一人。再者，抄于另纸上之诗四首，上用“你”字，此则兴华写信给我是可以的，晚写给先生则万万不可，多年来从未如此托大！但由此可见兴华确有才华，无师自通而能获先生赏鉴，为亡友喜，亦为亡友惜。

小友吴子建自晚介绍入中大校外进修部授书法以来，以其年轻灵活，并不墨守成规，颇受学生欢迎，而课余后复有私人上门学习者，亦能顺学生性之所近而因循善诱，故生活不成问题。现已将家眷接来，自赁小型公寓。闲来便经手书画，亦有所获。香港一地，任何人有一技之长，复能不辞劳苦，必可立足。其为人尚知上进，惜未经正式学术训练为美中不足耳。

陈庆浩君原为中大研究院毕业生，后自巴黎大学获博士学位，从事研究脂砚斋有年，其所辑之脂评，因资料较多，考证更细，较俞平伯本后来居上，最近第三次校订本应可问世。年前曾来舍下云去京时曾趋府拜谒，承告先生精神身体均好，与年龄殊不相称。彼现任国立研究院之研究员，正搜集海外华文小说资料，已取得永久居留证，为能打入该机构之唯一华人。总之，中国人在海外，须额外努力，方能存身。晚对人才外流认为乃健康现象，自己既无法训练，何不借手于人？将来国家一切上轨道，则储蓄于外之无贝之“才产”，自然回流，固无须大声疾呼也。

此次顺便要出后门，烦先生加以指点：

“春城无处不飞花”，《唐诗纪事》作“不开花”，可否从坊间流行本?

“黄河直上白云间”，《集异记》及《纪事》均作“黄沙”，可否从坊间流行本，因英译均从后者?

“此波涵帝泽”改为“此中”之诗僧，有作贯休，有作皎然，未知孰是?

“甘饮”对“苦吟”，疑出王荆公偶句，然一时不能复忆出自何诗，手中亦无《临川文集》，便中盼赐出处。不胜感铭。即颂
双安。

晚　悌芬拜上

85年四月十八日

整理者按，钱锺书于1985年4月26日复书：

垂询数事，谨以所知者条对：（1）《御沟》诗改字事，使非apocryphal，以贯休为近似；因作者王贞白唐末人，与贯休同时，若皎然则中唐人，与颜鲁公交游者也。（2）“春城无处不飞花”句，通行本之佳于《唐诗纪事》本，不问可知。吾国词章之Textual Criticism最不可拘泥（请检《管锥编》pp.1067-9页，可以例推。此事似前人未拈出）。（3）“黄河”句亦以通行本为善；清代藏书著名而颇解诗文之吴骞《拜经楼诗话》卷四有一则论此极佳，请检阅之（此书收入丁福保编《清诗话》，极易得。弟手边无其书，故不能抄录）。（4）“甘饮”之对不记出何人集，弟手边无《临川集》可检（兄若来时，便睹弟藏书之少。弟不愿再写文章，亦因每一动笔，须捉年轻人当差翻检，忙得不以苦乎）。

[1] 宋春舫（1892–1938），浙江吴兴人。1911 年入上海圣约翰大学，1914 年留学瑞士。剧作家、戏剧理论家，为我国最早（宣统三年）研究和介绍西方戏剧理论的学者。著有《宋春舫论剧》《现代中国文学》《海外劫灰记》等，亦以其“褐木庐”收藏有无数外国戏剧书刊而被誉为世界三大戏剧图书收藏家之一。

[2] 指傅雷 (1904–1966)，字怒安。翻译家，原为宋淇之友，后由宋介识钱锺书、杨绛。

[3] 大卫 · 霍克思（David Hawkes，1923–2009），《红楼梦》全文的英译者。1945–1947 年于牛津大学研读中文，1948–1951 年为北京大学研究生，1959–1971 年在牛津大学教授中文，1973–1983 年为牛津大学 All Souls 学院的研究员。曾为该学院的荣誉研究员。

[4] 吉川幸次郎（1904–1980），日本学者。京都大学毕业，专修中国文学。1928–1931 年留学北京大学。为日本艺术院会员、京都大学名誉教授，1940 年前后太平洋战事正酣，京都学人大批入狱，吉川幸次郎亦受监视，闭门读书创作。1947 年以《元杂剧研究》一文获文学博士学位。著有《吉川幸次郎全集》（24 卷）。

[5]《译丛》（*Renditions*，*A Chinese-English Translation Magazine*），香港中文大学比较文学与翻译中心主办的译介中国文学作品的英文期刊。

[6] 据钱锺书复书就此答云：内人蒙大匠奖借，如小儿得饼，求兄明眼，见有缪解误译处，不客气指示，又言“信马游缰”得自《儿女英雄传》，非 indebted to 弟。

[7] 余英时（1930–2021），祖籍安徽潜山，生于天津。历史学家、汉学家。幼从伯父读古书，曾入燕京大学历史系，旋赴香港新亚书院、新亚研究所就读。毕业后入美国哈佛大学，获历史学博士学位。曾任密歇根大学副教授，哈佛大学、耶鲁大学、普林斯顿大学教授，为美国哲学学会院士、“中央研究院”院士，普林斯顿大学荣誉讲座教授。

[8] 瑙威系为“挪威”。

[9] 夏志清（1921–2013），生于上海。上海沪江大学英文系毕业，曾任北京大学助教。1947 年赴美留学，1952 年获耶鲁大学文学博士学位。先后任教于密歇根大学、纽约州立大学、匹兹堡大学，1961 年起任教于哥伦比亚大学，1969 年成为该校中文教授，1991 年退休。著有《中国现代小说史》《中国古典小说论》等。

[10] 余国藩（1938–2015），生于香港。美国芝加哥大学神学博士。久任美国芝加哥大学巴克人文学讲座教授，为美国国家人文科学院院士，"中央研究院"院士。余氏以英译《西游记》四册知名，并著有《重读〈石头记〉》及多种论文。

[11] 吴兴华（1921–1966），浙江人。燕京大学西语系 1941 年毕业，留校任教。1942 年后卖稿为生。1946 年燕京大学自成都迁回北平，乃复回母校西语系任教。1952 年高校院系调整，改任北京大学西语系副教授、英语教研室主任。1957 年被错划为"右派"。1966 年"文革"初期受迫害去世。

[12] 指《管锥编》。

[13] 此处《管锥编》的页数，皆指中华书局 1979 年初版的《管锥编》四册的页数，以下均同。

[14] 意为"对我们来说，只有尝试。其余的不关我们的事"。

[15] 指余国藩英译《西游记》。

[16] 此指宋淇来信中提到有人建议由中外某某二君为《干校六记》英译本作序，旋以不妥作罢。

[17] 钱锺书 1983 年 11 月 25 日致宋淇书中，于此有言："鄙意'译本'（按，指美国版《干校六记》英译本）上将有关弟一篇不载，以免 gate crashing 之嘲。弟之千秋，将来必由兄断定，此稿留为兄他日于弟之底本何妨？然此点弟不固执，归兄定夺。"

[18] 宋淇此前信中，曾录亡友吴兴华所作旧诗若干首，而未及详细说明，钱锺书误以为该诗乃宋淇之作，于复书中谓：与兄交近四十年，不知兄作旧诗如此工妙，自愧有眼无珠，不识才人多能，亦兄善藏若虚，真人不露相，故使弟不盲于心而盲于目耳。今日作旧诗者，亦有英才，而多不在行，往往"吃力""举止生涩"；余君英时、周君策纵之作，非无佳句，每苦无举重若轻，"面不红，气不喘"之写意自在。尊作对仗声律无不圆妥，而蕴藉风流，与古为新，盖作手而兼行家矣。欣喜赞叹，望多为之。

莫芝宜佳*（三十八通）

（1）

尊敬的杨绛女士，

收到您二月廿七日的信非常高兴！您（1979年）十二月十四日之信将去法国才收到了。孙行者盗仙桃，戏子跳舞很有趣！我给我妈妈解释了，她很开心，也很感动。她说您很有想象力，也很有感情。她让我衷心谢谢您。

希望您和小吴、大吴、小田、栾先生每个人都好。我们常常想您。

莫律祺[1]也问候。祝

健康快乐

莫宜佳敬上

（1980）四月十一日，法国

---

* 莫芝宜佳（Monika Motsch），简称莫宜佳，这个译名是钱锺书先生为她改的。她的汉译名原为莫妮克、莫迟妮克。1942 年生于柏林，汉学教授，翻译家。研究重点是中国古典和现代文学、中西比较文学，出版了大量德文、中文和英文学术专著。2012-2014 年被清华大学聘为外国专家，和丈夫莫律祺（Richard Motsch）一起，与清华大学、商务印书馆合作，整理钱锺书先生《外文笔记》（48 册，商务印书馆，2015 年出版）。2015 年曾来京接受中国翻译协会颁给的翻译奖。2016 年在杜塞尔多夫领事馆参加颁奖仪式，接受我国政府颁予的“友谊奖”。

整理者按，此信书于Image Sud邮政明信画片背面。

（2）

敬爱的钱先生、杨绛女士，

您们好！到了北京，给您们打了几次电话，都打不通，好像号码改了。很想拜访您们一下，不知方便不方便？只好麻烦您们跟我联系。

我八月住“北京畅春饭店”（北大对面）——海淀区西苑操场5号236号房间（电话2561177–236），邮政编码100080。九月一日，我要搬到北大。

希望您们一切都好。祝

健康快乐

莫迟妮克上

（1982）八月十四日，北京

（3）

敬爱的钱教授：

先后收到您两封信，感谢之至！因莱茵河泛滥引起您们对我的关怀，十分感动。不过敝国，小国也，比不上贵国，“黄河之水天上来”，所以，就是靠河边住的人今年刷了几次墙，比较麻烦，但也有惊无险。何况我们离河还远着呢！现在我倒为中国很担心，前几天报载长江大水，不知有无损失？

Th. Huters 关于尊著所写的书，我已订购，尚未到手。从前我看过他写的毕业论文，好像有点芜杂，想来现在一定裁剪妥当。谢谢您们的来信。我本来就一心要来中国。现在，钱先生答应亲赏（Höchstpersönlich）大作和杨绛女士更大的著作（希望是Gesamtausgabe，Intégrale）给了我更大的激励。

最近，我们这儿一位研究中国文化的学者在课堂上说，中国根本没有希腊的Narziss（整理者按，纳索西斯，自恋者），表示个人主义比较不发达。我在中国朋友史仁仲帮助下，才把《管锥编》中“自爱症”“山鸡对镜病”和“恶狗临井病”等片段翻出来给他看，终于把他驳倒了。近来，有时也看这书，特别是关于镜子的地方，看得虽然津津有味，可是非常慢，而且吃力。心中暗想：为什么偏偏都是用文言文写的，使洋鬼子常常望洋兴叹。您也许会喟然曰：“莫迟（Motsch）小人也”“惟女子与小人……”

斗胆向您提个意见，也许您会见笑：《管锥编》再版时，能否加上一个包括英文的内容索引？比方说：研究镜子去查mirror，研究月亮的查moon，都能马上查到自己要找的。这样一来，外国人对中国文字的知识非大跃进不可！

时间真快，去年八月我第一次拜访您，又是一年。您今年主持的美中学术会一定开得很精彩。杨绛女士去西班牙，不知她要去些什么地方？请祝她一路平安。另外，多谢您女儿送我那么漂亮的邮票！您在《谈艺录》提我的名字，真是使我无功受誉，寝食不安，到现在脸还有点发热！一笑。专此敬祝

暑安

莫妮克上

（1983）八月十二日，波恩

（4）

敬爱的钱教授，

恭读来信，一切恍然大悟，问题都解决了，对我是莫大的鼓舞，一骨碌就把《围城》翻译完了，现正在找出版社。

大作完成，如释重担。另外，您的华诞快要到了，高兴在心头，即兴赋诗。用词粗俗，难登大雅之堂，不敬之处，尚请海涵，斗胆奉上。祝

松柏常青　寿比南山

莫妮克上

一九八四年十一月廿一日，波恩

请代问杨绛女士、全家都好。

整理者按，此信随附Monika Motsch教授“为庆祝钱锺书先生七十有四大寿”，创作并手制之“《围城》人物拜寿”之中西诗词大联唱簿一册，幽默诙谐，妙趣横生。附有Monika所拍摄的照片多幅。钱杨两位先生边读边乐，十分开心。兹以该册篇幅过长，未能通篇附录为憾。

（5）

敬爱的钱教授，

刚从英国度假回来，在伦敦British Museum的Reading Room很想念您和杨绛女士。想当年您和杨绛女士一定也在那儿寒窗苦读过吧！我们婚后曾经在英伦呆过一年，现在去看了看老朋友，很好，就是有些累了。近年来，伦敦太大、太吵、太乱，it’s a wild city！

回家收到Insel出版社的信，他们打算明年春天出版《围城》。谢天谢地！他们正在设计封面，很希望您大笔一挥，挥出“围城”二字，龙飞凤舞的草书更有意思，以吓唬洋人！我认为很理想，不知您同意吗？

他们还想封面上画个漫画，就是不知道《围城》的哪一个镜头最好，想知道您和杨绛女士对此有何高见？

我心里正考虑给您寄上什么书。九月下旬将去伦敦住几天，买书很

方便，请来信指示。

请代问杨女士、全家好。非常谢谢您女儿送的邮票。

P. S. 今天才收到出版社的信，他们希望九月十日前收到您的题字，时间匆促，生意人不通人情者如此，令人生气！如果稍晚，这也活该，谁叫他们这么晚才通知我呢。祝

近安

莫妮克上

（1985）八月廿四日，波恩

（6）

敬爱的钱先生、杨绛女士，

很久没有跟您们写信请安，想来您们身体都好。我希望八月到中国，现在还在计划中。如果成行，当然要亲自到府上拜候，希望不会请我们吃闭门羹。（最少要在府上走廊长谈！）

我的论文已杀青，寄给了出版社，大概两个月内可以出版，只怕中文字疏忽写错的不少，电脑也不完全可靠（万一够不上钱先生的标准，我已预备了很多借口，也找好了代罪羔羊）。如果我来北京，当然亲自负笈上门。

三月份我和莫律祺去了一趟土耳其，是我第一次体会到回教文化。街上摊档的Bazar很有异国情调，令人有置身天方夜谭之感，而且令我讨价还价的本领大派用场。

希望很快可以跟您们见面！届时莫律祺可能也来几天。先祝您们

春祺

莫宜佳敬上

（1986）五月十六日，波恩

（7）

敬爱的钱先生、杨绛女士，

谢谢您们的来信。我本来就一心要来中国。现在，钱先生答应亲赏（Höchstpersönlich）大作和杨绛女士更大的著作（希望是Gesamtausgabe，Intégrale），给了我更大的刺激（motivation）。我本来只怕不让我打道来府，现在得到了特别签证，只希望到时钱先生、杨绛女士不会收回成命。尤其令我高兴的是击退芬兰大使馆的参赞。因为一个多月前我国的ice hockey队在世界杯给芬兰打得一败涂地，现在，在钱府的谈论广场可以为国人出一口气。钱先生引用的德文诗不但适合，而且有点偏僻奥妙，令我有学海无涯之感（而且是德国海）。本来应该来一个同韵回敬，可是我只好改变一下风格，来一个异文更合文化交流：

按本文是埃及的秘密文字，可草译为“祝您们健康快乐”。

我来中国的话，当在八月初，还有相当的shopping时间。如果钱先生、杨绛女士和○○女士[2]要什么，我可以顺便办理，一点不麻烦。莫律祺也问候。听说北京天旱不雨，希望不必等到八月我带雨来。

祝暑祺

莫宜佳敬上

（1986）六月十八日，波恩

（8）

敬爱的杨绛女士、钱先生，

收到钱先生的信，高兴非常。而杨绛女士的赐书，尤其难得！加上美丽的邮票，非常感谢。早就该回信，拖了这么久，实在惭愧。很想知道您们北京的冬天过得好不好？每天散步、运动、打太极拳吗？听说这对身体是最好的，不会髀肉复生嘛。

最近陆文虎先生给我写了两次信，要求出版我有关《管锥编》的文章。本来不应该出版，因为是给看不懂《管锥编》、一窍不通的德国人写的。我的朋友史仁仲翻译的时候也苦，费了半天劲，也改了不少。希望不致破坏“钱研”的“钱途”！

《醒世姻缘传》[3]已作了波恩、科伦两次报告，很成功。提到了钱先生大名，并引用了《七缀集》里三位学者的评论，把听众吓倒。报告完毕吃饭的时候，又提了杨绛女士的大名，给听众讲了胡适先生怕老婆等故事，把他们又吓倒一次。他们以前都觉得中国姑娘大部分该像林黛玉这样美丽、娇气、文雅、敏感、悲哀、浪漫。每次碰到真的中国女人，都认为不对板，非常失望。女听众还坚持说，作者一定是个女人。有几个大男人主义的反对说，作者是个大天才，这种大才女那个时候会有吗？被女听众愤怒地驳斥，就低头无言。请问杨绛女士，作者会不会是个女人？钱先生认为怎么样？我本来也不知道《醒世姻缘传》这本书，是得到了钱先生的提示。希望钱先生再介绍一些相似的杰作，长短篇都行。我目前在没书找书看。急切等钱先生指示！

《管锥编》的论文快写完了，只是有点舍不得把它结束。老在找该改之处。如果都顺利，希望夏天完毕，冬天请一个学期的假，来中国三个月，我爱人可能也来一个月来旅行。成行的话，一定来拜访您们。

很希望您们一切都好。请代问候您们的女儿好。

祝健康！

莫妮克敬上

一九九一年九月

（9）

敬爱的钱先生、杨绛女士，

抱歉，去年十一月收到了钱先生的来信，一直没有回信。我写完了教授论文后，一直在准备考试，不但忙，而且精神非常紧张，忽略了向您们请安，想您们一定原谅。您们精神都好吗？杨绛女士有没有新著面世？

我昨天刚过了关，口试是整个文学院（就是三十多位教授欢聚一堂考我）。考官是清一色（黑西装）的大男人，结果我要抬出《醒世姻缘》才把他吓退。报告中我主要讲的是红娘和Plautus、Molière、Beaumarchais等“以奴压主überlegener Diener”的比较，也扯上了《滑稽列传》。我的指导教授没有受到钱先生的指点迷津，不大懂事，在大庭广众前大言炎炎地说，中国没有这个、那个（如Trance，悲剧感，大胆创新的比喻等），我只好挺身为中国人辩护，祭出很多从《管锥编》偷来的法宝，向他当头压去。

我论文主要是写《管锥编》，现在主要找一个较好的出版社，印好后一定寄上一本请您指正。

我这个学期开《围城》课，中德对照，外加录像，叫好又叫座。大家觉得演方鸿渐和苏小姐的演得最好。

我是一波方平，一波又起，开始着手准备有关中国短篇小说的“专著”。上次钱先生指点可以从韩非子开始，非常感谢！以后恐怕还是常常要向钱先生求教，希望不嫌麻烦。

明年我希望可以再到中国去，可以亲自向您们请安，请教！

Le Monde 有一篇评介杨绛女士两本著作的法文翻译，附上影印本一份。

此颂

暑祺！并向钱瑗问好，莫律祺也问您们好。

莫妮克Monika敬上

（1992）六月八日，波恩

（10）

亲爱的杨绛女士，

你好吗？努力了很久，给你写这封迟到的信。此时，你都还好吗？你累了那么久，难为了那么久，此时你好吗？

我不知能对你说什么，不知怎样能给你些安慰，只愿我一直是你心头的一团温暖，你什么时候都有我，什么时候都不是一个人。钱先生走了，可他不会离开我们的，我们永远有他，中国永远有他，世界永远有他。报上登了中国领导人、法国总统等都表示极沉痛的哀悼，中国和世界都是该感谢钱先生的。我们有他，是我们的幸运，这时代有他，是这时代的运气。而钱先生会说什么？近来又读你的“回忆我的父亲”，你替你父亲说“我不是堂吉诃德，我只是你们的爸爸”。而今能替钱先生说“我不是‘国宝’，我只是你们的亲人”吗？钱先生说这话时，一定带着微笑，宁静而自然的幽默。他是我们的亲人，他是世界的宝贝，亲缘不断的，我们有他的。

你知道钱先生对我来说意味着什么，事实上，是他为我打开了中国之门。最初，我读中文，是读“孔孟之道”或是“革命文学”，是1978年在意大利听了钱先生的报告后，中国文学才对我产生了巨大的吸引力，后来通过翻译《围城》，读《管锥编》，可谓茅塞顿开，开了窍，发现了博大精深又充满智慧的中国文学的无穷魅力，去掉了许多狭隘偏见，读文学也变得满是乐趣。后来去北京，认识了你们俩和郑朝宗、陆文虎他们，我总记得你俩活泼机智的谈笑。和你俩的友谊是温暖而充满亲情的，虽然我们无法常见面，但钱先生给我的是这么多，这是我生命的一部分，无法隔离，也不会随君而去。钱先生给世人的很多，给我的尤其多。我要写一篇文章，写我许许多多的感想，写我心中的钱先生，写我对他说过的和没有说过的感谢和敬爱。前几天，我读了一首，是我的一份纪念。

DaB wir altern ist bestimmt

wie wir altern folgt dem Leben

Was wir geben，was uns nimmt

Folgt der Kunst，noch mehr zu geben

我不知中文是不是可以译成这样的意思：

我们终究老去，

如生命所示那样老之将至。

我们给予什么，什么自我们而取，

无限奉出的艺术在指引

万望你心中依然温暖，语言的安慰对洞悉人生的你也许是无力的，但周围很多好心人的心和我们的心，恳请你保重你的身体和心情。去年十二月九日的信收到了，你的信对我很重要，知道你一切都好对我很重要，愿你保重。莫律祺也这样衷心地祝福你。

我的Erlangen[4]的工作仍在继续，我知道我授课的意义。其他一切都好，请放心。

敬祝健康，一切安好！

Monika Motsch莫芝宜佳

1999年1月18日

（11）

亲爱的杨绛女士，您好！

心里常常惦念您，收到您的信才放心，特别是您长长的信中写您的生活，您的计划，您在院子中的情致，不仅让我放心，还很让我钦佩。您知道，您积极而永远有情致的性情，是很给我们鼓励的。也谢谢您那么地看重我的这份情谊，这于我同样的是一团温暖。

您说到您整理钱先生笔记的事，我想这真是极重要的，这只有您一个人可做，一是告慰钱先生，二是留个真真切切的钱先生给这个世界，给我们大家。只是这工作让您太辛苦，您还是得保重。

谢谢您问起我父亲，他已在四年前去世了。当时妈妈辛苦照顾他很久，最后几乎心力交瘁，都快垮了，心脏装了起搏器，现在倒是很不错。前些天我和我丈夫陪她去了趟罗马，她快九十了，在罗马重游了当年和父亲一起走过的地方，看过的古希腊、古罗马艺术，心里很感慨也很高兴的。我也在想，您和西班牙是有缘的，如果您有兴趣，我也很愿意陪您去西班牙走走。

我写的一些纪念钱先生的文章，有的已经发表了，最近在《苏黎世报》（*Zürich Zeitung*）上有一篇，随信附上。可惜他们只要很短的，这方面德文比英文落后，较长的将在汉学杂志上发表，以后寄给您。

我的一个年青同事已准备翻译您的《洗澡》，等具体一点，我们会再跟您汇报。

还有个消息也许您已得知，北大的乐黛云他们八月要在成都召开纪念钱先生的会议，乐也请了我，去的话，我希望我丈夫能陪我，到时和他一起去看您。我丈夫最近因静脉炎动了个手术，但愿能恢复得好，可以一起去中国。

快夏天了，不知北京的气候好不好，希望您觉得舒服宜人。这儿不太热，院子里各种花竞开不败，竹子也绿着，晨间也有鸟啁啾，傍晚有时还有小灰兔跳过，想您美丽的院子，也真想身临其境，您对它的描写很吸引我。

我仍在Erlangen，周末回来。莫律祺有时还得去医院，他向您问好。

您千万保重。今天就写到这里。敬祝

健康愉快！

Monika Motsch

一九九九年六月二十二日

（12）

尊敬的杨绛女士，

您好！很感谢您6月16日的来信和您写的《钱锺书手稿集·序》[5]。我看得很入神，写得非常具体、清楚、活泼、动人。您实在也不frail，倒很strong。有很多道理可以从您的序里学习，如“书非借不能读也”或者“公之于众是最妥善的保存”。您在序里还过分地夸我，让我脸很红，实际上我在您家里看书、打字[6]，也是一种说不出的快乐。我建议让出版社把您的序翻译成英文，跟中文一起出版，对不懂中文的外国读者也方便。不知杨先生同意吗？

目录由我的同事郭骄阳通过田奕转给您。一共121页，211个号码。看不清钱先生的手稿之处，我一般加上了问号。有点可惜的是，现在没条件把目录排列先后。去年在您家里，因为时间紧张，我只能把每本笔记本从盒子里拿出来，随意给了一个号码，打算以后改成时间顺序。这样，最早的1936年在牛津写的两本笔记“Hours in the Bodleian”[7]就被排列到118、119号。如今马上就要出版，要是我从遥远的德国来调整顺序，只怕惹出大乱。我想：主要的还是号码跟目录配合，这样目录才有点用处。我附上了给商务的说明，目录前边还加上了几句英文解释，请杨先生过目改正。当然，现在排列先后也行，我明年春天或夏天也可以来北京跟出版社办，就是需要时间，不如赶快出版为妙。所以，请杨先生把我“排列先后”这一句从序里取消，不然，怕天下耻笑，有何面目见人。

翻译《洗澡》的马丁已翻译了前边几篇，就是比较慢，因为他要上班。我自己翻译您的《从丙午到流亡》，一样还没完成，很惭愧。不过现在快要放暑假，我比较有时间。

钱先生外文笔记在田奕那边的光盘，如果现在不需要，可以托给我的同事郭骄阳，她九月初就要回德国，我一定会慎重地保留。

我时时挂念您，希望您一切都好。我的丈夫衷心问候您。

代向小吴和大家问好！

莫宜佳 Monika Motsch

（2001）七月二十日，波恩

（13）

亲爱的杨绛女士，

我们又在希腊，在我们的小岛上，看到他们猫之眼睛，不由自主地联想到杨绛女士，很想您，也为您干杯红酒！

祝您、小吴、每个人都好。

莫芝宜佳　莫律祺敬上

（2005）九月廿六日，希腊Galissas，Syros

整理者按，此数语书于一张有着美丽眼睛的大猫邮政画片背面。

（14）

亲爱的杨绛女士：

非常感谢您十二月五日的信，同一天也收到了大吴先生的新年献词，信里说杨先生声明不要版税，真是衷心感谢您！我也已经给吴先生回过信，找到了出版社需要授权时一定跟您和大吴先生联系。就是现在在德国出版文学是比较困难的，恐怕不会太快。

看了您的信，了解了不少新鲜事，觉得很有趣：钱先生坐轿子上山由“轿子太”陪同，韩愈爬山下不来大哭，小吴老二的爱情生活等等。也很高兴“钱瑗教育基金会”已发了“种子奖”。

我对Babbitt先生不太熟悉，看了您的信以后就赶紧打开电脑里*HUMANITAS* vol.XVII，2004，发现了吴学昭律师（整理者按，此系误会。吴学昭仅供职全国人大常委会法制工作委员会，业余志愿帮助钱杨二老料理一些有关法律事务，本身并非律师）的文章*The Birth of a Chinese Cultural Movement : Letters between Babbitt and Wu Mi*，看得很入神。我也知道吴宓先生对钱先生和许多有名学者非常重要。

杨先生问的西方山上有没有神庙可以烧香的问题也很有意思。应该承认：我们山上没有烧香的条件，实在很可惜。我以前在峨眉山上也烧过香，看过佛光，给我留下了深刻印象。不过我们山上至少有不少教堂和寺院，因为古代人都觉得山上离上帝比较近。这一点中国人和德国人好像意见是一致的，对吗？

我们家刚过了我母亲96岁生日，有很多朋友、邻居、亲戚都来祝贺，我母亲虽然很高兴，但是第二天是累得很。她耳朵也不好，所以跟很多人在一起比较吃力。不过她有助听器，比较有用。她也最喜欢看书，特别古希腊Homer: *Odyssey*、*Iliad*等，有的古诗她还背得出来。只是很可惜她不像杨先生那么爱运动，离您每天坚持走八千步差得太远。她也承认杨先生真是个榜样，不过是可望而不可及的。

敬祝杨先生、小吴全家新年快乐，年年健康，万事如意！我母亲、莫律祺也问候。

莫芝宜佳上

（2005）十二月二十六日，波恩

（15）

亲爱的杨绛女士，

您2005年12月31日的来信我已收到。未能及时复信，我实在惭愧。期间您应该已经收到我回复您12月5日的回信。其实我心里一直都在惦记着您，尤其是在圣诞节和新年，就更加牵挂远在中国的老友。莫律祺也屡屡和我提起您，心中很是挂念您。只是因为要照顾年迈的母亲，加上要写一篇文章，急着赶稿子；又赶上圣诞节和新年，没完没了地应付客人，就耽误了回信，实在抱歉，希望您谅解。大吴先生的电邮没收到，不过新年贺卡收到了，也已经给她回信谢过。

敬祝杨先生新年快乐，万事如意。

我母亲、莫律祺也同问候。

莫芝宜佳Monika Motsch上

（2006）一月十日，波恩

（16）

亲爱的杨绛女士，

您的信和书，我都收到了。书印得很精致，我正在专心拜读。我把您的问候转告给我妈妈，她很开心，特别是可以像“山和松柏”一样不用走路。

春节应该就要到了，我祝您春节快乐，身体健康，万事如意。小吴阖家幸福！

莫芝宜佳 Monika Motsch上

（2006）一月二十八日，波恩

（17）

亲爱的杨绛女士，

时间过得真快，转眼已经到了四月份。最近仍然很忙，但心里一直挂念着您，想必您一切都还好吧？我的两个学生前些天刚从北京回来，说北京已经有了春天的迹象。春天天气变化大，希望您多注意身体，千万别感冒了！

我和莫律祺准备五月份去中国。我们此次去中国，主要是看望一些老朋友。如果安排顺利的话，我们准备先去北京，预计待两个星期，从5月3日到5月16日，然后再到上海，也是待两个星期。

我们的一位朋友已为我们在北京安排了一家小旅馆。作为我们在北京最好的朋友，我们非常希望去看您，但也不希望太打扰您。不管怎么样，我们到北京之后，会打电话与您联系，电话号码还是原来的，没有改变吧？

不知道您要从德国带些什么东西，像药品之类的？如果需要，请告诉我，我很乐意帮您买好，带到北京。我也会给吴学昭女士发一封电子邮件，希望她能顺利收到。如果您有急事，也可以通过她发电子邮件告诉我。

希望我们五月份在北京如期会面，也代问小吴好。莫律祺也让我问候您。祝您一切顺利！

莫芝宜佳Monika Motsch上

（2006）四月三日，波恩

（18）

亲爱的杨绛女士，

我们这次在中国跟您见面，看到您精力充沛，那么热情，心里非常愉快。还有那么多令人难忘的事情：在大吴先生家跟您吃饭，拜访您，还有在您家里和小吴见面，在师范大学看那棵象征您女儿的松树。

回到家就收到您的来信，虽然您手痛，却还那么仔细地帮我修改文章，我很感激您，也非常感动。真没想到有那么多尴尬的错误！把稿子直接投给《读书》，这也很理想。您说钱先生的（外文）笔记本您自己会编排次序，这当然最好。我就是担心您这样会太累了！不管怎么样，保重身体，才是最重要的。我自己很愿意帮忙，来中国也没有问题。我丈夫、母亲也都这么想，请杨先生放心。我们也很希望早一点再次跟您见面。

大吴先生送的小猪在我的书桌上已经跟小猴子[8]全家成了朋友，有时候还到莫律祺的书桌上去拜访十八罗汉[9]。随信也给您寄上几张照片。等我解决了电脑上的小问题，也会把照片用电脑发给大吴先生。

祝您健康快乐，洋女婿也给您磕头请安。

莫芝宜佳

（2006）六月十五日，波恩

（19）

亲爱的杨绛女士，

我们常常想您，希望您身体健康，一切都好。我们今年五月跟您见面，多快乐啊！您抱小猪的那张照片，我们也觉得最好！

我们今年又在希腊的一个小岛度假。这次我已经学会了一点希腊文，用词典看书还勉强可以，可是说话还是不如两岁小孩子那种水平。幸亏希腊人聪明，他们会猜得到我要说什么。

请问小吴好，很希望她搬家的问题已经解决了。我同时也给大吴先生写了个明信片。

祝您幸福快乐！洋女婿也问候。

莫芝宜佳敬上

（2006）十月五日，希腊Greece, Syros 84100

整理者按，此信书于希腊小岛风景明信片背面。

（20）

亲爱的杨绛女士、大吴先生，

又有一些时间没有和您们联络了。我非常想念您们，希望杨先生、大吴先生两位身体健康、精神充沛。天气冷了，一定要多注意身体，不要生病。

我有一些好消息，想赶快给您们汇报，同时也邮寄给杨先生。您们可能还记得：我翻译您的大作《我们仨》找出版社很困难，《围城》的德文版再版工作也落实不下来。不过，十一月二十一日恰巧是钱先生的生日，《围城》的出版社Suhrkamp 跟我联系，想重新出版《围城》的德文普及版（软皮装帧的）。预计出版日期是2008年夏天，以迎接在中国举行的奥运会；或者2009年夏天，因为届时德国国际书展的重点内容是中国文学。

第二天，我朋友李雪涛教授给我打电话，他以前在波恩读博士，在“北外”当教授，现在在德国Duesseldorf的新孔子学院当院长。他说已经联系了外语教学与研究出版社的中文部领导彭冬林，他们希望明年九月同时推出新版本的《我们仨》和《围城》的中德文对照版或者德文版，并在北京国际书展上发行，因为明年书展德国是主宾国，会高度重视。他们也愿意跟德国出版社合作。

我已经请李教授让外研社跟大吴先生联系，也通过吴先生请求杨先生的意见，不知道我做得对不对？我也把中国的计划通知了德国出版社，希望这样会督促他们学习中国这个榜样，提高他们的积极性，让他们快一点办。我觉得中德两边出版当然是最好的，不过也不能等到2008、2009年，可不是嘛？要看他们反应怎么样，一有消息就通知您们。

祝您们健康快乐！洋女婿、小猪、全体小猴子们都向您们两位磕头请安。也请问小吴全家好。

莫芝宜佳上

2006年11月29日，波恩

P.S.电邮也寄给郑冲，万一大吴先生在国外，麻烦她转给杨先生，多谢！

（21）

亲爱的杨绛女士，

您十二月三日的信收到了。看到那么多的好消息，真的从心里感到说不出的高兴。听大吴先生说您有点小感冒，看到您一切都好，想必感冒已经完全好了吧！？

最好的消息莫过于您不必做白内障手术了。我妈妈也曾做过这样的手术，虽然手术不大，但还是躲过“一刀”为好。而且，我猜想：您的视力“大跃进”，一定是您天天努力，不辞辛苦“摇头摆尾”[10]，也锻炼了眼睛，视力才得以恢复。这也多亏钱先生看得远，给您出了个好主意。功劳应该记在钱先生身上。

目前还没有出版社的其他消息。正在重新修改《我们仨》的第三部分，并做一些补充，也由此勾起了我对往事的回忆。您和钱先生的牛津岁月，使我联想到我和莫律祺结婚后，也曾在英国生活过一年。那段坎坷岁月令我难以忘怀。“您们仨”和“我们俩”经历上的相似之处，让我觉得既有意思，又看到我们彼此之间的缘分。

我告诉莫律祺您对他的夸奖，他很是得意。圣诞节和新年就要到了，我祝您新年快乐，身体健康。我也会给大吴先生写信。代问小吴好。

莫芝宜佳 Monika Motsch上

2006年12月15日，波恩

（22）

亲爱的杨绛女士，

您好！首先给您拜个晚年。祝您猪年快乐，身体健康，精神充沛，万事如意！

我正在修改《我们仨》的德文译稿，越来越喜欢，觉得这本书真是包含了人生中的悲欢离合、喜怒哀乐，如诗如画，刻画的人物、事情、思想，都是新鲜活泼、栩栩如生的。莫律祺帮我修改，也看得很入神，我们说，您最困难的时候还可以保持观察力、清醒的判断、轻松的幽默，实在很难得，是个达不到的榜样。同时，我还看了您的一些散文，如《回忆我的父亲》《回忆我的姑妈》《控诉大会》《记杨必》《顺姐的“自由恋爱”》《“吾先生”》《〈傅译传记五种〉代序》等，也是一种享受。

我有两位学生，帮了我很大的忙。其中一位是无锡人，叫俞松[11]，对无锡、苏州、上海都很熟悉。他的父母就住在您书中提到的一条巷子里。您在书中用到的一些无锡方言，他一看就会笑起来，觉得很亲切。另外一位叫唐峋[12]，来自北京，是北大毕业的，文言文很不错。她对您书中提到的北大、清华一带地方都知道，对一些生活习俗也都了解，还给我解释过怎样生炉子、做煤饼。

关于《我们仨》里钱先生赠给您的那十首诗，我有两个小问题向您请教，不过，如果太麻烦，也不要紧。

第三首“缬（整理者按，杨先生在原信此处用铅笔写有：=bewitching. 以下同。）眼容光忆见初”不知是钱先生抑或是您醉眼看对象，还是书破万卷累得眼花了呢？（杨先生写：醉眼=心醉神迷）

第八首有关“拈出夭韶余态在/恰如诗品有都官”，在网上看了周振甫先生的一个解释，提到欧阳修的一首诗，说的是梅尧臣夸赞自己的夫人如妖韶女，虽已暮年，仍风韵美好。那么，钱先生那首诗应该是借梅尧臣来赞美您虽然年纪不小，却越来越漂亮？（杨先生写有：上一句说他夫人虽已暮年仍有余韵，恰似别人品评“都官”即梅的诗“老树暮花无丑枝”。）

还有，“撮煤”（杨先生写：读如cuo，北京人的“铲煤”）（第

125页）是指的“铲煤”还是把煤撮碎，以便做煤饼？

在此祝您、大吴、小吴猪年交好运！莫律祺也祝大家好。

莫芝宜佳Monika Motsch上

2007年3月10日，波恩

（23）

亲爱的杨绛女士，

首先，我要谢谢您正月十五的来信。您在信中说春节期间一直忙着接待拜年的客人，很是苦。不过我想：能够有这么多来自天南地北、五湖四海的朋友，也一定让您“不亦乐乎”。只是希望您已经恢复了精神，不再那么疲惫了。小吴亲手给您做的大红腰带，而且一定会带来福气，驱走妖怪。有个属猪的中国朋友，春节时不仅系上了红腰带，还穿上红色胸罩、内裤，说是家里特地给她寄过来的。看来这还是会起作用的，请杨先生也穿上吧！小吴一定会感到很欣慰的。相信猪年一定会给属猪的人们带来好运。看看放在我书桌上的大吴先生送我的小猪，眨着两只红红的眼睛，像是在说“猪年大吉”，而守在小猪旁边的您送的那群小猴欢蹦乱跳地，似乎也在随声附和着呢！

您通过大吴发来的电子邮件，我也收到了。这么快就收到回复，我非常感激。而且，对我的问题，回答得很清楚明了。我提的几个问题，现在都弄明白了。尤其是关于“缬眼”的解释，bewitching 实在是个恰如其分的用词，只可惜不能用在我的译稿里。我在网上读到许多篇赞美您和钱先生恩爱感情的文章。很多篇都引用了这首诗。

《我们仨》我基本翻译完了。有件有趣的事，您听了一定觉得好笑。在翻译附录二，钱先生给“阿奶”用上海话写的信，我问遍了周围的“上海人”“无锡人”，甚至“南方人”，他们都不知道“鸡屎”为何物。最后，发动大家给国内亲戚打电话，甚至问到老辈的亲戚，也还不知道。偶然中，一个常州女孩子[13]说："你们连'鸡屎'是什么都不知道呀！鸡屎就是一种团子，在我们常州，现在还可以吃到这种东西。"一个"老大难"问题，也就是有关鸡屎的"科学"问题，在绕了一大圈之后，就这么解决了。不过，我还有一个小问题：附录二，钱瑗给父亲的信中（Dear Pop），提到"乐麦"一词，似乎既不是上海话，也不是无锡话，也不是英文。是不是家人之间约定好的暗语呀？不知是否方便透露给我。如果实在机密的话，不说也无妨。这个问题不着急。根据大吴先生的建议，为了便于德国读者更好地了解《我们仨》这部作品，我要写一篇"后记"，着重介绍一些有关的背景情况。

这几天，德国天气很暖和。春天就要来了，您一定多保重，注意身体。顺便问大吴、小吴好。洋女婿也在此磕头请安了！

莫芝宜佳Monika Motsch上

（2007）四月五日，波恩

又及：您替我拒绝《香港文学》转载我的文章，这完全符合我的意见。

（24）

亲爱的杨绛女士，

首先，我和洋女婿祝您"生日快乐"！恭祝您"福如东海，寿比南山"！

最近，常有朋友向我提到您，他们特别欣赏您的作品《我们仨》。其中有一位是我最好的朋友，她半年前刚刚失去丈夫，她丈夫也是因为癌症去世的。《我们仨》给了她巨大的精神安慰，她现在把您看作是她的榜样，同时，她也把这本书推荐和赠送给和她命运相似、同样需要精

Dearest Professor Yang Jiang:

We wish you Happy Birthday!

Monika + Richard

2008. 7

神慰藉的人。

我特地给您挑选了一张贺卡，上面有许多可爱的乌龟。听说乌龟在中国文化中象征着“长寿”。也有中国人说：乌龟有时也是用来骂人的。我们“洋乌龟”，不管这么多。在我们德国人眼里，乌龟代表非常豁达、开朗的性格，拿得起，放得下。尤其是在现在这样快节奏的社会里，乌龟象征着随遇而安、超然物外的境界。祝您心闲气定，怡然自得。

请代问小吴好！洋女婿也给您磕头请安！

Monika + Richard

2008年7月

（25）

亲爱的杨绛女士，

很长时间没有联系了，不过，我和洋女婿一直惦记着您，尤其是前些日子听说北京天气非常闷热，我们都很担心您的身体。这些天常常在电视上看奥运会，中国真了不起，得了那么多金牌，特别体操、跳水、乒乓球、羽毛球，比赛非常精彩。您一定会和小吴一起看电视的吧。千万别太紧张，会影响身体的。真羡慕您们能在北京亲身体验奥运会。

有些新情况要跟您汇报一下：《围城》德文第二版今天（8月20日）正式出版，明年将出版《我们仨》。出版社已经开始做广告，在网上也可以看到。还有一件趣事：第一次出版《围城》的Insel出版社给我写了封长信，说又仔细研究了一下《围城》，佩服得不得了，所以也想趁着明年法兰克福书展中国是主宾国家的机会，再次出版《围城》。可是他们在网上发现《围城》德文版再出版的消息，因而很是后悔，马上来找我，想让我赶快再翻译一本一样精彩的小说。不过，我只能抱歉地对他们说"不"，这有什么用呢。谁让他们当初不考虑呢，只能怪他们自己自作自受了。

另外，Schirmer Graf出版社也跟我说了版权费的事，希望现在已经解决了。这件事办理的时间长些，一方面是因为这里的办事机构常常官僚主义，办事效率低；另一方面也是因为涉及"税"这个敏感问题。欧洲有很多基金会，常常利用基金会的身份，做些偷税漏税，甚至洗黑钱的违法事情。所以，官方机构对这些检查得很严，就害得我们守法公民总是受拖累。

还有一件好消息，Yu Hong 拿到Deutsche Forschungsgemeinschaft（德国研究联合会，这是德国最高级别的科学研究资助机构）的奖学金，他的研究专题是"钱锺书手稿"。我虽不认识他本人，但曾见过他的一位导师。这位导师曾专门开过关于《管锥编》的课，很欣赏这个学生，夸他不仅古文是最好的，而且外文功底也赛过德国学生。等我们从希腊回来后，Yu Hong也要在十一月份来看我。

我们刚刚外出骑自行车旅游了一个星期，我和洋女婿骑着自行车沿着鲁尔河一路走下来，一直骑到鲁尔河流入莱茵河的入口处，沿途景色秀丽，也是惬意！九月八日，我们要依惯例去希腊休假，目前，我正在补习希腊语（以前学的是古希腊语）。我们计划十月十八日回来。

希望您多多保重身体！等我们从希腊回来后，再与您联系。洋女婿也祝您夏安。请代问大吴先生、小吴好。

莫芝宜佳敬 Monika Motsch上

2008年8月20日，波恩

（26）

亲爱的杨绛女士，

很久没有和您联系了，心里很是挂念。现在已经是冬天，北京天气应该也很冷了吧，又刮风了吧？希望您身体健康，要多注意保暖，千万不要感冒了。

最近一段时间，我一直忙着“洋女婿”的事情。去年，洋女婿因为摔了一跤，造成右肩筋腱断裂。当时，曾经做过一次手术，可惜效果不好。最近，又特地去海德堡，找到据说是这方面专家的大夫，做了第二次手术，他现在在背部做恢复治疗，希望这次能够彻底治好。下个星期，我妈妈要过99岁生日，洋女婿也会赶回来，和我们一起给我妈妈过生日。

我目前又在拜读您的大作《走到人生边上》，因为有人约我写一篇关于这本书的稿子。重读这部著作，又有了新的感受。这本书不仅有不同凡响的独特思想，而且很感人。您所认为的“灵魂不灭说”实在是种独具匠心的理念。虽然相不相信人有灵魂，完全在个人的观点，但如果相信有灵魂，人可以在今生生活得乐观、洒脱。唯一可惜的是您不相信动物也有灵魂。蒲松龄笔下那些栩栩如生的“狐仙”“蛇仙”等等，难道不能说也是一种灵魂的体现吗？再有，如果我没有记错的话，您在一本书曾提到：钱先生说您们家里有一只猫，很聪明，肯定有灵魂。我有预感，有一天，您会同意我的看法的。

很高兴大吴又出了一本新书，相信这本书对我写文章和进一步了解您，一定更有帮助。我知道您现在手经常痛，不便写作。所以，您不必给我回信。我们“心有灵犀”，不点也通。我知道您挂念着我就足够了。过些日子，我一定会再跟您联系的。

祝冬安！问大吴、小吴好。

莫芝宜佳Monika Motsch上

2008年11月28日，波恩

（27）

亲爱的杨绛女士，

大吴先生来信说您患了感冒还发烧，心中甚是挂念，希望您已经渐渐好起来。

很抱歉这么久没有给您写信，因为我妈妈也得了感冒，还因此进了医院。雪上加霜的是，因为发烧，又不慎摔了一跤。多亏您们大家为她“讨寿”“追寿”“添寿”“补寿”，她现在已经好起来了。为了方便她上下楼，我们还为她安装了电动椅子。

洋女婿也有进步，第二次手术比较成功，目前他还在进行恢复性锻炼。这次他没有躺一百天，但中医的老话一定很有道理。他说：下次再摔一跤，一定听“杨大夫”的话，躺一百天。因为，像“外国人爱动手术”（如大吴所说），实出无奈。皆因我们没有中医擅长接骨按摩的神医，只剩下没有办法的办法“动刀子”。

您写的“遇仙记”，我很早就拜读过了。《走到人生边上》一书中的诸多鬼故事，如“鬼打墙”，“孔夫子与鬼的来往”，还有您自己与鬼“亲密接触”的轶事，都让人回味无穷。而您信中所说的“妖”“鬼”“仙”的说法，更使我耳目一新，很有意思。最妙之处，莫过于您大胆肯定鬼有个性。您说得的确有道理。蒲松龄“西湖主”中的“分身术”，是否也可以理解为“仙人”所葆有的一种“个性”呢？

祝您牛年“牛”气风发，健康如意！洋女婿也向您磕头请安。请代问大吴、小吴好。

莫芝宜佳Monika Motsch上

2009年2月18日，波恩

（28）

亲爱的杨绛女士，

您好！非常感谢您3月的信。很高兴您的感冒已经完全康复。我妈妈也嘱咐我代她感谢您对她的问候和关心。

《我们仨》德文版今年夏天就要正式出版了，所以我正在积极做最后的修改。我很喜欢这份工作，修改之中也不免想起钱瑗，有时不知不觉之中，那些描写她的文字竟会变成一幅生动的画面，清晰地浮现在我的脑海中。作为她的母亲，您对她的思念必定也是与日俱增的。另外，再版的《围城》德文版在德国的媒体中得到好评。最大的德文报刊《南德意志报》（*Süddeutsche Zeitung*）也刊登了积极的评论。出版社告诉我已经把样书寄给您了，不知道您收到没有。有关评论我会发给郑冲，麻烦她转交给您。

小吴的鬼故事很有意思。说到蒲松龄和《聊斋》，我可以承认我自己是个“蒲迷”。这也得感谢钱锺书先生送给我那套《聊斋志异》（人民文学出版社出版，朱其铠主编）。记得那是钱先生送给我的第一套书。您是不是对蒲松龄要求太高了呢？相对之下，欧洲文学中的鬼神故事太过简单，无论是情节上，还是心理描写上，生动性和趣味性都比中国鬼神故事相差甚远。特别是某些女主人公，譬如狐仙“婴宁”、才女“颜氏”、英雄“侠女”、鬼女“连锁”、女医生“娇娜”等，其中不乏才貌双全的女“艺术家”、女“知识分子”，她们都很有个性，每个人都有其独特的性格。可惜的是，相比之下，男人们远远比不上她们。我真不理解为什么那些聪慧、大胆、有才有艺的妙龄女子会爱上胆小、懦弱、无才无德的书生们。其实，她们的结局也并非总是“happy end”。像婴宁最后也不笑了，颜氏也不得不给自己的丈夫配个“小的”，连锁也消失了……

很高兴大吴的新书在大陆那么畅销。您写的《走到人生边上》确实很大胆地说出了很多人敢想却不敢说出来的话。这一点，恰恰是很多人佩服和欣赏您的地方。最近台湾也请我写一篇关于您和钱锺书先生的文章。目前，我正在搜集相关资料，准备动笔。

祝您复活节快乐！心情愉快，身体健康。洋女婿也向您请安。

莫芝宜佳Monika Motsch上

2009年4月9日，波恩

（29）

亲爱的杨绛女士，

本来通过大吴请您为《我们仨》德文版写序，是出于不好意思怕过于麻烦您，也担心您身体不太好。没有想到，您欣然答应，而且转眼之间就收到了您写的序。心里非常感激。看了您写的序，文笔流畅，幽默，自然之中流露出亲切感。想必您写的时候一定精神轻松愉快。相信您的身体状况也不错。这样，我就放心了。

您在序中对我大加赞美，让我不由得“尾巴都翘起来了”。但是说心里话，我远未达到您所说的境界，您对我的称赞，我实在受之有愧。看到这些赞美之辞，我都要脸红了。您也知道，我读《管锥编》，得到了很多中国朋友的帮助，尤其您和钱先生对我的帮助最大。通俗小说方面，我当然远不如您。就说“淫书”呢，越不许看，诱惑力就越大。就像《红楼梦》里的那些女孩子，不也是偷偷看了《西厢记》吗？其实，您对诸如《红楼梦》《莺莺传》等所谓的“淫书”，也有非常独到的见解的。

再次感谢您为我写序，看到您亲笔手写的那几页序，我心里十分感动。我能深切体会到您为此倾注的良苦用心。

洋女婿祝您身体健康，心情愉快，请代问大吴、小吴好。

莫芝宜佳 Monika Motsch上

2009年6月10日，波恩

（30）

亲爱的杨绛女士，

今日听说北京天气一直很热，不知你身体如何，很是挂念。我和洋女婿快要前往希腊休假，预计10月中旬返回。很感激大吴寄来的即将在上海《文汇报》发表的《我们仨》的序。

先说一件高兴的事情：《围城》再版后，各大报纸纷纷给予很高的评价。10月16日法兰克福书展期间，我会出席颁奖仪式，届时还会做一个简短的报告。另外，《我们仨》已全部修改完毕，出版前的工作已经一切准备妥当。可以说是“万事俱备，只欠东风”。我把制作好的封面寄给您，不过只能用电脑打印出来的，效果不错。印刷出来的，更精致、漂亮。美中不足的是，受金融危机影响，出版社与大出版社联合的事情尚未解决，《我们仨》出版的东风恐怕会晚些时候才刮。

再有，台湾请我今年12月去参加一个钱锺书国际研究会。因为没有时间亲自前往参加，主办方请我写一篇论文寄给他们。写好后，我会寄给您，定下的题目是：“清茶和洋酒：钱锺书和杨绛”。请您批评指正。

谨祝夏安。洋女婿也向您请安。请代问大吴、小吴好。

莫芝宜佳Monika Motsch上

2009年8月28日，波恩

（31）

亲爱的杨绛女士，

我们刚刚从希腊返回德国。在希腊时，一直是30度左右的盛夏，回到德国竟然是零下几度，简直像掉进了“冰窖”，一下子从夏天进入到冬天，冷得直发抖。北京天气怎么样？是不是也变冷了？心里一直惦记着您，希望您一切都好！

回德国以后，我就和洋女婿去了法兰克福，参加书展举办的颁奖仪式。典礼在一家酒店里举行，有很多欧美出版社和媒体记者以及作家出席。这是法兰克福书展第一次为翻译中国小说颁奖。除了领奖，我还应邀演讲，想必您的耳朵也一定响过了吧！或者是打了不少个喷嚏？

在法兰克福，我和出版社的Graf女士聊了很久，她刚刚与家大出版社，即Ullstein出版社，谈好了合作事宜。她们出版社以后仍然可以独立出版书籍。她对出版《我们仨》很乐观，只是需要时间运行合作的具体事宜。

另外，台湾桃园“中央大学”请我参加钱锺书国际研讨会。因为无法亲自前往，便为研讨会写了一篇论文，准备寄给大会，顺便也把文章寄给大吴，请她转给您，欢迎您们批评指正。大吴写的书，对我写这篇文章帮助不小。

就此搁笔，祝您身体健康，一切顺利！洋女婿也向您请安。请代问大吴、小吴好。

莫芝宜佳Monika Motsch上

2009年10月22日

（32）

亲爱的杨绛女士，您好！

您11月28日的来信，我上个礼拜才收到。这封信在路上的时间似乎长了些，往常只需一周就行了。不过，读信的心情是一样的，洋女婿和我非常高兴。

您来信说感冒了，我看了很担心。德国今年冬季流感也很严重，所以您在北京一定要多注意身体。当然，除了感冒之外，我时常想念您，也是您打喷嚏的原因之一。

您说小吴感冒是因为脚心受寒，这个“病从脚起”的原理我还是第一次听说，觉得很有意思，看来以后还得好好学习一下中医方面的知识。

您在信中提到钱先生的百岁诞辰，无锡江南大学和台湾都举行了相关的“钱学研讨会”。原来我以为明年才是钱先生百岁，后来听说南方人有“做九不做十”的习惯，而北方人没有。我很好奇，确实是这样吗？

我妈妈也刚过了她的百岁生日，虽然是德国式的百岁，不是虚岁。

很多人都来向她道贺。刚开始的时候，她有些紧张，不过后来一切都很顺利，她精神很好，和朋友聊天到晚上十一点半才回家。市长和教区的神父那天也专门来慰问了我的母亲。听神父说，波恩超过百岁的老人已有六十多位了，按照人口比例来算的话，中国的百岁老人就应该更多了。

本来我一切都很好，谁知一个礼拜前外出散步的时候不小心摔了一跤。右手骨折了，现在还绑着绷带不能动，不过不是非常严重，您不用太担心。您还记得洋女婿一年前也是因为摔跤，肩骨骨折，现在轮到我了，看来我们俩还是挺有灵犀的。我给您寄的圣诞卡上有一个人滑冰摔倒了，那样子就和我当时摔跤的样子一模一样！记得小时候，每当看到同学手上或是脚上裹着绷带就很羡慕，因为总是能得到别人善意的问候。现在老了，发现全不是那么回事，生活上多了很多不便。唯一的好处就是，我现在成了家里“只说不做”的总管。每天我只要舒舒服服地坐着，然后指挥别人做这做那，倒也挺享受的！比如说，这封信就是我的学生俞松代笔替我写的。俞松也是无锡人，算是您和钱先生的小老乡吧！很凑巧的是，他祖父母家也在原来的“流芳声巷”，可能和钱先生以前还是邻居呢。

最后祝您新年快乐，洋女婿也要我向您转达他对您的新年问候，祝您身体健康，天天快乐！

莫宜佳敬贺

2009年12月16日，波恩

（33）

亲爱的杨绛女士，

非常高兴收到您十月三日的来信。钱先生的百年诞辰文集已于前几日收到，您信中把拙文读了两遍觉得很荣幸，很得意，不过“五体投地”太危险，一定要保重身体！

纪念文集编得特别好，印刷得也很精致，非常珍爱之。至于稿费，麻烦您略费心思替我做主，如送给小吴做新年礼物，或给您的小辈戚友等，多谢！

圣诞节马上就要到了，这是我妈妈走后第一个圣诞节，每每想到这儿，心里不免感到难过。所以，今年的圣诞节我们去意大利一个星期，新年前回来。

您在信中提及近来养胖了，这应该是好事！其实，您原本吃得太少，太瘦了。胖一些，气色更好，绝不会变丑，一定会更丰腴，美过杨贵妃。但是，您一定要注意身体，“身体是革命的本钱”嘛！

听说大吴快要从美回国了，祝愿她一路平安，顺利回到北京。洋女婿也向您叩请泰安。

莫芝宜佳寄给杨绛的有一个人摔倒之滑冰圣诞卡

杨绛用笺

亲爱的Monika，

昨晚吴学昭来电话，告诉我你失去了妈妈。我能感到你的悲恸，但无法安慰你，这是无法安慰的事。我26岁失去妈妈，34岁失去爸爸，懂得这是无法安慰的。

我国向来有一套自骗自的话，说老人解脱，是福气，称"喜丧"。可是作儿女的，就仿佛撕下一片肉。

莫芝宜佳母亲逝世，杨绛先生安慰她的信函

敬祝圣诞快乐，新年安好！

莫芝宜佳Monika Motsch上

2010年12月16日，波恩

（34）

亲爱的杨绛女士，

非常感谢您的来信。您的话的确帮助了我。本来我无法集中精力，接受了您的建议，我强迫自己静下心来。不过，我没有干繁重的体力活，而是把纪念钱锺书先生百年诞辰的纪念文章写完了。现在正让无锡“小老乡”俞松翻译成中文。相信可以在八月底寄给出版社，还请您多多指教！

收到郑冲的信，才知道要是没有大吴与出版社多次协商，我的文章可能这次就不会被收录纪念文集了，所以大吴功不可没，非常感谢她！俞松正在加紧翻译中，相信一定能及时交稿，还请您和大吴放心！

洋女婿特别让我告诉您：请您多注意身体，请代我问候大吴、小吴好。祝您们大家身体健康，一切顺利！

莫芝宜佳Monika Motsch上

2010年8月18日，波恩

（35）

亲爱的杨绛女士，

很长时间没有给您写信了，并不是懒了不想写，其实，心里一直都非常想念您，总盼望可以告诉您《我们仨》出版的好消息，但这个好消息一直没来，所以才拖到现在。但我现在觉得跟您汇报一下事情的进展。最新情况是，重新出版《围城》的Schirmer Graf出版社受经济危机影响已经分开，《我们仨》的版权现属于Schirmer。Schirmer原本计划自己出版《我们仨》，但我催了几次，他们都没有给出具体的出版日期。在此情况下，我给他们下了“最后通牒”，告诉他们如果五月一日之前收不到答复，我就认定他们不想出版《我们仨》，就表明我收回版权，有权另找出版社。结果，出版社来信表示他们很快会做决定，给他们一些时间。所以，我收到新的消息，会在第一时间通知您。

同时，随信附上新发表在*China Heute*（2011.1）上的一篇短文，是介绍您的大作《斐多》《我们仨》和《走到人生边上》。题目是“杨绛先生写灵魂不死说”。文章是用德文写的，但里面有张照片，是您们全家福。

现在已经是春天了，您，还有大吴，身体还好吧？北京是不是又天天刮风了？您一定要多保重身体。你们大家都要注意身体！代问大吴、小吴好。洋女婿也向您叩头请安。

敬祝

心情愉快，一切顺利！

莫芝宜佳Monika Motsch上

2011年5月5日

（36）

亲爱的杨绛女士，

非常感谢您7月20日的来信。您和小吴为生日聚会那么忙，那么辛苦，还在之后抽出时间给我回信，令我非常感动，也很不好意思。

我收到了大吴寄来的登在《文汇报·笔会》上编者对您的采访。您对您父亲“言传不如身教”的教育方法的回忆和您对翻译理论中“雅”的独到见解，使我耳目一新，感到很有见地。另外，从文中可以深刻体会到您对钱先生的感情之深。您给予钱先生巨大的帮助，鼓励他写《围城》，长期致力于出版钱先生的遗著。我相信，您希望在有生之年看到钱先生的外文笔记出版，这个愿望一定能够实现。我也告诉过大吴，我现在时间充裕，如果需要帮助，我会全力以赴帮助您实现这个愿望。

给我印象最深的是您的生活哲学，比如说柏拉图式的灵魂不死灭、对吃苦的理解、“穿隐身衣”、“甘当一个零”，让别人看不见自己，自己却把别人看个透。特别您积极向上的生活态度，虽然年事已高，仍然乐观地去发现每一天中的新事物。这让我想到我自己的外婆，虽然八十多岁，还是像十八岁的年轻人一样对生活充满童稚般的好奇心。您对生活的“超脱”，让我佩服得五体投地。坦然面对人生尽头，这不是每个人都做得到的。大概正因为此，照片上的您才显得那么睿智、豁达。还有，您那么热心帮助年轻人，也让我很感动，我很好奇，想了解“好读书奖学金”的领奖学生是如何挑选出来的，他们中间有贫困家庭的孩子吗？

在《文汇报》上我还读了大吴写的文章，写得太幽默、太有趣了，我几乎是从头笑到尾。

最后，我也想说一句：“我爱死您了，杨绛女士！”

洋女婿也说：“我爱死您了，杨绛女士！”

顺便告知您，我和洋女婿九月七日启程去希腊度假，十月十九日回来。请代问大吴和小吴好，祝大家身体健康，心情愉快！

莫芝宜佳　Monika Motsch

2011年9月1日，波恩

（37）

亲爱的杨绛女士，

我们已经回到德国。回来后，我们天天想念您。您能够出院回家，和我们在北京见面，为我们送行，让我们很高兴。见面时，您和我们一会儿说英文，一会儿说中文，兴致很高。

我们在北京和清华的日子过得非常愉快，留下很多难忘的记忆，而最让我们无法忘怀的是和您在一起的时候。刚到北京，我们就和您见了面，王毛特地赶来，给大师傅小吴帮忙，忙活了一整天，做了那么丰盛的一顿大餐。我们吃得非常可口，尤其是，有生以来头一次喝到燕窝汤，吃到“美容”的猪脚。我们的朋友见到我们，都奇怪我们怎么变漂亮了。相信一定是猪脚的妙效发挥了作用。

临走时，您们还送给我们那么多贵重的礼物，小吴送给我们龙井茶，您送给我们好几件珍贵的玉器。最令人惊奇的是您给我们准备的水写布竟然和我们送给您的礼物是一样的。看来，我们真的是“心有灵犀”！让我们高兴的是您的身体和精神那么好。

《我们仨》双语版出版后，好评不断。我的朋友们都想看您的照片，还要听您的故事。我给他们看了一些拍的照片，还讲了一些您的故事，他们都非常喜欢。

离开北京前，清华基金会还请我们吃饭。他们对我非常热情。还提议每年都举办一次钱锺书先生的纪念活动或者是钱先生或您的著作研讨会，邀请中文系和外文系的师生参加。又主动提出要给我们延期签证。如果一切顺利的话，很可能我们不久就又可以见面了。那时，您是否愿意透露一下您的“大秘密”呢？

从这次的工作结果看，“外文笔记”有了很大进展，应该能够如期出版。这都是您和大吴两人的功劳，但您的付出是最大的，没有您坚持不懈的努力，就没有这一切。

洋女婿也非常感激您送我们的水写练字布、珍贵的玉，还有药。我们都非常惦念您，希望您一切都好！

祝您身体健康，心情愉快！锻炼身体时不要太累了！

莫宜佳敬上

Monika + Richard

（38）

亲爱的杨先生：

刚刚收到从中国寄来的《杨绛文集》，首先向您表示衷心的祝贺。

这部文集，印刷非常精美，每册前面都有很多精心挑选的照片，看到您、钱先生，还有钱瑗，我们的每一次见面就像电影一样一幕一幕展现在我们眼前，栩栩如生，挥之不去。

我已经拜读了《洗澡》的“续”，很有趣，很像美丽的童话，有个美满的结局。特别喜欢您在“结束语”里写的最后一句话：“故事已经结束得‘敲钉转角’，谁还想写什么续集。没门儿了！”这一定把那些不怀好意、居心叵测的人，都吓得抱头鼠窜、四处逃跑了。

钱先生的外文笔记，出版工作进展顺利，编辑们偶尔会提出一些细心而且聪明的问题，她们要在圣诞节前完成前21册的出版工作。外研社正在准备出版《围城》和《我们仨》的中德文双语版，希望能尽快出版，作为给您的圣诞和新年礼物。

北京现在天气肯定已经冷了，您一定要多注意身体。洋女婿也给您叩头请安！

莫宜佳和莫律祺敬上　Monika + Richard

2014年11月26日

整理者按，感谢莫芝宜佳应整理者之请，特撰文介绍其与杨绛友谊之始，兹附录于下。

附录：第一次结识杨先生

莫芝宜佳

我第一次见到作家杨先生是1982年在北京。那是八月一个炎热的夏日。那次见面对我来说终身难忘。当时，杨绛因其大胆论及“文化大革命”而享誉国际。但我要拜访的并不是她，而是声誉并非在其之下的她的丈夫钱锺书，我在翻译他的小说《围城》。先是杨绛单独迎接我，她纤细、小巧，声音轻柔。出乎我意料的是她突然温和但却确定地面对我，猜测道：“您也许有不少问题吧？”直到我让她相信我正好相反，她才叫来她丈夫。她好像经常用这种方式保护丈夫免受访客打扰。随着一年年过去，我们的来往越来越亲密而诚挚。钱锺书长期重病期间，我深深被杨绛的坚强、淡定，还有她置身苦难却在小事中寻求快乐的能力所折服。

1999年，我再次见到杨绛。她在很短时间里先后痛失女儿和丈夫这两个对她来说最重要也是最热爱的亲人。当时，她非常虚弱，吃不下东西，睡不好觉。但她竭力挺住，下定决心要把家里装在箱子里的她丈夫的遗物妥善处理好，以免被遗忘。于是，我在之后两年的夏天，在她家为钱的外文笔记本做了一份清单。对杨绛而言，这是一段难以想象的艰难日子，尽管如此，在我的记忆里，仍然充满美好的时刻。杨绛在写《我们仨》，她给我讲了很多书中的故事。我们一起吃饭，她为我表演口诀幽默的中国养身操，如“八段锦”：“摇头摆尾去心火”，让我们常常乐不可支。后来，我丈夫莫律祺（Richard Motsch）也参与进来。因为他差不多和她女儿一样大，于是，被她唤作“洋女婿”，很受她欢迎。

2012年以后，在北京见面又频繁起来，因为准备出版钱锺书《外文笔记》。杨先生年逾百岁，精神矍铄，很有活力，令人惊叹。偶尔，她也会用德语或法语引用一句话。只是听别人说话对她来说比较费力，但可以正对着她耳朵说话，或者把话写下来。为了这个，杨先生有个“魔法书卷”，可以用毛笔蘸清水在上面写字。字迹先是黑色的，之后很快就消失了。

在散文《孟婆茶》里，杨绛描写她如何在梦中登上通往彼岸的灵魂列车，却找不到自己的座位，无论是在教师座，还是作家座，或是翻译家的座。实际上杨绛的著作丰富多彩，变化挺多，让七十二变的孙悟空远远落在后面。读杨先生的书让我们惊讶，受启发，惹我们笑，也惹我们哭。

---

[1] 莫律祺 ,1937 年出生。退休的德国政府高级官员，法学家。1969-2000 年先后任职德国联邦经济部、联邦财政部等，曾担任“未决财产问题处理处”处长，处理 1990 年德国统一以后出现的一些问题。2013-2015 年，他帮助 1968 年就与其结为伉俪的莫芝宜佳（原姓 Esch）完成出版钱锺书外文笔记（48 册，商务印书馆，2015 年）的前期准备工作。

[2] 指圆圆女士，即钱瑗。

[3] 明末清初小说《醒世姻缘》，据李慈铭《越缦堂日记补》第七册咸丰十年二月十六日：“无俚阅小说演义，名《醒世姻缘》者，书百卷，乃蒲松龄所作，老成细密，亦此道中之近理可观者。”钱锺书持此说。然亦有人称此书作者为西周生。

[4] 莫芝宜佳原为波恩大学汉学系教授兼系主任，退休后应爱兰根大学聘请教授汉学，传播中国文化。

[5] 指杨绛先生于 2000 年 5 月 4 日为商务印书馆出版的《钱锺书手稿集 · 外文笔记》所撰之序。

[6] 指莫芝宜佳教授于 2000 年、2001 年连续两年暑假来北京，帮助杨绛先生编订钱锺书外文笔记。

[7] 时于饱蠹楼（牛津大学图书馆）。

[8] [9] 小猴子全家和十八罗汉，均为杨先生送给莫芝宜佳的小玩意儿。

[10] 指杨先生所练八段锦中的一个动作。

[11] 俞松，毕业于德国波恩大学翻译系。曾翻译了莫芝宜佳在《钱锺书先生百年诞辰纪念文集》中的论文《道士出山去》，受到称赞。目前在国内高校担任德语老师。

[12] 唐峋，女，北京大学毕业后赴德留学，毕业于德国波恩大学翻译系。多年来一直帮助莫芝宜佳，曾参与《钱锺书手稿集 · 外文笔记》的整理工作。

[13] 这位“常州女孩子”叫弓邢艳，在中国做过医生，后毕业于德国波恩大学化学系。在德国期间，她与莫宜佳的妈妈一起生活了很多年，也帮助照顾她，是他们的老朋友。

周节之*（二通）

（1）

默存季康夫子大人道席：

先后两奉大函，知托小宋转手带上之物已到，但愿途中无损坏。如拟续办何物，望示下。函丈巨著《管锥编》广博深邃，生基础浅薄，日读数页尚不能得领略一二。《旧文四篇》亦已细读数次，甚感消化之难，可见生等福薄可怜矣。目前代市工商联整理“上海化学工业社”和“中国国货公司”两稿，限三季度结束，希望在国庆节后能上京拜谒。代买商品既方便又荣幸，万勿见外，随时赐知，随时可有人带上。

书不尽意，恭请

道安！

生　节之谨上

（1980）六月六日

* 周节之，上海人，是上海一民族资本家之独子，20 世纪 40 年代上海沦陷期间，钱先生失业蛰居在家，经人介绍收周节之为弟子。教学有年，成为朋友。解放后钱、杨北上，在“三反”“五反”运动中周家寡母早亡，两家仍有往来。改革开放之初，钱先生外事活动增加，购备礼品等事，不免得请沪语称为“老克勒”的学生周节之帮忙。

（2）

默存季康夫子大人道席：

廿一日赐函，今日方由宛平路转来，拖延时日，甚感不安。礼品事，生完全可以办到，请放心。不过手工艺品受欢迎的不多，不受欢迎摆满堆足，外行害人不浅。请将品种规格示下，即可照办。

最近生被市工商联安排为史料工作委员，亦算落实政策。中国新闻社亦来约稿，假内行滥竽充数。日子不太好过。北京行期一时还未定，礼品办就后看，如暂时走不成，先托便人带上。京沪间往返者甚多，带亦极便，万勿客气。

房屋政策落实已半年，虽不尽好，但两间朝南，又煤卫独用，羡慕者颇多，所以也可谓满意矣。一年来诸问题都先后解决，大有虎口余生之感。等候来示，书不尽意。恭请

道安！

生　节之谨上

（1980）六月廿七日

柯灵*（一通）

锺书、季康兄嫂：

手书奉到，承惠《倒影集》，也已拜收，印刷装订，似还可以，颇以为喜。关于版权问题，记得以皀信中曾说明，作者可以另选出版；因丛书中一般系选印已刊旧作，故有此说。我因此又函询“倒影”所收均为未刊新作，如何计酬？意在争取区别对待，而回信谓并无区别。“版权所有，翻印必究”云云，当为对海外书商而言。人文要出，是大好事，我想决无版权问题。只是出版时间，能稍作延宕较好，避免时间密接，而出书后又立即到港发行，以致自己和自己打架，也就行了。你以为如何？

巴公挂名《收获》主编，实际根本不管事。他女儿小林，是《收获》编辑，据她说《收获》及《上海文学》，都拟选刊一篇，那么两刊读者，也可以一新耳目了。

香港中文大学定于三月份开现代文学讨论会，承邀参加，现正忙于办例行手续，并准备论文（拟谈上海沦陷期间戏剧运动）。我手头已有

---

* 柯灵（1909–2000），原名高季琳，原籍浙江绍兴，生于广州。电影剧作家、评论家。曾任《文汇报》副社长兼副总编、上海电影剧本创作所所长、上海电影艺术研究所所长、《大众电影》主编、上海作家协会书记处书记、上海影协常务副主席。

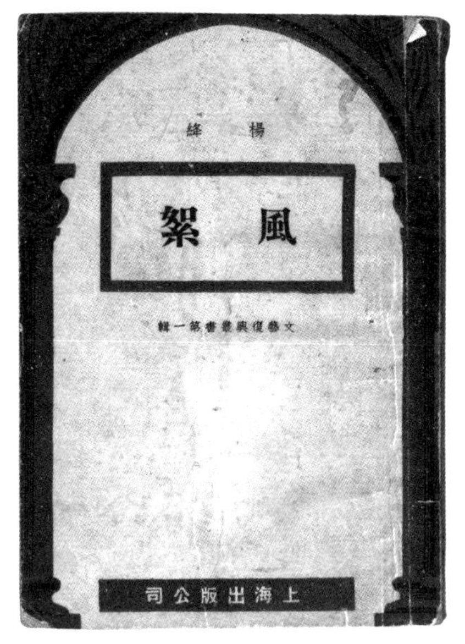

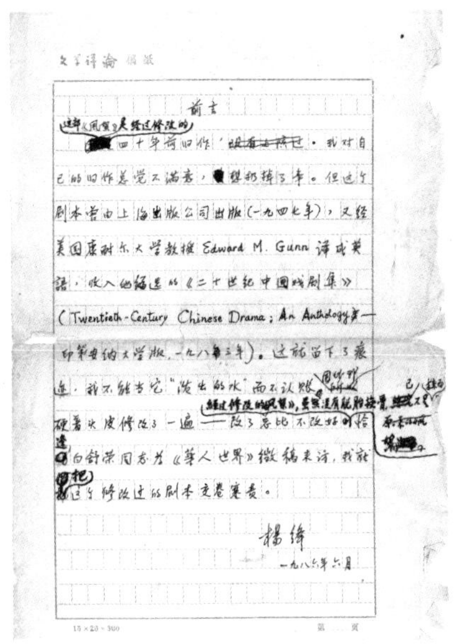
文学评论 稿纸

前言

这部《风絮》是经过修改的四十年前旧作。我对自己的旧作总觉不满意，恨不得抛掉了事。但这个剧本曾由上海出版公司出版（一九四七年），又经美国康耐尔大学教授 Edward M. Gunn 译成英语，收入他编选的《二十世纪中国戏剧集》（Twentieth-Century Chinese Drama: An Anthology 美国印第安纳大学版，一九八三年）。这就留下了痕迹。我不能当它"泼出的水"而不认账，硬着头皮修改了一遍——改了总比不改好些。恰逢白舒荣同志为《华人世界》征稿来访，我就把这个修改过的剧本交卷塞责。

杨绛
一九八六年六月

15×20=300　第　页

《风絮》初版封面及杨绛为新版所撰写的前言手稿

季康嫂《称心如意》《弄真成假》二剧。但《游戏人间》及《风絮》尚未找到，不知可尽快惠借一阅否？

比来入夜正重读《围城》，为一大享受，时复忍俊不禁，乃至开怀大笑，有若痴騃。并闻，以博一粲。

此颂

俪安!

柯上　国容附候

（1981）2.19

徐迟*（一通）

锺书
杨绛 同志：

昨收到《倒影集》，一口气读完了，真有功力，“大笑话”也够挖苦的了！“玉人”尤其厉害。“鬼”却甚美。不知还有什么藏着的作品，不可能没有？还该拿出问世。月中将去京开中国文联全委会，不知能遇到你们否？以后遇到外语上困难问题时，或者会向你们请教。不一定，但先打个招呼，就不至于突然袭击了。问你们好！并等着你们的新作！

紧紧的握手！我有新书出来，一定寄上。

徐迟

（1981）六一儿童节

* 徐迟（1914–1996），原名商寿，浙江吴兴人。诗人，散文家，评论家。

20×15=300

钟书
杨绛 同志：

昨收到《倒影集》，一口气读完了，真有功力，"大笑话"也够挖苦的了！"玉人"尤其厉害。"鬼"却甚美。不知还有什么藏着的作品，不可能没有？（应该拿出问世。）月中将去东京开中国文联笔会，不知能送到你们否？以后遇到外语上困难问题时，我当会向你们请教，不一定，但先打个招呼，就不至于突然袭击了。问你们好！静等你们的新作！

紧紧的握手！《管锥编》出来，一定寄上。

徐迟
六一儿童节

长江丛刊　　第　　页

徐迟先生信函手迹

胡乔木*（十七通）

（1）

锺书同志：

这本《读书》杂志里有一篇《围城》引起的回忆[1]，不知看过没有。如没有，希望你和季康同志看一下，这也实在是一篇难得的动人之作。如已看过，就算是我的一番心意罢了。《围城》如此畅销，我真未想到，对读者太生疏了。如果季康同志有暇，能写一篇关于《围城》创作过程的回忆，将给现代文学史提供一宗宝贵的史料。

我又要离开北京，仍是因为健康的关系，有话只好等到回京时再谈吧。

祝好。

胡乔木

（1981）八月十四日

---

* 胡乔木（1912–1992），本名胡鼎新，笔名“乔木”，江苏盐城人。清华大学物理系、浙江大学外文系肄业。1930 年参加中国共产主义青年团，1932 年转入中国共产党。曾任中共中央顾问委员会常务委员、中共中央党史工作领导小组副组长、中国社会科学院名誉院长。

锺书同志：

这本读书杂志里有一篇围城引起的回忆，不知看过没有。如没有，希望你和季康同志看一下，这也实在是一篇难得的动人之作。如已看过，就算是我的一番好意罢了。围城如此畅销，我真未想到，对读书太生疏了。如果季康同志有暇，能写一篇关于围城创作过程的回忆，将给现代文学史提供一宗宝贵的史料。

我又要离开北京，仍是因为健康的关系，有话只好等到回京时再谈吧。

祝好。

胡乔木

八月十四日

胡乔木先生信函手迹

（2）

锺书同志：

拙作承多费时日，备予指点，铭感无已。虽因人之心情不同，抒情之方亦有异，但所示其中弱点，则为客观存在。故经反复琢磨，已改易数处。因重抄存览，聊为纪念。

一川星影听潮生，仍存“听”字，此因星影潮头，本在内心，非可外观。又看潮则潮已至，影已乱，听则尚未逼近，尚有时空之距离也。（整理者按，此语段左旁，作者加有以下数语：听潮声之主语固为作者，亦可解为星影本身，此为有意之模糊；看潮生则主语显然有易，句中增一间隔。）幽木亦未从命，则因幽树禽声，所在皆有，幽谷往觅固难，且原典只云出自幽谷，固亦已迁于乔木矣。鸣禽活动多有一定之高度，深谷非其所宜。下接长风两句，因此首本言政治之春天，若仅限于自然界之描写，在个人的情感上反不真实。至将凋不尽，原属好（妨）对，但前者过嫌衰飒，后者用代代则含子又生孙、孙又生子之意，与下文愚公相应，似较不尽为长。（整理者按，以上此段文旁，作者又加有句：将凋之叶必少而近枯，亦难成不尽之丝。）以上拉杂固陋，不免妄渎，知无不言，始率陈之，惟乞海涵为幸。

杨绛同志并此问候。

胡乔木

（1982）六月十五日

繁体久不写，故多误写涂改，更觉难看了。出于幽谷，两句原文为自或于，已不能记忆，因手头无书，可能求正反误。

有所思　胡乔木

① 七十孜孜何所求	③ 几番霜雪几番霖
秋深浑未能悲秋	一寸春光一寸心
不将白发看黄落	得意晴空羡飞燕
贪伴青春事绿游	钟情幽木觅鸣禽
旧辙惭幸轮折槛	长风直扫十年醉
横流敢谢促行舟	大道遥通五彩云
江山是处钩魂梦	烘日菜花香万里
弦急琴摧志亦酬	人间何事媚黄金

②　少年投笔依长剑
书剑无成众志成
帐里檄传云外信
心头光映案前灯
红墙有幸亲风雨
青史何迟辨爱憎
往事如烟更如火
一川星影听潮生

④　先烈旌旗光宇宙
征人岁月乐驱驰
余年桑垄朝朝叶
异日蚕山代代丝
铺路许输头作石
攀天甘献骨为梯
风波莫问愚公老
指点蓬莱到有期

锺书
杨绛　同志　纪念

作者　一九八二年六月十五日

钱锺书修改胡乔木先生诗稿手迹

整理者按，关于胡乔木同志请钱锺书先生改诗的种种，在民间流传已久，而据熟悉两公的李慎之同志告知：

人多晓乔木同志久居高位，却不知他实谦虚和善，对文人高士更是谦恭有礼。1982年初夏的一天，乔木拿出几页纸给我看，正是钱锺书为乔木改的诗作《有所思》，涂改批注很多，他说：我做旧诗总是没把握，因此，请锺书给看一看，改一改，不料他给我改得这么多，你看怎么办好？

我说，这是钱先生书生气发作了，让我给你办点儿外交吧！

我自以为理解乔木的《有所思》四首七律，实际上是他的人生总结，是他的平生自序。两公过去所走道路不同、经历不同，心情感受也自然不同。钱先生不能像改自己诗那样，只管一东二冬，平平仄仄，由兴改去。6月12日，我去钱先生家向他直陈自己的理解（我们同乡世谊，我比他小十三岁，一向倚小卖小，直来直往）。我说，乔木是革命家，有他必须守定的信条，像“红墙有幸亲风雨，青史何迟辨爱憎”“铺路许输头作石，攀天甘献骨为梯”……这样的句子，都是乔木的精魂所系。一个字也动不得的。你不能像编《宋诗选注》那样……

钱先生没等他把话说完，已经完全明白，说“是我没有做到以意逆志而以辞害志了”。于是有了以下一信。兹录如下，仅供参考。

乔木同志：

上星期六晚间慎之同志来示尊作改本，走时误将您给我们的原稿带去，事后发觉，甚为懊丧，想向他要回，而奉到来信，并最新改本，既感且喜。慎之口头向我解释了您的用意，我恍然大悟，僭改的好多不合适。现在读您来信，更明白了。我只能充个“文士”，目光限于雕章琢句；您是“志士仁人”而兼思想家，我上次的改动，就是违反了Pope, an Essay on Criticism的箴言：“A perfect judge will read each work of wit, with the same spirit that its author writ." 孟子在《万章》里把诗分为"文""辞""志"三部分，近代西洋文论家也开始强调"sense"为"intention"所决定，"intention"就是孟子所谓"志"，庄子所谓"随"，我没有能"逆"您的"志"，于是，"以辞害志"，那是我得请您海涵的。新改本都满意，只有"风波莫问愚公老"一句，我还"文字魔深"，觉得"愚公"和"风波"之间需要搭个桥梁，建议"移山志在堪浮海"，包含"愚公"而使"山"与"海"呼应，比物比志，请卓裁，也请和慎之推敲一下，他思想敏捷而记忆广博，极能启发，您所深知，不用和我说的。专致

敬礼！

钱锺书　十八日

杨绛同问好

谷羽同志处并此问候

（3）

锺书同志：

十八日信收到。拙作承多次指正，又承奖誉过当，甚感甚愧。末一首在日前旅途中已改定为：

先烈旌旗光宇宙，征人岁月快驱驰。

朝朝桑垄葱葱叶，代代蚕山粲粲丝。

铺路许输头作石，攀天甘献骨为梯。

风波莫问蓬莱远，不尽愚公到有期。

归后始接读来信，但诗已寄《人民日报》，定七月一日发表，改排估计困难，也觉得可以不再改了，因为愚公的故事在这首诗里因以上六句已类型化，其意义不会引起误解。实际上在中国人民现实生活和现

实语言里也早已类型化，不必用移山填海的句子来搭桥了。这是我的想法，未知方家以为然否。

承您三次来信，这几首小诗确已成为我们友谊的纪念了。愿这友谊永存！

祝您和杨绛同志好。

胡乔木

一九八二年六月二十八日

我怀疑我的新旧体诗能否继续写下去，由于时间、精力和才能。如果生前能集一薄本，届时再请一并指教。我还想把毛泽东同志的诗词加以搜集编注（过去已作过一部分），也希望得到您的帮助。

再，我几次都忘了一件最重要的事：您选编某朝的诗集的工作进行得如何？

（ 4 ）

杨绛同志：

谢谢你将你所写的《钱锺书和〈围城〉》一文原稿给我先看。我已把它看完了，现送还，并希望它早日发表，例如在《新文学史料》这类刊物上，至少因为它可以消除读者的一些误解，更不用说增加他们的理解了。不过这当然要由你作主或者还要由锺书同志决定。

这篇文章很有兴味地描写了作者的为人和作品的成书，这无疑是任何别人所难写出的宝贵史料。我只在第6页和第51页上指出了两处可能的笔误。此外，在全文的第一节的第四行有两个、号，我冒昧地改为，号，因为全文并没有再用这个不必要的符号——这是我过分地滥用了你所给予我作一个读者的权利，请你原谅我的无礼。如果你仍然认为应该用、号，我当然不会有任何不同意，除了表示歉意以外。

胡乔木

（1982）十月八日

（5）

锺书
杨绛 同志：

《陈寅恪先生编年事辑》一书和“一份资料”[2]均已阅，兹奉还。一份资料的内容似已超过近代史研究所所要调查的范围，这样一篇情文并茂的回忆，换个题目，在三联所出《人物》杂志或《新观察》《散文》以至《中国青年》一类刊物上分两期发表可能较为适当，仍可供近代史所参阅，不知以为何如？稿中容有笔误或现不甚通用的词语，随手作了些记号，不敢自是，只供参考。

胡乔木

（1983）三月三日

（6）

锺书学长：

送上拙稿一篇[3]，敬乞毫不客气地予以斧正。论及的题目，实非绵力所能胜任，只以职责所在，不能不知其不可而为之。文中失误必多，耗费您的宝贵的时间和精力，很是不安，但这总比贻误青年的罪过要轻些。此稿现正广求首都学界的意见，以便作进一步的修改，使错误较少。您的教言，将是我最所期望和尊重的。

尊恙近想已见痊可？杨绛同志回国后健康如何？久未见面，甚以为念。得复示后当面谢并致问候。

敬礼

胡乔木

（1984）一月十二日

钟书
杨绛 同志：

陈寅恪先生编年事辑一书和"一些资料"均已阅，兹奉还。"一些资料"的内容似已超过近代史研究所所要调查的范围，这样一篇文情并茂的回忆，换个题目在三联所出《人物》杂志或《新观察》、《散文》以至《收获》一类刊物上分两期刊载较为适当，仍可供近代史所参阅，不知以为何如？稿中若有笔误或现不甚通用的词语，随手作了些记号，退供参考。不敢自是！ 胡乔木 三月三日

胡乔木先生信函手迹

（7）

钱老：

您好。乔木同志的一信送上。

关于这封信，需作一点说明。这封信是乔木同志在北戴河写的。当时乔木同志说，信随同《毛主席诗词选》一起送。我和人民出版社联系过，待回京后送来。八月下旬回京后，主持这件工作的同志已出差，直至上周才联系上。

问知诗词稿已复印送您审。因此，这信就耽误了一个多月。

致

敬礼

乔木同志处

1985.9.9

锺书同志：

又有好久未见面了，甚以为念。夏鼐同志遽尔物化，思之每为怆然。但愿人长久，谈何容易。惟望多加珍摄，此非仅一二人之所祷祝也。

《毛泽东诗词选》一稿，曾看过两三遍，并承周振甫同志校阅。仍恐有疏误不当处，故深望能抽暇予以订正，除注释是否确切和繁简适度外，编辑体例是否适宜，亦盼指示。增加您的负担，很是不安，踌躇再三，只好还是烦渎了。好在时间不急，而且绝大部分曾经您翻译过，得便时偶一披览可也。

敬祝您和杨绛同志康乐。

胡乔木

（1985）八月一日

《谈艺录》增订本一书，承惠赠，已看过一半左右，获益不浅。七月中旬来东北三省看看，因精力有限，能看的地方并不多。本月中旬即当返京，望今年能见面。又及。

（8）

锺书同志：

两奉手书，迟复甚歉。《毛泽东诗词选》注释承指正各点，至感至佩。出版说明原拟一稿，想编辑部认为过于烦琐，故重写一篇，亦有所见。但未能解释编选分辑注释之体例依据，殊觉不足以对作者读者负责。因再加改作，略陈原委。可能还是繁一些，但反复思维，好像这些话不交代是不行的，不过行文似未免拖沓，所以再行奉呈，乞加裁剪，幸恕烦渎。

注文中有一节关于“看教”两字的读法，对于熟悉诗词的读者完全是赘瘤，割之毫不足惜。但今日之中学生（甚至一部分中学教师）以至非学我国古典文学之大学生，很可能就读为去声。这很难怪，因为他们向来就是这样读的，而且如《辞海》《现代汉语词典》这类权威性字书也都是这样注的。看教都有阴平读，但限于看守、教书之义。惟七册本《国语辞典》（据序文当系一九四三年编成，汪怡主编，商务版，无刊期）在“看”字阴平读下注除看守义外另注“视（读音）”，以别于语音，但未详“读音”之地理范围与历史界限（估计是指约半世纪前北方官话）。语言研究所据《广韵》与今音所编《古今字音对照手册》（丁声树编录，李荣参校，中华一九八一年版），于看教二字读法中古音正与今音同，即《广韵》看，苦寒切（山开一平寒溪），用于看守义；教，古肴切（效开二平肴见），限于教书义。是知两字一般作去声，盖由来已久。至《说文》看字只注苦寒切，教字只注古孝切，则其间读音之变迁，非专治此学者，不易一言而决。各地各时代方言于读音语言之区别，更极复杂，而记录奇缺，难于悉为究明。即如我辈同籍江苏，苏南（吴语区）读耐看之看为平，苏北（淮扬区）则读去，读音语音并同。以上啰唆了一大堆，不但班门弄斧，而且无事生非。说来说去，为免麻烦，我还是同意删去这个注，有人读错让伊去好哉，反正都会有人读对的。

注文修改处很注意删繁就简，甚足为法。因此，日内正偷暇将全部注文仔细推敲一下，竭力省去废话，但限于时间精力，难以咄嗟脱手。删削之稿，不再呈政。遵求简之义，对战罢玉龙之注，拟只先引能改斋漫录所记，类说从略，下称"以后有关记载渐有出入。南宋魏庆之辑《诗人玉屑》'知音'姚嗣宗条作'战退（旧时通行本作战罢）玉龙三百万，败鳞残甲满天飞'，似为作者原注所据"，不知妥否？战罢作战退，系据中华书局近出校订本。

出版说明尚需再征求莫文征同志意见，故望修正后掷还以凭转致。但因内容可能需要商讨，如明日下午得便，拟即造访。但时届冬令，去时望勿出门迎送，以防气管受冷气袭入，是为至要。即祝您和杨绛同志安好。

胡乔木

（1985）十一月一日

（9）

锺书同志：

八月二十三日手札谨悉。因上月下旬离京去北戴河，本月下旬又在唐山、天津略停，现尚在津未返，故致来信迟复，甚歉。贱体幸承关注，极以为感。尚无大病，但精力日见衰减是真的。自分已属长寿，再长到哪里去则非所敢望，此因体质素弱，活到现在就很难得，至于老而不死又何必呢？在京时常欲过往，一则恐妨著作，再则琐事也多，想到从心所欲实在是难。来信关注之事，久所萦怀，尊见亦早有同感。人事复杂，书中难以尽述，不日即当返京，届时必前往面谈。正事之外，还可谈些闲话。先此简复，以慰悬念。敬颂

暑安，并

杨绛同志近好。

胡乔木

（1986）八月三十一日

（10）

锺书、杨绛同志：

拙作《人比月光更美丽》[4]直到最近才印出。现奉上一册，请指正。这本小书承锺书同志在重病中题写书名，谨再致谢。顺祝

夏安

胡乔木

（1988）七月六日

（11）

锺书
杨绛 学长 惠鉴：

前曾嘱将乐山俚句抄奉，写出乃见太丑了，字之大小，墨之浓淡，行之斜正均不一。

自揣再写亦未必好些，就这样算了罢。

日前得白话诗一首，意殊平直，仍是一韵到底，并以草稿奉上，乞

予指点。上次看到你们的健康，真是羡慕极了，希望你们保持这样二十年。即颂

俪安

胡乔木　谷羽

己巳立冬

整理者按，此信乃乔木同志以毛笔书于中式信笺，原无标点符号，现标点为整理者所加。杨绛在此信背面注有：1989年11月8日。

（12）

锺书同志：

两次手书并照片五帧、惠赠诗一首均早奉到。谢谢。近数月疲劳宿疾又作，精神颇不振，怯于动笔，迟复太久，歉疚良深。拙书幼稚已极，仅以报命而已，竟蒙奖饰，甚感甚愧。尊作过于溢美，实非所望，不敢承受。前阅黄裳《珠还集》刊有手书旧作，因而效颦，既指不刊书，容俟另议。春节想阖府快乐，舍下均平安。春暖当趋晤面罄。即颂

近安

杨绛同志并此问候

胡乔木

谷羽同候

（1990）二月十七日

（13）

锺书同志：

上月二十六日信收到。上说的治气管炎新药，现在找到一份说明材料，即以附上。内治哮喘的只一种，即芸香草气雾剂，有速效但不能持久，又对气管扩张病人不适用，不知对你的情况是否相宜，只好供你参考罢了。对支气管哮喘还有一种针药，即复方盐酸普鲁卡因，现出一种新处方的产品，称为新处方复方……别名维他命H3，上海和北京都已有供应，除对症外还有改善整个健康状况作用，可以问问你治病的医院是否有和可否用，何如？

祝好，并问杨绛同志好。

胡乔木

（1990）四月三日

（14）

锺书同志：

十二日手书奉悉，欣喜过望。这一则是因为那样浅陋的东西居然受到这样细心的评论，包括毛主席的修改在内；二则是因为虽然经过疾病的严重折磨，宝刀仍然光泽不减，实在值得庆幸。明天一早就要去北戴河，一个月以后回来，当即趋前问候。敬祝

健康，并颂

杨绛同志安好。

胡乔木

（1990）七月十五日

（15）

锺书学长：

顷阅港报，得知昨十一月二十一日为八十华诞，此可贺一也。尊作《围城》在北京版十年之际，经孙雄飞编剧黄蜀芹导演拍成电视片，演出认真，制作精到，艺坛叹为胜事，想不日可以放映，此可贺二也。刻在深圳，下月返京，当面贺，先致此函，则已大晚矣。晚亦有一好处，可以延长庆祝气氛，此于老年或优于药石者。强词自解，聊博一粲。即祝

康泰。并问

杨绛同志安好。

胡乔木

谷羽附笔问候

（1990）十一月二十二日

（16）

锺书同志：

谢谢您送的厚礼，主要是您的厚意。寿辰不想也成了“围城”，辛苦你和杨绛同志了，谨令小女前来表示慰问和谢意。去年十二月由南方回来，马上开会，随后住了四十天医院，小病大治，虚耗光阴，可是压下一身工作上的债，不得不忙乎一阵。

关于《围城》电视剧播映后的情况，了解甚少，向中央电视台影视部问了一下，结果是黄蜀芹同志来了一封信，中央台影视部和上影厂影视艺术部合写了一份材料，此外还送来了一大沓简报材料。我想他们所说的情况你和杨绛同志大概都知道得更详细，现只将黄信和京沪合写的

材料送你们浏览一下。简报材料（复印件）很不少，字也太小，就不送了，如想看，请给小女说一声再送。日前读《文学评论》90年3期孙歌作《读〈洗澡〉》，获益不少。其他的话待日后面谈罢。全家都很好，即颂你和杨绛、钱瑗都幸福愉快。

胡乔木

谷羽同拜

（1991）二月二十五日拜

整理者按，此函及电视剧《围城》有关各件，系由胡乔木同志女儿木英往钱宅面呈钱杨二老。

（17）

锺书同志：

九日信并尊著及惠赠西洋参一盒均收到，谢谢。

几天没有回信，原因很简单，有些小病。去年十二月在解放军总医院住院近一月，检查治疗，这些都没有说的，不想因细故腿部肌肉神经受慢伤，归后乃发觉该处不能抬举，坐立行走维艰。医生也没有多少办法，每天擦按摩乳并热敷三次。另服中药，以活动顿减，日感倦怠，不想执笔。这些琐屑本不应缕陈，徒增忧疑，但又不好隐瞒推托，遂蹉跎至今。这点小病痛迟早（一个月内外）会好的，暂时有些麻烦而已，幸勿垂念。病中谷羽悉心照料，无微不至，如对婴儿，伉俪之乐，所足自慰。终日无事，奉读新著。虽囫囵吞枣，意趣亦可窥一二。吾兄常自称衰老，此则固矣，然观此书所表现的创作力思维力记忆力想象力，何输往昔，老于何有，何有于老，实为晚年之一大骄傲，至其贡献于学术文化，更不待言。腿疾不能爬楼梯，即上下汽车亦很费力，短期不能造访，草此数语，略寄想思。岁寒望多珍重。杨绛、钱瑗同志并此致候。

即颂新春大吉。

弟　胡乔木谨白

谷羽　木英同候

整理者按，此函落款处，未书写时间，从杨绛所保存的顺序和信函的内容看，此函当写于1992年年初，也是杨绛所保存的胡乔木写给钱锺书的最后一信。

附录：胡乔木同志写给《人民日报》编辑部的信

《人民日报》编辑部：

约杨绛同志写了一篇纪念温德教授的短文，只2100字，拟请《人民日报》在第八版发表。此文只写到一定程度就未多说，但还是说了一些真话，发表了对安定知识界情绪有好处，对纪念温德先生这位热爱新中国而受到种种不公正待遇的学者也是应该的。似也可发海外版。请酌。发表时最好能配以温德遗照。

原稿请退还作者。

胡乔木

（1988）一月廿五日

[1] 此指1981年7月14日出版之《读书》杂志1981年第7期所载沈鹏年所作《〈围城〉引起的回忆》一文。

[2] 指杨绛应近代史研究所调查杨荫杭先生情况的约请，撰写了这篇《回忆我的父亲》。

[3] 疑此指胡乔木当时所撰《关于人道主义和异化问题》一文初稿。

[4] 指胡乔木所著诗集，人民文学出版社1988年4月出版。

许觉民*（一通）

锺书同志：

示悉。“顾问”事承荷俯允，铭感五内。此事不独为元化、姜椿芳二位所力主，即周扬同志也一再提及。关于“中国文学”条，现正在由几位年轻人执笔起草中，一俟成形，少不得还得由您斧正。元化日前去东北，近日已回来，约廿四日回沪。看样子他行前将在电话中向您辞行。匆复，顺致

安好

杨绛同志均此

许觉民

（1981）8. 20

又，元化借《王梵志诗校释》一册奉还。

* 许觉民（1921–2006），笔名洁泯，江苏苏州人。1938 年参加中国共产党，新中国成立后曾任生活 · 读书 · 新知三联书店副经理，人民文学出版社副社长、副总编辑，北京图书馆参考部主任，中国社会科学院文学研究所副所长、所长、顾问。

吴忠匡*（一通）

季康先生：

谢谢你寄给我大作《六记》全文，使我怀着极大的兴趣了解到当年默存先生所说的“暑室两易，舍馆三徙”的干校生活的一些概况。

尽管你是遵循着诗教的温柔敦厚之旨而轻描淡写的，又只记个人的身边琐事，却感人至深。我是始终噙着泪读完它的。我完全可以想见默存先生那种忙乱而又无聊赖的神志。中间虽穿插有一两句笑话，可是那笑话也是苦的。《小趋》那一记，我通读了三遍，我是喜爱和昵就小家畜的，我要替小趋抗议：你们最后遗弃了它！

那真是一个复杂的时代，复杂到一个人没有罪也会感觉或意识到自己有罪似的。然而这也是一个极端简单粗暴的时代，他们认为这么一集中，一“改造”，就能把人们的一切思想和感情全部掐挖出来，虚妄地想望发明《圣经》使徒行传中还没有过的第二种“洗礼”出来。

我想起谢德林关于打狗的一则寓言：对狗应该打，错了的要打，不错的也要打，这样，才能使它成为名副其实的狗！然而，他们错了，我们是人，不是狗。于是他们的一切设想，就全盘落空了。再说，正如伏

* 吴忠匡（1916–2002），上海光华大学肄业，师从钱基博。先后任教于湖南蓝田师范学院、齐鲁大学、山东省立师范学院，1949 年后辗转各校，1954 年由华中师范学院调任哈尔滨师范学院中文系教授，直至退休。

尔泰所说的那样，“要学着四只脚在地上爬，已经晚啦！”

今天，我们回头去看那一时期，我们确实失去了许许多多东西，那是今天和今后的日子里无论如何追踪、辑寻也回不来的了。我们也确实为这些失去的东西而难受、而痛苦、而悲愤，付出过沉重的代价。然而，另一方面，我们也看到了在那一时期中也有获得的东西，譬如说，我们从此更加认识了自己，意识到自己的充实，发现在自己灵魂中间存藏着丰富的宝藏等等。甚至，那个时期中所有的折磨和痛苦，不单在今天，还将在今后，仍将永远地锻炼和激励着我们。当然，它在我们具体的现实生活中是不存在的，我们只能通过意识去理解这一点。

我建议你再增添一个“附录”，把默存那一时期中的诗作补辑进去。我想他老人家即使在当时也一定忍俊不禁，会写下极妙、极动人的诗篇或零章断句来的。此外，当时准许你们携带去干校的书籍，也似应开附一张详细的书目：你的和他的，不但供今天，也供他年研究默存先生和你的学术思想和文艺思想的后学者以一份重要的翔实的珍贵资料，有它不磨的历史价值在。

我经常地怀想着你们，期望获得你们的教言。可最近一个时期来，默存先生忽然惜墨如金起来，似乎不怎么耐烦常给我来信了。“O dio mio！”

向你和默存先生致深深的敬意和情意。并问钱瑗同志好。我是一九三八年你从香港回归上海时，在你怀抱中见到她的，四十三四年了，竟未谋二面！

永远，也只忠实于你们的　吴忠匡

小女同叩

一九八一. 九. 二三

整理者按，杨绛有复信致吴忠匡：

忠匡先生著席：

手教奉悉，复制件亦收到，谢谢。钟书仍重病，我劳瘁不胜，未能早复，甚歉。钟书低烧逾十个月之久，虽已退烧，恢复健康恐尚需时日，外间报导失实，勿轻信也

近有范旭仑[1]者，擅向钟书亲友搜索有关钟书之资料，并四处收集

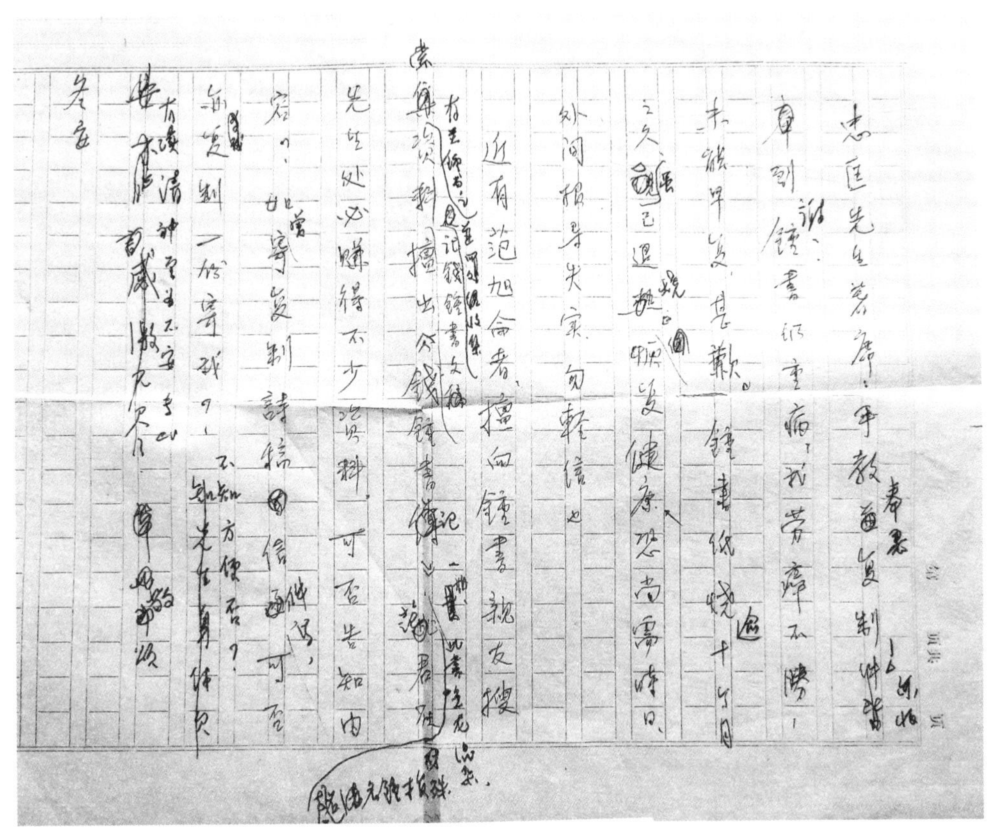
忠匡先生著席：手教奉悉，复制件亦收到，谢谢。钟书仍重病，我劳瘁不胜，未能早复，甚歉。钟书低烧逾十个月之久，虽已退烧，恢复健康恐尚需时日，外间报导失实，勿轻信也

近有范旭仑者，擅向钟书亲友搜

杨绛致吴忠匡信函草稿

记钱锺书文，擅出《钱锺书记》一册，此书鱼龙混杂，殊损锺名声。范君在先生处必赚得不少资料，可否告知内容？如曾寄复制诗稿信件等，可否亦复制一份寄我？不知方便否？有渎清神至为不安　专此

敬颂

冬安

[1] 范旭仑，时任职大连图书馆，四处搜集关于钱锺书的资料，于1995年11月在大连出版《记钱锺书先生》一书，发表钱锺书信函72通，严重侵犯了钱先生的著作权，损害钱先生的名声。钱先生病中见此，立请人向国家版权局投诉。国家版权局责令范某及大连出版社立即将该书下架收回，连同存书全部销毁，并在《光明日报》上公开道歉，声明保证不再犯同样错误。范旭仑承认错误、接受惩罚。

石明远*（二通）

（1）

锺书、杨绛同志（同学）：

从报上看到《干校六记》的消息，说是朝内人民出版社里可买。于十七日下午雪后路上泥泞难走，即急去买到一本，为了早读为快。拿到手后一口气读完了。（人民出版社一位女同志在整理书，说我不是卖书的，星期三下午卖。我说我从报上得知才来的，距此很远，既来了卖一本给我吧！将我的姓名、单位登了记后，买了一本。又没零钱找，我说：出去换，想到朝阳菜市场换。喜出望外，隔壁即是财务科，敲敲门进去，恭恭敬敬地说出了要求，这位财务姑娘给我把一元钱换成十角。我说还要麻烦，把一角换成十分钢镚。我以十分感激的心情谢了谢这位与人方便的财务姑娘。）

这本书写得很好，我就不多说了。我曾买了一部《堂吉诃德》，79年去青岛疗养时看，觉得翻译得好，尤其从注中看：本意是什么，译成这样话。我觉得非常恰当，比生硬地直译好了许多。

---

* 石明远（1914–2005），山东莒县人。1934年考入曲阜师范，1938年加入中国共产党。1952年在马列学院学习，毕业后留校任教。1957年调任中国科学院哲学社会科学部语言研究所，任党总支书记兼副所长。

对锺书同志在干校时，我不认识，只知外语很好，是《毛选》英译本的校者。后来（去年或前年）从院简报上看转载了一位台湾学者评论校注的一本宋词、唐诗校注（具体名字记不清），评价极高，才知道是位学识非常渊博的学者。那期简报上一个“促狭”，字印错了。我还写信告诉了编辑部。

《干校六记》中有几个字我认为不大合适，提出来，如认为对，请再版时（一定印数很多）改过来。冒昧直陈，请鉴谅！

顺请

撰祺！

石明远

（1982）2. 24

（2）

杨绛同志：

来信敬悉，大作我又推荐给我所李荣同志看，他说很好。对上边的几个字，我用铅笔写在上面，他也说对。他还说：上边自杀的人多了些。我看到这里没这样想，也没有想到“缺德”文学上去。当看到东床自杀后，我的眼睛也湿润了。特在此向您慰问！

我上信发出后，我继续想“马扎”“芦肤裤子”两词。“马扎”我认为只好“积非成是”了，和“轧钢”不念“轧（yà）钢”而念“轧（zhá）钢”一样。“马扎”也就用这个“扎”算了。“柞蚕丝”解放初念“柞（zhá）蚕丝”，“塑料”念“塑（shùo）料”，柞、塑没有错下去，以后都念柞（zuò）、塑（sù）。大概解放后，知识分子渐多，少数念错了的，不占优势，所以没错下去。“荨（qián）麻疹”念成“荨（xún）”，“轧钢”念成轧（zhá）就错下去，“积非成是”了。看样子也改不过来了。

“芦肤裤子”是在高粱穗的一节外面的“箨”,山东叫“芦肤裤子”,是不是这几个字,我也不知道。48年南下到了皖北(52年即去上海),在皖北听到管“高粱”叫“芦秫”。高粱的高度、叶、穗略像芦苇。“秫”在山东滕、薛之地读fú,如“念书”也读念书(fū),“大叔”读“大叔(fū)”,熟读(fú)。我在南、北两地念法上反复想,“芦肤裤子”应为“芦秫裤子”,此处“秫”念成fū,是滕、薛地区的读音。梅关桦同志是安徽人,他说是叫芦秫,不知是否这个芦,大概是,我今上午问他的。

锺书同志是一位渊博的学者,也长于音韵之学。我是在牵强附会乱谈,请勿见笑。二十余年侧身于语言学者之间,平时略加留心语言学方面的问题,只求少说外行话,免致贻笑于大方之家。

丁声树同志患重脑溢血,一病不起,住院已两年多。不能正常进食,靠胶管插入鼻中,牛奶沿管点滴输入。有时另一管也插入鼻中,是输氧。原来一侧尚略能动,现在基本上全瘫。病痛之苦,状极惨戚。说话、认人能力,几乎全失。但有时也略加清醒,我去看望时当代锺书同志致意(遇清醒时)。

我从79年春即写报告要求不干,去年看到薄一波同志在《军事演习政治工作经验报告会上的讲话》说:“有些同志执行陈云同志的指示,‘开明’了一点,退出来了。但多数同志还是不愿意退。”我以此为契机又于十一月五日写了第四次报告。院十二月廿九日任命我为语言所顾问。我的理由:工作上班就得上班,不能上半班;不能上一个时期,休息一个时期,不能成年不上班。我在粉碎“四人帮”后重新出来工作,实践证明达不到这要求,所以坚决要求不干。锲而不舍,终于得到了批准。我想,也正合乎潮流。

我不会为文，一写就多了。

锺书同志不另。

顺致

敬礼!

明远（1982）3. 3下午

批林批孔又批我复辟逆流。我转弯抹角坚决没说军宣队大方向是正确的，于是靠边站了。——又及

整理者按，作者此信写就，似意犹未尽，又附两长页补充，附录于下。

一、第一页倒6-7行："胡乱把耐脏的料子用缝衣机做了个毛毡套子。"

料子从口语中听到系指哔叽、华达呢、礼服呢等毛织品。如果是毛织品做成个"毛毡的套子"，毛毡是用羊毛、羊绒等动物的毛或绒擀制而成的。毡制品前门外有商店出售，如铺床的毡、毡鞋、毡袜、毡帽等。

成被褥的套子叫"马褡子"，也可叫"褥夸"的。现在商店里卖的是一种圆桶形的大帆布袋子（也可能叫夸子）。

我主要说：如果是毛织品，不能叫毛毡。

二、第23页倒2行："编上黍秸的墙"。黍应该是秫。

秫这种农作物犹如南方的糯米，有黏性，可做酒（山东即墨老酒就是用黍子米做的）、糕（北京食品商亭卖的"驴打滚"也是用黍子米磨成面做的）。

黍子去皮后，米有黄色，《黄粱梦》中说的黄粱饭，即是黍子米做的饭。

三、第24页3行："……我们把秫秸剥去壳儿"，秫秸上的壳儿这

东西相当于竹笋上的竹箨。竹箨在竹子上不久即脱落。这“壳儿”在秫秸上即便收割了已干枯了也不脱落。在山东、河南管这壳儿叫什么我不知道。秫秸最末一节，即长穗的一节，上边的壳儿，我们山东叫“芦肤裤子”（是不是这几个字，我不知道，尾子不差）。这东西因为有韧性，可以搓绳，可以做多种草制品。可能在南方口语中管竹箨叫竹壳儿，我不知道。

四、第56页：“拂去两旁黍秸的枯叶”。高粱，山东、河南叫秫秫，安徽叫芦秫。高粱成熟后（或长出穗子来以后），去掉穗的部分叫高粱杆（普通称）或叫秫秸（地方称）。站在田里带穗的高粱，不能称秫秸。

五、第55页末行：“黍秸田”。称高粱田或秫秫田都行，理由同上条。

六、第56页倒3行：“明港师部的营房”。师部营房在我们住的营房东边微南，邮局、银行也设在那里。传达林秃“折戟沉沙”即是在师部礼堂传达的。我们住的地方是在师部一个团的营房，往北是一个炮团的营房。

七、第57页3行：马扎。《现代汉语词典》上收了这个词。山东叫交叉子，来北京后知道叫“马扎”。如叫“马扎”应写成“马踏”（mǎzha）。“踏”和“踩”的意义差不多。山东管自行车叫“脚踏车”，就写“踏”字。床的前面有的放上长方形的矮板凳，五六寸高，宽和北京的炕桌差不多，长度比床头约短半尺，这东西叫“床踏子”。我打听过老年人为什么叫“马扎”？说过去官员人等骑马，有跟班（也叫二爷、听差、长随）背着“马踏子”（高度和现在的长方凳差不多）、水烟袋、扇子、眼镜等，下马时，听差立即把马踏放好，以便踏着它下马。北京官宦人家的大门口一边一块长方形的石头，叫“上马石”。这东西太重，听差不能随身带，所以带着马蹬，蹬着上马用。

以上这些意见，信笔乱写一通，语言文字更是说不明白，约定成俗，积非成是。荨麻疹念xún，轧钢念zhá钢，叶公好龙，也不念shè公好龙了。姓华（huà）也姓（huá）了。

锺书同志：我是70年3月到东岳住公社棉花库，锺书同志和丁声树同志主司火炉，不知谁正谁副。我们议论：这开水比牛奶还贵！发此议者是不知道我们是不计成本的，没有成本核算制度的。

记得住在东岳路西一间屋子里，闭门而坐（又像是禁闭室，又像是面壁修行），外边逢集，这也是身居闹市，一尘不染。

又及

苏渊雷*（二通）

（1）

默存先生左右：

前接溇斋书，谓去秋突患脑血栓顽症，致右手不能制管，仅能勉作左书，为可念也。

我公所有巨著，先后出版，弟均已一一购读，惟《围城》新版及《研究》一刊，坊间遍访不得，高斋如有福本，就检赐一册，尤所感盼，谅不我却也。附呈近刊，尚乞

粲可。匆候

双福不一。

弟　苏渊雷顿首

（1982）四.十一

* 苏渊雷（1908-1995），浙江平阳人。原名中常，字仲翔。曾任上海世界书局编辑、中央政治学校教员、立信会计专科学校国文讲席。新中国成立后，一度任教于华东师范大学，曾被划为“右派”，摘帽后回原校复职。

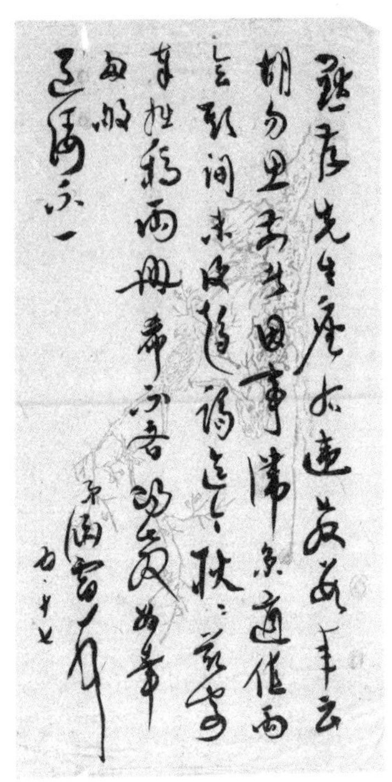

苏渊雷先生致钱锺书信函手迹

（2）

默存先生座右：

违教数年，云胡勿思，前者因事滞京，适值两会期间，未便趋谒，迄今耿耿。兹寄奉拙稿两册，希不吝赐教为幸。

匆叻

道绥不一。

弟　渊雷顿首

（1982）五.十七

白杰明*（一通）

杨绛先生台端：

近来您和钱老师安好吗？

昨日宪益及乃迭[1]来日，我赴机场迎之。至龟岗市后，宪益将您予我写的简历交给我，甚喜。谢谢！

《干校六记》翻译及润色工作已完毕，三联英文版拟九月间出版。

原来我们的版本应当能更快问世，但我上半年在意办中国电影展繁事缠身，未能着力于翻译工作。

我也许今年九月左右会到北京，希望有机会再次拜访二位老师。

暂不赘述。匆匆祝

夏安！

学生　白杰明　谨书于京都

一九八二年六月十六日

---

* 白杰明（Geremie R. Barme，1954－ ），曾留学中国，澳大利亚国立大学教授，杨绛著《干校六记》众多英译本之一的译者。白杰明还曾翻译杨绛著《洗澡》，但未出版。其后遂未再有联系。

[1] 指杨宪益、戴乃迭（Gladys B. Tayler）夫妇。

茅于美*（二通）

（1）

杨先生：

那天在路上碰巧遇到您，见您身体精神很好，十分欣慰。我写这封信是想谈谈我对您写的《干校六记》的一点感想。

首先我得向您和钱先生致敬！您的“六记”和他老先生的“小引”都写得情真意切，是近年来不可多得的好文笔。（近来又重读了《围城》，十分敬佩。）您用轻松闲适的笔调，非常细腻宛转地描写了干校生活，十分典型，使我也回忆了干校种种。我们人大也一样，下放江西余江县的刘家站。我们夫妇和婆母倾家而下。那时子女全去插队和兵团去了。我们“老三口”奔赴干校，分为三处，很不容易见面，因为那里邮电不通。您所写的“冒险记幸”是逼真的，真像极了。心理刻画入木三分，每记独有特色。我一口气读完六记，反复读了几遍（先只是在《读书》上读到第三记），感动得落泪。我最喜欢是“下放记别”和“误传记妄”了。干校大同小异，我们二人与您们二位的经历多么相像

---

* 茅于美（1920–1998），江苏镇江人。清华大学外国文学硕士，美国伊利诺伊大学文学博士。1951年回国，先后任职于国家出版总署编译局、中国科学院文学研究所、中国人民大学语言文学系教授。

啊。我们是五〇年投奔光明而来的，衣带渐宽终不悔，自己真愧“反不如当初”了。

我相信您的文章会发生很深远的影响的，但我也有些“杞忧”。我本想趋府来与您细谈我对文章的看法，怕打扰您，可是又有些不得不表示的“读后感”，不得不与您絮叨几句。问钱先生和圆圆好。向您们全家致敬。此祝

中秋愉快。

茅于美上

（1982）9月4日

（2）

杨先生：

好久不见了，您和钱先生身体都好吗？圆圆好吗？问候。

人民大学于五月份来了一个“一刀切”，璇兄与我都在被切之列。亏得我早就央求到钱先生的“笔证”，符合国务院的“三条”，所以退休金是工资的百分之百。因为我系领导说过，解放前我给他们的印象是“学生”，而“三条”中须要有解放前从事过文教工作的，所以有此“笔证”，就完备了，特此致谢。

另外有一件事“逼”得我要给您写信的原因，是近来读到您的一些短文和书给我的感触。我因小病前天（四日）入医院治疗，在三日那天去逛了书市，买到您的《将饮茶》。此序文我在《读书》上读到过，立即爱不释手，读了又读，故见到此书，高兴地买下。在医院中，我一口气读完，竟至引起我的失眠。您的文章可有六个字形容：“细腻，深刻，隽永”，现今文章我最多看过一遍即足，而您的文章实在太“耐人寻味”了。我一个人读得大笑，暗泣，深思……有如橄榄，希望您多写

一点。

您的《春泥集》如今已买不到了，很想借来读读。

另外有一个小小请求，即《将饮茶》中第61页，钱先生的《昆明舍馆》七绝写得太好了，我十分欢喜，因此想窥全豹，能抄给我读读吗？钱先生的诗我无大机会读，很想多读读，有集子盼给我一本，我十分渴望。太爱读了，如宋诗之深邃出远，令人过目难忘。

我退休后事儿仍不少，据云要回聘，我这学期还在上"英诗"课，以后读书写作，聊以自娱。您的饮茶一比，使我超然物外。您对人生的哲理思考太有味了，真是融通古今中外，今世罕有此种好文章。

有的文章读之如和您对话，如闻其声，如见其人。今世作者，一般谁肯披肝沥胆，如此真诚地交心。一点不虚伪，一点不做作，文章到此，实登玄妙观矣。

我过几天就出院，这二天闲暇，有此好书读，难得人生有此清福享。

匆此敬祝

健康

于美敬上

1987年6月6日医院中

璇兄附笔问安

钱先生均此不另。

王岷源*（十七通）

（1）

默存学长：

前承于瑗贤侄来书中惠我数行，借悉贤伉俪起居佳胜，吾兄并已荣任贵院副院长，不胜欢忭。吾兄素不喜做官，度当今中外文化学术交流频繁，院方领导须遴选一二国际知名学者参加以自重，兄不便推辞耳。幸已受照顾不多参加会议，俾得将宝贵时间多致力于千秋事业。谨以此为兄贺，更为学院祝贺。

机关行政事务工作，确有其烦人恼人之一面。近来敝校为提职称事各级领导焦头烂额，部分群众怨声载道。报纸上不断宣扬先进人物，舍己救人，公而忘私，而身边眼前遇见者则往往争名争利，损公肥私，精神文明戛戛乎其难哉。闻科学院化学所某副所长，不胜其所属干部之烦扰，已自尽求得解脱，良可慨也。

两周前胡绳同志来敝校做报告，谈十二大文件，大谈"信心"问

* 王岷源（1912–2000），四川巴县人。清华大学外文系 1934 年毕业，清华研究院肄业。1936 年考取清华公费留美，在北京大学及"中央研究院"历史语言研究所实习一年。1938 年始赴美，入耶鲁大学语言学系及英文系研习，1942 年获英文系硕士学位，1942–1946 年在哈佛大学和耶鲁大学参加编纂汉英词典及教授汉语工作。1946 年回国在北京大学西语系任教授，直到 1986 年退休，其间曾在俄语系任教十一年。

中国社会科学院文学研究所

钱锺书给王岷源先生的复函

题，意在鼓舞士气，增强信心。后各小组讨论，对此点议论纷纷，仍反映多数群众信心不强。有人说到里根儿子失业一事，报纸刊载原为揭露美霸经济政策失败，失业问题严重，而群众“不察”，反侈谈其“不走后门”，“青年人不倚靠父母权势财富，坚持自食其力”，颇有供我“学习”之处，云云。看来部分群众仍纠缠于表面现象，未见到事物本质。总之，争取党风、民风的根本好转，看来是一大关键，而此事非五年、十年不为功，只好多往前看。

祥保[1]已于本月六日赴加拿大McGill大学访问考察一月，或将顺道在美国看二三大学，下月中旬返京。弟甚想在十一月内、天气大寒之前，某日晚饭后踵府看望贤伉俪15-20分钟，或不至耽误副院长见客及科研时间太多。届时如吾兄有公务，不能接待，亦无碍，say “Hello”可也。

烦告瑗瑗贤侄承寄还的书及来信均收到，并致谢。即问

双安

岷源上

1982. 10. 24

（2）

同学弟王岷源甲子端午节杭州旅次驰书问候两位学长起居。

1934年清华外文系毕业班春假旅行，第一次见到了西子湖；五十年后第四（五）次重游。淡妆浓抹，风韵依然，游人老矣。

此风景明信片看来颇有画意，方家以为何如?

1984.6.2

（ 3 ）

默存学长：

不亲雅诲久矣。今春因小儿汝杰论文题目事，曾上书求教，承迅速赐复，殷勤指导，惠我良多，无任感笃，未尝去怀。汝杰国学根底太差，将来必须有一长期补课过程，能偶得大师指迷解惑，诚幸事也。

岁月不居，时节如流，今又秋菊飘香，欣逢华诞良辰，特检出数年前踵府为贤伉俪造象之另一“版本”，并撰小诗于其上以为祝贺。词虽俚鄙，意则诚挚，聊表寸衷，不计工拙。綦望贤伉俪善自珍摄，每日著述之余，适当从事体力活动，或在户外散步，必能健康长寿，共享遐龄也。弟与祥保自去岁退休后，身体粗适，很少外出，闲居多暇，可随意阅读。“重得读书头已白”，想读之书太多，实缘从前读书太少耳。愧赧之至。耑此敬候

俪祺

弟　岷源上

八七，十一，廿日

（ 4 ）

默存学长兄：

曩承惠赠大作《七缀集》一册，并为小儿汝杰在《谈艺录》上题字，实深感篆，本应早日作书致谢，竟迁延至今，死罪死罪。但盛情未尝一日忘也。

《七缀集》中各文虽曾在《旧文四篇》及《也是集》中读过，但这些文章颇耐读——“to be chewed and digested”——现在都为一集，取便省览，自是好事，诚文评之“七珍集”也。弟从中又重读了《中国诗与中国画》等数篇，觉较前理解更深，收获更多。参照《旧文》，也

注意到有个别改动之处，如该文注25添引了Henri Peyre的*Le Classicisme français*，即是一例（弟40年代初在Yale教中文时曾旁听过Peyre的“French Romantic Poets”一课，其时《论法国古典主义》刚出版）。同时注意到在印刷方面仍偶有错误，如p.14第二字“作”显然是“主”字之误——这大概属于已“改正讹字十之八九”以外之十之一二，这在中外书籍中总是很难完全避免的。

每展诵鸿文，辄不禁叹服学长之博雅、卓识，治学严谨之精神与惊人之记忆力。一般年老发生记忆错误，近亦见到一例。《散文世界》第八期中，有萧乾同志回忆剑桥生活一文，竟将《天真之歌》与《经验之歌》的作者说成是托玛斯·格雷。我想萧君并非不知Blake其人、有何名作传世，只缘记忆衰退，致将这两位十八世纪英国诗人混淆起来。这在一位写作、应酬繁忙的老作家也许是应当原谅的。

《谈艺录》于八月下旬始由一暑期回国探亲之留学生携美。因汝烨、汝杰两小儿于八月中旬赴西部数州旅游，汝杰八月底返校后方见到此书，来信云“钱伯伯的书对我很有用，请爸爸替我致谢”。但我想他必须仔细诵读两三遍之后才能真有所收获也。再一次向学长致谢。

汝杰今年暑期又在Rutgers大学暑期班讲授Introduction to World Masterpieces一课（六周），这当然是一门非常elementary的课程，不过也是一个取得教学经验、挣几个暑中零用钱的机会。他今年是第三次讲授此课，每次选读各国作品大同小异，但中国作品三次都选了《阿Q正传》，一若中国仅有这一部masterpiece，弟拟去函汝杰，以后如再授此课，可以考虑选用其他有英译本的近现代中国作品，如《围城》等。我知道《围城》不仅有英译本，尚有其他语文译本。日译本的荒井健的《译后记》已从《文艺报》上见到，他将书名改作《结婚狂想曲》实不如《围城》好，亦失去“城里”“城外”的象征意义。但友邦译者的意见似亦应尊重，恐亦因此未便坚持嘱其改动耳。

夏季曾在《文汇月刊》六、八二期中看到有关姚雪垠与刘再复的争论文章，觉姚文火气过重，甚至杀气腾腾，要威胁同刘打官司。魏明伦文对姚嬉笑讽刺，“后辈固然应当敬老，老人亦当自爱”，嘱姚向人品高贵、虚怀若谷的巴金、叶圣陶、沈从文、钱锺书、冰心、夏衍……学。足见公道自在人心，看来姚的品德不是很好，可惜。

近来还读了两本胡适传记——易竹贤《胡适传》及唐德刚《胡适杂忆》，并翻阅了胡本人的《书评序跋集》《红楼梦研究论述全编》，对胡多所了解，也有很多感慨，不在这里烦渎了（胡42年前在美国邀我来北大任教，48年曾为我与祥保证婚——另一证婚人毛彦文前几天从小报上得悉曾在台湾与张学良将军一同观看“西安事变”录相带。——48年冬，愚夫妇曾由红楼迁寓胡宅，同胡思杜度围城生活，吃蒸饺，打麻将……）总之，老年每喜忆旧，也甚想多与老友见面彼此谈谈天。不知年内贤伉俪何时能有暇让我和祥保再来踵府觐见一次，闲谈半小时？专此敬颂

冬安，并候季康学长。

岷源

1988.11.10

（5）

默存学长兄：

昨奉大函，并承惠寄客岁十一月在府上所摄照片四帧，不胜感谢欢忭之至。是日弟所拍摄之数张，因上胶卷时疏忽，三十余张底片全未印出，极为懊丧愧赧，并乞鉴谅。今幸得有此四帧留影，清晰、自然，慰我良多，请代我向瑗贤侄申谢。

从大札中得悉吾兄现仍每周两次赴医院，“典药饵为缘”，但弟细观华翰，觉法书遒劲有力，铁画银钩，想贵体康泰，精神健旺所致也。

近来国事蜩螗，“前进中的困难”层出不穷，民多怨谤，作奸犯科者亦复不少。自以深居简出为宜，杜门不出，“老朽”云乎哉。此间有人传吾兄不久前曾拒绝某诗人踵府乞在联名信中署名，深受领导赞许，因得荣任全国政协常委，云云，传为美谈。弟素知吾兄向来不随流俗，不趁热闹，拒绝署名自在意中。至于领导赞赏，授以高位，固非兄之所望，兄亦绝不会在乎一政协常委，想来是盛意难违，只好奉命参政耳。

来示中提到温德[2]先生奖学金事，谨就此略陈一二。八年前小儿汝杰曾因温德先生推荐，并经Wabash College校方审核转学成绩及自传短文，录取为该校三年级学生（也是该校第一名中国大陆留学生），在此温德先生之母校学习二年后毕业。四年前该校教授Bert Stern来北大任课一年，并开始采访温德先生，撰写传记。同时代表Wabash校商得北大同意，设立温德奖学金。每年由北大选派三年级学生一人，赴该校留学，学习二至三年后毕业。由于弟在北大教师中与温德先生相识较久，Stern嘱愚夫妇协助英语系挑选学生，具体任务为每年与系中推选出的三人进行面试，选择一人报系批准，所以最后决定权仍在英语系，面试结果意见亦仅供系领导参考而已。今年选定之张霖自言其父在文研所工作，当然未告弟曾欲兄美言引进事，而对此陌生青年，兄坚拒之，固其宜也。

季康学姊之近著《洗澡》，北大新华书店至今未见到。因多日未进城，不知城里能否买到。现天气已转暖，月内当进城一试。

今日为“中国十一亿人口日”，昨今两天各种大众媒介均在大肆宣传，敲起警钟。似此每年增长人口一千五百万至二千万，何日方能现代化？弟反思一下，贤伉俪与愚夫妇均较为先知先觉，兄嫂五十年前已实行“一对夫妇只生一个孩子”，愚夫妇虽然在三四十年前生了两个孩子，但他们将近不惑之年仍是单身，也可算实行晚婚晚育的模范了。但就整个国家来说，仍属愈生愈穷，愈穷愈生，为之奈何！专此鸣谢，祇颂

俪祺

弟　岷源拜上
祥保嘱候
1989.4.14

（6）

季康学长：

承惠赠新刊大著《洗澡》一册，节日前，已由陶洁同志送来舍间，不胜欣忭感谢之至。

由于一个偶然的原因，愚夫妇尚未及展诵新作，已有两位友人得悉我有此书，并当面表示望能借阅。本奇文共赏，弘扬“杨学”之义，《洗澡》已由祥保先睹为快，诵读一过后，就近送与杜秉正兄，俟其阅毕，再送李赋宁兄伉俪，然后索回。如此安排，既可以分惠同好，共赏佳作，亦定能促使借阅者早日归还，俾礼让的书主不致久稽阅读之乐也。祥保对《洗澡》很喜欢。

两周来北大学生上街游行，校园颇为热闹。愚夫妇退休在家，亦时有熟识的中青年前来“汇报”议论。

再一次向你致谢，并颂

俪祺

王岷源　张祥保上
（1989）五月九日

（7）

默存、季康学长：

承寄赠在府上所摄照片多帧，一周前就收到了，十分感谢，也十分珍贵，幸亏你们的这个“傻瓜”相机，不然我这个忘了带上flash light的傻瓜要失望了。再一次谢谢你们和瑗瑗。

那天聚会确实很愉快，你们的谈话，有内容，有“信息”，有风趣。交谈中没有政见分歧、利害冲突，也没有什么complaints、bad feelings要倾诉，可以说我们的谈话是“pure conversation”，disinterested yet congenial，得到的是pure pleasure，回想起来像是啖了一只上好橄榄的余味。

那天我们在车站等320，发现乘这路车的人真不少，而车却很少，我们不要乘的14倒是很多，有时车上的人显得很少。320的车次少、人多，来了几辆我们都挤不上，也没有敢去抢。好在家里也没有另外的人在等我们，回家晚一点也无所谓。想到在你们那里叙谈的快乐，这点小不方便是很值得的。

两月来我因拔牙，加上口腔溃疡，跑了几趟医院，吃东西也不方便。现在基本上好了，本周六还要继续去拔牙。再拔四颗牙之后，过一个月左右再去装假牙。

上星期六上午我到朗润园去看了德望兄[3]，刚到门口，田大嫂就轻声向我说，“不要提杨周翰[4]的事”。我进入客厅，德望兄正在书桌前坐着整理（或寻找）东西，面颊丰腴，胡子刮得很干净，看不出什么病容，相当健谈，还是那么彬彬有礼。他果然问到周翰，是否还在西安治病，我只好回答说是的，还在继续理疗。我给他拍了一张照（这次我没忘带闪光灯），他似乎很高兴，还叫他夫人给他穿上一件干净罩衫。当我请她与德望合照一张时，她坚决不肯。德望说他别无痛苦，只是下身患处影响走路，起坐或站立时有些不便，现仍每周五次化疗，上下三楼，须人搀扶慢行。他说他今年七月刚满了八十。我说校园刚庆祝了冯友兰先生的九十四寿辰，陈岱孙的九十寿辰，希望他能向他们看齐。我真的希望这位善良忠厚的学长能多活几年，把《神曲》全部译出。

昨天又去朗润园为陈占元兄送行，他今晨乘机赴美探亲。他今年已满八十一岁，还能做长途旅行，实在不错。也就在他那里听说王瑶兄已在上海辞世了。他在清华比我晚三四班，大概今年只有七十四五，照现在的“标准”也算是去得较早的了。1935年3月，国民党军警开了卡车到清华逮捕学生十一人，王瑶兄和我和柳无垢等同学被捕入拘留所，住了三天三夜，才沾了柳的光，由梅贻琦校长亲自来把我们保释返校，所以我同王兄曾一度是难友。这次听说他是在杭州现代文学讨论会上发病的，送到上海医院治疗了些时候，终于不起。

今天看《参考消息》第一版，“报道苏党报发表令人震惊的社论”，提出将取消共产党的“领导和指导作用”。真不知这“大气候”将要发展成什么样子。

这个冬天总的说来是比较暖和，但今天天阴，又有三四级风，颇有寒意。诸希善自珍摄，健康长寿！祝阖府新年纳福，万事如意。

岷源　祥保同叩

89.12.13

（8）

默存、季康学长惠鉴：

我们六月十四日来美探亲，转瞬间已逾三月。前二月，因汝烨、汝杰两小儿住在东部New Jersey之New Brunswick，与汝杰及另一对中国夫妇分别住同一公寓的三间卧室。汝烨则住校内研究生宿舍公寓，每日来232 George St.晤面，一同吃饭，有时一同出游。汝烨因学业结束，取得学位，较为自由。汝杰则因论文尚未写完，暑期中又担任两班短期课（一汉语入门课，一Introduction to World Masterpieces），只有周末才能参加距离较远的观光游览。两月内曾先后去Princeton U.、Yale、West Point等校，Atlantic City、F. D. Roosevelt故居纪念馆、Vanderbilt Mansion、Philadelphia美国革命博物馆及Franklin纪念馆、纽约州立大学Stony Brook 分校等。七月十六日汝烨开车同我去Stony Brook后，本拟继续北行去Cambridge看看Harvard及赵如兰（赵元任先生之长女）夫妇，不意在路上出了车祸，走到十字路口，一个teenage美国姑娘开着一辆车从右边的小路驶来，不顾“Stop”路标，径往左拐。汝烨见势急忙左转相让，已来不及。我坐在他的右边，眼看美国女郎的车左前方和我车的右前方猛烈撞击。双方急刹车幸无人受伤。我的胸部受震动，因戴上seat-belt，不严重，但两车前端都受到毁伤。美女承认是她的错，立即打电话通知就近警察分所，很快来了一辆警车、两名警察，双方各写了一份出事经过报告，我在汝烨的报告单上也签了名作为witness，因车受伤，恐不堪远行，就取消了康桥之行，折回New Brunswick，通知如兰，不能前往。美国一般汽车都有保险，经过一个多月折腾，汝烨收到赔偿金五百二十余元。这对他和我都是一次经历，如有伤亡事故真不堪设想。

汝烨因在西部The Claremont Colleges（共六个）之一的Harvey Mudd College获得一席教职，原拟开那辆旧车沿途游览，到达西，出事后，破车已不能胜任此重任，他只好另买了一辆新车——Toyota Corolla，花了一万二千余元，把存款用得精光，但新车较有保证，不会中途需要修理。他于八月初到校，早已住进学校介绍的某休假教授的空房（unfurnished），陆续购置了一些家具、炊具、餐具。我和祥保于八月十六日由N. J.飞到。此公寓有两间卧室，各带一卫生间，我们住的一间较大，卫生间有澡盆及淋浴设备。客厅相当大，因家具甚少更显得空荡。但独门独户，不像在汝杰处须与人合用卫生间及厨房，略有“家”的意味。六个Claremont Colleges中，多年前曾听说有Pomona大学送梅兰芳名誉文学博士学位，Pomona确为六个学院中历史最久的一个。Harvey Mudd 成立于50年代，是一工科大学，只有本科生六百人，教师六七十人，其中约有十人为本年新聘，都是经过在各地应聘人中遴选，再加上interview及试讲最后选定的。新教员中另有一名华人陈女士，曾在英国Manchester大学学习，今年刚从MIT获得学位，在此担任物理课程。汝烨教二班计算机课。Claremont Colleges各校已于本月六日开学上课。在此之前，我们曾到洛杉矶（车距约一小时）游玩过数次（有几位亲友在那里工作或学习），在太平洋边海滩上晒太阳，看年轻人游泳。还到过临海的J. Paul Getty Museum参观，据说是模仿Pompey城的古建筑修理的花园、池水，有些古文物雕刻石像陈列。我们在东部和西部都逛过一些商场（mall）、flea market、groceries、garage sales，可买的东西很少。有的定价确实不高，但用1∶6或1∶7一合也就不算便宜了。到这里来后，每周一两次跟着汝烨去食品店买些东西，也去过不远处的一个公园，也不过有点小山丘，有水边可以垂钓。上星期日午后曾去Hollywood，到了Mann’s Chinese Theater，以人行道上铜镌了很多电影明星的名字及露天hall way的地上刻有男女名星的签名（放大）及手掌和女明星的鞋印而闻名。那天傍晚我们到了那里，还有很多游客用相机在所喜爱的名星签名前拍照。我们都不是影迷，只漫步在地上看看有几个认识的影星名字。这地方我1981年曾来过一次，总是很热闹的。

但我们毕竟还是在家呆的时候多。Claremont Colleges 有一个总图书馆，我们（任何人）可以随便进去看书看报，大陆、港、台，及美国出版的报刊杂志都能看到。只是图书馆虽不算远，但不在我的walking distance之内，只能搭汝烨的便车前往。几周来，我翻阅了借出的David Cecil 的*A Portrait of Jane Austen*（插图很多）、Lee Iacocca的自传，和Paul Kennedy的*The Rise & Fall of the Great Powers*，此书作者为英国人，现在Yale任教授。篇幅较多，我只看了其中说中国部分。总之，我们在这里的生活是安静、单调、闲适，住久了还是很想北京，和住在北京的多年熟识的亲友。

以上关于我们的情况汇报大致如此。我们也常想念你们，算来钱瑗贤侄该早已从英国回来了。对她来说，两个家又可经常团聚了。她此次访英时间较长，收获一定不小。这里的新闻传媒报道中国的消息不多，只有看这里出版的中文报如《世界日报》《国际日报》才有北京的消息，在这里发行的中文报纸，也跟美国报纸学样（？），每份总有六七十页，各种广告，港、台电影明星消息，体育新闻，本市凶杀、强奸、谋杀等新闻甚多。六七周来头版报道Persian Gulf Crisis当然不少。在西部（L. A. 区）比较流行的是*L. A. Times*和*N. Y. Times*（在西部售价50 cents，东部40 cents），各城市都有自己的local paper，一般也有五六十页。九天前我到图书馆看到*N. Y. Times*有一篇该报驻北京记者Kristof谈费孝通的文章，也提到对一般知识分子的看法；对费公颇有微词，对一般知识分子的看法当然也只反映西方资产阶级报人的观点。顺便嘱汝烨xerox一份附上供批判用。

此信寄到，亚运会早已开幕，也许在此间TV上还能看见部分报道。近几日这里天气已转凉，早晚须穿薄毛衣。北京如何？诸希珍重，

敬颂

俪祺

岷源　祥保

1990.8.26

P. S. 信成未发，这几天又有几件小事顺便汇报如下：1）上周末曾被友人邀去 L. A. 附近 San Marino 参观 The Huntington Library，Art Collections & Botanical Gardens 图书馆藏书 rare & reference books 六十万册，Mss 二百五十万，见到 1410 的 Canterbury Tales，First Folio 的 Shakespeare 等，几个 gardens 都很别致。2）有人借我看一本 Bette Bao Lord 的新书 *Legacies :A Chinese Mosaic*，我刚看了一两篇，写的现代中国人、事，还生动活泼。3）想到《围城》在北京也许快（已）上 TV 了，叫汝烨从图书馆借出一中文版，一英译。前者当然在国内已拜读过，后者只在府上见过一眼，现正在翻阅，已经读完 Nathan K. Mao 的 Introduction。你们看，这里的生活虽说单调也很有趣的。

（9）

默存学长惠鉴：

一年好，橙黄橘绿，欣逢吾兄八十有二华诞，谨在此祝贺贤伉俪健康长寿，妙笔常春，颐养天年之余，继续为经国大业不朽盛事作贡献，继续为万千读者提供精神食粮与文明享受。

近日重读《宋诗选注》，获得教益颇多，乐趣亦复不少。如在梅尧臣的介绍，及其《田家》《陶者》《田家语》诸诗之注释中，得知自诗经“愿言则嚏”之句以来，“打喷嚏也算是入诗的事物”的许多例证，以及唐宋诗人感叹贫苦农民与织女辛勤劳动而衣食不得温饱的众多篇什，扩大了我关于这方面的知识（以前仅知道“谁知盘中餐，粒粒皆辛苦”及“遍身罗绮者，不是养蚕人”二三处）。原来我国的普罗文学实源远而流长，为受剥削的工人农民鸣不平的作品，想来汇集成册出版亦非难事。凡此皆足见吾兄之博洽而弟之所见不广。至于《管锥编》与《谈艺录》中所引证之古今中外典籍事例参证对比者何止千万条。吾意二书之读者钦佩之余，必惊诧不已，著者如何能读过如许多书，记得如许多事也。

常思人生一般不过百年，但从学术之造诣及研究之成果言，吾兄在生平著述已抵得上一般学人的几个lifetime（儿辈子可能赶上吾兄读过的书，但未必能写出兄之鸿“编”巨“录”）。因此可以说you've already outlived quite a few centenarians，而我们今天向吾兄祝贺的又何止八十二岁的华诞。

岷源　祥保上

1992.11.20

（10）

默存兄、季康嫂惠鉴：

久疏函候，只缘恐扰安宁颐养，于贤伉俪之起居佳胜，未尝不随时留意关怀也。前闻默存兄曾一度因胃疾住医院检查治疗，经诊断“无问题”后早已出院，闻之甚慰。

今者欣逢季康嫂八十二岁华诞喜庆，特具芜函祝贺，并问安好。贤嫂以耄耋之年，著译等身，生花妙笔，老而弥健，半世纪以来为社会创造大量文明财富，为广大读者提供高档次精神粮食，实至名归，众所仰望，文学史册中将永垂不朽矣。

尊著《杂忆与杂写》似曾蒙俞允惠赠一册，久盼不至，坊间又不易购得（弟曾到北大新华书店及海淀书城寻觅未得），未敢函索，幸从友人陶洁女士处借到一册，愚夫妇均先后扫读一过，颇为眷爱，觉其文辞天然淡雅，不刻意雕琢，而明畅清丽，隽永有致。书中所写人物如老王、阿福、阿灵、林奶奶、顺姐，虽皆平凡百姓，但均栩栩如生，有血有肉，极富人情味。《纪念温德先生》《控诉大会》《第一次下乡》

诸篇，读来尤为亲切。全书以白描手法，写人记事，不加褒贬，但读者能于字里行间偶窥作者的幽默、讽刺。此非老手莫办。大作在序中所引Landor诗。弟曩在大学时亦极眷爱，更欣赏其首二行：I strove with none，for none was worth my strife；I loved Nature，and next to Nature，Art. 觉其品格高尚，不屑与人争一日之短长。此种高贵典雅之气质，亦见于其*Imaginary Conversations*上引四行短诗，某些版本中题为*On His 75th Birthday*，而事实上此翁竟活到89岁（1775-1864）。即自以为行将熄灭fire of life延续了十四年后才“sinks”。广大读者有理由期望《杂忆与杂写》的作者再活跃文坛十四年，给他们继续写出更多的佳作。专此敬祝健康长寿，并颂 俪祺

学弟　岷源

祥保同候

1993.7.17

（11）

默存、季康学长兄嫂双鉴：

月前奉惠书，承详告春夏之交，因病魔肆虐，默存兄曾住院二三月，及多次检查后决定切除手术经过，甚谢，甚慰。“手术历六小时之久，两伤口共缝四十针，幸手术意外顺利，而化验结果亦意外良好……我们都在渐渐回复正常”，闻之不胜欣慰。消息传出，亦可使关怀作者之《谈艺录》《管锥编》及《围城》识与不识之广大读者可以释念。今又逾匝月，想康复日益佳胜，为祝。

季康嫂在默存兄住院期中，昕夕专心护理，“劳累过甚，又三月未暇顾得自己看病，回家来百病齐发”，眠食俱废，转成了家中头号病人，却不得休息，还须打起精神，应酬问疾来客，其心烦体怠，可以想

见。幸“这五六天来，才渐渐缓过来，居然不心痛气憋，不胃痛，勉强能睡，也稍有食欲，正在服中药调理……”转瞬“五六天”已成“五六月”。想经过这段时间的休养，定会较前一段更好些。仍望继续将养，逐步巩固并扩大中药所取得之调理效果。

窃思人生耄耋之年，总难免有几场疾病侵扰。偶忆74年“文革”乱中，贤伉俪因恶邻骚扰不堪，避地师大。适默存兄患气喘咳嗽卧床，弟曾前往谒候，见吾兄憔悴病榻，局促斗室，尔时“四害”未除，国运难测，我辈臭老九前途更难预卜，当日卧病之心情，与今日单纯与病魔做斗争，在医院可享受极为优越之诊治护理条件，出院回家则有宽敞舒适之寓所，在社会上则位尊名高……诚不能同日而语。时代之不同，恐亦大有助于贵恙之得以“顺利”诊治并取得“良好”效果也。手术之需不发生于知识分子迍邅坎坷之“文革”期间，而发生于九十年代，宁非幸耶。

承垂询愚夫妇及两小儿近况，谨略作汇报如下。

虽在兄嫂前不敢言老，而蒲柳之姿、早衰之象百出。祥保年来常感腰酸背疼（X光照相发现脊椎骨有一节左右高低不平），关节炎与膀胱炎时好时坏。视力衰退，虽拥有四副眼镜看时亦感无助。年已七十有六，现仍为舍间一号劳动力，负责菜篮子工程采购食品及日用品；兼任炊事员，每日负责做晚饭（午饭由安徽阿姨任之），自制果酱；兼理发员，每月为弟理发一次；兼缝纫工，自制睡衣、短裤，修补旧衣，兼领导、指挥、安排、督促安徽阿姨定期进行清洗卫生工作。弟因较年迈，忝为二号劳动力，分配得轻活儿，每日负责做早饭，包括煮鸡蛋、烧牛奶、烤面包或馒头片，保证不糊不焦。近来视力亦几衰退，但较祥保略胜一筹，惟耳多重听，观看电视剧常将人物对话听错，为老妻所笑。但TV连续剧佳片（如《围城》）不多。观看多不终场。“新闻联播”几乎必看，但所播消息，往往令人不快。人则犯法行凶，贪污诈骗，拐卖妇女，卖淫嫖娼。货则假冒伪劣，充斥市场——假医假药，也是一种谋财害命。域外媒体对我恶言诽谤："无官不贪，无商不奸"，令人气愤。然长城信贷公司丑闻、大邱庄丑闻，震惊中外，究竟罪责谁属，廉政惩贪运动，将取得如何结果，只有拭目以待。近日读《陈寅恪诗集》，其作于1945年诗中有句云"时事厌闻须掩耳，古人已死欲招魂"。耳虽可掩，而丑恶的时事依然客观存在，为之奈何。亦曾从四五十年前购得旧书中阅读Logan Pearsall Smith's：*Unforgotten Years*；George Santayana：*Persons & Places*；F. L. Lucas：*Style*，希从洋人、古人的另一种精神世界中逭逃一时耳。

大小儿汝烨已在南加州Claremont一工科大学教学三年，似与校中师生相处尚好，已三次提升工资。前、去年暑期均携有小文分别赴意大利及荷兰参加学术会议，借此偕眷到附近国家瑞士、比利时、英国等游玩。今年七月曾与儿媳唐昭华回京探亲三周。昭华现在加州理工学院做博士后研究。因洋老板付了工资不肯多放假，三周期满即同机返美。在京期间曾问及钱伯伯钱伯母（他们在美国也看到《围城》电视剧），当时得悉兄嫂身体欠佳，未敢携来谒候。三周时间，汝烨与昭华分别住各人父母家，便于各叙"家常"。白天彼此互访，或同出访问亲友，或上商店购物。离京前二日汝烨曾陪同愚夫妇去清华游玩半日，拍照多张留念。

小小儿汝杰暑期已获得"比较文学"科之Ph.D.及Library Science之M.A.。但此二种目前在美均不景气。汝杰目前尚在寻觅工作，同时亦正在申请绿卡，得卡后求职条件或可较好。顺以奉告，并谢关注。

现首都已秋高气爽，街头又充满迎"七运"大会的节日气氛。望贤伉俪善自珍摄，健康长寿，并问瑗贤侄健佳。

P. S. 此信写来为答谢七月十九日惠函，并问候起居，拉杂烦琐，诸希鉴谅。务请不必回信。

学弟　王岷源上

祥保同候　1993.9.3

（12）

默存、季康学长兄嫂：

自七月下旬奉到季康嫂惠函，转瞬间已历四月，不知贤伉俪近来康复情况如何，常在念中。遥想家居颐养，闭门谢客，屏却俗务，优游岁月，时复随意浏览书史，相与评诗论文。偶乘兴之所至，或命笔成文，既可自娱，兼以益世……此固弟之遐想，实亦愚夫妇之所祝愿也。今又欣逢默存兄八三华诞，特具芜函祝贺贤伉俪健康长寿，同登期颐。因弗克登堂祝嘏，随函奉呈近照数帧，用代祝贺，并对兄嫂历年来多次惠赐大作，教益良多，表示诚挚谢意。甚望明年春暖花开之时能图良晤。书不尽意，谨祝

健康长寿。

王岷源　张祥保　同拜上

1993.11.20

（13）

默存、季康学长俪鉴：

春节前后，郑土生君与吴学昭君先后因琐事来舍间，谈及贤伉俪健康近况，欣悉兄嫂起居饮食逐渐恢复正常，惟季康嫂仍须遵医嘱饮食控制较严，“既不能吃咸的，也不能吃甜的”。

因忆百岁老人温德先生晚年，每逢有人问及摄生长寿之道时，辄自

称其厨房中比一般人少两样调料，即无盐无糖。食物贵新鲜，蔬菜多自种，取其本味，不加盐、糖。虽曰淡食，实为老年养生之一端也。

兹有一事奉告，客岁冬，对门邻居吴小如君出示其登载于《今晚报》副刊之小文《从“春风又绿江南岸”说起》，旨在说明王安石《泊船瓜洲》一诗中之第三、四句据宋版《王文公文集》实为“东风自绿江南岸”（不作“又绿”）。“明月何曾照我还”（不作“何时”）……（见附上原文复印件）。去年12月14日《今晚报》又刊出金克木君《一字之差》一文，响应吴文。认为“自绿”与“何曾”更能表达王安石的一副“拗相公”孤傲倔强口气——我自独来独往，风月与我何干？“又绿”与“何时”实为《容斋续笔》传抄之误所致云云。

以上二君之说，似亦有所据。作为大著《宋诗选注》的爱好者之一，特抄录奉上一览。不知这一蜚声中外的选本下次再版时，值得在注中一提吴、金二君之说否。

弟与祥保应小儿汝烨之请，将于本月十八日晨乘机赴洛杉矶小住数月，清华六级校友毕业六十周年之盛会亦不能参加矣。谨此奉函辞别，诸希珍摄。约半年后返京再图良晤。即颂

俪祺

弟　岷源拜上，祥保同候

（1994）三月十三日

再：季康学长之《杂忆与杂写》前承允将在另一出版社印出之后惠赐一册，不知现已印出否，我仍企盼中。

（14）

默存、季康贤伉俪：

上月惠书奉悉。承季康在家居休养，但仍须每日往返医院问疾送“泥”之时，拨冗赐复，告知贤伉俪起居近况，不胜感谢。得悉默存兄“病情平稳，仍在恢复中，且每天有进步”，季康嫂“也在渐渐恢复”，甚感宽慰。“请到了可靠的生活护理员”，可以省一些精力时间，也是一件大幸事，现今可靠之人实不易得也。

窃思我辈耄耋老人，气虚体弱，百病来侵，偶罹疾卧床，在所难免。现代一般知识分子，身经各种动乱，“百忧感其心，万事劳其形”。尤以贤伉俪一生从事文字工作，雅耽书史，穷诘文论，中外古今，发微钩沉，呕心沥血，推陈出新，鸿篇巨制，著作等身。其耗费脑力、影响体力之巨大可以想见，但嘉惠后学，宏扬学术，功不可没也。今虽不幸罹病，由于医疗条件优越及贤伉俪之旷达乐观精神（“心情都还不错”），已取得与病魔做斗争的初步胜利。今后逐渐进步，以至完全复元，可预卜也。

愚夫妇来美探亲，瞬逾九月，对所谓含饴弄孙之乐有所体会，此语大概指昔日俗尚早婚，一般祖父母不过五十左右，精力充沛，往往有保姆阿姨专门照顾婴儿，为祖父母者一时高兴，可命张妈李妈携孙来逗弄片刻，然后示佣人持去。倘在今日，祖父已年逾八旬，手脚已不灵便，每天自朝至夕，做full time之babysitter工作，喂奶，吃果汁，换尿布，洗澡，且抱且走且催眠，手忙脚乱，腰酸背疼，孙女虽可爱，无力逗弄，乐亦无从说起。幸有两天周末，汝烨夫妇在家，可以共同照管小灵，或全家出游，改换环境。如三周前曾去Yorba Linda 尼克松故居纪念馆参观，陈列厅中见到尼氏与我国领导人同摄影多帧，我政府馈赠珍贵礼物多件，如牙雕、玉雕、两面绣、漆器等。另有一部百衲本二十四史，不

王岷源、张祥保两先生及孙女的照片

知尼氏曾阅读过一页否。又曾去Greater Los Angeles 动物园参观。是日阳光灿烂，天气暖和，游人众多，亚裔面孔，到处可见。听到广东话及普通话者不少（洛杉矶华人确实不少）。——然而我们也确实想念北京了。现已嘱汝烨为我们订一月上旬飞北京机票。抵京后当用电话联系何时来看望你们较为方便。

岷源　1994.12.10

寄上小孙女儿的照片，是不是还可爱？她父亲和叔叔小时候，我可没有能像现在对她那样鞠躬尽瘁，也没有那闲工夫去注意他们的一举一动，体会他们的可爱。现在老了，想的总是过去的事。记得有一次钱伯伯进我们家门时，正遇见孩子蹲着大便，不仅不嫌他反倒逗玩。小小

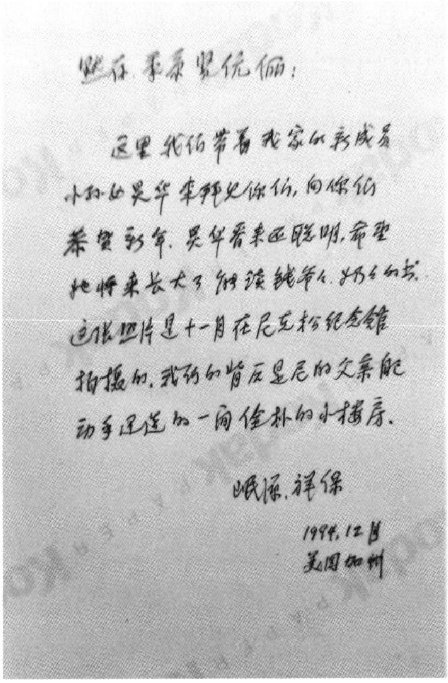
默存、季康贤伉俪：

这里我们带着我家的新成员小孙女昊华来拜见你们，向你们恭贺新年。昊华看来还聪明，希望她将来长大了能读钱爷爷、奶奶的书。这张照片是十一月在尼克松纪念馆拍摄的，我们的背后是尼的父亲亲手建造的一间简朴的小木房。

岷源、祥保

1994.12月

美国加州

王岷源、张祥保两先生及孙女的照片背面

出生后，钱伯母梦里还在代为着急找奶妈。这都是40多年前的事了！那时我就十分欣赏你们的风趣。这次读来信也一样能感觉得到，说什么肾“罢工”了、假牙也“罢工”了，接着口腔“关门”了，以致只能吃“泥”。这些话确实说明你们“心情都还不错”，十分勇敢地在对付病痛。谢谢你们的一片好意写信来使我们安心了些。

祥保上

（15）

季康学长：

贤伉俪近况何似？常在念中。

近日在成府街新开的“万圣书屋”意外地看到有《槐聚诗存》出

售，非常高兴，当即购得两册，一以自藏，一以赠对门邻居吴小如君，吴亦常以书刊赠我者。该书屋也有《干校六记》新印本，也买了两册，送即将出国探亲的邻居，他们的子女已在加拿大及美国留学十来年，尚未见过此书，度其必会喜爱。回家后拜读《诗存》，觉此书装帧精致，色调淡雅，印刷纸张，俱臻上乘。使此书封面生色的主要是你的题签和默存兄手书诗稿的影印。但此书亦偶有印刷错误，如"序"中"俾免俗本传讹"印成"卑免……"虽说只少了一个偏旁，但在这精品中多少是白璧微瑕。在《干校六记》的封底把"误传记妄"印成"误传记妾"有些可笑，但书中目录并未印错。

默存的诗我匆匆拜读一过，不敢妄加评说，只想到"典雅"二字。典故很多，用得很雅。温柔敦厚，情真意挚，满腹经纶与赤子之心固不相妨也。用典中亦有我所不知者，想将来必有钱学专家出来作郑笺的。

华诞将临，我在此衷心祝愿你健康长寿，生日愉快。我忝属同庚，近因身体衰弱，气虚耳鸣，每多重听，视力锐减，模糊不清，牙齿脱落，食欲不振，且常须赴医院检查诊治。但无论去校医院或北医三院，均须亲自早起前往排队挂号，颇以为苦。非敢在学姊前嗟贫怨老，愚夫妇实深感慨，因而对老年做了些思考。我们早已过古稀之年，超过了我们的"three score and ten"。古人说"人生非金石，岂能长寿考"。我们年逾八秩的人，有些病痛也许不应多所怨尤。我查到很多古人，如李白只活了61岁。杜甫才活到58岁，苏东坡活了64岁。对贤伉俪这样的文学大家来说，总是Ars Longa，Vita Brevis[5]，文章"经国之大业，不朽之盛事"。人寿百年，亦不能与你们不朽的作品相比，正如曹雪芹逝去二百多年，汤显祖、Cervantes、莎士比亚（三人均在1616逝世）死后三百多年而他们的读者历代有增无已。刘勰享年不到60，而他的《雕龙》在一千四百余年后还陆续有人在研究它，出版各种注释、选注、译注……

我们普通读者耄耋之年，仍能欣赏好诗妙文，也是差可自慰的，谢谢你们。敬颂俪祺并问瑗瑗好。

岷源　祥保拜上

1995.7.16

（16）

默存、季康贤伉俪惠鉴：

虽然我们不便——也不忍——用函札或电话来干扰你们的宝贵的安宁，但我们一直在惦念着你们特别是默存兄的起居近状和疗养、康复情况，我们祝愿贤伉俪一切顺运，眠食佳胜，早日完全恢复健康。这也是我知道的你们众多的admirers的共同的关怀和愿望。我们希望季康姊能便中给我们一封短札，简单示知你们的健康近况，这将是对我们的巨大欣慰。

这几天气候温和，阳光灿烂，给默存兄的华诞增添了喜庆气氛。即问你们和瑗瑗安好。

王岷源　张祥保同上

1995.11.20

（17）

季康学姊大鉴：

五月之末承命车来舍，我们一家三人同得与学姊有晤谈之乐。转瞬又两月余矣，是日我与汝杰均曾为此难得的聚会摄影数张以资纪念。汝杰所拍的一张已于前数日寄来（他离京后即直飞维也纳开会，拍摄了许多德、奥风景名胜，用了不少胶卷，而我的相机里的胶卷，自五月底拍了几张以后，至今从未再有机会使用。即使到年底未必能将24张底片拍完印出，才能将我所拍摄的两张寄上），现随函奉上汝杰寄来的一张，已嘱他再寄我一张。

三日前接到学昭同志电话，她离京赴美，将去康桥搜集一些有关雨僧师及陈寅恪、汤用彤、俞大维等名人学者在哈佛学习时期的材料，不知结果如何。反正她有亲属侨居美国多年，此行定获双丰收也。

近阅报刊，知某些评论员对社科院编辑的巨册悼念默存兄的纪念册颇多微词。但我觉得这本书收罗海内外及各省市发来的悼念文章、函札及默存兄生平、著作，部分书信简介，还是很有用的，不能过事苛求。

近日气温上升达38℃-41.2℃，打破北京近百年纪录。我们昼夜都靠空调降温。甚望学姊善自珍摄，保重保重！

岷源　祥保

1998.7.31

王岷源夫妇1993年11月21日寄给钱锺书的照片

照片背面有言：93年7月，与祥保、汝烨同游清华，中途小憩，汝烨摄

[1] 张祥保（1917-2020），女，原籍浙江海宁，生于上海，为王岷源夫人。圣约翰大学经济系 1942 年毕业，曾任教上海中西女中，1946 年任北京大学西语系高级讲师、教授，1986 年退休，主讲专业基础英语三十多年。

[2] 温德（Robert Winter，1886-1987），美国人。美国瓦巴世学院文学士，芝加哥大学文学硕士，曾任美国西北大学、芝加哥大学教授。1923 年来华，任东南大学教授。1925 年由吴宓荐，任清华学校（后改清华大学）外文系教授，1952 年改任北京大学西语系教授。

[3] 田德望（1909-2000），河北完县人。1931 年清华大学外文系毕业，1935 年清华研究院外国文学研究所毕业，公费派往意大利留学，1937 年获佛罗伦萨大学文学博士学位。1938 年春去德国哥廷根大学留学。1939 年冬回国。先后任浙江大学、武汉大学外文系教授，自 1948 年起任北京大学西语系教授直至退休。

[4] 杨周翰（1915-1989），原籍江苏苏州，生于北京。北京大学外文系 1939 年毕业，留校任教。1946 年留学英国。毕业后，在剑桥大学图书馆从事整理汉学书籍工作。1950 年回国，任清华大学外文系副教授，1952 年转入北京大学西语系，任教授。

[5] 此为拉丁语，直译英文为：Art is long, life is short。

葛浩文*（一通）

杨绛先生：

您托宋先生[1]转寄给我的信早已收到，真是感动。知道您已经收到几份《译丛》杂志[2]，但我很冒昧地将手边的一册也送给您表示一点敬意。即颂

猪年快乐

万事如意

弟　葛浩文上

1983-2-22

* 葛浩文（Howard Goldblatt，1939-　），美国汉学家。曾入美国海军学校，服役期间在台湾学过中文。后入印第安纳大学师从柳无忌研习中国文学，获文学博士学位。1981年曾将杨绛《干校六记》译为英文在美国华盛顿大学出版社刊出。

[1] 指宋淇，钱锺书在香港的知友。

[2] 指香港中文大学比较文学与翻译中心所办的译介中国文学作品的英文杂志 *Renditions, A Chinese-English Translation Magazine*。

杨岂深*（一通）

杨先生：

《干校六记》于农历除夕收到，当即一口气读完了。痴活了数十年，虽说也算读了一些书，但一口气把一本书吞下去，次数还是不多的。年轻时爱读长篇小说，《红楼梦》《魔山》与*The Brothers Karamazov*等是连日带夜看完的，回想起来，弥觉汗颜，因为当时说不上是读书，只是眼馋贪吃，囫囵吞枣，有如猪八戒吃长生果，食而不知其味。近年以来，精力衰退，老眼昏花，这种“豪情”是没有了，但新六记却以女篮拼搏的精神用一坐时间手不释卷地捧读完毕。锺书先生在前言中说他很不喜欢的旧六记，我虽然没有锺书先生那样趣味高雅，但也不免感到林大师捧得过头了。新六记的读者，当今的老中青三代人，不论对于干校有无亲身经历体会，提起干校二字，总是别有一般滋味在心头的。

先生寄书，看来还是费了些周折的，因为作家身边未必有存书，害得您打电话向书店要，心中异常不安，何况加上改正误植与包封，更是浪费了不少时间，其罪过又岂是内疚二字所能减轻于万一？只好希望还有登门请罪之一日？

---

* 杨岂深（1909-1996），安徽怀宁人。上海复旦大学1931年毕业，先后任中学教员、国立编译馆编译、教育部中学教科书编委会编辑、《文摘》旬刊编辑；1939年起任教于复旦大学外文系，曾兼系主任。

大作27页第一段写到默存先生把写给您的信亲自撂给您，我读到这里，从椅子上跳起来了，拍案叫绝。先生是一对老夫妻，可是这三言两语，却把先生俩人几十年前在校园里谈情说爱（Shelley说love是一个常被亵渎的字眼，请原谅我用这几个俗字）的情态跃然纸上。默存先生“撂”信和杨先生“接”信时的腼腆神情，要是有人躲在一旁，留下了一张cordial photograph，那该是多好呵！更使我高兴的是我在这些话中见到了两位先生健康长寿的方面哇！我为中国文坛喜！我为中国学术喜！

“小趋记情”的文字，使我想起了五十年前读过的*Flessly*。王国维先生在《人间词话》中将诗人分为主客观两种，但客观究竟先主观而存在，否则Woolf又何以发挥其主观？先生之新六记，实属难得之文字，论观察则弥微细致，论感受则渗透哲理，但愿，一般读者勿等闲视之。（57页有两句了不起的对白：“你怎么来了？”“来看看你。”杨先生：我要请教您和锺书先生，这两句话如译成英语，该怎么说？）

65页说起钱先生喜欢quote或misquote柳永的词，印上的字是“为伊拼得人憔悴”[1]，求正确，自然该改正，但如不改，一个“拼”字也颇耐寻味。我常说：除钱先生外，凡是引文正确的，都一定经过查考核对，而一切misquotation则更足以证明引文者的博闻强识！我不知道印出来的“拼”字是手民之误抑系钱先生误记？

啰嗦了半天，请原谅一个普通读者的妄语：以Woolf的修养之深，尚自谦为common reader，我怎能自封为一个普通读者？罪罪！

敬祝

俪祺！

杨岂深上

1983. 2. 18

附录：致钱瑗信

钱瑗先生：

您好！

幼子自伍因事赴京，曾嘱其叩谒令尊令堂大人，承蒙接见，多所滋扰，甚感不安。昨晚接其来电，谈及令尊玉体欠适，闻后至弥系念！按中医理论，老年人多患阴虚或阳虚或阴阳两虚，不悉令尊属于何种类型之虚病？现服西药或中药？如何调理？倘无特殊疾患，中成药“龟龄集”及“青春宝”胶囊，常服似无副作用。又北京已故名中医施今墨处方之“健延龄”，据闻亦系良药！以上三药，令尊如未服过，似不妨多征询几位中医意见，以便斟酌服用。

先生擅长俄、英语言，教学之外，尚从事译著否？

冒昧上书，至希鉴谅。此颂

阖府春节欢乐！

杨岂深

1990.2.23

---

[1] 此处原文作“为伊消得人憔悴”，无误；“拼”字乃系手民之误。

安娜·多雷日洛娃*（十三通）

（1）

March 11 1983

Dear Professor Qian,

One year passed today from the Thursday afternoon when I was privileged to see you at your home and make Mrs. Yang's acquaintance. I would be happy if such precious occasion could be repeated one day. Besides all other pleasures, there are questions connected with my inner need to understand "the sounds and swells of China" as deep as possible, which I can learn only from your wife and you.

Your handwritten greetings I treasure in my studio as the most precious present. I feel very honoured and sweetly embarrassed — I am so delight on Ms. Yang's and your courtesy shown to me and, in the same time, I feel I don't deserve it.

After I heard you became a Vice-president of the Chinese Academy of Social Sciences I have one more reason to love "my" China and to be proud of it. The fact that

* 安娜·多雷日洛娃（Anna Doležalová，1935–1992），女，斯洛伐克汉学家，中国现代文学翻译家。20 世纪 50 年代曾在北京大学留学。1958 年成为斯洛伐克科学院东方学所的科研人员。1968 年毕业于捷克斯洛伐克科学院东方学所。她主要研究中国现代文学和中国的文学生活，也对中国"文化大革命"结束后社会发展中开始出现的具有现实意义的文学政治现象进行研究。从 1988 年起，在布拉迪斯拉发考门斯基大学远东语言和文化教研室兼职，教授中国文学。她是欧洲中国研究联合会、捷克斯洛伐克和斯洛伐克东方学协会和捷克斯洛伐克—中国协会主席团成员。

a man like you is given such a representative post is a proof of dignity. I am sure all sociologists all over the world are feeling the same. Take care of your health, please.

I don't dare to do anything without your approval, but if you are interested I can send you a copy of the *Encyclopaedia of World Writers* (published in Bratislava in Slovak language) in which I wrote few lines on you — many years ago when I even did not know the year of your birth neither whether you survived the turmoils of the late sixties. Perhaps such an encyclopaedia could be our extra supplement of your rich archives?

Let this spring become full of happiness and beauty to you and people you love.

Thankful and devoted also to Mrs. Yang,

Yours truly,

安娜

尊敬的钱教授，

从我有幸在您家里见到您，并结识了杨女士的那个星期四算起，已经一年过去了。我希望有一天如此珍贵的情景能重现，我将很开心。除了所有其他的乐趣之外，还有一些与我内心需要尽可能深入了解有关“中国的声音和崛起”的问题，我只能从您的妻子和您那里学到。

您亲手书写的问候，作为最珍贵的礼物，珍藏在我的工作室。我感到很荣幸，也感到甜甜的尴尬——我很高兴杨女士和您给予我如此礼遇，同时，我觉得我不敢当。

听说您被任命为中国社会科学院副院长后，我又多了一个理由爱“我的”中国，为它感到骄傲。像您这样的人获得这样一个有代表性的职位这一事实就是尊贵的证明。我相信全世界所有的社会学家都有同感。请保重身体健康。

没有您的同意，我不敢做任何事情，但如果您有兴趣，我可以给您寄上一册《世界作家百科全书》（以斯洛伐克语在布拉迪斯拉发出

Let this Spring become full of happiness and beauty for you and people you love.

Thankful and devoted also to Mrs. Yang,

Yours Anna

Dear professor Qian,

11th March 1983

One year passed today from an Thursday afternoon when I was privileged to see you at your home and make Mrs. Yang's acquaintance. I would be happy if such precious occasion could be repeated one day. Besides all other pleasures, there are questions connected with my inner need to understand „the sounds and smells of China" as deep as possible, which I can learn only from your wife and you.

Your handwritten greetings I treasure in my studio as the most precious present. I feel very honoured and sweetly embarrassed - I am so delight on Mrs. Yang's and your courtesy shown to me and, on the same time, I feel I don't deserve it.

After I learned you became a Vice-president of the Chinese Academy of Social Sciences I have one more reason to love „my" China and to be proud of it. The fact that a man like you is given such a representative post is a proof of dignity. I am sure all sinologists all over the world are feeling the same. Take care of your health, please.

I don't dare to do anything without your approval, but if you are interested I can send you a copy of the Encyclopaedia of World Writers (published in Bratislava in Slovak language) in which I wrote few lines on you – many years ago when I even did not know the year of your birth neither whether you survived the turmoils of late sixties. Perhaps such an encyclopaedia could be an exotic supplement of your rich archives?

胖 Anna

杨绛先生在卡片上手书“胖安娜”

版），其中有我所写的几行关于您的介绍——许多年前，那时我甚至不知道您的出生年份，不知道您是否在六十年代后期的动荡中幸存下来。也许这样的百科全书可以成为我们对您丰富档案的补充？

让这个春天您和您所爱的人充满幸福和美丽。

向杨女士致谢并致意。

您忠实的

安娜

1983年3月11日

整理者按，安娜此信写于一张对折的花束画卡背面。“胖安娜”三字为杨绛先生所书。

（2）

11 April 1983

Dear Yang Jiang, dear Professor Qian Zhong Shu,

As I wrote you before, I am in Beijing from 5th April. And, until now, I enjoy my stay in China very much — I feel I never left this home. I hope I'll stay here one year, living in our Embassy （建国门外，日坛路）, working on contemporary literature and culture. I'll be very happy if I could have an opportunity to meet you. My telephone number (you can call me day and night, I've a telephone in my flat) is 521531.

I hope you all fine and I am looking forward to meet you again.

Yours truly

Anna Doležalová

亲爱的杨绛，亲爱的钱锺书教授，

正如我之前写给您们的，我从4月5日已开始在北京。而且，直到现在，我都非常享受在中国的逗留——我觉得我从未离开过这个家，我希望我能在我们的大使馆（建国门外，日坛路）待上一年，研究当代文学和文化。如果能有机会见到您们，我会非常高兴。我的电话号码（您们不论昼夜都可以给我打电话，我的公寓里有电话）是521531。

我希望您们一切都好，我期待着再次见到您们。

您们真诚的

安娜·多雷日洛娃

1983年4月11日

（3）

10 July 1983

Dear Mrs. Yang,

Next Wednesday I'll remember you with love more than usually. Flower, I sent you in my mind, 17th July 1911 became more beautiful with the love.

Lots of good wishes and regards also to your husband and daughter.

With love,

Anna Doležalová

亲爱的杨女士，

下周三，我会比平时更想念您。我在心里送您花，1911年7月17日因爱而变得更加美丽。

也向您的丈夫和女儿致以许多良好的祝愿和问候。

爱您的

安娜·多雷日洛娃

1983年7月10日

(4)

1986.7.17

Dear Mrs. Yang, dear Professor Qian,

Thank you so much for your kind letter and photo. I am very ashamed of mistaking the holiday date for May. I hope and feel you are generous enough to excuse me.

I am not going to Italy — this kind of Congresses became less interesting and few good people are attending there. I still hope to go to Beijing next fall and find you in good health.

Courtliness from Nau, with all my love and respect, yours,

Anna Doležalová

亲爱的杨女士，亲爱的钱教授，

非常感谢您们的来信和照片。我很惭愧错把节日的日期弄成了五月，我希望并觉得您们足够宽宏大量，可以原谅我。

我不去意大利——这种大会[1]变得不那么有趣了，优秀的人参加的少了。我还是希望明年秋天去北京，看到身体健康的您们。

来自瑙[2]礼貌的问候，带着我所有的爱和尊重，您们的

安娜·多雷日洛娃

1986年7月17日

(5)

1987.7.17

My beloved and respected Mrs. Yang,

Once more it is time to send you roses to render homage and to wish you lots of flourishing years with professor Qian, Ayuan and many new excellent books flouring out of your pens. Best wishes and deep respect to both of you and Ayuan, also from my husband Nau.

Recently I delivered my article on non-fictional literature in China on which I tried to express my respect and affection I feel for both of you and inform public about the most distinguished couple of contemporary China. It'll be out for print next January. In front of me, on the wall of my studio, I hung Prof. Qian's calligraphy which makes me so proud of your friendship and homesick for China all the time.

With all my love, yours

Anna Doležalová

我爱戴和尊敬的杨女士，

又到了给您送玫瑰花来表示我们的敬意的时候了，祝您与钱教授、阿瑗今后有很多像花一样的年月，也愿许多新的优秀书籍从您的笔下像花一样绽放出来。我丈夫瑙也向您和钱教授、阿瑗，致以最良好的祝愿和深深的敬意。

最近我发表了一篇关于中国非虚构文学的文章，努力表达了对您二位的尊重和热爱，并向公众介绍了当代中国最杰出的一对夫妇。它将于明年1月出版。在我面前，在我工作室的墙上，挂着钱教授的书法，让我时时刻刻骄傲于您的友谊，时时刻刻思念中国。

致我全部的爱，您的

安娜·多雷日洛娃

1987年7月17日

整理者按，杨绛先生在安娜来信后面夹有回信草稿，照录如下：

敬爱的安娜：

奉到你远道寄的短柬和玫瑰——好鲜艳的玫瑰！我仿佛能闻到鲜花的芬芳。多谢你记着我的生日，记着我们一家人。我无法告诉你，在我们心目中，你是多么可爱的安娜！

我把你的玫瑰压在案头玻璃板下，日夕相对，好比你对着锺书的墨迹一样。

恭喜你大著已交卷！一半是为你完工而代你欢欣，一半是出于私心，借你的文章我们可以“扬名”海外！我们盼望着大著出版。昨天Julietta Carletti女士来访，她也对你极端钦佩，说Napoli大学将请你去讲学。预祝你讲学载誉而归。

随信寄上我的一本小书，《将饮茶》，希望能同时寄到。

锺书、阿圆和我遥祝你和你的爱人健康快乐。

（6）

1988.7.8

My dear respected and beloved friends,

I am worried very much about your health — I have not (heard) your news for a terribly long time. I sent you my article, but no answer from you. — I spent 5 weeks in Italy lecturing and enjoying the life — last 2 weeks Nau joined me. Many late evenings we remembered you with Julietta.

Please let me know about you — I learned that Professor Qian was ill, in Rome I learnt he is all right, but how is he now?

May I hope you still consider me your friends?

Mrs. Yang's anniversary is approaching — so accept this poor rose and best wishes from

Nau and 安娜

我亲爱的受人尊敬和爱戴的朋友们，

我非常担忧您们的健康——我已经很久没有（听到）您们的消息了。我给您们寄去了我的文章，但没有得到您们的答复——我在意大利逗留了五个星期讲课和享受生活——最后两周瑙加入，我们和朱丽叶时常在深夜回忆您。

请让我知道您们的情况——我听说钱教授生病了，在罗马我得知他没事，但他现在怎么样了？

我可以希望您们仍然把我当作您们的朋友吗？

在杨女士生辰纪念日即将来临之际——请收下这朵可怜的玫瑰和来自我们最好的

祝愿

瑙和安娜

1988年7月8日

（7）

Nov.15,1988

Although today I can use only this form of roses to congratulate Professor Qian's birthday, I have a good reason to hope that next year I'll be able to do it personally.

Two months ago, I spent a week in Venice with Julietta Carletti (Congress of Chinese Studies) and we remembered of you a lot.

Hoping you are all right, courtliness from Nau and yours

安娜

虽然今天我只能用这种形式的玫瑰来祝贺钱教授的生日，但我有充分的理由希望明年我可以亲自祝寿。

两个月前，我和朱丽叶·凯菲在威尼斯度过了一个星期（参与汉学大会），我们忆起了您的很多事。

希望您一切都好。来自瑙的礼貌问候，及您的

安娜

1988年11月15日

(8)

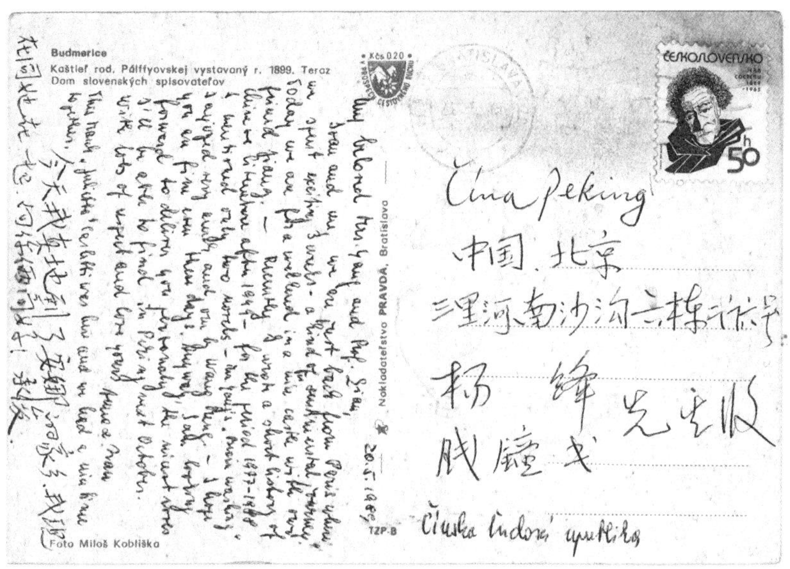

安娜寄给杨绛钱锺书的信

1989. 5. 20

My beloved Mrs. Yang and Prof. Qian,

Nau and me, we are just back from Paris where we spent exciting 3 weeks — a kind of sentimental journey. Today we are for a weekend in a nice castle with our friend Jiang. Recently I wrote a short history of Chinese literature after 1949, for the period 1977-1988. I mentioned only two words, —Mrs. Yang's "Brain washing" I enjoyed very much and one by Wang Meng—I hope you are fine even these days. Anyway, I am looking forward to deliver you personally the nicest roses, I'll be able to find in Peking next October.

With lots of respect and love, yours

Anna & Nau

This March, Julietta Carletti was here and we had a nice time together.

今天我真的到了安娜的家乡，我现在同她在一起，向您俩问好！

承俊[3]

亲爱的杨女士和钱教授，

瑙和我，我们刚从巴黎回来，在那里我们度过了激动人心的三周——一次情感之旅。今天我们和我们的朋友承俊游览了一座漂亮的城堡。最近我写了一篇1949年后的中国文学的简史，注重1977-1988这段。我仅提到了两个词，一个是我非常喜欢的杨女士的“洗澡”这个词，还有王蒙的另一个词——我希望您们甚至处于现在的情况下都没事。无论如何，我期待着今年十月到北京时，能亲自送给您我能够找到的最美的玫瑰。

怀着崇高的敬意和爱戴，您们的

瑙和安娜

1989年5月20日

今年三月，朱丽叶·凯菲曾来这里，我们一起度过了一段美好的时光。

（9）

Oct. 1,1989

Dear Mrs.Yang,

Lots of love and best wishes for your birthday, best regards to your husband and daughter.

Sincere Nau

I booked my plane to Beijing for October 6th, but I am not sure whether on this situation the Chinese Academy of Social Sciences will be ready to accept me.

I dream to see you again in good health.

安娜

亲爱的杨女士，

满满的爱及最美好的生日祝愿，向您的丈夫和女儿致以最诚挚的问候。

真诚的瑙

我订了10月6日去北京的飞机，但我不确定在目前的形势下，中国社会科学院是否会接受我。

我梦想着再次见到身体健康的您。

安娜

1989年10月1日（杨绛注：1989年11月7日收到）

（10）

Dear Professor Qian,

This year we are able to send you red wish of our love and respect only in this way. We are hoping you, Mrs. Yang and your daughter are fine — take care of you please.

Yours,

Anna Doležalová

亲爱的钱教授，

今年，我们只能用这种方式为您送上我们爱与尊重的红色祝福。我们希望您、杨女士和您的女儿一切都好——请照顾好您们自己。

您们的

安娜·多雷日洛娃

（11）

July 3 1990

My dear Mrs. Yang,

Best wishes for your important anniversary — let's hope next time with fresh roses.

We are hoping you, Prof. Qian and your daughter are all right — as we both are. It is very interesting to live here during this exciting period.

Warm friendships,

Anna & Nau Doležalová

我亲爱的杨女士，

在您重要的周年纪念日送上我们最好的祝福——让我们希望下次可以送上新鲜的玫瑰。

我们希望您、钱教授和您的女儿一切都好，像我们俩一样。在这个激动人心的时代生活在这里非常有趣。

温暖的友谊

安娜和瑙·多雷日洛娃

1990年7月3日

（12）

1991-7-13

Dear Mrs. Yang,

Please accept our traditional red roses and best wishes "happy birthday to you" from loving you.

Anna & Nau

We are fine. The life here is interesting and we are still hoping for the best. We are just back from exciting 6 weeks in Canada /USA, looking forward to "dolce vita" holidays in Côte d'Azur/Antibes. By the end of October I'll come for five days to Beijing, hoping to find both of you in good health and mood.

Anna

亲爱的杨女士，

请接受我们传统的红玫瑰和最美好的祝福"祝您生日快乐"。

安娜和瑙

我们很好，这里的生活很有趣，我们仍然希望最好的。我们刚从令人兴奋的六周加拿大/美国之行回来，期待到法国里维埃拉昂蒂布欢度"甜蜜生活"假期。十月底我会去北京五天，希望您们全都身体健康，心情愉快。

安娜

1991年7月13日（据北京邮政局邮戳）

（13）

Dec.21, 1991

Best wishes for the coming year, spent 3 days in Beijing in early November, unable to reach you by phone.

Love and respect,

Anna Doležalová

为来年送上最美好的祝福，我11月初在北京待了3天，电话未能联系上您。

爱戴和尊重的

安娜·多雷日洛娃

1991年12月21日[4]

整理者按，安娜·多雷日洛娃自1978年在意大利召开的“欧洲认识中国”会议上结识钱锺书，从此与钱杨夫妇成为好友，交往不断。安娜爱花，尤其红玫瑰，知道杨绛亦有同好，故每次来信皆书于玫瑰花明信片的背面。杨先生曾告安娜：“我把你的玫瑰压在案头玻璃板下，日夕相对，好比你对着锺书的墨迹一样。”

整理者曾著《胖安娜》一文（载《文汇报·笔会》2010年5月4日）介绍安娜及安娜与钱杨间的友谊，有兴趣的读者可找来一阅。

---

[1] 指欧洲中国联合会，亦称欧洲汉学家会议或“欧洲认识中国会”。

[2] 指安娜的丈夫。

[3] 蒋承俊（1933–2007），女，重庆人。北京大学俄语系毕业，1956–1961年留学捷克斯洛伐克查理大学，毕业回国后，分配至中国科学院哲学社会科学部文学研究所外国文学组工作，后为中国社会科学院外国文学研究所研究员。蒋承俊为杨绛的多年同事小友，曾与安娜在大学同学，故与杨绛同为安娜好友。1989年5月，蒋承俊重访捷克斯洛伐克，到了安娜家乡，与安娜及其他好友相见甚欢。

[4] 此信书于一张新年贺卡的背面，寄与钱锺书、杨绛收。信无上款，也未写明发信日期。由当地（布拉迪斯拉发）所盖邮戳看，此信系于1991年12月21日发出。

夏鼐*（一通）

默存学长：

大札和剪报，都已收到，谢谢！

王先生是我和令弟锺英同志在光华附中时的语文老师和班主任。王先生是用无锡国学专修学校的那一套办法教中国语文课的。我当时是个绵羊式的好学生，教我什么，我便学什么，并且学得还不错，所以颇受他的青睐。但是五十多年未谒师门，也未曾修书奉候。想不到王先生还没有忘记我这个“夏鼐学弟”。不过，这是属于“非索而赠者”，所以虽赐联而未见告，亦未寄来。谢谢您由于同榜之故而寄赠！

前天有一位朋友自家乡来，看到我的书架上有一本《干校六记》。他便谈开了，他说：书中的人物，除作者自己和作者的“老头子”之外，描写最成功是那位懂人情的“小趋”。不过“小趋记情”一章的结尾，他认为未免有点杀风景。他说，这使他想起他那儿的那位计划生育办公室的干部来。那位干部指着怀孕的妇女怒斥说：如果你们还要这样

* 夏鼐（1910–1985），浙江温州人。清华大学历史系 1934 年毕业，1935 年留学英国伦敦大学，获考古学博士学位。回国后，先后任中央博物院筹备处专门委员，中央研究院历史语言研究所副研究员、研究员。1950 年起，任中国科学院（1977 年后为中国社会科学院）考古研究所研究员、副所长、所长，1982 年任社科院副院长。为中科院哲学社会科学部学部委员。

“养活一窝又一窝的小狗”，将来你们“拣些粪吃过日子”吧！当然，这位干部还是一个好干部，第一，他文斗而不武斗，第二，他还能活学活用名著中的佳句，为推行计划生育的政策服务。未悉吾兄和杨绛同志亦以为然否？顺祝

俪安！

夏鼐

一九八三年四月十三日

冰心[*]（四通）

（1）

杨绛
锺书 同志：

感谢你们的信。我是抛砖引玉，希望以后能常得到你们的大著。我拉长线（以后还有二三四五集）钓大鱼。锺书同志居然心里“天人交战”起来！事情闹大了。

我那本文集序上说得很清楚，无知，幼稚，但杨绛同志提到的《关于女人》，我倒是有一点偏爱。一来因为每篇都有一个或一个以上的模特儿，七分真人，三分真事，二来因为那本不是用“冰心”名字发表的，比较自由一些。匆及

冰心

（1983）四、廿五

* 冰心（1900–1999），原名谢婉莹，福建福州人。燕京大学毕业，留学美国威尔斯利女子大学。

杨绛
钟书

同志：感谢你们的信，的是抛砖引玉，希望以后能够得到你们的大著，我抛长线（以后还有二三四五集）钓大鱼，钟书同志序使我心里"天人交战"起来！事情闹大了。

我那本小集序上说得很清楚，无知，幼稚，但杨绛同志提到的"关于女人"，我倒是有一点偏爱，一来因为每篇都有一个或一个以上的模特儿，真人（七分）真事（三分），二来因为那本书用"男士"名字发表的，比较自由一些。匆复。

冰心　四，廿五

冰心先生信函手迹

（2）

锺书、杨绛同志：

二位的光临，给我和我的孩子们以很大的快乐！兹将相片附上，希望下次能有得见令爱的机缘。

祝康健！

冰心

1986.8.3

（3）

杨绛、锺书同志：

新近搬了一次家，就在和平楼隔壁新楼内，比旧居宽敞些。电话仍旧，并贺新年

冰心

12.20

（4）

锺书先生：

《谈艺录》奉到多日，因每天有不速之客，致稽裁复，十分抱歉。

大作博大精深，非读书破万卷者，无克臻此，钦佩之至。耑谢，并请俪安！

冰心拜上

1987.6.18

戈大德（一通）

杨绛同志：

看了《当代》1983年五、六两期刊登的大作《回忆我的父亲》，颇多感触。一个正直的知识分子形象跃然纸上。文中提到杨老先生早年曾留学日本、美国，提到您的三姐[1]杨寿康，提到尊府原居无锡，最后提到您思念父亲和寻找父亲的遗作时之心情等等，情深切切，甚为感人。联想我年轻时曾收集过一些美术明信片中，有几张是写给杨寿康的（我自己也不知道为什么一下就能想起来）。最近找出来一看，似乎有些相近。明信片是本世纪初的物件。有三张是寄给杨寿康的。其中一张“爸爸寄自美国”，二张是“表弟元樑寄给寿康表姊”的。另有几张是空白的，有法国和意大利、美国的。因为明信片上看不清邮戳，寄自美国的一张也没有写日期，所以没敢肯定是否为杨老先生之物。但明信片是寄到“无锡北门外长安桥杨恭和堂寿康收”。如果当年（1906-1910杨老留美期间）尊府曾居此处，则此物必然无疑了。另元樑寄给寿康表姊的是在1920年间，何处寄出不知道，但明信片是法国的。明信片上的附言还提到杨寿康能写法文，正好与尊文中提到杨寿康曾在1940年译过法国著作吻合，所以估计这些明信片可能是杨寿康先生之物。如果杨恭和堂的地址正确，明信片确系杨寿康先生之物，我愿将此物寄赠您们。想到您和您三姐均已是七旬老人，能在暮年见到儿时的物件和父亲遗墨，一定很是高兴。能给您们一点慰藉，在我也是十分愿意的。

至于这些明信片的来历，我只记得在小学念书时（大约在四十年代中期）得到的。怎样得到的则已全然记不得了。因为我是苏州人，在苏州长大（现在洛阳某部队工作），看到尊文中提到景海女师、振华女中、五人墓等都是我所知道的，所以感到很亲切。另我有一点好奇，想请教一下，令姊寿康在1920年也不过十多岁，已能书写法文，不知从何学来的。如果明信片确系您们之物，请来信告知，我当尽快寄去。如果上述均系误会，亦请告我，以解悬念。

此致　敬礼！

戈大德上

（1984）3月27日

整理者按，三张明信片上之附言分别为：

①新出一种机器，名曰空中飞行机，人坐其中，可飞至空中，其形如蝙蝠，此其图式也。寿康珍玩，爸爸寄自美国。

②弟于书店中见各种明信片甚多颇美丽，然乏款购之。知姊得一异国品必乐藏之，弟后当奉上也……来函可书浅近法文，使弟习读之，亦可稍增进境耳。即请寿康表姊惠存。表弟元樑敬赠。

③恭祝圣诞节进步。寿康表姊惠存，表弟元樑敬祝。

以上附言均无标点符号，均为繁体字。

整理者按，杨绛先生在戈大德来信背面写有：戈大德赠明信片，得爸爸寄寿康一；唐元樑寄寿康二。

---

[1] 杨寿康是杨绛大姐，不是三姐。

中岛碧*（二十九通）

（1）

钱锺书先生：

大作《也是集》已拜领了。寄给荒井先生[1]的一本，也已转走了。谢谢。前些时，我们日本大学教师较忙于校务，未能写信，实在抱歉。我明年去贵国留学事，校里大概六月前后正式决定。但事前须要对方（即贵所）初步的（private也可以）同意。所以我现在提前写信，向许觉民[2]先生提出我的愿望、要求。请您帮我的大忙，给我说几句话。奉上许先生的信的copy，信内附上，请看一下（宿舍问题，现在已基本上解决了）。

我心里还有一个愿望，是如可能，带孩子们去，让他们再有机会学贵国的语言、文化。但目前，向许先生还提不出来。我想，我自己的事

* 中岛碧（1939-2001），日本女学者，出生于大阪，毕业于京都大学。任大阪女子大学教授、京都产业大学教授。主要研究古典文学，也翻译介绍以杨绛为主的现代文学作家作品。著作有《中国诗文选 2：诗经》（筑摩书房，1983）等。参与钱锺书《围城》的日语版翻译工作。译注有刘向《列女传》（平凡社，2001）、闻一多《中国神话》（平凡社，1989），编译有杨绛《干校六记》（みすず書房、1985）、《将饮茶》（日语版书名『お茶をどうぞ』，平凡社，1998）、《洗澡》（日语版书名『風呂』，みすず書房，1992）等。

正式定下来以后，才能说出来。

即颂

撰安

中岛碧

八四.四.三十

再者：我想，带孩子去这个要求，还是应该早些提出。因此此信（奉上许先生的）内，我已谈到这个要求。你们是否同意，我只能听天由命而已。

（2）

杨绛夫人：

大作《回忆我父亲》早已译完。《干校六记》的译文也修改好了。目前，我着手写“解说”——是介绍原作者和关于这两篇作品成立的情况等。但我又有些问题还没解决，请指教。

此外，我们很盼望看到原作者给与日本读者的序文。百忙中，请写一篇小序。书名，我们还没定下来。五月中旬，我准备去东京，把译稿交给出版社，并且和他们商谈一些具体安排。如您想出个好书名，请告诉。

问题如下：

*回忆录里的：

（1）p.225.右.“竹帘纸”是什么样的纸？《辞海》等书上有：浙江特产，用竹子纤维，相当高级的“竹纸”。是否这个？有什么特点？

（2）p.226.左.“珠罗纱”是什么东西？日本也有蚊帐，高级的是用麻丝织成的，一般普通的是用棉织成的。“珠罗纱”的原料是否麻？

特点是什么?

（3）p.226.右.“故人笑比中庭树，……”是谁的诗?[3]

*关于您的经历、学问、作品等:

（1）您在清华研究院时，在外语系的哪个专业？研究题目是什么？老师有什么人？取得硕士学位了吗？

（2）您是罗曼西语、文学的专家，在哪个地方或学校学习这个方面？在清华呢，还是在欧洲呢？

（3）在欧洲，您也在牛津、巴黎大学留学过吗？那时您研究什么？

（4）回国后，何时开始从事教育工作？除了震旦女子文理学院、清华大学外，您在别的地方、学校教过书吗？教的是哪个方面？（是英语，或者法语、西欧文学 etc.？）

（5）抗战时期，您一直在上海吗？您两位哪年从上海到北京？

（6）钱锺书先生的老家在无锡的什么地方？

（7）如您乐意，请告诉阿圆女士和德一先生的全名。

（8）关于您的学术、创作活动，我了解得很不够。除另举到的著作外，还有什么论文、作品？不管是否已公开发表，请填写一下。如可能，请说明哪一年写、在哪个地方（书上、刊物）发表了。

每次给您添太多麻烦，很不好意思。但我希望向日本读者尽量详细而正确地介绍。请多帮助。

即颂

文安

中岛碧

1984.4.30.

（3）

杨绛女士：

大札和寄给日本读者的序文稿子，均已收到，感谢之至也。直率地说，拜读序文后，我觉得有点“不舒畅”。因为您在序文里所说的，对我这个译者来说，是太不相称了，过于夸奖。

前几天，我去东京将译稿都交给了出版社。他们说：我们努力尽快出版。可是这个出版社（Misuzu书房）规模并不大，工作做得较慢，所以现在说不出明确的出版日期。请原谅。

关于我访华研究事，您两位的盛情厚意使我感动，文不达谢意。六月末前后，我校决定明年的全校计划后，我向许觉民先生再提出正式的申请书（现在，教研室里已决定派遣事，但全校的计划还是要通过全校教授会的审定，比较麻烦）。那时拜托贵院给我发出一封official许可书（邀请书）。

您说，钱锺书先生开会几周，一定辛苦极了。我们常说这样一句话：民主主义就是开会，若独裁就不要开会了。可是我去贵国后发现到“无产阶级专政”之下的社会，也需要那么多开会。虽然作为国家的主人翁，这肯定算不了什么，可是常常开会还是够麻烦，够累。请钱锺书先生多多保重身体。

此外还有一件事请教：我最近看到《鲁迅史实新探》一书，是北京鲁迅博物馆的陈漱渝先生的著作，一九八〇年由湖南人民出版社出版的，书里有一篇叫《杨荫榆的结局》的文章。我不知您是否已看过，今附上复印，请看一下。我所要问的是：杨女士的结局到底是怎样的情况？屈伯刚先生说得对，还是包天笑先生说得对？最近日本的鲁迅研究家里也有些议论，但谁都没有新资料。对我们日本人来说，无论哪个结论对，我们应该对您表示由衷的歉意。[4]我担心说起这件事对您也许不愉快，所以如您不愿说清楚，请放在一边。虽然这样，但如您以作家的观察人生的立场想要向后一代的人把这件史实弄清楚，请告诉您所知的真相。

您是罗曼西语的专家，不是我的话，而是多田道太郎先生[5]的话——曾和小川环树先生[6]一同访过府上的法国文学专家，他又是荒井先生的好友。我的注释不怎么详细，搞不清楚的地方还是多。我怕因我译文不像样，弄玉变成石头。

顺祝

台安

中岛碧拜上

一九八四.五.一六

（4）

杨绛夫人：

好久没有写信，很抱歉。目前《读〈干校六记〉后》刚写好，明天寄给出版社。他们说，大概今年末能出版。然而现在我还有一些问题没能解决，请指教。

（1）《六记》有两种法文版，译者的姓名、书店，我都已知道，书名（法文）却未听到，请教。

（2）《六记》最初在《广角镜》哪一期上发表（哪一年几月）？在北京尊府我已看过，当时很粗心没有记录下。

（3）《六记》（下放记别）里有“别是一番滋味”这一句（《回忆》里又出来了）。我当初马马虎虎地以为“别”是离别的意思，是名词。后来我想，就原诗“剪不断，理还乱，是离愁，别是一般滋味在心头”来看，“别”也许是一种副词，是“另外”的意思。您的解释怎么样？

（4）《回忆》第五章（p.228 右）的“结票”是什么？大体上我也

可以推测，具体的内容却不了解。

（5）唐琼先生在《京华小记》上（1983年香港三联书店）说，您原是外文所研究员，看来好像您已退休了。虽我以为社科院研究员没有退休规定，如您已退休的话，请说明哪一年退休了？如您还在外文所，您的地位（身份）也是一级研究员吗？

百忙中，特别是在这么闷热的夏天，太麻烦您，实在对不起，请多原谅。

我在华研究事，我校里已正式决定了。我想要向默存大人、许觉民先生报告，但一时写不了中文信。（写中文信，对我愈来愈费力！）

请替我向两位先生问候，把我的谢意转告两位先生。此致

敬礼

中岛碧

1984. 8. 7

（5）

杨绛女士：

奉到前一函，还未回信前，不日接着又收到十八日的大函，承蒙恳切指教，十分感激。拙译刚开始付印，初校还没出来，任何改删、加注也来得及。请释念。

再者，大名杨绛，是原名还是笔名？如是原名，季康是乳名吗？如是笔名，从何时用起来？我不愿烦您特地写信，将来得便请教。

即颂

俪安

中岛碧

一九八四.八.二四

敬祝　钱先生、夫人健康。

中岛长文[7]

（ 6 ）

钱锺书先生、杨绛先生：

我病了以后，去江南一游。这次旅行，事前没有什么准备，就中国人来说，简直是暴虎冯河，所以到处都碰到不顺利的事情。可是却看得见中国社会的种种事情，整个儿来说是很有意思的旅行。只是遗憾的事就是不能去苏州、无锡，看看两位先生的老家。

呆住上海两三天，因此竟没有了拜访的时间。我今天离开北京回国。明年日译《围城》出版的时候，就可能我陪荒井来北京拜见两位先生。荆妻和二个愚息还在北京，以后也请多赐教为甚幸。专此即颂

文安

中岛长文谨上

（1984）十月十八日

（ 7 ）

杨绛先生：

《干校六记》拙译第一次的校样今已出来，现在正在校对。其中又出来了一个问题。书店的编辑说：钱锺书先生现在不是副院长了，而是社科院顾问。我还没有听到这事。请问，钱锺书先生现是副院长还是顾问？如果是顾问，何时辞退副院长的职务了？

关于我明年访华研究事，许觉民先生答应我的要求的私信早已收到，但社科院的正式邀请书official invitation（盖章的），不知道什么原因，还没到。现在等着。如得便，请替我问一下。

另外：前些时，应所方的要求，我提出我的“研究计划”——实际上，是想去旅行哪些地方、想会见谁等等——我很随便，想去什么地方，就写出来什么地方，写出来的太多。结果，他们回信里说，他们认为，我写的太多。其中某些地方，对我的研究没有什么价值去看。还有某些地方，不容易去。然后，他们又说，“请考虑您的经济情况”。我心里不由得笑起来，真的，他们说得对，顾虑得很周到。我的经济情况、条件，当然有很大的限制。而且中国的物价可能愈来愈贵，我很可能不得不放弃我的计划的一半以上。但是，从研究的要求上来看，对我们这样在外国研究中国文学的人来说，在中国什么地方都有很大的价值去看的，什么事都有价值了解的。比如：息县的“满布坷垃的一片白地”也有很大的价值去看的。可是，我想，我现在不说了，不用焦急，到北京后，再说吧！您看，怎么样？

我们住的京都附近，今年秋天早来，最近骤然冷起来了。四周的山地、树叶都红了，很好看。我想，北京天气也一定很冷，请两位先生多多保重。请替我向钱锺书先生问候。

祝

文安

学生　中岛碧拜上

一九八四. 一一.四

（8）

杨绛师：

前信到，我又漏了一个问题，请赐教。

《回忆我的父亲》里：

1.第五章，226页：杨必女士[8]所译的《剥削世家》，原名是什么？[9]作者是谁？[10]我查过一些，在中国出版的外国文学目录一类的书，可是找不到。

2.第五章，229页："曾母啮指，曾子心痛；曾子啮指，曾母心痛。"这条"成语"（？）出于什么书？还是有别的根源吗？（我们外国人常常没有很一般的常识！）

3.侯士绾先生的诗里有"太玄传后'差堪必'"这一句。"差堪必"[11]三字，我觉得不太懂，很难译。"必"是必读的意思吗？还是"传创于后世"的意思呢？

4.诗里还有"反同海岳[12]哭东坡"这一句，我学问太浅，常识贫乏，不知道海岳外史几时和怎样哭东坡，《宋人轶事汇编》一类书上也找不到这条话柄[13]，请教。

5.同诗里有"于君独靳奈天何"这一句。我推想"靳"是不是"夭逝"[14]的意思？辞典上也没有查到合适的意义。

上面的疑问都是"揭发我的无学无知"的，但我怕向日本读者提供有错误的译文，硬着头皮敢请教，请原谅。多次添了麻烦，实在抱歉。

即颂

俪安

中岛碧

1984.11.11

（9）

杨绛先生：

大札已拜读。您恳切细致的教导，使我激动。曾子的事，揭露了我的"文化水平"和懒惰！我自己虽然想过应该去看《二十四孝》，但手里没有这书，而且嫌了麻烦，没有去图书馆看一下。结果就是这样，又打扰您。这是对您很抱歉的事。海岳外史（是米芾的号，我也知道）的事也一样。我只有翻过宋史里东坡和米芾的传以及其他一些笔记、轶事集等，没有看米芾的诗文。这也揭示了我走的不是“大道”而是不应该走的“小径”。我没有脸见您和我的老师们。以后尽量改变这样马马虎虎的作风。总的来说，我们这样外国的较年轻的一辈，读书很不够。特别是，对于老一辈的先生们最初步的、最普通的书，我们常常没看过，而且日本的我们这一代的人，因为中日两国之间的不幸的历史，过去没有机会去贵国接触人们的日常生活、风俗、社会……，所以就这些方面，我们的基础知识、亲切的体会都很贫乏。我们也可以说是被文化革命损害的人吧！

祝

您两位健康！

中岛碧

1984.11.22

（10）

杨绛先生：

新年好！

《干校六记》的拙译，目前第二次的校样出来了。出版社方面说，如我有杨先生近年的照片，他们很想用在封面。我的手里有几张，但看来照的技术不怎么高明，不一定很合适。如先生那里有较合适（黑白的比较好，彩色的也可以），请寄给一张。看情况，该书大概二月份能印好。祝

俪安

中岛碧

1985.1.3

（11）

杨绛先生：

惠赐很宝贵的照片，很感谢。他们到底用哪一张，现在我不知道。但他们的书，一般可以说是简而不俗的，我们不用担心。目前，我还担心的是：我没有学问，拙译肯定有不少问题、错误，译文也不雅，使日本读者看错了大作的真面目。因此，我预先请求宽恕。

这几天，日本很冷，听说北京也很冷。请两位多多保重。祝

春节快乐

中岛碧

1985.1.20

（12）

杨绛先生：

大作《干校六记》的日译本，快要出版，预定二月十五日样本印好，二十日在全国书店上可以买到。出版社说，先由航空奉上两本，以后再由船运寄上八本。如果先生再要多少，我们可以寄去多少。

我准备四月三日到北京。我希望到北京后尽先去拜访您两位。我又希望，这一年，趁着这个难得的机会，能受到两位先生的直接指导。

请替我向钱默存先生问候。此致

敬礼

中岛碧

1985.2.14

（13）

杨绛先生：

大作《干校六记》的拙译，想已到达。在日本出版后，有些看书的朋友提出了不少宝贵的意见，又指出了我的错误。这些错误完全都是由于我学问没有根柢，而做出这样“佛头着粪”的结果。我对先生应该道歉。

还有一个朋友告诉我，他在《时报》上发现了令尊老圃先生的几篇文章。我去北京时，大概能够带抄本给您看。我到北京的日期可能有改动，最晚4月12日到。中岛长文这回不去，打算在暑假期间去拜访两位。祝

俪安

中岛碧

1985.3.13

（14）

杨绛先生：

两篇大作，拜读了，也已抄写好了。拜借来的刊物，另寄上。谢谢。

今日还有一二件事请给予协助。是拜访时没有时间提出来的。

一、还是拙译《干校六记》里的问题：

《回忆我的父亲》后面有侯先生的诗。其中第二首，第五、六句的意思，我不太懂，读错了。用的典故大概知道，但具体说是什么不太懂。请赐教。

第四首，第五、六句，在文字上，我可了解它的意思。但里面还有特别的含义没有，请指教。

二、《回忆杨荫榆女士》的文章，我知道目前您没有发表的念头。

但我知道，那是在许多方面肯定很有价值的。因此，我很希望，如您允许，趁着这回我在北京的时间内，把它翻成日语而做需要的注释。因为，将来回国后要翻的话，一定出来许多问题向您要问的。在北京呢，大概免得费许多事。当然，倘若这样做，译完了也不必立即发表，也不让别人看。等到原文发表后，译文也才用。

不过，如您不方便，我不再提了。只望您容许我将来翻译。

祝

文安

中岛碧　敬上

一九八五.七.七

（15）

杨绛先生：

大作《回忆我的姑母》，翻译也基本上做好了。目前，我还有些问题没解决，请教。

1.第24页第七行：“抱佛脚”

2.第19页第七行：“独幅心思”（心思不宽？）

这两句俗语，具体的用法和含义，我没有把握。

3.第6页第七行：“小脚鞋子拿来一剁两段”

我以为是“这个不是真正的小脚，是后来把大足匆忙着，勉强弄成的小脚”的意思，对吗？

4.第一页倒三行：“某一部电影”

您知这个片子叫什么？

5.第13页第一行：“十字布”，是什么样的布？是否为了cross-stitch用的布？

6.第34页第二行："河水冷红"，"冷"的意思。

7.第22页第七行："转眼我十七八岁，都在苏州东吴大学上学了"，这个"都"，话情上有什么作用？

8.第6页末一行：

"在日本女子高等师范学校"，我想还是"日本"后面加"东京"两个字，比较合适。因为该校的正式名称是"东京女子高等师范学校"，而日本还有一个"奈良女子高等师范学校"。虽有"茶水女子大学"的前身的注记，但这样写，比较准确。再者，据该校保存的资料说，您姑母是1913年毕业的。我想，这资料是可靠的。

9.文章里的下列学校是否教会学校？如果是教会学校，是Catholic的，还是Protestant的？

a.启明女校　b.务本女中　c.东吴大学（我以为是个Prot. 的）

10.您自己以前洗过礼了没有？如洗过了，属于Prot.还是属于Cath.？现在还在信仰吗？

对这些问题，您不必及时写回信，下次我去拜访时，请教。大作的复印，另托社科院文学所科研处转还送先生。请查收。

即颂

近祉

中岛碧

1985.8.15

（16）

钱锺书先生、杨绛先生：

一别以来，已过去了三个月，直到现在还没写信，实在抱歉。首先我想对您二位这一年给了我的照顾，指教，应该道谢。因我懒惰，这一年看的书不多，文章也没有多写，不过还是获得了许多无形的收获。我想这些都是由二位送给的。在此我向二位表示衷心的感谢。

杨绛先生的二本大作，前些时先后均奉到。《记钱锺书与〈围城〉》一篇，我准备翻译，在我们刊物上发表。《回忆我的姑母》，和《干校六记》一样，大概能在“みすず”杂志上发表。「みすず」的发音是MISUZU，汉语写的话该是“美篶”，是美篶出版社的月刊杂志。

还有，前日，我寄上了日本出版的《北京风俗图谱》一书。这书是上回已送二位的小型《风俗图谱》的彩色版。请收下。

听说，今年北京气候不顺，请二位多多保重。

中岛碧　中岛长文　同叩

一九八六.七.一八

（17）

杨绛先生：

奉到大札后，已过了很长时间，没有写回信，实在过意不去。原来，二月中，我写好了信，等到小志《飈风》十九号出来，就准备一起奉上。因该志上我发表了大作《记钱锺书与〈围城〉》的译文。杂志原拟定二月末印好，可是因为印刷厂老板没有诚意，违反协议，再三拖延，一直到五一的今天没有出来，五一的下午，刚刚出来了。发了稿子（就是一月初）已快过了四个月。这么薄薄的一份小册子，用四个月才能印好，真不像话。这种事，说起来也没用，我也知道，可不得已而说出来了，请原谅。

杂志上，中岛长文也发表了《围城论》。他原准备在《围城》日译本上一起收载，但译本还没有出来，只好另外单独发表了。可据所知，荒井先生译文修改工作，快要办完，看来过几个月就可以成书。

最近，我买到了大作《关于小说》一本，书上看到还有几种大作已出版了。其中《一九三九年以来英国散文作品》《风絮》和《将饮茶》三种，我还买不到。如能惠赐，无任感谢。（我怕邮费太贵，请勿用航空。）

还有，前些天，我有朋友向我说，他在《干校六记》再版本（一九八六年，北京）上看到了钱先生的《小引》中有"《浮生六记》——一部我很喜欢的书"这句话，他说：在日译本上译做"一部我不很喜欢的书"，到底哪个对，没有"不"字是印错的，还是作者亲自修改了？我反复翻看了三联版本（是杨绛先生自订本）和香港版本，但仍有"不"一字。我心里还想，钱先生不会这样修改，但还是不如问清楚[15]。请顺便指教。

（我们的文章应该翻成中文，请二位看看。但力量不够，时间也有限，没能实现，很抱歉。去年，我写了一篇《关于中国当前书籍难买的情况》的文章，后来自己用汉语改写了，想寄上，可抽不出时间，放在一边就过去了。事情都是这样，无可奈何。）

我和中岛长文　遥远叩首

中岛碧

1987年5月1日

（18）

杨绛先生：

前些时奉到大作《将饮茶》一书，非常感谢。应当早些回信，因仍旧忙于杂务，又是懒惰，没有及时回信，实在抱歉。

荒井先生现已修改了译文，全部稿子已经交给了岩波书店，如果事情一切顺利进行，今年年底《围城》日译本可以问世。我在此奉荒井先生的命向您二位回禀。荒井先生说，如有条件，有机会，他希望和我们一起赴华，前去拜访二位。

我自己最近匆匆忙忙过日子，这一年没有什么成绩可看的，觉得很惭愧，只能一点点希望寄托于四十天的暑假。

北京想已很热，请多保重。

中岛碧

1987年7月7日

（19）

杨绛先生：

来信前天收到。知道钱先生得了病，快两个月了。我们心里又焦急又担心，很想知道是否病重，住院了没有，得了什么病，有没有什么我们来帮忙。

这几天，我正在把前些时所译完的大作《丙午丁未年纪事》拿出来，又修改了一些，准备发稿——在哪个刊物上发表，目前尚未决定——恰好在这个时候，拜读了贵翰，觉得好像我自己也在当时的难而又难的情况下，心里觉得很难受，差点流出了眼泪。我们很希望钱先生早日恢复健康，又希望早日有机会能拜访您二位。

气候快冷起来了，请多多保重。

祝钱先生恢复健康，杨先生不亏费心。

学生　中岛碧

1987.10.2

（20）

钱锺书先生　杨绛先生

恭贺

新禧

一九八七年
中岛长文
中岛碧

中岛碧夫妇寄给钱杨两先生的黑谷和纸制作的贺年卡

（21）

杨绛先生：

奉到新年贺片。我有点怕，二位忙于工作，不能顾虑自己的健康。请多保重。

《丙午丁未年纪事》的拙译，想已到达。下一半大概第三期上可以发表。最近，我收到一封信，是从湖南长沙岳麓书社的俞润泉先生寄来的（我一九八五年在武汉闻一多学术研究会上和他见过面）。他信上说：他是杨荫浏先生的学生。他父亲看来也是个日本留学生，曾经可能在宏文学院学过。可我不知杨荫浏先生和您的关系，俞先生在哪个地方跟他学……他都没告诉。请问，您和俞先生很熟吗？他寄信托我查一些事，我如有工夫，愿意帮他的忙，可目前自己的校务和杂务较多，自由时间比较少，一时不能做好。这样，对国外的朋友，觉得对不起，有点令我为难。将来，有时间，能办什么，就办什么……

三月份赴华拜访的事，如二位不方便的话，我们可以取消，改天再去（只有荒井夫人，因她的工作的关系，除了假期以外，不能去。其他大学老师，可以抽出时间）。

冬安

学生　中岛碧

1988. 1. 16

（22）

钱锺书先生、杨绛先生：

《洗澡》一书，昨天奉到。一开始读，放不下直读到深夜，好像直接听您声音，令人怀念。如您同意，将来找机会翻成日文。

我们仍旧杂务不少，学术上没什么成绩可看。我自己刚完成《闻一錢鍾书先生：
楊绛先生：

"洗澡"一书，昨天奉到。一开始读，放不下直读到深夜，好象直接听您声音，令人怀念。如您同意，将来找机会翻成日文。我们仍旧杂务不少，学术上没什么成绩可看。我自己刚完成"闻一多的神话与诗"（部分）译注工作，只不过是几篇论文的译注，又花了好几年的时间，明年二月可以问世。

听说马良春先生明年要到日本做学术工作。这消息使我们很高兴。我自己也向日本学术振兴会推薦刘福春先生，可大概因为我力量小，目前还没成功，只能再试试。

嚴寒的日子里，請多保重。

中島碧
1988.12.23.

中岛碧信函手迹

多的神话与诗》（部分）译注工作，只不过是几篇论文的译注，又花了好几年的时间，明年二月可以问世。

听说，马良春先生明年要到日本做学术工作。这消息使我们很高兴。我自己也向日本学术振兴会推荐刘福春先生，可大概因为我力量小，目前还没成功，只能再试试。

严寒的日子里，请多保重。

中岛碧

1988. 12. 23

（23）

杨绛先生：

四月份的来信，早已奉到。至今未能回信，实在抱歉。知默存先生病情仍旧不大好，加之阿瑗女士也住院，心里很不安。请您自己尽量休养。

您的作品集的日译书，出版一事，目前还没有得到好结果。出版社方面，不是没有出版的主意，只不过是出版界的情形不大好。看情况，暂且拖延。说实话，《废都》那样书，在日也最近相当走红，使人叹息。

听说您的译文集最近问世。在日本的书店里，现在还没出售。只在目录上看到“预告”。

我这四月份开始，在京都市内租借一间小房，当作“工作间”。

平时住在这个房间，周末回宇治市的家。因为，我觉得过去我在学术方面的工作，成绩很不够，年龄又相当高——当然比您还年轻得多，但我自己还是这么觉得——剩下的时间不多，心里有点焦急，很想抽出时间，再要努力看书，写文章，翻译等等。今年年底，如有时间，想前去北京看望您二位和阿瑗女士。此后，尽量努力写信（只因为，我的汉语愈来愈不好，说不出心里的话，写得实在不像样，觉得不好意思）。

近几天，天气突然转暖，不知北京如何。

请代问默存先生和阿瑗女士好。

中岛碧拜上

一九九六年五月一日

（24）

杨绛先生：

您好。好久没有写信，一直想念。昨夜，在梦里见到您二位。一醒就知道是幻梦，非常寂寞。

钱老病情怎样？我最近又搬家了——说实话，不是“家”，是个“工作地点”，小房间。

宇治市的原地址也可以通讯。在此奉告。

秋安

中岛碧拜上

一九九六年八月十日

（25）

杨绛先生：

您好。钱老最近病情怎样，一直很想念。我目前准备前往北京，十月十六日到，逗留四天，二十日回国。

您，我想肯定很累，我怕前去拜访打扰您。但还是抛弃不了见面的希望。如果，万一您能够抽出一点时间，允许我去拜访，这使我很幸福。下周后半（十一十三）用国际电话联系。如不方便或不愿意，请告诉我。

这次访问贵国的目的是为了了解贵国读书界和研究界对于英国文学

的爱好和研究的情况。只是为了了解一些，不一定是“研究”什么的。这种问题，本来应该首先请您和阿圆女士讲一些，但我怕耽误您们宝贵的时间，因此，现在托朋友找个相当合适的研究家和读者，打算请他们给我介绍那种情况。如果您（或阿圆先生）允许给我谈谈，这实在是难得的机会。不过，我的愿望只是纯粹的看望您这个愿望，不是为了“听讲”，请谅解。

请替我向钱老问好。

中岛碧拜上

1996年10月3日

（26）

杨绛先生：

新年好。我回国后，本来应该写感谢信，可又出来了不少事，情绪也不大好，没能写出，非常抱歉。

今有件事请您帮助。我们“飚风”的几个同人，目前有设想，把钱老的《七缀集》译成日语，由日本平凡社出版。此事由荒井先生主宰，其他几个已同意协助。而他们要我先向您打听您和钱先生的意向。

如果您们同意，以后由出版社方面给您写信（定）合同。

平凡社是一家中等规模的出版社，以百科事典有名，有关学术方面也有“东方文库”丛书，已出了六七百种。里头包括中国、印度、中东方面学术性的著作。有译书，也有创作，古代的和近现代的都包括在内。编辑岸本武士先生也是我们的真的老朋友，有二十年以上的交往，很有识见，为人可靠。（我的闻一多的《中国神话》一书也由该文库出书。目前荒井先生的研究班所译的《长物志》准备出书，中岛长文的鲁迅的《中国小说史略译注》也要出版。）

如您们允诺，我们很感谢。我寄信以后，过几天。（十二—十三日前后）给您打电话。您不用特地写信，只在电话里说话就可以。正式的合同书件，之后由出版社寄去。

据说，北京今冬很冷，请多保重。

请向钱老问候。

中岛碧拜上

一九九七年一月七日

（27）

杨绛先生：

在电话里听到您的声音，我觉得几乎要流泪。因为了解您的苦境，可我自己没有什么好办法帮您的忙。心里实在难过。而这十几年我一直都觉得我的中文用不得表达出我心里的话，这也使人觉得惭愧。很多话，只藏在心里，没能说出。

我有一个老朋友——是京都大学念书时的同窗，是女的——正在搞基础医学研究，专业是发生学。据她说，她最近发现了一种物质，可能对于某种癌症有效。只不过目前还在实验室做试验的阶段，再需要一段时间和动物实验以及对人的实验的过程。她很有自信，但实际上能否获得好结果，她自己也不能说。只能说，等一会一定得到办法，只能请求上帝给与犹豫。

上次访拜您时，告别之前，您所说的那一句，“反正我们是女人吧！”对我说，好像是一种天来的话，因为从您的声音里，我听到您自己这几十年的种种苦乐，又听到您给我的深深的安慰。我知道，自己的苦处，对于别人不好说，说出来恐怕会受误解。其中一个原因可以说出来，是我在学术研究或翻译等之工作上一直都做得不好一事。这不是

"结果、收获"的问题，而是自觉的、努力不够的这一问题。我本来想要学"实学"——譬如法律学、医学之类。不过青年时期生活上有困难，自觉也不够，没能改行，马马虎虎做文学研究。到晚年心里觉得空虚。虽然读书，读文学书，思想哲学方面的书，都喜欢。只是作为自己的工作，文学研究一事不太合适。教书也不喜欢。几十年勉强做。其他原因，没法写，没法说。

不过，最近周日在公寓里单独生活，随便看书，随便出门散步，听音乐，除了上课备课的时间之外，空时间都属于自己，可以休息，现在慢慢恢复起来。请释念。我天天想念您和钱老、阿圆女士。

请多保重，尽量休息。

中岛碧拜上

一九九七年一月十七日

（28）

杨绛先生：

首先，我应该说一句悼念钱默存先生的词，但我实在不知该怎样说，怎样说能够安慰您都不知。在此只能祈望您多多保重，好好休息，然后为了钱先生做些写作工作。

本来我应该早些写信致吊词，只不过是没有表达心里话的力量，直到现在拖延。很抱歉，愿谅。

今年春天——大概三月份，我很想到北京看望杨先生，如您不妨，请抽几个小时，和我见面。等待这封信到达之后，我将给您打电话，当然，我不愿意打扰您生活的安静，您的休息环境，不过，我很想很想和您见面，听听您的声音。好像想念自己的母亲一样。（我母亲生于一九〇六年，如还健在是九十几岁，但她早在一九五八年——我上大学的那一年逝去了。五十二岁。去年是她逝世四十周年，我和我妹妹弟弟一起回故乡，在墓前献了花，烧了。）死者当然不复回返，但他们永远能在我们的心里。钱先生也一样。如您允许，三月份，我和杨先生一起谈谈一些往事。

中岛碧拜上

一九九九年一月十七日

（29）

杨绛先生：

在电话里听到了您的声音，我心里涌出了表达不出来的什么感情，快要下滴滴的泪。您好吗？晚上能睡得着觉吗？我去北京的计划，后来有些变动。本来，我想自己一个人去，只在北京活动。然后我老大太郎愿意同来，因此中间几天的日子和他一起到地方城市。

目前，我在北京的时间是如下：

一、三月九日（星期二）中午前后到京。从九日下午到十二日（星期五）上午的两天半（或三天），有完全自由的时间。

二、三月十八日（星期四），大约从延安或西安回到北京（时间还不知）。十九到二十三日四天完全自由。二十四日离京回国（可以延长）。

这样，我希望，如您同意，最好是十日或十一日一个人前去府上拜访。再者，十九日或二十日，（如您耐烦）我们二人一起去拜访。只是他现在汉语几乎都忘了，听力也减退了。如您要客气，还是我一个人来。我反正尽可能有多些和您见面谈话的机会和时间。如果不怕您累，愿意天天打搅，听您的华语，只不过是怕您累，怕耽误了您可贵的时间。

日本，现在气候较严寒，前几天，在京都也下了雪。不知北京怎样，只能请多保重，早些回复有“元气”。祝

过闲静的春节。

中岛碧　拜上

一九九九年二月十二日

过几天，想给您打电话。

---

[1] 荒井健（1929-　），日本学者，出生于神奈川县，为京都大学名誉教授。研究中国古典文学，翻译介绍了不少中国古典文学作品。参与钱锺书《围城》的日语版翻译工作（日语版书名是《结婚狂想曲》）。著作有《中国诗文选18：杜牧》（筑摩书房，1974），《秋风鬼雨——被诗“诅咒的”诗人》（筑摩书房，1982）等。翻译介绍过李贺、黄庭坚，日本贝原益轩的作品以及《沧浪诗话》《礼记》等等。

[2] 许觉民（1921-2006），时任中国社会科学院文学研究所副所长。

[3] 杨绛于中岛碧来信此处写有注，可能备回信答问之用。注云：金农《冬心先生集》卷一《秋来》：“纨扇生衣捐已无，掩书不读闭精庐。故人笑比中庭树，一日秋风一日疏。”

[4] 指杨绛的三姑母杨荫榆女士，1938年元旦在苏州遭日本兵枪杀。

[5] 多田道太郎（1924-2007），出生于京都。京都大学名誉教授。现代风俗研究会第二代会长。日本著名人文学者，法国文学，评论家。以波德莱尔研究和 Caillois 的“玩儿论”及各种日本俗文化论而闻名。

[6] 小川环树（1910-1993），出生于京都。20世纪日本著名汉学家，京都大学名誉教授。曾任日本中国学会理事长，日本学士院会员。他大量翻译介绍中国古典文学作品，对汉语语言学亦有精深研究，高田时雄编有《小川环树中国语学讲义》（映日丛书，2011）等。

[7] 中岛长文（1938-　），中岛碧的丈夫。日本学者，出生于奈良，毕业于京都大学。曾任神户外国语大学教授。以鲁迅和周作人为中心研究对象。参与钱锺书《围城》的日语版翻译工作。著作有《猫头鹰的声音——鲁迅的近代》（平凡社，2001），译注鲁迅《中国小说史略》（平凡社，1997）、《周作人读书杂记》（平凡社，2018）等。

[8] 杨必（1921-1968），江苏无锡人，杨绛最小的八妹。震旦女子文理学院毕业，留校任助教。后任清华大学外文系助教、复旦大学外文系副教授。译有《名利场》《剥削世家》等书。

[9] 杨绛为注：Castle Rackrent。

[10] 杨绛为注：Maria Edgeworth。

[11] 杨绛于来信此处注为：料想可以一定。

[12] 杨绛为注：米芾号。

[13] 杨绛为注：《宝晋英光集》卷四《苏东坡挽诗》有自注。

[14] 杨绛为注：吝啬。

[15] 钱锺书先生为《干校六记》所作“小引”，自1981年刊行以来，文字不曾改动。1986年三联书店再版时，误将其中“《浮生六记》——一部我不很喜欢的书”，漏去一个“不”字，变成“《浮生六记》——一部我很喜欢的书”；发现后虽即更正，但已售出800册，致谬误流传。

唐瑞琳*（一通）

季康姊：

五日接你赐下的大作两册。欢喜之余，急于拜读，以致未及时复你，请你原谅。

《回忆两篇》可以说是十分宝贵的史料。1983年曾在《当代》第五期上看过一部分，现在重新读来还是隽永有味，很多情节，真是感人。看到二姑母、二姑父去世的几段文章，使人凄然泪下。二姑父、二姑母[1]在我心目中一向是使人十分敬仰的人物。记得大姊告诫我们应该怎样做人时，总是说二姑父怎么怎么讲的。我记得很清楚，二姑父讲的两件事。一是二姑父说："穷的时候，不要勉强与有钱人应酬来往。"二是二姑父说："挣了钱，要有计划积蓄，要不怎好开口向人借贷。"这两句话对我们家当时的境况是很有针对性的，我也一直记着未忘，并常以此自戒。我最后见到二姑父、二姑母时，记不清是1936年底还不知是1937年初，是二姑母六十寿辰，大姊带我和光祖一起从上海去苏州祝寿的。这是我唯一的一次去你们庙堂巷旧宅，故对你书中描述的房屋景象，我也似曾相识。那时我还唯一的一次见到你的二姑母与三姑母[2]，我看她俩和另外两人一起胡乱的打麻将牌。我指的胡乱是她们把牌在桌

---

* 唐瑞琳，杨绛舅舅的女儿。

子中央一堆，不按规矩把牌砌成四方形。我看她们很风趣，心想她们到底与众不同……一切已过去五十年了，真有不胜今昔之感！

我看《围城》，也很喜欢“对号入座”，志在亲戚中找模特儿。这次看了你的《记钱锺书与〈围城〉》，都明白了。书中的方鸿渐写得很可爱的，我最佩服他的敢于回绝苏文纨的婚事。我对唐晓芙有个模式。我祖父逝世后，三朝成服，你与二姑母一起来的。我记得你穿了件粉红色的宽袖衣，外罩淡湖色的旗袍背心，面色又白又嫩，好像水蜜桃一样。《围城》中的唐晓芙就是这个样子，她也是律师的女儿。我这想象对不对？望批评指出。

最后我还要感谢你，浪费你宝贵的时间给我邮寄书本，并将书本一一校正。这种一丝不苟的精神应向你学习。锺书兄的《围城》再版后，仍望赐我一册。屡屡麻烦你心中很不安，恕我写得潦草。祝

阖家安康！

瑞琳上

八月十五日

我女儿为了工作调动，提早于五月离京回兰。故未能去拜访你们，甚歉。

整理者按，杨绛在此信背面书有：表妹唐瑞琳认识唐晓芙。

---

[1] 指杨绛的父亲杨荫杭和母亲唐须荌。

[2] 指杨绛的二姑母杨荫枌、三姑母杨荫榆。

叶至善*（一通）

杨绛同志：

这本书[1]是我叫弟弟至诚送给您的，希望能供您作片刻的消遣。这些旧社会的故事，这些“倒影”，恐怕不会引起读者的注意了，但是我总有点儿偏爱，因为是弟弟写的。

祝好。

至善

（1984）11月12日

* 叶至善（1918–2006），江苏苏州人，叶圣陶长子。曾任开明书店、中国青年出版社编辑，中国少年儿童出版社首任社长兼总编辑。著有《未必佳集》《古诗词新唱》《诗人的心》《父亲长长的一生》。晚年重新校对修订25卷的《叶圣陶集》。

[1] 疑指叶至诚的《没有完的赛跑》，1983年出版。

叶至诚*（一通）

杨绛先生：

得到您的称赞，又是高兴，又觉得惶恐。正像家兄在《后记》里说的那样，我虽然一直没有脱离文艺工作，但是走了很长一段弯路，头脑反变得拘谨迟钝了。“文革”结束以后，痛感写文字还是要说自己的话，又写了很少几篇散文，但是总觉得这些东西不大合乎时宜，写写也就搁笔了。去年，家兄家姐将近年来写的东西汇编成集，我的几篇也收了进去。待出版后，再请您指教。

您和钱老都是我仰慕的前辈，有机会一定登门求教。即请

大安！

后学　叶至诚上

（1983）十二月十日

---

* 叶至诚（1926–1992），江苏苏州人，叶圣陶次子。1948 年参加革命，曾任南京越剧团、江苏剧团编剧，《雨花》编辑部副主编、主编。

李一氓*（一通）

锺书同志左右：

侧闻治学辛劬，博闻强识，复兼攻内典，钦服殊深。

现中华《大藏经》几经经营，幸得以面世，特检陈前五百卷，余徐续出。

左右自别有镜鉴，何论顿渐，则更无当于黄卷青灯也。呵呵。

一氓手启

二月九日

整理者按，此信末尾未写年份，据《辞海》称，中华书局《大藏经》于1984年开始出版，此信当写于其时前后不久。

---

* 李一氓（1903—1990），四川彭县（今彭州）人，曾在上海大同、沪江大学学习。1925年加入中国共产党，经历了北伐、南昌起义、长征。历任中共中央东南分局秘书长，中共中央华东局常务委员、宣传部部长兼苏皖边区政府主席等。1949年后，历任世界和平理事会常务理事，驻缅甸大使、国务院外事办公室副主任、中国人民外交学会副会长等。“文革”中入狱6年。1974年任中共中央对外联络部常务副部长、顾问。晚年当选为中纪委副书记，中顾委委员、常委。1982年任国务院古籍整理出版规划小组组长。

杨寿康*（二通）

（1）

季康：

来信汇款都已收到，谢谢你。你拔牙伤元气，我很觉不安。牙齿作怪这一阶段我有经验。等全部拔光，全口装上才能相安无事。牙床上生骨刺，又是一件麻烦事，看来只能忍痛切开牙肉铲去骨刺。一个人老了，身体上的麻烦事真多。胖弟[1]身体已好转。他看了你的信，感谢你关心他，嘱我写信时向你道谢，并叫我告诉你他已好转，不久就可以去上班。这次他病第一个星期卧床不起，贤媳照顾得很好。我第一次看见她居然能体恤人。现在胖弟稍好，又什么事多推在他身上。

你问我关于教会的事，我据所知告诉你。

拯亡会修女叫Auxiliatrice。拯亡会叫Société des auxiliatrices。她们的任务，是从事各种慈善事业，不是办教育的。在欧洲，她们是走门串户，为有困难的人家侍候病人、料理丧事等等。到中国来，变通了办法，也办了学校。办育婴堂、安老院等则是她们的正式业务。圣心会修

---

* 杨寿康（1899–1995），江苏无锡人。杨绛（季康）的长姊，上海启明女校毕业，留校任教；三妹闰康、四妹季康由此得特惠（豁免学费）入读启明女校。寿康法语娴熟，曾译书出版。信奉天主教，任职上海震旦女子文理学院图书馆，后入圣心会修道。1949 年随教会撤至日本，翌年退会回国，与在上海的三妹闰康一同居住，生活由杨绛供养。

女（Les dames du Sacré-Cœur）的宗旨是办教育事业的。还有仁爱会的修女（Les Sœurs de la Charité），就是那种馄饨头的，俗称白帽子会修女，她们主要是服侍病人，主办医院的。广慈医院就是她们主办的。她们也办些小学。还有方济各会修女（Les Franciscaines），她们主要的业务也是办医院，也办学校。在上海，她们有公济医院和仁济医院，现称“第一人民医院”。在北京，她们有一所贵族化的学校，叫“圣心女子学校”。同康姐[2]去世后，我随娘娘到北京，经礼姆姆介绍，我曾进过这所学校，都是汽车阶级的学生。中外籍学生都收，中籍学生都是外交界闻人的女儿。曹汝霖的三个女儿也在那里读过。曹的二女儿同我本第一蒙养院的同班同学，那时又碰到了。圣心会修女初到上海就办过这类学校。震旦女子文理学院是后来办的。记得她们好像曾动员○○[3]进那所学校，你和锺书没有接受她们的特惠，只让○○进了震旦女子文理学院的附中。我没有记错吧！

各个修会的会规各不相同，都根据一个男修会的会规，设立各自的会规。拯亡会、圣心会都依据“耶稣会”的会规。上海的震旦大学就是耶稣会神父（Les Jésuites）主办的。方济各女修会则是依据方济各男修会的会规。仁爱会亦另有依据。拯亡会、圣心女会都是黑色会服。仁爱会深青色衣裙，白硬衬布片包成个大馄饨头。方济各女会则是纯白色外衣，头上也是白纱披风，浑身雪白。修会还有隐修、显修之分，这里所说的四个修会，除圣心会是半隐修，隐修就是说不与外界接触，其他三会都是显修。圣心会除在自己修院内设立的学校同学员或教员接触外，不出修院大门同外界接触，故称半隐修。徐家汇从前有一座修院叫“圣衣院”，是与世隔绝的一座隐修院。西方修院众多，到中国来设分院的，就以上所说的几个修会。

修会内部有的分等级，有的不分等级。仁爱会不分等级，一律称

Sœur。拯亡会和圣心会都分等级。正式修女称Mère，辅助修女(Coajustrice) 称 Sœur。辅助修女不教书，助理一切修会内的家务事。拯亡会有正式的姆姆，此外二等阿姊之外还有三等阿姊，称 agrégée。拯亡会在上海有三座分院：在徐家汇的圣母院之外，在洋泾浜和虹口还各有一座。虹口的一座叫“Sainte Famille”。两座修院都创办学校收外籍学生，亦收中国籍的，但人数不多。洋泾浜的，还办一所外国育婴堂，那里收受一切各种国籍、中西合璧、来路不明的非婚生婴儿。那时上海是冒险家的乐园，这种产物不在少数。那些女婴有幸受到相当的教育，长大了，一部分也有志进修会。但是由于不是 Enfant legitime（按法律说）不能进正式修会，但也不愿无视那些无辜的有志者。大概就是徐家汇的院长想出一个办法，作为 agrégée 附属于拯亡会。她们亦能教书。这就是三等阿姊的由来。长阿姊（Sœur Chérèse）[4]就是其中之一。她教过你英文，我想你还记得。

拯亡会也收寡妇当修女。你记得秀姆姆吗？她大概本来是个孤女，拯亡会姆姆见她聪明有能力，让她在崇德女中（当时是同启明并建的两所中学。崇德只收进教女生，启明则只收教外女生）读书，预备她有朝一日进修会。不料她无意修道，她后来结婚了，对象就是沈先生（启明看自修、教手工的沈先生）的长兄。有一年，上海霍乱流行，秀的公婆和丈夫几乎同时去世，她成了寡妇。我还记得她当时穿了重孝，仍来启明教书。她教中文第三班，还教唱歌。她为人活络，学生都喜欢她。她生了一个儿子，那时已有五岁左右，来校上课时，常带了儿子来，儿子由一个老婆婆带领。丈夫去世不久后，儿子又死了。老院长姆姆就劝慰她进拯亡会。儿子一死伤心得不得了，无意再流连尘世，就按老院长的劝告，说是天主的圣意，进会修道了。就连那个带领孩子的老婆婆，也吸收了她做启明烧锅炉的人。启明那时新建了十几间浴室，热水的自来水管通到一间小锅炉房。这个老婆婆就专司了这项工作，实际也是安慰秀姆姆的一件小事。那时锦姆姆曾说：真奇怪，一个嫂子，本来无意修道，结了婚，生了孩子，结果还是进了修会做成了姆姆（指秀姆姆）。一个姑娘（指沈先生）进了两三次结果还是做不成姆姆。沈先生进了拯亡会，先是因病而退了会（在初学期间因病可以退会）。病愈后又回进修会，结果因性格不合，大约是脾气不大好，没有做成而出了会。治罗的事，我记不大清了，我想大概是她自己无意再回修会。如果她自己有意的话，是可以回修会的。父母不愿意子女进修会，在西欧亦是常有的事。不过按照法律，儿女成年有行动的自由。照情感方面说，女儿违反父母的意思而坚持进会，一时感情破裂的也有。但由于传统的信仰以及神父们的劝说，最后还是言归于好，父母回心转意，仍去修会看望女儿的居多数。

承姆姆的事，是独创一格的。由于父亲的反对，她后来已经同一个富有的教友订了婚。那时富有的天主教父母，常到启明来物色媳妇。她被一家人家看中了，同年轻人订了婚，由启明转到崇德；后来发现那个对象是一个一无价值的纨绔子弟，就提出要解约。男方坚持不肯，经各方面的人劝解疏通，男方置之不理。到了预定的结婚日子，新郎新娘到徐家汇大教堂举行结婚仪式。按天主教的教规，在结婚仪式的大礼弥撒时，新郎新娘要双双跪到祭台前，由主礼的神父在双方交换结婚戒指时，亲口先要询问。先向新郎询问：你愿意吗？得到同意的回答，就把女方备好的戒指套在新郎的手指上。当问到新娘时，你愿意吗？承姆姆摇摇头，我不愿。神父连问了三次，三次得到否定的答复，男方备好的戒指套不到她手上。婚礼告吹了。当时在场的贺客以及家属，其惊愕的程度自不必说，说不定还有参加弥撒典礼的其他教众。有的作为奇事，有的作为趣事。据说新郎气得几乎昏了过去。承姆姆这一创举，事前当然同有关她前途的人商量过而得到许可的。主礼的神父，事先也暗中知照过的。这是她出于无奈对付恃财坚持不肯解约的男方的。这事发生后，在上海轰动一时。戏剧界还把这件事作为趣剧编了戏演出。经过这一轰动一时的事，她的父亲便撒手不管了呢？还是他已经病故了呢？记不清了。结果是后来承姆姆顺顺利利进了拯亡会。男方后来也另找了对象。新对象还不错，我们都见到过好几次。大家称她为承姆姆的替身。解放后，修会解散，承姆姆也有意思，同治罗和我同住，可是不久后她便病故了。

一个有志进修会的女子，经修会认可收入了，先称初试（postulant），为期三个月，穿着普通服装，期满后经过一个穿衣仪式（Prise d'habit），换上修会服装就称初学（Novice），为期三年，初试的三个月在内。初学期间，经受各种考验，各方面认为合格的，就宣誓发初愿（Les premiers voeux），包括神贫、贞洁、服从（Pauvreté, Chasteté, Obéissance）。经过宣誓后，就成为正式修女。十年后，发终身愿（Voeux perpétuels）。终身愿后，院方不能因任何事故而遣回修女；修女自身，亦不能因任何事故而要求离会。

写了不少，拖延了时日。以后我再把自身进会出会的经过告诉你，让你知道我遭到的种种不寻常的不幸和痛苦，以及修会里意想不到的种种。

你答应给我法译《六记》以及代人要的《人兽鬼》，我非常高兴，说不出的感激。鹌鹑蛋这里亦有，六分钱一个，我吃过。我急于出去寄信不写了。这信已写了好几天，下次再续。　祝

全家好！

寿

16日寄出

（ 2 ）

季康：

天天在给你写信，但都来不及写到纸上，只在脑子里盘旋着。你对爸爸往事的推理，大致不错。你问我《死亡的意义》[5]是怎么翻译的。有一年我病休在家，一位中国神父叫徐宗泽，他是徐光启的后裔，在英国留学过，得过神学博士衔，回国后办了一个“光启社”，在徐家汇。教会里的刊物杂志之类，都经“光启社”鉴定出版。启明亦请这位神父来讲道。关于教育方面的事，礼姆姆亦同他商量。他曾在南汇传教，同治罗很熟。早先我在光启社曾出版过两本书，都是关于教会方面的。那年我病休在家，徐介绍我译《死亡的意义》。译成后，作为欧美名著，在商务印书馆出版。后来启明的新院长，得知此事，对礼姆姆说我怎么译这种书，不好。礼姆姆转告了我，我把这意见告诉了徐。我认为她是法国人，她既然认为不好，是否有不妥之处。徐对我说，你放心，我虽不是法国人，但的确是一位法国人、徐家汇耶稣会修院的院长神父 Père Henri 委托给我的。他决不会把不妥的书委托我叫人翻译的。由于这个周折，我才知道真正的委托人。出版后，教会里的人大致是赞赏的。不管内容怎样，我自信译笔是忠实的。经过“破旧”，我一本都没有了。后来，经苏梅介绍，认识了一位法国神父，他的中国名字叫高乐康。他懂中文，同苏雪林（苏梅）有文学方面来往。解放前他要译出一本社会学方面的巨著。因急于出版，他把厚厚一本法文原著拆散了，托许多人译。每人译一章，全书大约有二十来章。我承担了关于儿童问题的一章，译成后，先出版成一本本小册子，然后再汇集成书，在香港出版。后来据说我译的一章是全书中译得最好的一章。上面所说的是教会方面的书，一本是《人类的超性特恩》原名 *Dieu en Nous*，是礼姆姆要我译的；一本叫做《弥撒和教友的生活》，是我自愿译的。

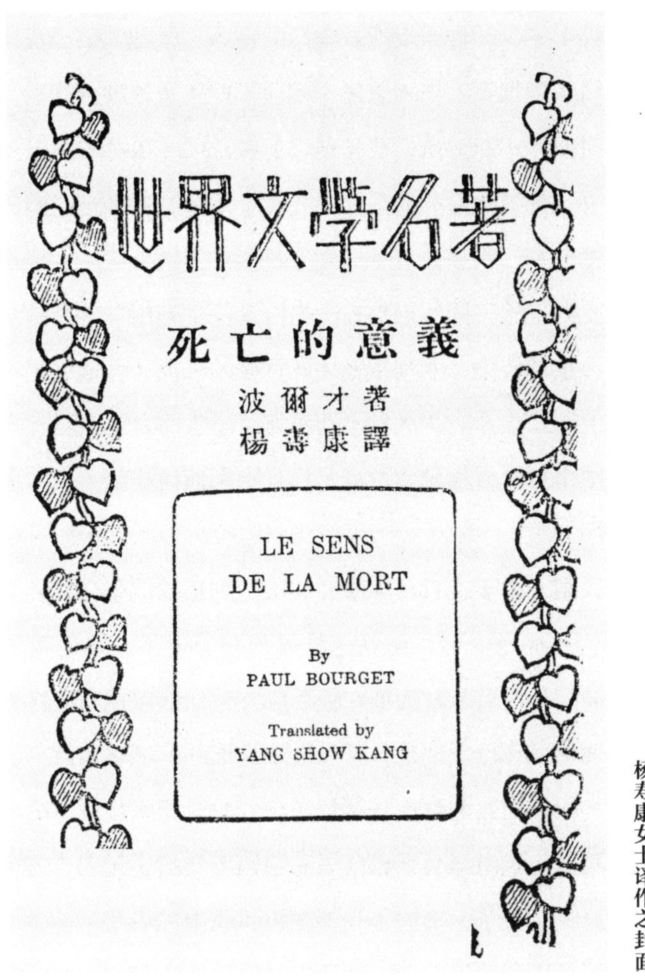

杨寿康女士译作之封面

一年暑假临近，接到家里来信，说宝昌[6]病情加重。当时我心情沉重，一方面为他祈祷疗痊，想到他的病情，除非奇迹才能疗痊；一方面许下了一个愿。如果天主不一定肯发圣迹，那么最低限度，学生考试完毕，暑假回家，让我能再见他一面，为他付洗，救他的灵魂。记得他曾对范补程医生说过，他能得到宗教信仰是他最大的安慰。当时我正看了一本礼姆姆叫我看的*Le messe et la vie Chrétienne*，我觉得很有意思，就在天主面前许下了愿，如果我能救宝昌的灵魂，就把此书译成中文。放学回家。宝昌病虽很重，但神志还不糊涂。同爸爸娘娘商量后，让我替他付洗。当时他亦不能讲话，我问他你愿领洗吗？事先我早已给他看过关于宗教的书。如果你愿意的话，给我一个信号，譬如把眼睛闭闭，只见他眼睛闭得很紧，就替他付了洗礼。过了几天，大约六天以后，一个深夜，正是我同娘娘一同值班陪夜，当时经医生嘱咐，他是肺结核加上急性脑膜炎，很易传染，尤其年轻弟妹，必须隔离，你大约也在隔离之列。大约晚上十二点左右，久已不动不言、不饮不食的宝昌，忽然他举起双手，在空中攀摸，仿佛要拉着一样什么东西的姿势，一方面断断续续喊着娘娘……娘……娘……，慌慌张张，惊恐万状。娘娘见状，想走到他床前去，刚一举步，自己亦激动和难过到摇摇欲坠，我赶忙把近边的一张藤椅，推向她身后，她就这样瘫痪在藤椅里。这时我顾不得娘娘，走到床前，把右臂从枕边插在他后脑，把他扶起抱在我怀里，我对他说：你不要怕，你已领洗过，圣母会来接你的。顿时他就平静下来，半分钟以后，他就在我的臂抱下咽气了。一股白沫就从口中喷涌而出，溅流我臂上身上。这时瘫痪在藤椅里的娘娘忽然站了起来，三步走到床前，一面说：我损失了一个够了，不要再叫我损失第二个了。一面把我拉开，她深深顾虑到我被传染。她把宝昌的尸体从我臂抱里，搬出来放在枕上。对我说勿要吙清头。这时最易传染。事后她说：我是第一个接他的，也是最后一个送他的。

娘娘回想到宝昌出生的情景。那年阴历正月初四，凌晨，天气冷得厉害，躲在娘娘肚子里十个月的宝昌，忽然迫不及待地要出世了。他比普通九个月的胎期延长了一个多月。在宝昌路的一间房间里，爸爸把木柴一根根地浸在火油里生火炉，阿云（婢女）出门找预约好的稳婆，请来助产的阿姆同正在上海的二伯伯[7]住在亭子间。垫着枕头靠在床头的娘娘忽然喊：阿寿阿寿快点把蒸好的桂圆肉挖给我吃，孩子要出来了，来不及烧桂圆汤了。普通，孩子一下地，就不能再吃补品。从前产妇临产前是用预先蒸熟的桂圆肉煮汤，饮下增加气力的。我赶忙跪在床沿上，戳破封好的皮纸，从一只大碗里挖出预蒸好的桂圆肉，刚塞进娘娘嘴里一小团桂圆肉，娘娘说：快快！孩子要出来了。顿时胞浆水从娘娘弓着的双腿中间向上喷射而出，冲我一脸一头，我正和娘娘讲话，嘴里也冲进了。我赶快忙从床沿上退下来，一面去叫阿姆、二伯伯，她们披了衣服，也来不及扣钮，赶到床前；一面走到水龙头侧下脸，顾不得冷冲洗头脸。披破破吐出胞水，大家笑我。我也笑自己。老娘还未来。爸爸尽量把木柴往火炉里塞。等老娘到，婴儿浸在水中，已冻得吐白沫了。是儿子，皆大欢喜，爸爸放下火钳，赶快把喜讯通知无锡奶奶。产

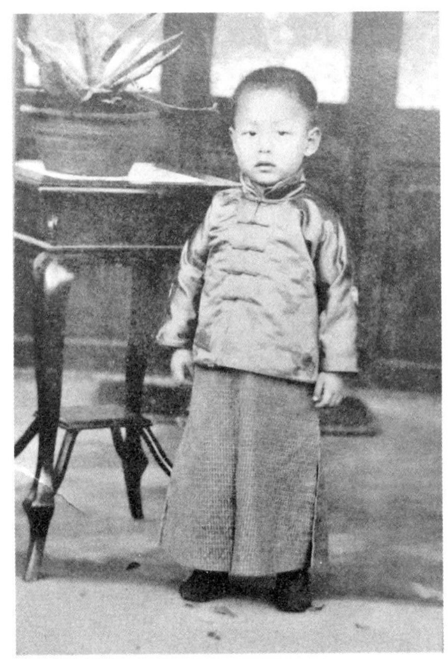

杨绛先生的大弟弟杨宝昌幼时照片

妇虽受波折，儿子终于生出来了，夙愿已偿，心里高兴，自不必说。这就是我第一个接他（宝昌）的经过，写到野里去了。

那本《弥撒和教友的生活》是 1934 年出版的，事隔多年。1943 年或 1944 年，那时我已在震旦女子文理学院图书馆供职。一天近午，忽然一位老先生，走进图书馆兼阅览室，他是教会里有名望的实业家，创办新造船厂的朱志尧老先生。他向我做了一番自我介绍，然后取出一大卷钞票，送给我。他说："我看了你译的书，使我受益不浅，我要酬谢你。"我因为这书是还愿而译的，辞谢他的好意。他说：我还要请你译别的书，你译得很好，这是我预付给你的稿酬。我说那么等你要我译的书译好后，你再付我稿酬好了。他坚要我收，然后坐下同我聊天。乘我不备，把钞票放在桌上，自己溜了。我被迫收下，回家一数整整两千元。后来我进圣心会修道，进会前，我托一位中国神父转交还他。我说我以后没有工夫译书了，拜托你交还朱志尧老先生，这是他预付我的稿酬。那位姓张的神父是一所教会学校的校长。他说："我正在办一份杂志，正好缺一笔费用，是否可以赠送给我，作为办刊的费用。"我说：那么可向朱老先生商量。这笔钱是属于他的，不是属于我的。我请你转交还他。你有什么要求，可向他说明，想来他不会拒绝的。如果他答应你的要求，便是他赠给你的，不是我捐献给你的。这样一个插曲，一并告诉你了。

无关紧要的插曲正写得入神，你新的来信又收到了，从此言归正传。

你问我《死亡的意义》何年出版，上面说过，"破旧"时，全家书籍都抄光了，无从查考。幸亏找到了一个版税凭折，有29年12月日期。29年大概是指民国廿九年，那么就是1940年初版。我记得是在逃难前即1937年前译的，却迟在1940年8月才初版，当年12月收到版税。1950年6月和12月出版了两次，末一次是1951年4月。记得最后有一次是经上面说过的法国神父高乐康由他介绍在香港出版的。他事后才告诉我，事先我不知道。那次有没有记入版税凭折，记不清了。如果记入那就是1950年12月的一次或1951年4月最后一次。作者Paul Bourget没有译成中文名，就把原法文名字写上。

胡适之对你自称是爸爸的学生，我一无所知。爸爸在留美之前或之后在中国公学教过书，既然我一无所知，肯定是在留美之前。如果在留美之后，照理我会知道的。爸爸留美回国，我已过11岁，以后的事，大概我是知道的。据闰康说：爸爸还在澄衷学校教过书，如果她记得不错，大概都是在留美之前。爸爸1911年出版的《日本商法》是不是得法学硕士学位时作为的论文?

上封信你还问我逃难回苏，宁福[8]弄来的枪。枪并不是宁福弄来的。我们离家避难后，家里经常有人来占住。最后一批是军人。当我们回苏后，咱家富郎中巷后门近边，不是有一个警察机构或派出所，就派人来了解有没有什么枪支弹药遗留下来。一天早晨，有人来找爸爸谈话。人去后我问爸爸什么事，爸爸说：是警察机构派来调查的人，爸爸事前不知道宁福那里有枪，就告诉来人，没有什么遗留下来。我一听，就说：啊哟！听说宁福那里有两支枪。这样一来，倒好像是隐瞒当局，私藏武器了吗？这批军人来咱家占住后，在后园掘了壕沟，预备建筑什么工事，离走后，遗留下来整根整根木材，还有两支步枪。宁福把两支枪当宝贝藏在他住的门房间的阁楼上。当有人来了解而爸爸在不知情的情况下说了没有之后，觉得让这两支东西安睡在阁楼上，不妥当了。所以那天，等夜深人静之后叫宁福从阁楼取下。宁福说一支已被荣生拿去。荣生是宝昌奶妈男人的弟弟，曾在咱家做过木匠。抗战初期，八月中旬一天苏州大轰炸，我们仓猝出走，需要的东西都没有带全，先到蠡墅。那时荣生实际是一个无业的人，很自然地就成了我们的临时雇员。

一次是陪护我回城取被褥。后来到了香山，爸爸忽然想起他的古钱，就由荣生陪护我经过水陆90里路，回到家里，装了一大网篮抢救出来。搬到香山，同李家的贵重物品一同砌在他家的隔墙里。局势平静后才在隔墙里取出送还。爸爸指定这份东西传给阿必。十年动乱，"破旧"抄家全部拿走。后来其他物资三钱不值两钱，好歹作价归还，独有这份东西，未有下落。据办事处储藏我们抄家物资的人说，没有看见过。中流回来后，他还亲自去查问过一次。大约是识货的红卫兵中的某人把抄家物资交办事处时，中途先劫取了。我冒了风险抢救出的东西，如此下落。反正人（阿必、大弟弟）都牺牲了，戋戋古钱有什么可惜的？

一支枪，荣生拿去了。剩下一支，父女三人同宁福就在大厅前廊下肢解了。先用小锯子把枪柄截下，枪柄的木料甚为坚硬，然后再把它劈成条条，同木柴放在一起，次日投入炉膛里烧掉。上半部则由我陪监着宁福，送进了大厂前的那口井里。枪身不重，虽然没有了子弹。好久以后，据宁福说，仍被人从井里淘出来了，大概是荣生之类的人，淘出来当废铜烂铁卖掉了。

你的牙齿须好好治。未全部脱光而正待镶的时候，是最麻烦的阶段。不能怕麻烦，须耐心找好医生治，也不能急于求成。

天气很冷，手冻僵了。锺书、○○想来也都忙。我急于把信寄出不多写了。这里大家粗安，各自为政。

祝全家安康！

寿 17日开写，23日傍晚写完

这时已五点半，渐暗了。我信封开好封上出去寄

[1] 何肇云，小名胖弟，杨绛三姐闰康的儿子。闰康去世后，他受四姨杨绛托付，帮请保姆照料寿康大姨的生活。

[2] 杨同康（1903-1917），江苏无锡人。杨绛的二姐，肄业于启明女校，1917 年 10 月，以时疫不治逝于上海广慈医院。

[3] 即圆圆，钱锺书、杨绛的女儿钱瑗的小名。

[4] 杨绛在上海启明女校就读时的老师，详见杨绛《我在启明上学》。

[5] 杨寿康所译《死亡的意义》原名 *Le Sens De La Mort*，法兰西学会会员、法国小说家波尔才（Paul Bourget）著，商务印书馆于 1940 年作为世界文学名著出版。卷首有徐宗泽所撰序和杨寿康所撰译者序。徐氏序称：孔子说“未知生，焉知死”，所以要知道死亡的意义，先该明了生活的目的。波尔才为法国现代小说家，擅长描写社会心理，《死亡的意义》一书，是他描写社会心理的杰作之一。书中描写对死亡观念各不相同的二人（一人崇尚物质，醉心科学；一人注重精神，信仰宗教），在死亡临到之际，二人心灵上的感觉，都受生平思想底影响。波尔才分析此等心理，用意在证明人生该有卓绝的趋向，生活该有超越的目的，然后死亡才有真正的价值和意义。这书现在由杨寿康女士介绍到中国，译笔流利，忠实，美丽，合乎“信达雅”的条件，足以传达著者底高尚思想，给予醉生梦死者以绝好的教训。

[6] 杨宝昌（1912-1930），杨绛的大弟弟，从小体弱，多在家自修。十八岁因肺结核和急性脑膜炎病亡。

[7] 指杨绛的二姑母杨荫枌。伯伯，系姑母的旧称。

[8] 杨绛家的用人。

周振甫*（一通）

默存先生：

《陈寅恪传》匆匆翻阅一过，开眼界，甚感。陈氏自叹未尽其才，为可深憾。振尝欲求静安“义不再辱”之说，久而未得，不意于此书中得之。汪君之著此传，亦甚不易。余英时文亦可信。台湾或香港学者亦不易到。听先生谈湘绮，所谓咳唾随风生珠玉，弃掷可惜。此论于《谈艺录》补订中未及，如此之论，是否可写为谈艺续录。倘续录未暇，明年是否可写管锥续编，天下仰望已久。振去巩县，去兰州，有人谈及先生，多以续编相问。以续编即为全唐诗、全唐文以及宋诗、宋文，更为学人所仰望也。又念先生谈湘绮事，亦可写入续编，续编不必以唐宋为限。或唐宋以下，再作三编亦可。有人言乔木同志如爱才，不当以事务相委，当请先生写完续编也。但此有违庄生佚我以老之训，甚感惶恐。即请大安

弟　振甫上

（1985）11.9

《人民文学》之陈新君为振文心注释审读发稿，甚可感。前来约振

* 周振甫（1911–2000），浙江平湖人，肄业于无锡国学专修学校，先后任开明书店校对、编辑，中华书局编审。曾任钱锺书所著《谈艺录》《管锥编》的责任编辑。

选译列子，情不可却。即找任君哲学史列子传读之，则诋嗤无可称语，找伯峻兄《列子集释》，汇注列子甚有功，但亦证其为伪。惟公《列子》编论其思想文学，远胜时贤，为不可及。因多董取，使小外孙见之，又笑振老是抄钱爷爷不妥。

彭祖年兄来信说："岳麓书社第一编辑室主任潘运告，今日到声淮处索取《现代中国文学史》，决定照原书付印。"（十一月八日信）振已将复制本寄去。又振托商务复制的《增订新战史例孙子章句训义》六三〇页，亦已寄与祖年兄。

伊夫林·麦克斯韦尔*（一通）

22. 12. 85

Dear Madame Yang,

I write to send warm wishes for the New Year — and to send thanks from my wife for the Charming pieces of textile (batik) that you so thoughtfully sent with Mme Deng Junbing as a memento of our meetings here in Oxford . We both take great pleasure in them — the blue is unusual and beautiful.

I have often thought of you since our meeting, and referred with pleasure back to your reminiscences from the cadre school, of which you sent me a welcome copy. I was pleased to see how widely that work was read and acclaimed.

The Contemporary China Centre has continued actively to build up its cooperative work with colleagues in China. As well as Mme Deng, we have two staff members of the Foreign Affairs College here this year; as well as a group of five youngsters from the Foreign Ministry, here for a year to perfect their English and lay a grounding in international studies ...they are to become high –level interpreters, I expect.

In sincere friendship

Neville and Evelyn Maxwell

---

* 伊夫林·麦克斯韦尔（Evelyn Maxwell），英国人，时在牛津大学圣安东尼学院开办的当代中国中心主持工作。

亲爱的杨女士，

我写信是为了向您致以热烈的新年祝福——并转达我妻子的谢意，感谢您与邓俊冰女士精心挑选迷人的纺织品（蜡染）作为我们在牛津会面[1]的纪念品。我们都非常喜欢它们——蓝色是不同寻常的和美丽的。

自从我们见面以来，我经常想起您，并常愉快地提及您对干校的回忆，您送我了一本《干校六记》。我很高兴看到这部作品被广泛阅读和赞扬。

当代中国中心继续积极地建立与在中国的同仁的合作。除邓女士外，我们今年还有外交学院的两名工作人员，以及外交部的五位年轻人，来这里一年来磨练英语，打好国际研究的基础……我期待他们成为高水平的口译员。

在真诚的友谊中，

内维尔和伊夫林·麦克斯韦尔

1985年12月22日

[1] 1984 年 11–12 月杨绛应邀访问西班牙，离马德里回国前曾在英国逗留，于牛津大学当代中国中心受到伊夫林 · 麦克斯韦尔夫妇的热情接待，自此结识为友。

石声淮（一通）

默存内兄吾师惠鉴：

上月底次女定栗自京回鄂，云在京曾拜见兄嫂，知兄腕部有疾不能挥毫，季康嫂患轻微脑血栓而容色行止语言悉与数年前无异，维啬身珍护，千万。昨日得周振甫兄十一日简，即封附呈阅。周兄言外舅大人《现代中国文学史》经长沙岳麓书社再印事。此事由彭祖年兄创议，且尽力营为，辗转经周振甫兄托齐鲁书社。齐鲁书社拟印行矣，以书中有郑孝胥、黄濬，欲芟去，而兄以为后人不得妄有芟易，齐鲁书社以稿退予彭祖年兄。岳麓书社欲印此书，请于彭兄，彭兄商于淮。淮以为尊意倘于原书不妄加增损改易便可印行，允之。岳麓书社遂印千册，发售即罄，再印千册。出版社有例，著者如已死十年，不付稿费，于外舅书则不依此例，仍付稿费三百余元。祖年兄持书一册与稿费奉交南强内兄，南强兄受书而却稿费。国立师范学院旧同学纷纷索书，彭兄买书及邮资皆以此稿费应付之。适华中师范大学将编印纪念外舅的学报专辑，征集稿件悉委彭兄。函件往来，彭兄独任其劳，邮费亦以此稿费充之。彭兄昨亦得周振甫兄书问《现代中国文学史》出书及稿费。彭兄日内将复书周兄并录稿费入出之数。岳麓书社印外舅之书之事，淮未事先奉闻，僭擅之过，淮不敢逃，矢不贰过。敬候

俪安！

妹婿　声淮拜白

（1986）九月十三日

黄裳*（一通）

杨绛同志：

接奉惠赐干校六记欢喜无量，谢谢。此书一月前即得董秀玉同志以清样一册见寄，已通读一过，慧心妙笔，振撼心弦，其曾得盛赞非无因也。写文化大革命者多矣，强半小说，其以散文出之者尚未见佳作若此书者，佩甚。装帧亦精好，丁聪所作封面颇能得凄冷之神，所居虽非一地，睹此亦如宿昔曾经者，又一妙也。默存先生一序尤妙绝，已几次听人说及矣。此虽戋戋小册，必以佳史雄文著录于近代艺文志中可无疑也。

贤夫妇近来治何胜业，颇以为念，甚盼抽暇示以数行，不胜翘企。专此敬谢。即请冬安　并候

默存先生安吉

黄裳敬上

（1986）十一月九日

* 黄裳（1919-2012），原名容鼎昌，笔名黄裳。祖籍山东青州，生于河北井陉。曾任上海《文汇报》记者、主笔、编委，以藏书及散文著称。

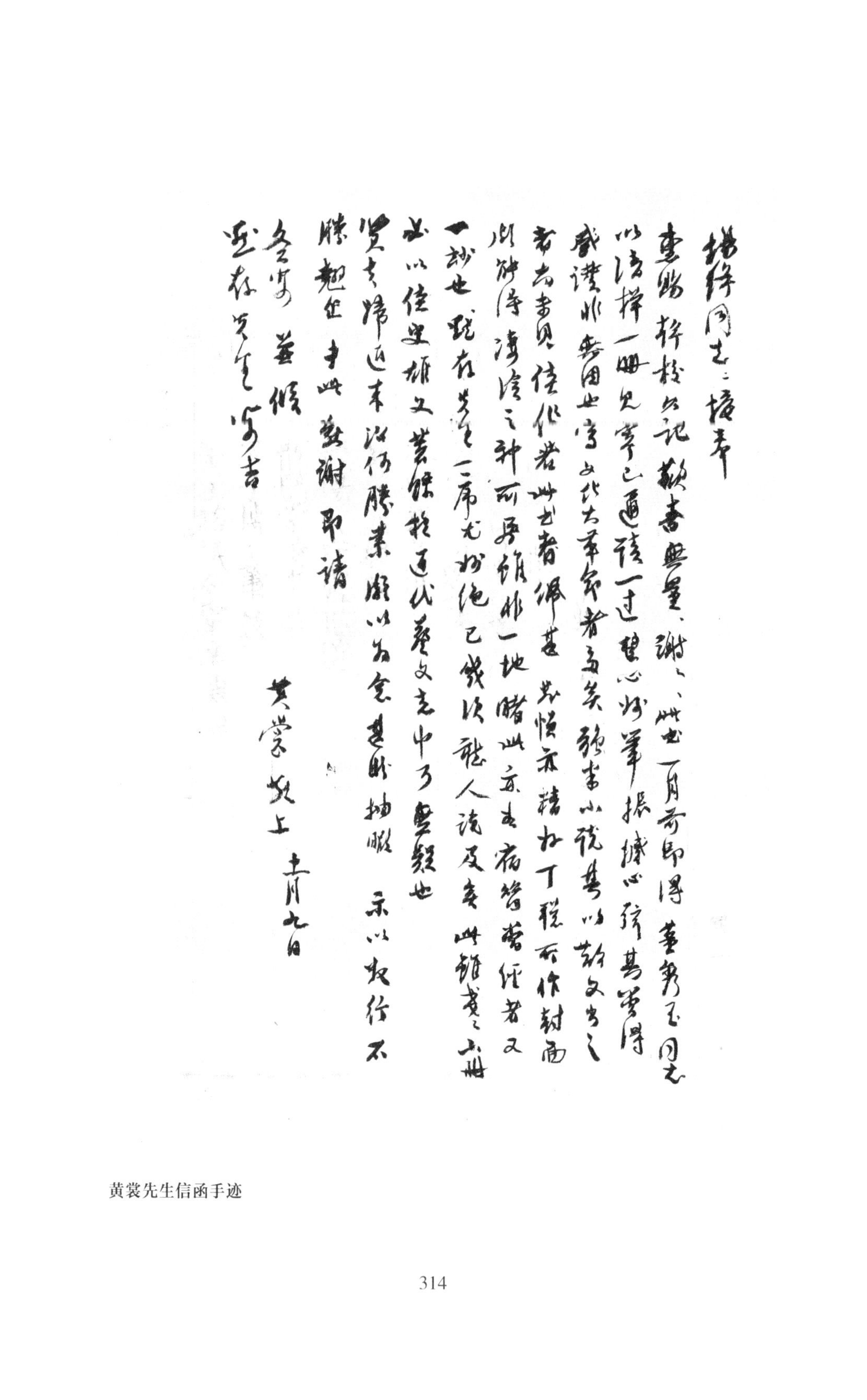

黄裳先生信函手迹

蓝翎*（一通）

杨绛先生：

接到舒展同志带来您惠赠的《将饮茶》，非常高兴。两日来一气读完（有的原已读过，仍重读一遍），获益甚多。拜识您和钱先生已卅余年，岁月蹉跎，“兴趣很广，毫无心得”，未能成“家”，只好办报。但头顶报纸，虽不如贾宝玉的红斗篷耀眼，却也难以“隐身”矣。叹叹。

四月间，您和钱先生来信中曾向小的提出“强烈的抗议”，但因非涉外，“心照不宣”，“照会”照收，并不照改。您二位是小的几位老师的同学，故不敢“忘年”，称夫子理所应当。

炎夏来临，敬祈您和钱先生保重。

夏安！

蓝翎

（1987.6.20）

---

* 蓝翎（1931-2005），原名杨建中，山东单县人。山东大学中文系1953年毕业，任教于北京师范大学附属工农速成中学，与同学李希凡合写《关于〈红楼梦简论〉及其他》《评〈红楼梦研究〉》，一举成名，调《人民日报》文艺部工作。1957年被划为“右派”，下放劳动。1961年调河南工作。1980年改正错划，后重回《人民日报》文艺部工作。1986年评为高级编辑，1991年离休。

达西安娜·菲萨克[*]（一通）

尊敬的杨绛：

我收到了你写给我的信，很感谢你也很感谢钱锺书先生同意我翻译他的《围城》。假如事情很顺利，明年秋天会出版。

关于照片的事，假如有可能的话，我希望你寄给我钱锺书先生写《围城》的时候的一张照片，另外寄一张你跟钱锺书现在的照片。

我要求出版社付给钱锺书先生一些象征性的稿费。我希望他们能同意，但是现在不知道他们决定了没有。你知道西方出版书的情况不一样，而且中国尚没有签字加入国际版权协约。

祝你

快乐！

达西安娜·菲萨克

1987年8月31日

---

* 达西安娜·菲萨克（Taciana Fisac），西班牙汉学家，马德里自治大学汉语语言文化专业教授，东亚研究中心主任，北京外国语大学名誉教授，主讲汉语、中国现当代文学和中国古典文学。《围城》的西班牙文译者。

索罗金*（一通）

亲爱的杨女士、钱先生！

《干校六记》译文终于在《远东问题》杂志[1]上发表了（连钱先生的序和我的小引在一起）。编辑删去了一些“自然主义”描写（主要在第四记），将来我一定要在重版时补上。

我们文学出版社开始出“中国文学丛书”四十册，先生的《围城》当然也在内。我也准备加入《人·兽·鬼》。不过《猫》有不少难译的地方，而且须要大量注解，因此我还没有作出最后决定。

最近我去了两次中国，参加了当代文学和传统戏曲座谈会，但是时间太短，没能够拜访二位，真可惜。

祝二位身体健康，精神愉快！

索罗金敬上

一九八七.七.五

---

* 索罗金（V. Sorokin），苏联汉学家，《干校六记》的俄文版译者。

[1] 指苏联科学院《远东问题》双月刊 1987 年第二、三期。

许国璋*（一通）

季康学长：

默师赐书敬读，但我仍是给你写信，可以随便些。《洗澡》已拜读——是昨天才读完的。头两章读来只是清丽，但并不感到亲切，第三章读了如见其人，如闻其声，后人考据，必以此为第一手材料矣。没有谴责，没有挖苦，更没有浓笔，心态（时髦字）神情自现，是文明之极致，亦培养文明精神之教材也。我前读学长“六记”“饮茶”之书，尝叹曰，人人云十年误人，不知十年创了佳作；佳作之出，必有高见解，高容量，高手笔，而学长悉具之。又回忆令尊大人、令姑母之文，我读了很懂也很快活。盖我曾见过二老，读之几乎又回到五十年前，因此谢谢书，更谢谢给了生命的常青感。书此即颂

一切佳胜，问

默师安好！

国璋上　怀仁同叩

---

* 许国璋（1915–1994），浙江海宁人。西南联合大学外文系 1939 年毕业，任教于上海交通大学、复旦大学。1947 年留学英国，1949 年回国，在北京外国语学院任教直至去世。

马文蔚*（三通）

（1）

杨绛先生：

稿子寄出后有些懊悔，真不该用这种又长又“水”的文章去打搅您的。猜想您会烦，会骂我。拆信时，心里直打鼓。

我留了底稿，其实您不必寄回。冷静下来看，可改之处很多。又压了八百字，以使它集中。题目是偶然冒出来的，细想不妥，因为书中已说得清清楚楚，不成其为问题。干脆直说：谈《洗澡》中的人格表现。最后一段是玩笑话，有感于一些评论文章思前想后操心很多，也凑个热闹。真心的意思想说“文革”比“三反”、“五反”更险恶。您觉得不好，我删掉。谢谢您这么认真看。我很愿意寄《读书》，能不能用，由人家去定吧。

读您的书，感受是多方面的，一篇文章哪能说得全。比如高雅。散文、小说都一样，有种净化力量。仿佛取经的人历尽千难万险，见到了真佛，顿时感到震慑：“哦，这才是真东西！”所以我说过需焚香沐浴。这是学不来、装不像的。功到自然成。比如平中见奇。字面上很平

* 马文蔚，1940 年生于北平。1961 年毕业于中国人民大学新闻系。新闻出版工作者，编审。

易，也从不用让人震惊的、生僻的词儿，内容却很深刻。像一条广宽的大河，水面平静舒缓，里边博大、深沉。这是年轻作者，或修养差些的老作者绝做不到的。再比如含蓄，以少胜多。《干校六记》笔法。“免修电影课”，如果换个说法就索然无味。《洗澡》中许、姚在小书房见面，“已重归平静”，五个字干干净净，又留下很大的想象余地（非常想知道您写到这里，是一出手就写成这样，还是改动之后最后留下来的）。这种例子很多了。再比如客观笔法，写傅雷、写杨荫榆，复杂而难把握。用客观摆事实的写法，观点尽在其中，引导读者自己去认识，非常高明。中国记者最不会、最应学习的就是这种手法。还有大家议论较多的幽默感。剪纸牌挂于胸前，假发等等，那种味道谁也笑不出来，须细细去品。我料定自己目前的水平还不足以品出所有的味。所以先生的几本书真的应该放在手边，枕上，经常翻看的。等有机会，我喜欢写写这些。看您书时，要有安静独处的环境。一来专心享受，二来笑出声来也不怕旁人说。

我准备寄送您一件东西。不是花钱买的，没有货币价值，也不需费您的眼睛，是我读《洗澡》中某一句时起的意。没有别的意思，完全出于对您的敬爱，想给您的生活加个小插曲。到底是什么，现在保密。

谢谢您读完。不必回信。一想到您要看要写，要跑到邮局去发，很过意不去。

噢，还要说几句。您对我的稿说了些表扬的话，是出于鼓励吧。但我没有从信中看出，我的想法究竟同您的有多大距离？借用您的比喻，我是否把您“嫁出的女儿”描得面目全非，让做母亲的都认不得了呢？我有些怕。虽说读者怎么评都可以，我毕竟不愿违背您这样的作者。——只是说说，您不必回答。

空这么多纸，浪费了，索性再写一段。许彦成约姚宓去香山，去了又变卦，太伤人了。我很替姚宓不平。后来许彦成竟用折纸办法，逼人家原谅，真赖！（这也是他“痴”的表现）姚宓回答“再纠缠，我告诉妈妈”，太棒了！解恨，痛快！我觉得，只到这时，才让读者感到她和他是站到同等位置，平等地交流感情了。

祝好！

马文蔚

1989.5.6上午

（2）

杨先生：

接到您的信非常高兴，谢谢！

您家的电话号码，我早就知道——是从您给老金[1]的信中“偷”看到的。也怪，一看，便记得牢牢的。可惜读书时不能做到这样过目不忘。我猜想着您不喜欢以电话的方式为通常情况下的联络工具，就没有打。大概有那么一两晚心血来潮想试试。哪怕听听您的口音、语气呢。认真想，还是不要干扰。若正在读书、写作，电话铃一响，够烦人的。

我当然希望见到您，但是也怕。我从小就是一个不用功、功课不好的学生。对于尊敬的师长，不敢近前。他们常被好学生包围，我就远远地看着，心里含着歉疚。对您的怕，也与此相似。很怕，也很想见。

说到“大女”自己未必想“嫁”，我明白。大概媒人接踵而来，不是出于职业习惯，而是良心发现：这样的美女不“嫁”，终是遗憾。我还够不上媒人的格，充其量只是一位小媒人的帮办。办好了也不求赏，不挨骂就行——但愿书出来不要有太大的毛病。

钱先生不在意别人的介绍和推荐，我似乎也理解。他的一句话很震动我：“也许要在几百年以后，几万里以外，才有另一个人与此人隔着时间空间的河岸，莫逆于心，相视而笑。”佛（大智慧者）对人（凡人）所说的话，该理解的自会理解，不理解的再讲也没用。亿万人天天活着，学着，做着，真正彻悟的终究是少数。教育是必须的，有益的，可是有限度。近来我常想，人和人的差别为什么这么大，想得也模模糊糊，不甚清楚。

我不知道您的生活习惯，比如晚饭后做什么，客人多不多，大约几点钟休息。我很怕打扰您和钱先生。白天我们是严格坐班的，五点多回来，要老老实实扮演家庭角色。我想找一个周末（六或日）的傍晚去，可以吗？

关于您的旧稿，我曾提出要求，找来读，当然也很希望能同后来的一起出合集。您回信说：“如果哪一天我有勇气整理旧稿，会把整理出来的东西给你看——这是贿赂你别去搜寻。”当时我想，您也许是准备整理旧稿的，那么我只要耐心等待，总有读到的一天。也想到另一种可能：你是在推托，不愿意我到处去“搜寻”。看我多坦白，把想到的都告诉您了。我爱读您的文章，这是主要的目的。读多了，就能较多地了解您。至于您打算不打算出，在哪里出，那当然完全听您的意见。

别的话，留着见面再谈。谢谢钱先生“问安”。祝好！

我的电话记得告诉过您。晚饭后，没有特殊的事，都在家。23：00-23：30睡觉，周末还会晚一点。不看电视，也不爱串门。

马文蔚

1990.5.8

（3）

杨先生：

好几天了，我仍留在那个世界里。原谅我没有及时向家人传达那些

"笑话"。四个小时的谈话，时而细雨绵绵，时而风疾雨骤，一只普通的盘子，如何能尽收，而之前，不便与人分享。

您和钱先生都问到失望与否。这是有经验的人才能提出的问题。我确有数次"失望"的体会，但这次，两位先生所给予的，远远超出了我的期望，所以心里总是跳出这句话：我是不是太幸运了？

各等各类的人，都见过一些，没有一次让我这样紧张。头一晚没有睡稳。进大院时还有五分钟富余，特意沿着小路慢骑，做深呼吸，但喉咙还是发紧。感谢杨先生温和的微笑，又那样轻言细语，非常体贴地拣我熟悉的话题开始，才由紧张而平静。您的高高挑起的眉峰，像是两抹淡淡的远山，使人忘却尘世，渐入自然。

听着您和钱先生谈话，不由自主地闪过读别的文章中对你们的形容。那些词儿，都有道理；但在真人面前，又都显得苍白无力。我觉得两位先生真实而可爱，或说因真实而更可爱——不知晚辈对长辈用这词儿当也不当？喜欢您的"孩子气"。

您谈到对己对人，应真实，应忠于本来面貌，不因任何人为的原因而歪曲；谈到应开展严肃的学术批评而不是"打棍子"的政治"批判"，这既是个人道德也是应负的社会责任。钱先生话锋锐利，频出警世之言：尤其谈到两书的不可译性，给我印象很深。但愿这些本不可译的译本，能引起读者读原著的兴趣，像钱先生在《林纾的翻译》中所讲的一样。

您和钱先生对我的夸奖大大超出我的实际。但我知道得到你们的表扬是"不容易"的（套用傅雷先生的话），所以非常高兴，所以允许自己在心里"骄傲"一小会儿。

谢谢您和钱先生给我当面表达心愿的机会——这是揣了多时的梦想。更谢谢你们给了我终身受用不尽的教诲。以后再想到两位先生，不再是“平面”和“无声”的了。

我不会忘记这一天，1990年5月13日。

致以最好的祝愿。

马文蔚

1990. 5.17

另：杨先生曾问我自己写不写。一两天后我寄您一篇短文（1200字）读着“玩儿”。

收在稿选里，需找出复印。

整理者按，杨绛先生因马文蔚能读懂自己的小说而引为知己小友，多年相互往还。马文蔚所撰评《洗澡》一文（重读《洗澡》后所作）为杨先生认可，发表于2004年10月《出版广角》，有兴趣的读者可按图索骥，兹不赘录。

[1] 指金坚范。

黄佐临[*] 丹尼[**]（一通）

锺书
杨绛 兄嫂：

敬祝健康长寿

佐临

丹尼

一九九〇年五月

---

* 黄佐临（1906–1994），原名黄作霖，祖籍广州番禺，生于天津。1925 年在英国伯明翰大学读商科，曾师从萧伯纳。1935 年赴英国剑桥大学国王学院研究莎士比亚，获文学硕士学位，又在伦敦戏剧学院学导演。1937 年回国后，曾任重庆国立艺专教员，上海剧艺社、上海职业剧团导演。1950 年后调任上海人民艺术剧院副院长、院长兼上海电影局顾问。

** 丹尼（1912–1995），原名金韵之，黄佐临夫人。1935 年随黄佐临赴英国学习，回国后久为话剧演员。

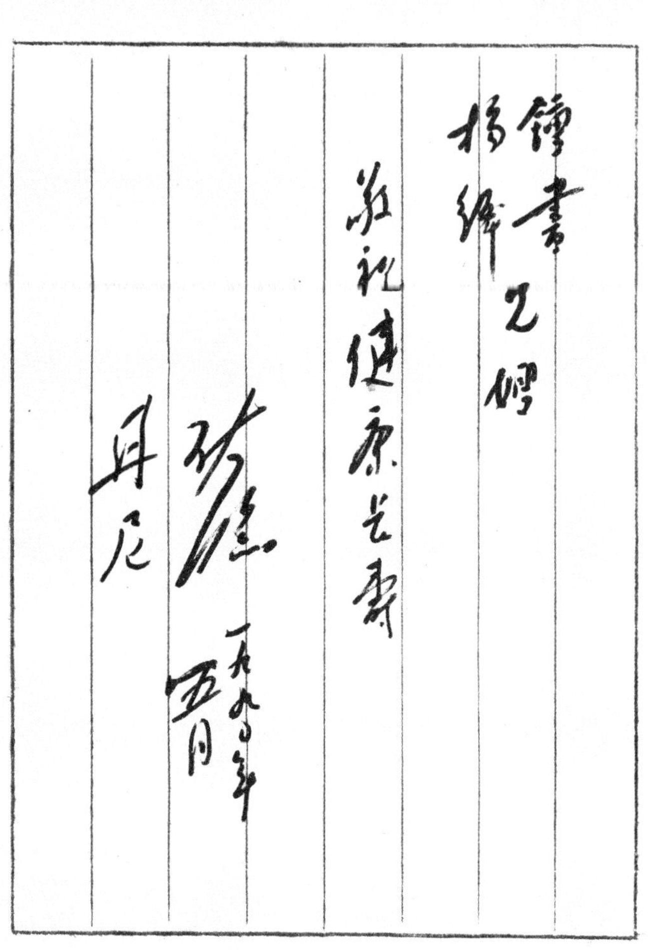

鍾書
楊絳 二位

敬祝健康長壽

佐臨
丹尼

一九九四年
五月

黄佐临、丹尼信函手迹

胡邦彦[*]（一通）

默存先生世大人著席：

去年春寄呈纽约剪报，旋奉惠示有至衰之叹。即复书并系小诗，计已达览。比来敬想尊体安和颐居顺适为颂无量。昨晤刘衍文兄为言永翔世兄有诗四章祝我公八十双庆，并承录示，读竟为之欢跃。弟自忘谫陋，辄亦勉成俚语录呈郢政，聊侑一觞。以手帖有望美人兮天一方之语，故末句云云愿公之歌之也。渐寒故冀珍卫。不胜驰情仰系之至。敬请

颐安

小弟　胡邦彦谨上

（1990）十一月廿日

---

* 胡邦彦（1915–2004），字文伯，江苏镇江人。无锡国学专修学校肄业，师从唐文治。久任银行职员、中学语文教员，后任上海教育出版社文科编辑，曾参与1960年《辞海》重编及1985年《辞海》修订工作。1987年赴美访学。著有《胡邦彦文存》。

张蔚星*（一通）

籦（锺）老：

惠函数日前收悉。欣喜过望。余乃一童子而已。所议亦信口雌黄，所呈之画亦笔墨拙陋，而您见信之日，即抱病复函，殷殷之情终身难忘。余喜书画之外，兼爱金石雕虫之技。故思为您每部著述俱刻一印，经七日乃成。复又为您刻姓名印两方，现均寄上。望您见后能不吝诲正。姓名印之原石思寄上，又恐冒昧，故现仅以拓呈之。余观您来信，信之手书之字，虽为钢笔亦可见您临池功力之深，余臆测您老之字以右军大令为根基复追李邕北海。骨力高峻姿态横生如老树着花，野凫眠岸。别有情趣，非食人间烟火者能企及之。文史界老辈中善翰墨者，余以为您应是其中佼佼者也。加之博识广见者皆能诸艺而无不精，您亦如是者也。现附十竹斋所制之笺，请您笑纳。原拟请您为拙印赐“钱著印谱”四字，又恐您年高事繁，难有暇及此，故未敢冒昧。若您能欣然命笔，则余之三生大幸矣，自当拱璧珍之。此三纸不知可用否。倘事忙亦不必强为之。题端乃余非分之想也，陈之实在慌（惶）恐之极。

祝您健康长寿并致杨老好。

张蔚星顿首

时乃庚午冬月也 于秦淮河畔夜雨中

---

* 张蔚星（1972—2020），出生于江苏常熟，毕业于南京艺术学院，供职于南京博物院古代艺术研究所。

錢老：

所呈印稿之释文如左

一、人鬼兽 二、譚藝錄 三、舊文四篇

肆、圍城 伍、錢著七種 陸、管錐篇

柒、寫在人生邊上 捌、七星集

玖、宋詩選注

張蔚星 奉

读者张蔚星信笺

一 二 三 肆 伍 陸 柒 捌 玖

張蔚星刊石 年方十八歲

张蔚星篆刻印文

柳曾符*（一通）

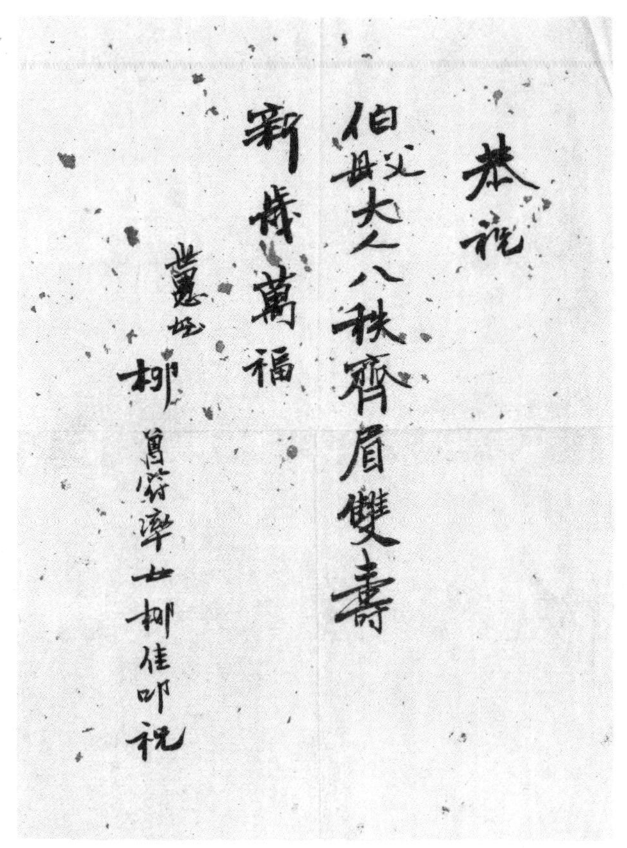

恭祝

伯父母大人八秩齊眉雙壽

新歲萬福

世愚姪

柳曾符率女柳佳叩祝

柳曾符先生手写祝寿贺岁笺

* 柳曾符（1932-2005），字申耆，江苏镇江人，国学大师柳诒徵先生长孙。1980 年在上海复旦大学开设书法课程。1992 年始，赴日本筑波大学、台湾“中央大学”、中国文化大学、香港中文大学讲授书法课。书作结体精严、笔意酣畅、自具风貌。

袁可嘉*（一通）

锺书
季康 先生：

欣逢二老八秩华诞，谨祝稳步跨入21世纪，并以新的著译为新的世纪增光！

袁可嘉敬贺

1991.6.17北京

* 袁可嘉（1921–2008），浙江余姚人。1946 年毕业于西南联合大学外国语文系。历任北京大学西语系助教，中宣部《毛泽东选集》英译室翻译，外文出版社翻译，中国社会科学院外文所副研究员，研究生院教授、博士生导师。

王肖英*（二通）

（1）

敬爱的杨老师：

正要准备写信感谢您那天给予我的亲切、温暖的接待，反倒先接到您的赐函，真是太喜出望外地激动呀！见到您是多么高兴和荣幸，同时也不免有一丝凄然，记忆中那位年轻、和蔼，风度优雅的老师，几乎已消失在时光流逝之中，现在是白发苍苍、弱不禁风的长者。确实大家都在变老，时光不会倒流。

那天晚上，我与新智通了电话，她哈哈大笑对我说："今天11点到杨先生家，被杨先生骂了一顿，哈哈，骂得我非常非常开心，这不正是杨先生多么理解我，关心我，不把我当外人看待。今天好开心。"是的，她的脾气大家知道，您长时期以来一直很关心她，同情她，在她困难之际，是您安慰了她，鼓励了她，使她获得莫大精神力量。

过去，学生们只认为杨先生心地善良，德才兼备，主持振华女中似乎很轻松，非常合适，自从读了您的《干校六记》《将饮茶》《洗澡》，又亲临一次教诲，才有了新的理解和认识。顺便提一下三件事：

第一件是，当时您在极困难的条件下，不知怎的请来了季玉先生给

---

* 王肖英（1920-2013），江苏苏州人。毕业于上海振华女子中学、上海经济学院，曾从事会计工作及任中学教师。

大家讲了一次话，大家非常激动，因为季玉先生是振华师生最爱戴的老校长。临别时，大家恋恋不舍，我也抢着挤进去，凑到老校长耳旁助听器大声喊道：“我们都是您的女儿，以后常来看我们呀。”老校长听见了，也笑容满面回答说：“我一定常来看望你们！”

第二件是，有一次，勤园女子宿舍因炉子灭了，不能正点开饭，大家好不着急，怕上课迟到，最后是半生半熟地吃了一顿午饭。到校后，您知道了，真好心肠怕饿坏了学生，马上去买了许多圆面包，夹心的，每人分发两个。大家吃得好开心，味道真好，因为这里面有您的爱。此后半个世纪过去了，我再也没有吃到这样好吃的面包。

第三件是，蒋绍祖老师因病去世，师生都十分痛心，失去了一位极优秀的老师。后来不知怎么的您费尽力气组织了一个追悼会，全体学生排了队去殡仪馆，二个二个地进去鞠躬又流着眼泪退出来。当时谁都知道学校很穷，但死者家属还获得一笔抚恤金。学生们议论纷纷，对您特别尊敬，把一个穷学校办得井井有条，把振华原有的风格成功地保存了下来，多么不容易。

从这些过去零碎小事，证明您确实了不起，又是那么善良。当然，您现在仍是了不起，您不知道多少年来，我经常跟我爱人提起您，我有这样一位可敬可爱的老师而感到骄傲。

您说金克木是您的“学生女婿”[1]，真幽默。好极了，那么我也来申请一下，因为我有二个女婿，是否愿意批准成为您的“学生孙女婿”？邵以德有四个儿子，没有女儿，她不会来申请的，这是开开玩笑，相信您会高兴的。

祝健康，长寿！

您的学生

王肖英

（2）

尊敬的杨先生：

请允许我前来拜个早年，敬祝您和钱先生身体健康，精神欢乐[2]，新年开心。顺便再向杨先生说一下，吴新智早已安抵台湾，可能她早有电话告诉您，但不敢肯定，因为她临走之前实在太忙乱，身体情况极糟，急着去求中医治疗。那晚中医大夫警告她说，若现在就走，恐怕到不了台湾的，别冒险。这样她才安心在家服汤药调理休养，渐渐恢复正常，所以我还是提一笔，好让杨先生放心。

这几年中，我拜读了您的大作如《干校六记》《将饮茶》《洗澡》等，获益匪浅，您那朴实文风，独具一格，越读越感到您的可敬，可爱和可亲。关于钱先生的《围城》一书及电视连续剧也都看过了，真是了不起。想想在五十年前只不过是个三十岁左右的青年人，涉世未深，却已有这样渊博知识，敏锐眼光，深刻而细致的洞察力及令人折服的人生哲理，简直是奇迹。您送给钱先生这么多桂冠如“书痴”，传神得很，我理解为：智慧+勤奋=通往成功之路。人生确实是一部大书，写不尽，说不完。好了，在大师之前不敢放肆乱言，希望能拜读到您们两位的新作品。敬祝

健康，长寿！

学生　王肖英敬上

1991. 12. 10

---

[1] 金克木夫人唐季雍亦曾在上海振华女中就读。

[2] 作者自注：钱先生的《论快乐》一文，给了我“顿悟”，好事情与数分钟或个把钟点联系不通也不好。

弥松颐*（一通）

钱先生：您好!

今天下午有一个民族学院的研究生论文答辩，上周就约好了的，所以小子不能前去看望您了，真是抱歉!

感谢您给我以董恂的多处提教[1]，有时间我查查原文，倘能重印，一定增补上去。

孙先生《解题》[2]中的论述，有处在拙校注本中[3]已有吸收，但后来发觉，并不确切，如p.26注［二二］，顺治壬辰、乙未系满榜，与试者均为满洲、蒙古旗人。嗣后停满榜，满蒙旗人始与汉军旗人、汉人同试。此制文康、董恂当知之，“不得谓之疏也”。

又，p.416注［一三］，亦大误，此系小子错处。此处“内三旗”系内务府三旗之人。内务府只有厢黄、正黄、正白三旗，无其他五旗；外八旗制则上三下五，各旗均有。清代内务府人均住距皇城较近之地；其分驻在东城、北城的上三旗，系隶属外八旗中的上三旗，与内三旗无涉。如雪芹隶内务府正白旗，即系内三旗。

以上两节，我这样理解，不知您以为确否?

又，一些杂七杂八的地方，也有少误，如p.520注［一二］云“贺

---

* 弥松颐，1939 年出生，北京人。南开大学中文系 1964 年毕业，初在中国摄影协会工作，后任人民出版社编辑、人民文学出版社编审，第九届全国政协委员。

芝麻胡同”当为黑芝麻胡同，在南锣鼓巷，老北京人称此胡同仍音“贺”。京剧《钓金龟》中，老旦亦云黑鱼为贺鱼。为类比虚拟，《京师五城坊巷胡同集》，于北城昭回靖恭坊下，有“何纸马胡同”，当初似为何姓手艺人所居。此何纸马即后之黑芝麻、贺芝麻。

近阅周振甫先生《打通说》一文，对于探求“编”著的神髓，获益匪浅，当再读之。周文中说的“小说戏剧中质构的自白对话”一语，读到此处颇有兴味，所谓独白、对话，我想起了，就是戏曲界的行话“背工”或“打背工”（工字轻声），不仅白口，即如唱段，也有此种，如《搜孤救孤》中，程婴所唱（余叔岩名段）“都只为、救孤儿，舍亲生”是“背工”，接下唱“卑人言来你是听”，则又是对剧中公孙所言了。

捧读《论学文选》，第二卷之二《论幽默》，滑稽一语，在《儿女传》中亦有。家庭俗常言中，不独讲出此种物事来，也还念出此语之音来，见p.663-664正文，及劣注p.677。又，太田辰夫氏所指文康，据石继昌先生见告，此“渤海文康晋三氏”，系汉军高氏。与费莫文铁仙非一人。

写得太长了，耽误您好多时间。又，西洋参粒，敬奉，可沏水常饮，当无碍也。

即颂

日安

并候杨先生安好！

松颐叩

（1992）四月二十日

---

[1] 钱锺书读弥松颐校注的文康《儿女英雄传》后，建议他加上董恂的评语。齐鲁书社1990年再版弥松颐《儿女英雄传》校注本，已增补入董恂评语。

[2] 指孙楷第著《戏曲小说书录解题》，人民文学出版社1990年出版。

[3] 指弥松颐的《儿女英雄传》校注本。

藤井省三*（一通）

杨绛先生：

您好！

请原谅突然冒昧地给您写信。

最近，日本JICC出版社准备出版《中国现代文学选集》“発見と冒険の中国文学”一共八卷（现已出版到第三卷）。在第八卷里收录了二篇您的文章《回忆我的姑母》和40年代发表的*Romanesque*。已翻译成日文。第八卷包括您的散文与小说和张爱玲的几篇散文和小说，预定在今年11月出版。

由于这套书出得很匆忙，没来得及事先征得您的同意就着手翻译了，实在抱歉，希望能得到您的谅解。

JICC出版社决定按下列比例向原作者付版税，即：

书的单价（1900日元）×4%×2500（发行数）×（杨绛的文章页数）/全书页数

---

* 藤井省三，1952 年生于日本东京，文学博士，2018 年退休为东京大学名誉教授。现为名古屋外国语大学教授，兼任名古屋外国语大学图书馆馆长。曾被聘为中国人民大学、南京大学、台湾大学、香港教育大学、科罗拉多大学等校的客座教授。主办或参加了 100 多个国际会议和国际研讨会，担任了亚洲现代中国文学国际学会理事、国际鲁迅研究会副会长，是日本学术会议连携会员。

请您在收到信后，将对您来说最方便的付款方式回信告诉我们。如果您在银行有户头的话，只需将银行名称和账号告诉我们，在出版后就会尽快将版税汇到您的名下。

随信寄上《选集》的目录，请参考。

最后，对没来得及征得您的同意就翻译一事再次表示歉意。

致

礼

东京大学文学部助教授　藤井省三

（1992年初夏）

整理者按，记得杨绛曾就此致函藤井省三先生著席云："拙作被选入《中国现代文学选集》，不胜感愧。版税不劳汇寄，即以移赠译者，请其哂纳。"

樱庭弓子*（三通）

（1）

杨绛先生：

您好！

很长时间没给您写信了，也许您已经忘了四年以前，有关《干校六记》小引，向您和钱锺书先生提过问题的女大学生，她，后来当了个妻子，然后搞错了计画（划）生育，如今兼任了新的职务：当妈妈了。

现在我在东京大学大学院读博士三年级。我的导师藤井省三老师（硕士时的老师，丸山昇老师今年准备退休）对中国当代的文学作品也感到兴趣，愿意介绍给日本一般的读者。这次他要我们研究生参加翻译工作，我也欣然答应了。

本来您的文章准备收在第五卷，现在改为第八卷，是因为最近发现了有关张爱玲的新资料，藤井老师得重新写解说，就来不及收在第五卷了。还有我们翻译的时候，文字上花了不少功夫，有时日语的文体上我

---

* 樱庭弓子，1961年生。日本东京外国语大学中文专业毕业，东京大学中国文学博士，曾留学中国人民大学两年。当过东京大学中文系助手。1996年在庆应义塾大学（商学部）开始工作到现在，主要给商学部的学生讲基础汉语以及中国现当代文学。写过有关杨绛、陈衡哲、杨荫榆、林徽因等的论文。翻译过杨绛的《我们仨》和散文，王小波的《黄金时代》，李昂的《迷园》，洪凌的《黑太阳赋格》，以及严歌苓等当代作家的短篇小说。

和老师的意见不一致，经过了好几次修改才完成了，所以这一卷跟其他卷比较起来费时间了。

这次翻译为了读者的方便，文章里附注，对杨荫杭先生也准备附很短的说明，不过目前我查不到杨荫杭先生哪一年逝世的。如果可以的话，您能告诉他的逝世年吗？

在JICC出版社，没人懂汉语，藤井老师就吩咐我替他们写问付款方法的信，所以请您写信寄给我住所地址。谢谢。

我在前年《东方》（一个很小的刊物）上写过一篇介绍《洗澡》的文章（中岛碧先生把它翻译成日语，现在已经发表在一个杂志上），现在随信附上，请多指教（现在才寄给您，请多原谅这个失礼。我对自己写过的文章总觉得害羞，不敢送给人……）

还有，我在东大东洋文化研究所图书馆里偶然看见了《东吴大学一览》，里边也有您的名字，这一份资料也随信附上，请您参考。

听说最近钱先生的身体不大好，希望钱先生能注意疗养。

今年九月份我们一家人（丈夫、儿子和我）准备去丈夫的故乡昆明呆二个星期左右，儿子的爷爷盼望和他的日中混血的孙子“大憨包”见面。我很想去北京跟您见一面（当然如果您有空的话）。不过考虑六个月的小儿估计不去北京，太遗憾！

最近东京非常非常热，听说北京也相当热，请您多多保重身体。

祝您和钱先生健康

樱庭弓子

一九九二年八月二日

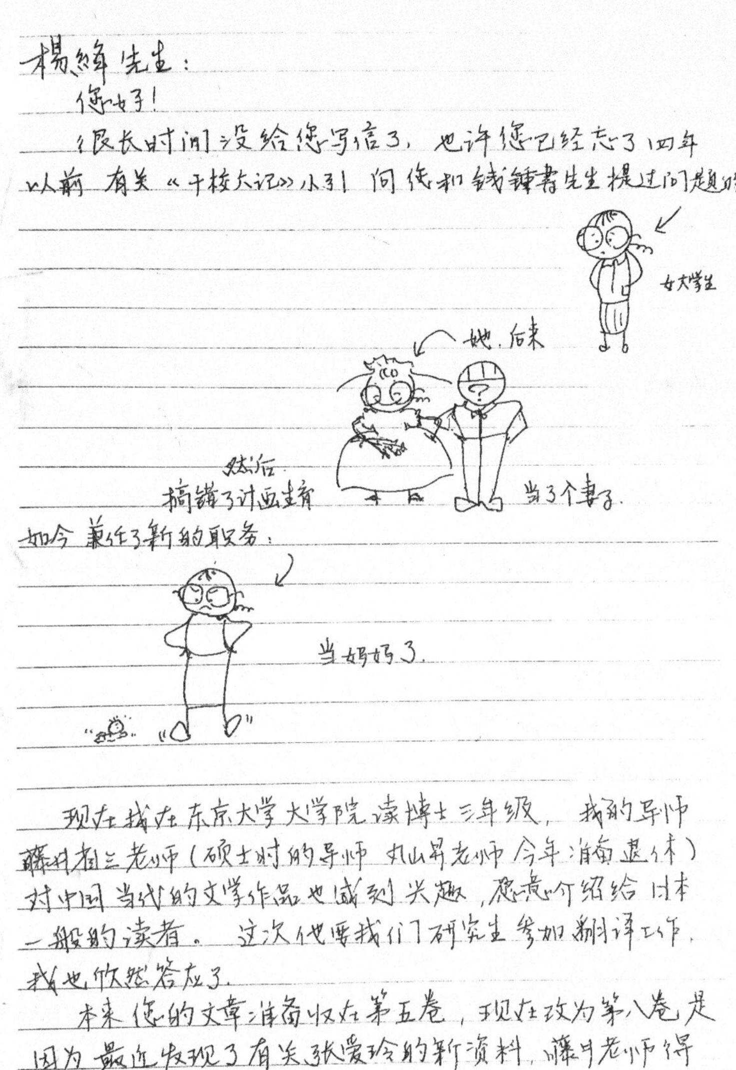
楊絳先生：
您好！
很长时间没给您写信了，也许您已经忘了四年以前有关《干校六记》小引向您和钱鍾書先生提过问题的

如今兼任了新的职务：

现在我在东京大学大学院读博士三年级，我的导师藤井省三老师（硕士时的导师丸山昇老师今年准备退休）对中国当代的文学作品也感到兴趣，愿意介绍给日本一般的读者。这次他要我们研究生参加翻译工作，我也欣然答应了。
本来您的文章准备收在第五卷，现在改为第八卷，是因为最近发现了有关张爱玲的新资料，藤井老师得

樱庭弓子画在信中的漫画，钱锺书先生看后大笑

楊絳先生

恭賀新禧！

祝新年愉快！

慶應義塾大学商学部（教汉语）

（副教授）櫻庭弓子

樱庭弓子寄给杨绛先生的贺年卡

整理者按，樱庭弓子此封信中附有一张贺卡，上写：“杨绛先生　恭贺新禧！祝新年愉快！庆应义塾大学商学部（教汉语）（副教授）樱庭弓子。”并附所绘题曰“时光消逝…”的漫画一幅：儿子“大憨包”由爬行的小儿变为初中一年级生，说：“妈妈，请向杨绛先生问好！”

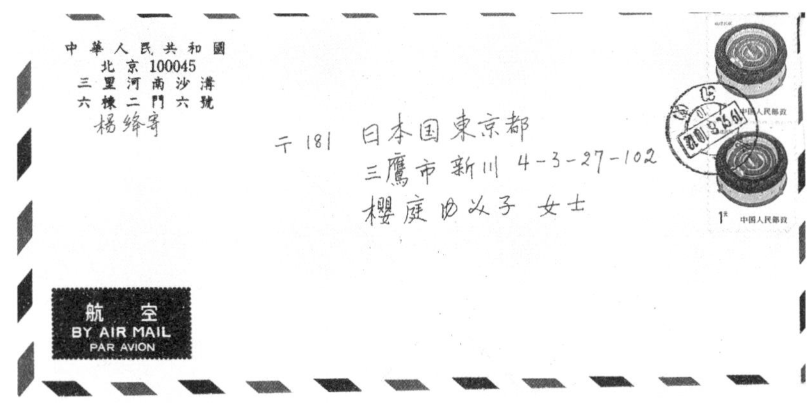

櫻庭ゆみ子女士：

謝謝你八月二日来信。我很記得一位有漫画天才的聪明女学生，以为她还是个淘气孩子呢！不料她一变再变，变成小娃娃的妈妈了！画上的新娘喜气洋洋，妈妈则一脸无可奈何相。三幅画可代替一篇冗長的自白，十分佩服你作画的本領。我謹補向賢伉儷道喜道贺。

我对貴國文字是文盲，看不懂你的大文，只知"の"就是"之"。《洗澡》于1988年出版，写的是1952年的知识分子改造。（我以为知识分子亟需改造，可惜没有改好）。單看你的题目，不明白1952年的"洗澡"与1989年的"动乱"有何相干。你是不是借题发挥呀？

謝謝你附寄東吴校刊复印件。1934年我已毕业，在清華研究院读书。我1928年秋－1932年夏肄业東吴。你若寻得1929年校刊，会看到全体女生在宿舍前草地上的合影，前排中间坐的女孩子就是我。不过你当然不会认识。

旧作Romanesque我已修改一过，可惜不及供你们刊物之用了。

我父親是1945年三月去世的（見《回忆我的父親》一文）。复藤井省三先生信附上，請轉交。希望你昆明之行顺利，家人团聚快樂。

草此即问

暑安！

钱鍾書附筆问好

楊絳

八月九日

杨绛给樱庭弓子的回函

（2）

杨绛先生：

新年好！

请原谅我冒昧给您去信。

不过这不是第一次给您写的信，1986年，我在（东京大学学生时代）写硕士论文时，第一次给钱锺书先生写信问了《干校六记》小引里印错的字。之后又写过几封信（也承蒙您夸奖过我画的漫画）。大概已经您不记得了吧。不过，我每次收到您写的信或者明信片，每次感到很光荣，因为我非常欣赏您的文笔。

时光消逝，如今我在某一个私立学校（庆应义塾大学）教书，每天埋没在教学（教汉语）工作，有时候做翻译（当代小说）介绍中国文学作品、作家等等。不过写的都是零零碎碎，文章也寥寥可数。每次力不从心。这就是十几年来的我的成就。惭愧得很，所以我一直很欣赏您的文字却没有勇气给您写信告诉您我的感想。

去年（2002年）夏天，我拜读了您的新作品《我们仨》。读您的文章，我一般会微微一笑或哈哈大笑。不过您的文字使我流了不少眼泪。读完后，在我的手边堆垒了擦过眼泪鼻涕的纸巾。当时我想趁着我还有时间跟杨先生通信，应该告诉她，因为有杨绛先生我才对中国文学还继续感到兴趣，而且我愿意把它介绍给我们日本人。还有我多么佩服杨先生的文笔，以及文字背后看得见的您对人生的肯定态度，您作为知识分子的矜持和责任感。

现在中岛碧先生已经去世了，介绍您的任务，该我来做（请原谅很失礼的表现）。这是我这次很冒昧地，很长时间没给您写信的空白之后，很大胆地给您写信的理由。

现在，如果可以的话，您能不能允许我翻译《我们仨》？版权、版税等问题，我会跟出版社（日本方面有可能是“平凡社”——该社以前出版过您的散文集）做联系、会适当地处理。

听说出版了《我们仨》以后，各种媒体打扰您，我就很不好意思占领您的宝贵的时间。不过我能取得您的许可，非常高兴，会尽力做努力实现《我们仨》的日译版。

希望能接到您的回信。祝

您新年健康

樱庭弓子

2003年12月23日

整理者按，1986年10月，樱庭弓子在日本读到生活·读书·新知三联书店二次印刷的《干校六记》，见钱先生在《小引》中说他非常喜欢《浮生六记》。樱庭凭据她的研究直觉，钱锺书应该不会喜欢《浮生六记》，乃致书钱先生询问。很快得到钱先生亲笔回复：

樱庭弓子女士：

奉到来信，甚为忻悦。《浮生六记》是我“不喜欢”的书，道理说来话长，不向你絮烦了。中国新版《干校六记》漏了一个“不”，出版社经指出后，赶快更正，但已有一部分书卖出去了。读者们曾来信询问我是否像陶渊明那样“知今是而昨非”。一字之漏，横生枝节，害得你费心探究，我谨代出版社向你道歉。

杨绛承你看重她的作品，十分感愧，要我代她致谢。

草复即问

冬安

钱锺书

（1986）十月二十六日

中国社会科学院文学研究所

櫻庭ゆみ子女士：

奉到来信，甚为忻悦。「浮生六記」是我"不喜欢"的书，道理说来话長，不向你絮煩了。中國新版「浮生六記」漏了一个"不"字，出版社经指出後，趕快更正，但已有一部分書賣出去了。讀者們曾來信詢問我是否像陶淵明那樣"知今是而昨非"，一字之漏，横生枝節，害得你費

中国社会科学院文学研究所

心探究，我謹代出版社向你道歉。楊絳承你看重她的作品，十分感愧，要我代她致謝。草復即問

冬安

鍾書 十月二十六日

钱锺书给樱庭弓子的回函

（3）

杨绛先生：

您好！

很长时间没有与您联系，很对不起。自从得到您的许可后，我一边翻译《我们仨》，一边找出版社。现在翻译到三分之二左右，出版社呢，还没找到。现在日本出版界不景气，以前出版过中国文学作品的几个出版社，除了带有轰动（煽动）性质的小说外，不太愿意出翻译本。

我和丸山昇老师商量，丸山老师答应替我找几个出版社。请您再等等。

五月份，吴学昭女士曾写信问我要不要参加"杨绛作品研讨会"[1]，但未告知具体的时间、地点。时间也比较紧，没法订飞机票，所以没去成。她当时还约我写一篇有关评论杨绛作品的文章，我答应了，不过错过了时间，没交，感到很对不起。

我写信告诉过她我的E-mail address，不知她收到我这封信没有？

六月份我搬家了，以后您如果来信，请您写到这个地址。还有（很抱歉）您如果有机会能不能把我的新地址告诉吴学昭女士一下？搬家公司把我的信拿了放在几个箱子的最底下，不好拿出来，找出她的地址比较困难。委托这种事很不礼貌，请多原谅。

五月份没去参加研讨会，没能跟您见面向您请教几个翻译上的问题，（后来我在网上知道您没参加讨论会）很遗憾。

我想把《我们仨》翻译完了，整理该问的问题以后，再向您请教。到时候，我到北京找您可以吗？因为有些地方（翻译上的）跟发音有关系。为了了解文章的气氛，还是需要听您的口气。

日本四月份开始新学期，三月份结束旧学期。因为今年我在大学担任○○委员（就是"杂务"），三月份就不能出去国外。所以如果去的

杨绛先生与樱庭弓子在2005年8月的合影

话，大概明年暑假（七月底—八月）。

今年八月初，我到上海去了一趟，买了《杨绛文集》一套。里边有我以前没读过的《我在启明上学》一文，觉得非常有意思。我以前写论文介绍您的时候，就有关启明女校能找到的资料太少，没法了解当时的情况。这次读了您的文章，发现了一个活泼可爱的杨季康，非常高兴。

也许我上的幼稚园（幼儿园）也是法国天主教办的缘故，有些地方引起了我的共鸣，使我想起美好的少女时代。文章写得真的非常有魅力。

冬天快要来了，北京开始冷了吧，请您多多保重身体。祝您

近安！

樱庭弓子

二〇〇四年十一月一日

[1] 北京人民文学出版社原筹划《杨绛文集》于2004年5月初版发行之时，邀请有关各方举行一次“杨绛作品研讨会”；后因杨先生反对，开会计划取消。

贾忆华*（五通）

（1）

Brussels，15 / 10 / 1992

Dear Mrs. Yang Jiang,

I have read your works with great interest and I now take the liberty of sending you a copy of an article I wrote for an Italian Literary magazine commenting on your two books recently published in France （*Bing Wu Ding Wei Nian Jishi*, and *Xizao*）. I hope that your knowledge of Spanish will help you understand a bit of Italian. I am also glad to inform you that a very reputable Italian publishing house, Einaudi, is interested in translating *Bing Wei Ding Wu Nian Jishi* into Italian : they are going to contract you for the copyright, and in case of agreement I would be honoured to translate the book and write a short preface.

I am writing to you in English because at present my written Chinese is not good enough; if you want to answer in Chinese I have no problem, but unfortunately it is a long time since I actively practice the Chinese language.

Let me give you some information about myself, to explain why I was so interested in your writings.

I lived in Beijing in the Fifties （1953-56）, as my parents were correspondents of the Italian Communist party newspaper; during those years I attend a Chinese primary school. Then we went back to Italy and I started studying Chinese again

* 贾忆华（Silvia Calamandrei，1947- ），意大利女作家、翻译家。

after university (I studied contemporary history) . I got a scholarship to study in the Beijing Yuyan Xueyuan in 1974-75, and at that time I was rather enthusiastic about the Cultural Revolution. My vision was not based on a real knowledge of things, but rather on an ideological approach. So in my writings and translations at that time I contributed to disseminating an idealistical view of those years. In Italy, mainly among new generations but also among intellectuals, the Cultural Revolution was rather popular, seen as a continuation of revolution. After 1976 there was a long silence, and publishing houses were not interested in publishing on China anymore. Trying to understand, beside reading a lot, in 1978-79 I worked on the biography of Ding Ling, who had been a radical, a revolutionary writer, an official writer and then a persecuted writer: I was interested in the contradictions and the complexity of her story, and in the ambiguous nature of the relationship between intellectuals and political power. I mean people who can persecute others and find themselves in the next phase as the targets. (I wrote an essay on Ding Ling, published in an Italian historical magazine, and I translated *Miss Shafei' s Diary*.) I found that in *Xizao* you explain a lot about this complex process.

More recently, some examples of the new Chinese literature of the 80's have been translated in Italy: for instance, A' cheng is now very well known. I found *Beijing Ren*, the collection of oral stories put together by Zhang Xinxin and Sang Ye, extremely interesting, and I translated a selection from it into Italian, collaborating with other translators.

I should also tell you that unfortunately I am not working full time on Chinese history and literature; now I live in Brussels and I work in the European Community. After years as a translator from English, French , Spanish and Dutch (this also explains my interest in your work as a literary translator) , now I work in the field of environment protection.

However, periodically, I came back to my ancient love and deep interest for China and the Chinese language. It is for this reason that I wanted to present your recent works and that I would be very happy if your *Jishi* is published in Italy. It would offer the chance to reconsider the past and to question past attitudes; your ironical style and your “understatement” could make it easier.

For my preface I would like to know more about your biography and have a list of your translations. I also found extremely interesting your short essay “The Cloak of Invisibility ”published in Geremie Barmé collection *New Ghosts,Old Dreams* about“survival on a low profile”: I would appreciate if you could send me a copy of the Chinese text or indicate me how I can get it.

Thank you for your attention and with my best wishes

Silvia Calamandrei

贾忆华 this was my Chinese name when I attend the primary school

P. S. A friend of mine is coming to Beijing next week and I hope that he will find your address so that this letter reaches you as soon as possible.

亲爱的杨绛夫人，

我怀着浓厚的兴趣阅读了您的作品，现冒昧将我于意大利文学杂志发表的一篇我就您两部新近在法国出版的作品的评论寄给您（《丙午丁未年纪事》及《洗澡》）。我希望您的西班牙语知识有助于您了解一些意大利语。我也很高兴地告诉您，享有盛誉的意大利出版社艾奥迪（Einaudi）有兴趣将《丙午丁未年纪事》译成意大利文。他们将与您签订版权合同，如果达成协议，我将有幸翻译此书并写一篇简短的序言。

我之所以用英文给您写信，是因为我的中文书写不够好，如果您用中文回复，我没有问题。但不幸的是，我已很久没有积极练习中文了。

让我给您一些有关我自己的信息，以解释我为什么对您的作品如此感兴趣。

我五十年代（1953-56）住在北京，我父母是意大利共产党的党报记者，那几年我读的是一所中国小学。之后我回到意大利，大学毕业后又开始学中文（我学的是当代史）；我拿奖学金到北京语言学院深造

（1974-1975），当时我对“文化大革命”非常热心。我的视野不是基于对事物的真实了解，而是基于意识形态方法。所以在当时的写作和翻译中，我致力于传播理想主义观点。在意大利，主要在新生代中，也在知识分子中，“文化大革命”颇受欢迎，被认为是革命的继续。1976年之后有很长时间的沉寂，出版社对有关中国的作品不感兴趣了。我除了阅读大量书籍之外，一直试图理解这些，1978-79年我研究了丁玲传记，她是一位激进的、革命的作家，官方的作家，然后是受迫害的作家。我对她的经历中的矛盾性和复杂性，对知识分子和政治权力之间的关系的模糊性感兴趣。我的意思是迫害他人的人，可以成为下一阶段的被迫害目标。（我有一篇关于丁玲的文章，刊登在意大利的一个历史杂志上，我翻译了《莎菲女士的日记》。）我发现您在《洗澡》中对这个复杂的过程做了很多解释。

最近，意大利翻译出了80年代中国新文学的一些作品，例如，阿城现在已经很出名了。我觉得张辛欣和桑晔编的口述合集《北京人》特别有意思。我与其他译者合作已将其中的一部分翻译成意大利文。

我还应该告诉您，不幸的是我没有全职从事中国历史和文学的研究，我现在住在布鲁塞尔，为欧洲共同体工作。在做了多年的英语、法语、西班牙语和荷兰语（这也解释了我作为文学译者对您作品的兴趣）的翻译之后，我现在从事环境保护领域的工作。

但是，我周期性地回归到对中国和中国语言久远的热爱和浓厚的兴趣。正是由于这个原因，我希望介绍您最近的作品，如果您的《纪事》在意大利出版，我会非常高兴。这将提供一个机会来重新思考过去并质疑过去的态度，您的讽刺风格及“轻描淡写”可以使之更加容易。

为了写序言，我想进一步了解您的生平，希望有一份您的翻译清单。您关于“低调生存”的短文《隐身衣》，发表在白杰明主编的文集

《新鬼旧梦》中，我觉得特别有意思。如果您能给我中文原本，或告诉我如何能获得它，我将不胜感激。

谢谢您的关注，送上我良好的祝愿，

西尔维娅·卡拉曼德雷

贾忆华　这是我上小学时的中文名字

1992年10月15日，布鲁塞尔

又及：我朋友下周去北京，我希望他能得到您的地址，这样这封信可以尽快地寄达您。

（2）

Brussels, January 17, 1993

Dear Mrs. Yang Jiang,

I was so happy to find your letter when I came back from Italy after the New Year' s holidays: it was a precious gift and a sign of encouragement, and I am very grateful for your kind authorization to translate your book.

I received the confirmation by the Einaudi publishing house of their decision to publish your booklet: I agreed to give them the translation before the end of March. In fact, I have already finished the translation, but I have to revise it and write the footnotes and the preface, and, as you should know, this is the most "excruciating" phrase in this kind of work.

Maybe thanks to your encouragement and in the hope of meeting you soon and being able to talk with you, I started again to exercise my Chinese having conversations with a Chinese young lady who is here to improve her English as an interpreter. The first time we met I mentioned to her your letter and the translation I was preparing and to my surprise she was just carrying with her a book of your husband, Qian Zhongshu: so we found immediately a subject of conversation. I found it very meaningful that a young Chinese girl coming in contact with the West and Western culture considers your experiences and your works as point of reference and inspiration.

I take this opportunity to ask you for clarification on the "Yapai Shenshu" that you had to destroy as "superstitious". Is this the title of a book containing numbers used for divinations? My young Chinese teacher, Cui Wei, does not know anything about it, and I cannot find the reference in my dictionaries.

Now we are reading together "The Cloak of Invisibility". I would like to translate it for the Italian magazine *Linea d'ombra*, where my first article on your works was published.

With my best wishes.

Yours sincerely

Silvia Calamandrei

贾忆华

亲爱的杨绛夫人，

新年假期后从意大利回来时，看到您的来信，我太高兴了；它是珍贵的礼物和鼓励的象征，我非常感激您对翻译本书的授权。

我已收到艾奥迪出版社关于决定出版您的小册子的确认书：我同意在三月底前交翻译稿。实际上，我已完成了翻译，但我还需要修改，作注释及写序，您了解的，这是此类工作中最“费时费力”（头痛）的一个环节。

也许是由于您的鼓励，以及希望早日与您见面并可以与您交谈，我再次开始练习中文，我与一位年轻的中国女士对话，她作为口语翻译来这里提高英语。我们第一次见面时，我向她提到您的来信以及我正准备的翻译，令我惊奇的是她随身带着一本您丈夫钱锺书著的书（《写在人生边上》）：因此，我们马上找到了一个话题。我发现非常有意思的是，一位年轻的中国姑娘在融入西方和西方文化时，将您的经验和作品视为参考和启发。

我想借此机会请您进一步解释一下“牙牌神数”，作为“迷信”您不得不销毁，它是不是一本关于占卜数字的书的书名？我年轻的中文老师崔薇对此一无所知，我在我的字典里也找不到参考。

现在我们正一起在读《隐身衣》。我想为意大利《阴线》杂志翻译此文，该杂志发表过我第一篇评介您作品的文章。

衷心的祝福。

西尔维娅·卡拉曼德雷

贾忆华

1993年1月17日，布鲁塞尔

（3）

Brussels, 8, March 1993

Dear Mrs. Yang Jiang,

In these days I am revising again and again my translation of your Recollections of 1966 and 1967, checking it with the French and the English versions, and I feel as I were in a continuous dialogue with you, trying to understand what you meant with each of your words. I know that, as a translator, you can understand this feeling. Furthermore, you get to know the characters of the book that you are translating as if they were personal acquaintances: think of how you consider Don Quijote and Sancho Panza, and how you are able to write a new episode of their adventures, taking place in the Culture Revolution years! And I am so lucky that the main character in your writings is a real person, whom I can write to. So, before starting to write the preface for the Italian version, I wish to write you this letter, as I were in a real conversation with you: this enables me to clarify my mind on some points I would like to mention in my introduction.

The first thing I must tell you is that this February I spent one week in Shanghai. It was a holiday with my husband, a gift that he offered to me, seeing how interested I was in this moment regarding China. I was astonished by the changes, compared with my last visit to Shanghai, more than ten years ago. And the atmosphere was also very different compared with our last visit to Beijing, at the end of 1989.

What has not changed, however, is the situation in the bookshops: I had tremendous difficulties in finding books of authors I was looking for. I always got the answer: "sold out", pronounced in a bureaucratic tone. No book of Qian Zhongshu, in all the Xinhua Shudian of Shanghai that I visited. I was lucky to find finally your *Jiang Yin Cha*, and two recent books of Wang Shuo, a young writer that a friend of mine was interested in.

What about modernization and culture? It is only "karaoke" and American-style advertising? Anyway, the bookshops look dusty and unattractive as in the past : maybe they could profit from some private initiative as in other trades sectors. But culture does not make money.

During our holiday we spent one day in Suzhou, where—as I learnt from reading *Jiang Yin Cha*—you lived some years in your youth. We visited the ancient gardens and enjoyed their atmosphere, experiencing the contrast with the world around.

In the flight back to Brussels I read your book and I was happy to learn a lot more about you, your family background, the background of the composition of your husband's novel. I was particularly striken by the preface, *Meng Po Cha*, and now I have decided to include it in the Italian version, as an introduction to the Recollections, because it is about memory and oblivion, and this themes have played a central role in your recent writings. Do you agree?

Having your own preface, the Italian edition does not need a long introduction: I will refer to some elements of your biography, your previous works, the rather "unique" experience of the life of your couple, sharing so many intellectual historical and "educational" experiences; but what I want to underline is the importance of memory, and of a complex contradictory memory against simplification and rewriting of history in black and white.

Maybe I have also personal reasons to inspire me and I would like to let you know about them.

I was particularly impressed by the way you portray your father, avoiding a rethorical approach and searching the truth, using your memories and your feelings. In these years I have been working on the diaries and others writings left by my father, who died in 1982. In his youth he thought to become a writer; he wrote short stories and translated from French; he translated Marcel Proust's *A l'ombre des jeunes filles en fleurs*, Gérard de Nerval and Diderot. Then, participating in the Resistance against the Fascists and the Germans and becoming a member of the Communist Party, political activity took the priority in his life. He continued to write, but as foreign correspondent in Great Britain and then in China. Afterwards, back to Italy he was elected in the Senate, and worked mainly on foreign affairs issues. In the last period of his life, however, he started again to work on literary projects, without telling anybody, in a search for authenticity that he did not find anymore in politics. He felt that he had tried to reconcile"public"and "private", collective and individual feelings in a historical project that was not working anymore, and he was wondering if he had not betrayed the truth of his nature. He felt a pressure to communicate his experience, one rather typical of intellectuals of this century, and he thought that he could do it because he was an "intermediate character", with all the contradictions but also the awareness of them.

Now, as I told you, I have tried to put together his writings and to get them published, because I think it is important to bear witness of the complexity of historical events and of the role that an individual plays in them, avoiding oblivion. The message he left in the last essay he wrote before his death (ironically the preface to his father's Diaries, where, by the way he recalls that the last time they met, sharing a common hope ["or illusion?"] in a better future, was in Shanghai in 1955, at the eve of the "Hundred Flowers") was to avoid an "history in black and white" and to "explore the grey area in between".

I hope that I have not bored you with my personal motivations, and that you understand why I am telling you all this. I was so interested to know more of your background, reading your memories, and maybe you are curious to know more about my background. And I know you are "curious", as Alice.

I do not know if you read Italian, but I send you two books as a personal homage, and as a sign of gratitude for the patience you are showing listening to me. One is a classic work: Beccaria's *Dei delitti e delle pene*, written in the XVIII century against tortures and capital sentences. It was prefaced by my grandfather, Piero Calamandrei, a lawyer and a judge, in 1945, at the end of the Second World War. But he had started working on the preface already during the dark times of German occupation, as if he wanted to find a way out from darkness in the Illuminist tradition. The other is a small collection of fairy tales and short stories written by my grandfather, whose secret passion was also literature. I recommend you particularly the one at page 108, *Il lago* o *la Pia*, the story of an artificial lake that disappears in one night, and that symbolizes the need of dreams and illusions to make sense of your existence.

For your information, my grandfather was the head of the first non-Communist Italian delegation to visit China in 1955; he was a Socialist and a Democrat and expressed a sympathetic even if critical appreciation of what the delegation had seen in China in a special issue of his magazine *Il Ponte*, published in 1956. At that time I was living in Beijing and when I met my grandparents I felt uneasy because I knew that they owned a house and a farm in Toscana and they could be considered "landlords". Now I own the same house and farm and try to preserve them as a good "landlady"! Life is complicate, isn' t it? I had also a lot of misunderstandings with my grandmother, one of the persons I loved more in my life, because she wrote me letters about the sparrows that she was feeding in the winter, putting bread crumbles out of the windows, and I answered her with fierce descriptions of the campaign to exterminate sparrows and the active role I played in it at school. Life is really curious!

Dear Mrs. Yang Jiang, thank you again for your attention. I have to stop chattering and concentrate on writing my short introduction; but it has been very helpful to talk with you. As I was happy to see a picture of you, smiling on your balcony, I take the liberty to send you a picture of me, shot in Beijing in 1989（now I look a little bit older）.

With all my friendship and best wishes,

Silvia Calamandrei

贾忆华

P. S. I hope that you have received the books sent by Einaudi and that they have made a good selection. I am not quite sure because in Italy too the publishing houses are becoming rather bureaucratic and inefficient: they had the silly idea of sending the books to my address in Brussels at your name, and it was not easy for me to convince the post office employees that even if I was not Yang Jiang, I knew the lady（I showed the letter you had written to me）and if I could not collect the parcel, they could do me the favour of sending it to Beijing rather than back to Turin. Finally they accepted that I scribble down your address in Chinese on a small piece of paper and pass it through the window so that they could paste it up on the parcel. It was a small adventure and I hope with a happy ending.

亲爱的杨绛夫人，

这些天来，我一遍又一遍地修改我所翻译的您的1966年和1967年的回忆集[1]，用法文版及英文版对照检查，我觉得我一直在和您对话，试图理解您使用的每个字的意思。我知道，作为翻译家，您能懂得这种感觉。此外，你需要了解你正在翻译的书中的人物，就像他们是自己的熟人：想到您如何考虑堂吉诃德①和桑丘②，以及您如何能把他们的冒险写成发生在“文革”年代的新篇章！而且我非常幸运，您作品中的主角是一位真人，我可以写信给她。所以，在我动笔为意大利文版作序之前，我希望给您写这封信，就像我与您在真实对话：这使我可以澄清我希望在序言中提及的一些要点。

第一件我必须告诉您的事是我今年二月在上海度过了一周。那是我与我丈夫的假期，他送我的礼物，看看我对当下的中国多感兴趣。与十多年前最后一次访问上海相比，这里的变化让我惊讶。与我们1989年底最后一次访问北京，气氛也很不相同。

然而，没有改变的是书店的情况：在寻找我所要的作家的书籍时，我遇到巨大的困难。我经常得到打着官腔的答复：“卖完了。”在我去过的所有上海的新华书店，没有钱锺书写的书。我非常幸运终于找到您的《将饮茶》，以及两本王朔最近出的书，他是我的一个朋友感兴趣的年轻作家。

那么现代化和文化呢？仅仅是卡拉OK和美式广告吗？无论如何，书店像过去一样布满灰尘和没有吸引力：也许它们可以像其他行业一样部分从私方介入中获益，但是文化不赚钱。

假期中我们到苏州待了一天，我从《将饮茶》中知道您年轻时在那里住过几年。我们游览了古老的花园，感受了它们的氛围，体验着它们与周围世界氛围的对比。

在飞回布鲁塞尔的途中，我读了您的书，并且很高兴能对您、您的家庭背景、您丈夫小说的创作背景有了更多的了解。我特别被《孟婆茶》的序言打动，现在我决定将其作为对回忆集的介绍，收录在意大利文的版本中，因为这与记忆和遗忘有关，这个主题在您最近的作品中发挥了核心作用。您同意吗？

有您自己的序言，意大利文版无需冗长的介绍：我会参考您传记（生平）的一些要素、您以前的作品、您们夫妇相当“独特”的生活经历，分享如此多的知识、历史和“教育”的经历；但我要强调的是记忆的重要性，复杂、矛盾的记忆反对以黑白方式简化和重写历史。

可能也有一些个人原因启发了我，我想让您了解它们。

我对您关于父亲的描绘印象特别深刻，避开修辞方法和寻求真相，您运用记忆和感觉。这些年来，我一直在研究父亲留下的日记和其他著作，他于1982年去世。他年轻时，想成为一名作家；他写了一些短篇小说及翻译过法国作品；他翻译了马塞尔·普鲁斯特[③]的《在少女花影下》[④]，及热拉尔·德·奈瓦尔[⑤]和狄德罗[⑥]的作品。而后，他参加反对法西斯分子和德国的抵抗运动，并成为共产党员，政治活动在他的生活中成了重中之重。他继续写作，但却是作为驻英国和中国的外国记者。之后，他回到意大利当选为参议院议员，主要从事外交事务。然而，在生命的最后阶段，他又开始文学创作，没告诉任何人，以寻求他在政治上再也找不到的真实性。他觉得自己曾试图在一个不再有效的历史项目中调和"公众"与"私人"、集体与个人的情感，他想知道他有没有背叛自己本性中的真实。他感到个体经验交流的压力，这种压力对本世纪的知识分子来说非常典型，他认为自己可以做到，因为他是一个集所有矛盾思想于一身但也能意识到它们的"中间人物"。

现在，正如我告诉您的那样，我试图整理他的作品并将它们出版，因为我认为重要的是要见证历史事件的复杂性及个人在其中扮演的角色，以免遗忘。他在去世前最后的文章里留下的信息（具有讽刺意味的是，他为他父亲的日记所写的序言——顺便说说，序言中回忆了他们最后一次见面，分享美好未来中的共同希望［或"幻想"？］——是1955年在上海、在"百花齐放"前夕写的）是避免出现"黑白历史"，并要"探索介于两者之间的灰色区域"。

我希望没有因为我个人的动机让您感到无聊，并且您明白我为什么向您诉说这些。我很有兴趣更多地了解您的背景，阅读您的回忆，也许您也好奇地想更多地了解我的背景。并且我知道您像爱丽丝一样"好奇"。

我不知道您是否读意大利文，但我寄给您两本书作为个人致敬，表示谢意，感谢您听我讲话显示出的耐心。一本是经典著作：贝卡里亚[⑦]的《论犯罪与刑罚》，写于18世纪，反对酷刑和死刑。我祖父皮耶罗·卡拉曼德雷[⑧]于1945年第二次世界大战接近尾声时给这部书写了序，他是一名律师和法官。但他在德国占领的黑暗时期就已经开始写这篇序了，仿佛他想在光明主义的传统中找到一条摆脱黑暗的路。另一本

贾忆华在北京的小学加入少先队时与同学合影

是我祖父写的一小部童话故事和短篇小说集，他秘密的激情也是文学。我特别推荐您第108页的《湖泊或毕娅》，故事讲的是人工湖在一个夜晚消失了，它象征着需要梦想和幻觉来了解你的存在。

仅供您参考，我祖父是1955年访问中国的第一个非共产党的意大利代表团团长；他是一名社会党人和民主党人，并在其1956年出版的杂志《桥》特刊中，对代表团在中国的所见所闻虽然有所批评，但仍然给予了同情性的赞赏。那时我正住在北京，当见到祖父母时，我感到不安，因为我知道他们在托斯卡纳拥有一栋房屋及一个农场，我知道他们会被视为“地主”。如今我拥有这栋房子与农场，并试图保存好它们，做个好“地主”！生活是不是很复杂？我和祖母，我一生中最爱的人之一，也有过很多误会，因为她给我写信说，到冬天，把面包碎撒到窗外喂麻雀，我回信激烈描述了消灭麻雀运动及我在学校中扮演的积极角色。生活可真奇妙！

亲爱的杨绛夫人，再次感激您的关注。我必须停止喋喋不休，专心写我的简介：但与您交谈对我非常有帮助。看到您在阳台上微笑的照片我很高兴，于是冒昧寄了一张我的照片给您，1989年在北京拍的（我现在看起来更老一点儿）。

请接受我全部的友谊和最好的祝愿，

Silvia Calamandrei

贾忆华

1993年3月8日，布鲁塞尔

又及：我希望您已经收到艾奥迪寄的书，并希望他们挑选了好书。我不太确定，因为意大利的出版社也正变得官僚和低效：他们竟有把写有您的名字的书寄到我在布鲁塞尔地址的愚蠢想法，即使我不是杨绛。我要说服邮局工作人员很不容易；我认识那位女士（我给他们看了您写给我的信）。虽然我不能领取邮件，他们可以帮我把它寄到北京而不是让它回到都灵。最后他们接受我在一张小纸上用中文写下的您的地址，通过窗口递进去，以便可以将其贴在邮件上。那是一次小冒险，希望结局圆满。

整理者按，以下为作者所加自注：

① 堂吉诃德是西班牙作家塞万提斯于1605年和1615年分两部分出版的反骑士小说《堂吉诃德》，或译《吉诃德大人》（西班牙语：*Don Quijote de la Mancha*，原标题的原意为“来自曼查的骑士吉诃德大人”）的主角。堂吉诃德幻想自己是个骑士，因而做出种种令人匪夷所思的行径，最终从梦幻中苏醒过来。

② 桑丘·潘沙（西班牙语：Sancho Panza）是塞万提斯小说《堂吉诃德》中的虚构人物，主角堂吉诃德忠实的随从，追随堂吉诃德历经了许多冒险。

③ 马塞尔·普鲁斯特（Marcel Proust，1871年7月10日-1922年11月18日），法国意识流作家，全名为瓦伦坦·路易·乔治·欧仁·马塞尔·普鲁斯特（Valentin Louis Georges Eugène Marcel Proust）。他最主要的作品为《追忆逝水年华》，该书于1913年至1927年出版。许多作家及文学评论家认为他是20世纪最有影响力的作家之一。

④ 马塞尔·普鲁斯特的作品。《在少女花影下》（法语：*À l'ombre des jeunes filles en fleurs*）（1919），《追忆逝水年华》7卷中的第二卷，又译《在少女们身旁》。

⑤ 热拉尔·德·奈瓦尔（Gérard de Nerval，1808-1855），法国诗人、散文家和翻译家，浪漫主义文学代表人物之一。

⑥ 德尼·狄德罗（法语：Denis Diderot，发音：dəni did（ə）ʁo，1713年

10 月 5 日-1784 年 7 月 31 日），法国启蒙思想家、唯物主义哲学家、文学家、美学家和翻译家，百科全书派的代表。他的最大成就是以二十年之功主编《百科全书，或科学、艺术和工艺详解词典》（通常称为《百科全书》）。此书是 18 世纪启蒙运动的最高成就之一。

⑦ 切萨雷・贝卡里亚，或译贝加利亚（Cesare Beccaria，1738-1794），意大利法学家、哲学家、政治家。他以作品《论犯罪与刑罚》（*Dei delitti e delle pene*，1764）而闻名，该书是现代刑法学的奠基之作。

⑧ 皮耶罗・卡拉曼德雷（Piero Calamandrei），意大利著名的反法西斯知识分子、律师和政治活动家。弗兰科・卡拉曼德雷（Franco Calamandrei）是皮耶罗・卡拉曼德雷的儿子，一名共产党员。在武装抵抗法西斯运动期间以及 1943 年被纳粹占领后，为罗马反抗活动的一名斗士。其间他结识了同为意共党员的玛利亚・特蕾莎・雷加德（Maria Teresa Regard），并在战后与之结为夫妻，以为《团结报》工作的身份来到中国：1950 年作为《团结报》记者同妻子常驻伦敦。在英期间，他同许多工党成员和工会会员建立了友好关系。1952 年，弗兰科・卡拉曼德雷获得机会到北京参加亚洲太平洋和平会议。他对这里的政治和生活环境充满兴趣，并非常喜欢做驻外国记者，他认为自己的一项重要职责，就是向意大利公众告知亚洲和世界正在发生什么。他在一年之后的 1953 年至 1956 年作为《团结报》记者常驻北京。

(4)

Roma, 3 marzo 2008

Dear Mrs. Yang Jiang,

You may remember that we exchanged letters in the 90 's when I was translating a collection of your works in Italian (*Bing Wu Ding Wei Nian Ji Shi*, *Yinshenyi* and *Meng Po Cha*, translated with the title of the latter as *Il tè dell'oblio*, Einaudi 1994)

You should be happy to know that this book is still very popular and that I have been invited to present it in a school in April. This Wednesday I will also speak about you in a reading on women writers in the framework of the celebrations of the Women Day (8 March) . So I feel often still in your company, and I am honored and moved of considering me as your friend.

In the meantime, I have seen your more recent books *Women San* and just now I am reading with enthusiasm the latest one, *Zou dao ren sheng bian shang.* I just received the translation in English of *Xizao*, the book I love and mention often in the debate about the experience of Communism and the role of intellectuals.

Now I have entered in my Sixties, I retired from the work in Brussels, I live in Italy and I am spending my energies as Chairman of the Library and Archives of Montepulciano, a small town near Siena, full of ancient memories.

This Library is entitled to my grandfather, Piero Calamandrei and I am still dealing with the editing of his works and those of other members of the family, my father and my mother. I am publishing a lot of private texts, letters and diaries, because I think that to understand the past you have to take into account all different aspects of human life. I published for instance the love letters of my grandfather to my grandmother, at the beginning of last century, as well as their letters during the Great World War. These private exchanges are precious to understand better how complex is the building up of a personality as that of my grandfather, still honored for his contribution to the founding of the Italian democracy after 1945. I am not looking for rhetorical celebrations, specially if you want to tell something significant for the new generations.

The next book to be published this March, edited by a young historian (a new look is so important, it helps see things under a different point of view) , is entitled

A family at war, dealing with the relationship between father, son and daughter-in-law: my grandfather a liberal and a socialist, my father and my mother members of the Communist resistance movement and then of the Communist party in the Fifties . In this book there is a *Self-biography* written by my father on request of the Party and in commenting it I used your book *Xizao* just to show the complex relationship between the intellectuals and the Party and to explain how and why a translator of Gide and Proust like my father could write using a language and a structure that had nothing to do with his real self.

Beside the memories of my family, in the Library I try to organize conferences and events, sometimes related to China: this springtime we are presenting three books on China, as you will see by the attached invitation: one on Matteo Ricci, the Italian missionary, one on the Chinese Community in Central Italy, and two short stories of Su Tong that I recently translated（*Funü Shenghuo*）.

I beg your pardon if I am writing too much about what I am doing, but it is just to let you understand the reason for my interest in your work.

I like very much your prose and I admire the braveness of asking questions to yourself and trying to find the right answers, always with irony and understatement. I would like to recommend the translation of *Xizao* and of *Zou dao ren sheng bian shang* to Italian Publishers. The fact that *Baptism* was recently published by Hong Kong University Press may be an encouraging strong point.

Please let me know if you would agree and whom to contact for the translation rights.

Last time you were kind enough to ask only for some Italian books: but now we are in the new century and as you write, the God of money is prevailing on the Lord of Heaven.

With great respect and admiration, hoping that your health is assisting you

Silvia Calamandrei

贾忆华

P. O. I attach also two prints related to an exhibition on China organized in 2007. The photo on the invitation is me with my grandparents in Beijing in 1955. In the photo the writer A'cheng 阿城, me and the Responsible of Cultural Affairs of Montepulciano.

亲爱的杨绛夫人，

您可能记得我们在90年代通过信，那时我正将您的一系列作品（《丙午丁未年纪事》《隐身衣》及《孟婆茶》，取后者的篇名将译文集命名为《忘却的茶》，1994年由艾奥迪出版）翻译为意大利文。

若您得知这本书现在依然很受欢迎一定会高兴，今年四月我应邀到一所学校去介绍该书。本周三，我还将在庆祝“妇女节”（3月8日）的关于阅读女作家的活动中谈谈您。我觉得经常与您同在，很荣幸、很感动您将我视为您的朋友。

同时，我看过您最近的书《我们仨》，刚刚我怀着热情阅读您最新的一本书《走到人生边上》，我刚刚收到一本英文版的《洗澡》，这是一本我很喜欢并在共产主义经验及知识分子作用的辩论中经常提及的书。

现在我步入六十岁，我从布鲁塞尔的工作中退休了，居住在意大利，在蒙特普齐亚诺图书馆和档案馆担任馆长，发挥余热。蒙特普齐亚诺是一个靠近锡耶纳的小镇，充满了古老的回忆。

该图书馆以我祖父皮耶罗·卡拉曼德雷命名，我仍然在编辑他以及其他家庭成员，我父亲和我母亲的作品。我发表了很多私人写作、信件和日记，因为我认为要了解过去，你必须考虑到人类生活所有不同的方面。例如，我发表了上世纪初以及“二战”期间我祖父给我祖母的情书，这些私人交流的宝贵之处在于可以更好地了解我祖父那样的人格的建立有多复杂，我依旧对他在1945年后对意大利民主制度的建立所做的贡献感到荣幸。我并不想大肆颂扬这些功绩，特别是你想向新一代讲述意义重大的事情的情况下。

由一位年轻的历史学家编辑的、将于今年三月出版的下一本书（新的外观非常重要，有助于从不同的角度看待事物）名为“战时家庭”，是关于父亲、儿子、儿媳之间的关系：我的祖父是自由主义者和社会主义者，我的父亲和母亲是共产主义抵抗运动的成员，后来在50年代成为共产党员。在这本书中，有一份父亲应党的要求写的自传，评论它时，我用了您的《洗澡》一书，只是为展示知识分子与党之间的复杂关系，并解释像我父亲这样翻译了普鲁斯特和纪德[2]作品的译者怎样，以及为什么使用与他的真实自我无关的语言和结构来写作。

除了我们家的回忆，我尝试在图书馆组织会议和活动，有时与中国有关。今年春季，我们将介绍三本有关中国的书，您可以在所附的邀请函上看到：一本有关意大利传教士利玛窦[3]，一本有关意大利中部的华人社区，还有两篇我最近翻译的苏童[4]的短篇小说（选自《妇女生活》）。

如果我对自己的工作写得太多，请原谅，但这只是为了让您了解我为什么对您的作品感兴趣。

我非常喜欢您的散文，很钦佩您自我提问及试图找到正确答案的勇敢，您总是讽刺和轻描淡写。我想向意大利出版商推荐翻译《洗澡》和《走到人生边上》，实际上，最近香港大学出版社出版了《洗澡》，这可能成为令人鼓舞的优势。

如果您同意，请告诉我应该与谁联系洽谈翻译授权。

上次您善解人意地提出只要一些意大利书籍：但是我们已经进入了新世纪，正如您写的那样，上帝已不在其位，财神爷当道了。

怀着崇高的敬意和钦佩，希望您健康，

西尔维娅·卡拉曼德雷

贾忆华

2008年3月3日，罗马

此外，我还附上了2007年有关中国展览的两幅画。邀请函上的照片是1955年我与祖父母在北京拍的。（另一）照片中是作家阿城、我及蒙特普齐亚诺的文化事务主管。

(5)

Rome, 16 June 2011

Dear Mrs. Yang Jiang,

Back to Rome I am still full of the souvenir of the meeting with you, and of your friendly and warm reception.

I think that we exchanged not only words and sentences, in French, English and my poor Chinese, but mainly feelings, good and simple feelings of friendship and love.

I send you a present for your birthday, the French translation of the book of my grandfather Piero Calamandrei, *Inventario della casa di campagna*, memories of the countryhouse of his childhood, written at a very difficult time: from 1939 to 1941, when Italy was under Mussolini's dictatorship and the Second World War was ravaging. At that time it looked as there was no hope for human beings.

To find consolation, he looked for his roots in memories of childhood and Tuscany's landscape, writing in a sort of poetical prose: at the end there is a hymn to Tuscany, "our sweet fatherland"（*Toscana, dolce patria nostra*）.

He was opposing Fascist patriotism, trying to find another dimension of belonging: against the rhetoric inspired by ancient Rome, he was looking to the Etruscan civilization and to nature, animals and plants.

I hope you enjoy the book, and maybe find the time to translate some pages. Soon also a Spanish translation of the book will be published.

The countryhouse described in his memories is still the one where we spend most of our days now, in Montepulciano. The drawings were done by an artist, but on his instructions.

I hope you enjoyed this present and have a very nice birthday on the 17th of July.

With all my love and devotion

Silvia Calamandrei

贾忆华

亲爱的杨绛夫人，

回到罗马，我依然满脑子都是与您会面、您友好及热情接待的画面。

我觉得我们之间交流的不仅是语言，无论是用法语、英语还是我差劲的中文，而主要是感情，是友谊和爱的美好及纯朴的感情。

我给您寄去一份生日礼物，我祖父皮耶罗·卡拉曼德雷的《乡间别墅》的法文译本，这是他童年时期乡间别墅的回忆，写于非常艰难的时期，1939-1941年，意大利正处于墨索里尼的独裁统治下，第二次世界大战战火肆虐。当时看来，人类已经没有希望了。

为寻找安慰，他从童年的记忆及托斯卡纳的风景中寻找自己的根，用诗意的散文写作：最后是托斯卡纳的赞美诗，“我们可爱的祖国”（托斯卡纳，我们美好的家园）。

他反法西斯式的爱国主义，试图找到归属的另一面：不同于受古罗马启发的修辞，他是在伊特鲁里亚文明、大自然、动物及植物中寻找。

我希望您喜欢这本书，也许闲暇时可以翻译几页。不久该书的西班牙语译本将出版。

他在回忆中描写的乡间别墅，现在仍然是我们在蒙特普齐亚诺度过大部分时间的地方。书中的插画是一位艺术家在他的指点下完成的。

希望您喜欢这个礼物，并于7月17日过一个愉快的生日。

我所有的爱及奉献，

西尔维娅·卡拉曼德雷

贾忆华

2011年6月16日，罗马

---

[1] 指杨绛的《丙午丁未年纪事》。

[2] 安德烈·保罗·吉约姆·纪德（André Paul Guillaume Gide，1869-1951），法国作家，1947年诺贝尔文学奖得主。纪德的早期文学创作带有象征主义色彩，两次世界大战之间，逐渐发展出反帝国主义思想。

[3] 利玛窦（Matteo Ricci，1552-1610），意大利籍天主教耶稣会神父，天主教耶稣会赴中国传教的开拓者之一。

[4] 苏童，1963年生于苏州，籍贯江苏镇江。北京师范大学中文系毕业。中国当代作家。

吴蔚然*（二通）

（1）

尊敬的锺书、杨绛两位长者：

不久前患病，开胸切肺，蒙您关怀，赠我极珍贵签名的《围城》书及芒果、果汁等食物。现已是手术后两月余，自觉已基本康复。拟近日开始逐步恢复工作。特向您致意感谢。

望两位知名老人更善自珍摄。晚霞常辉，精神不老。

吴蔚然

一九九三年七月八日

（2）

杨绛同志：

蒙您不弃，赠我钱老散文集，是最珍贵的纪念，当拜读珍藏。

望您善自珍摄，如有健康事宜需要咨询，可随时呼我，请勿客气。

祝您健康长寿。

吴蔚然

一九九九年一月九日

---

* 吴蔚然（1920–2016），江苏常州人。著名外科专家，曾任北京医院院长。

翟国璋*（一通）

杨先生：

廿六日手示敬悉。学生是早该去信请安的，只是等待一本小书问世，一并寄上请予赐教。谁知好事多磨，为拙作排版的电脑，感染了病毒，因而前功尽弃，只得重排重校，近日才拿到样书，再过两天，定将拙作寄奉。

您和钱先生年事已高，注意身体健康是为至要。钱先生动手术一事，您前已赐告，也曾见于报刊。前段时间您一定十分辛苦，诸事全赖您料理，确实不易。去年十月，我想趁赴京参加一个会议的机会，去府上看望二位先生，后因工作繁忙，不能脱身，北京之行只得作罢，很遗憾。现在才得知您也染恙，学生又不能前往探视，尚祈鉴谅。务请抓紧治疗，早日康复。时届隆冬，北方寒冷，更要当心。

您在极为困难的情况下整理出版了《老圃遗文集》，已属不易，为我们树立了严谨治学的榜样。至于书中的错讹，在所难免，您也无能为力。排错学生的名字，算不了什么，“请罪”之说，实不敢当。得到您的赠书，并能进一步了解补塘先生的生平事迹，已是十分难得的了。

---

* 翟国璋，1936 年生，河南开封人。南京大学历史系毕业，毕业后任教于徐州师范大学、江苏教育学院，为历史系教授。

前些日子又购得一本尊著《将饮茶》，原想寄上请您签名，怕给您添麻烦，考虑再三，终于没有寄出。

钱先生手术之后，已大好了吧？似应多休息一段时间，不要急于工作。钱先生是我们敬仰的导师，他的健康为海内外所关注。

春节即至，在此向二位先生拜年，并祈

安康！

学生　翟国璋

九四年一月廿七日

送您一张照片，我妻子顾家蔼是常州人。

整理者按，杨先生在原信背面写有：翟是近年第一个发现和搜集爸爸遗文的人。

敏泽*（一通）

默存先生文席：

时近两年，不曾登门叩访，亲聆教言。上次住院至今，也未能去探视，以慰渴念之情。近日遇贵明，知您又住院，不过只是感冒，心情始稍为宽释。今年溽暑难当，多年未遇，医院条件较好，不妨多住些时日，一来系统做些检查，二来也可进行较好之调理。

兹有一事相扰，请先生裁夺。北京和平出版社近日出版了一套名著赏析丛书，已出版的有冰心、艾青、朱自清、沈从文、闻一多、徐志摩等。尚拟出的有：茅盾、巴金、老舍、俞平伯和您老。此书印得很讲究，硬壳精装，编、选、释都很严谨。每册字数在50万左右，雅俗共赏，颇受好评。每人选入代表作三四十万字，每篇代表作之后有分析（分析、评介文字在十万字以内），多请学有所长之人为之。该社总编辑前日来找我，恳请再三，要求由晚来担任您老卷之评析，未敢应允（此套丛书每卷目前印数第一次都至二万份左右，尚供不应求）。晚才疏识浅，尽力而为，也未必能做好。惟感这套书没有浅薄、市侩气息，

* 敏泽（1917–2004），原名侯富林、侯民泽，河南商丘人。北平铁道学院毕业，曾任《文艺报》理论组、编辑组组长。1958年被错划为“右派”，下放劳动。1976年在河北保定任创作员。1978年调中国社会科学院文学研究所《文学评论》编辑部，先后任编辑部主任、主编。

较严肃，且颇受好评，因此冒昧禀示。该社之意，是将先生之《人兽鬼》《写在人生边上》及《围城》全部一并收入（我曾向他谈及先生之旧体诗，堪称现代旧体之绝，但散落人间，无从搜集，他与晚同表遗憾），约四十万字，另在每作之后，附评析，共十万字。不知先生是否应允？望示知。

近年来钱学研究颇获成就，迹近显学。晚曾接触到一些用力颇勤、阅读甚细、思想新颖的中青年学者，甚为欣幸并佩服，但鱼龙混杂，个别难免有将其变为“俗学”化之弊。近年世风日下，学风堕落，当年刘师培所发“何作假之易售”之叹，今日尤为突出。但真正尊重、敬爱先生，明其实绩者，仍大有人在。个别不足以代全体，局部不能概全局。

近日一韩国女士（博士）来访，云：她想与有关方面联系，翻译先生之《围城》，我告她：韩国李鸿镇先生在译（或已译出）。答曰：李是她的前辈，既在翻译，不敢与之争云云。

晚被逼出主《文评》，原答应上轨道后即辞去，近年口头、书面恳辞数十次，不获允准，“误入歧途”，不能自拔，苦甚。

听说杨绛先生近日身体较前为好，甚慰。年事已高，望二老善自珍摄。言不尽意。

《批评史》修订本已出，隔日托人带上，惟不足寓目，意义不大。对先生的教益则感激不尽。

秋后天凉爽时，当争去看望二老，先为申请，望勿婉拒。

恭颂

安康

晚　敏泽谨叩

（1994）八. 十八

黄蜀芹*（一通）

杨姨：

您好！

听北京来的朋友说锺书叔住院，刚开过刀。想来您两边跑，肯定是非常的劳累。

这一年来，我也总跑医院，深有体会。爸爸去世的事怕影响他的老朋友们的情绪，就没有给你们寄讣告。现在，上海人民艺术剧院为爸爸做了一本像册，虽印刷差，英文别脚，却也总是个纪念。

妈妈六月中旬住院，情况不是很好。但医生、护理很尽力。

望你们两位多多保重！为锺书叔，也为您自己，更为许多敬爱你们的百姓！

多多保重自己！

黄蜀芹

九四.十.三十

* 黄蜀芹（1939-2022），祖籍广东番禺，生于上海。黄佐临、丹尼的女儿。北京电影学院毕业，电影电视剧导演。电视剧《围城》的导演。

杨姨：

您好！

听北京来的朋友说锺书叔住院，刚开过刀。想来您两边跑，肯定是非常的劳累。

这一年来，我也总跑医院，深有体会。爸爸去世的事怕影响他的老朋友们的情绪，就没有给你们写讣告。现在，上海人民艺术剧院为爸爸做了一本像册，虽印刷差、英文别脚，却也算是个纪念。

妈妈六月中旬住院，情况不是很好，但医生、护理很尽力。

望你们两位多多保重！为锺书叔，也为您自己，更为许多敬爱你们的百姓！

多多保重自己！

黄蜀芹

九四.十.三十.

复

黄蜀芹信函手迹

沈淑*（一通）

季康妹：

您好！

您的十二月二十二日的来信早已收到，只是身体恢复很慢，加上天冷，时常卧床不起，因而拖至今日才复函，望见谅。

时间过得真快，转眼又近春节。先向您及锺书先生拜个早年，祝大家来年康安。

从您信中知锺书先生病重住在医院里，不知近来是否已康复。年岁大了，像部机器，使用年时久了，难免各种零件受损。好在你们住在首都北京，医疗条件会好些。想必锺书先生在您和女儿的护理下，会很快康复的。望能拨冗来信，以释悬念。陪伴护理病人确是件辛苦劳神的事，您自己年纪已大，亦望保重身体。

希望今年开春后，大家身体安康，您和锺书先生能来苏南。我一直盼望能有这一天。

汝贤夫妇附笔请安问好！祝

冬祺！

淑上

（1995）1. 20

* 沈淑，抗战时期在上海，曾于杨绛辞职后继任振华女中校长。

苏雪林*（三通）

（1）

锺书、杨绛贤伉俪惠鉴：

谨问好。

记得十余年前，我曾得杨绛女士托人带赠《干校六记》及另一本记述尊府诸事，内有你们姑妈杨荫榆一篇，我才知你是杨荫杭大律师之女，是熟人。想复信道谢并问候，以不知通信址而罢。

顷又由成功大学中文系赖丽娟带来锺书的《槐聚诗存》一册及杨绛女士的信，才知你们的通信址。

锺书先生是硕学大儒，他的小说集《围城》，我于大陆已拜读过。他的《谈艺录》，台湾已翻印，我前几年也买了一本。我因几次摔伤住医院，托人看家，出院回家总失书一大宗，而且所失都是有价值的。诘问时，所托看家之人说来往吾家之人甚多，不知谁拿去，只有算了。

这本《槐聚诗存》曾匆匆拜读，与《谈艺录》一样深奥，难懂，存数千年旧诗界，另具一格，必传无疑。望向锺书先生道达谢忱。

* 苏雪林（1897-1999），原籍安徽太平，生于浙江瑞安。学名苏小梅，字雪林，后改名素梅，笔名绿漪。北京女子高等师范大学国文系毕业，留学法国。1925年皈依天主教，先后任沪江大学、安徽大学、武汉大学、台湾省立师范大学、台南成功大学教授。学生时代发表散文，后主要研究古典文学及文学批评。

听说他病重住院已数月，未知何病，不要紧吧？我今年三四月间满98岁，人家强要为我举行一个百岁庆祝大会，强称我为百岁龄老人。事前我再三推辞劝阻，人家只是不听，叫我也无可如何。我所患老人病甚多，如皮肤奇痒、骨质疏松，因之双脚无力，屡次摔跤，伤筋动骨。每日服药数种，迄无效果。自知太老，药石不能为功。今年能否挨过，不知。想不久要向死神报到了。

记得杨绛女士有一姊，名宝琳[1]，上海启明女校毕业，笃信天主教，曾在沪上圣心院出家为修女。我与她交谊颇笃，未知她现仍在否？若在，杨绛女士望你代我向她问好，只说她的朋友苏梅或苏雪林非常想念她[2]。

启明女校和那圣心院想早被封。这几年大陆风气改变，信教可以自由，未知启明女校恢复否？

我的通信址奉上，有赐示可直接寄来，不必由成大转。专此敬颂

俪祺　诸维

荃照（信写得不通，勿笑）

苏雪林拜上

一九九五.五.二

（2）

杨绛夫人：

谨问好。

记得大陆风气尚未开放时，你不知托何人寄了我小书二本，一本是《干校六记》，一本是记述贵府各事的。题目是什么，书不在手边，已忘了。我因不知你的通讯址，故未修函道谢，甚歉。

去年舒乙先生带来你先生的《槐聚诗存》，告知了尊址，我才能修

函致谢，并问令姊寿康女士的消息，数月来未获复音，我也不希望了。前日忽奉你赐示，甚喜，尤其承你以令姊近况相告，更为欣慰。半个多世纪前，我住在上海，令姐奉启明校长理（礼）姆姆之命来访。令姐那时似已毕业，在启明执教，从此我们二人过从甚欢。后令姊入上海圣心院当了修女，我于某一年应于斌主教之邀，赴沪参加某项议会，介绍我住宿圣心院，令姊已为该院修女。我见院长及全院对待令姊均甚冷寞。我询问令姊修道生活如何，她虽无怨言，但言会规太严而已。我知修院分子对知识优、学问高之人每加敌视，乃嫉妒之心理使然，甚愿令姊脱离。不意于一九五〇年由日本归来始返俗回家。今她双耳失聪，目亦失明，幸有专人服侍。假如你肯写信与她说，现住台湾长她二岁之苏梅，尚未死，寄声问候，未知她尚能听见而记忆否？

启明女校想早已停办。理（礼）姆姆年高，当早已逝世。徐家汇天主堂那种伟丽的建筑或未摧毁而改作他用，今日大陆风气稍开放，或被爱国教会收回了？

舒乙先生来台，言谢冰心及尊夫钱锺书先生因病住院，距今已数月。你说钱先生重病，究系何种重病？何以至今未痊愈？钱先生乃文艺学术界巨星，此间文化界十分焦念，但望天佑吉人，早日恢复。你侍病劳瘁，也望善保玉体，因你也是文化界不凡人。

我年龄已太老，病近三年，虽未淹滞床褥，已死了大半个。脑子先死，只字不能写。近脑似稍苏而身体更坏，想不久于人世了。专此敬祝
俪祺

苏雪林拜上

一九九五.八.一七

（3）

杨绛女史：

来函惊悉令姊寿康姊于十一月二十逝世，不胜悲痛。她虽双目失明，双耳失聪，神智想清楚，我还想与她联络呢。

她是一个天主教极虔诚的信友，曾舍身入修道院，虽修道未终，那是圣心院那个无知识的院长和修女不能容她，非她之过。这几年在上海，既耳目失其作用，哪个养赡她？哪个伺候她？想必是你出钱雇人照料她的生活了。她猝然逝去，不受疾病牵缠之苦，是天主保佑她。她的灵魂定可直升天堂，享受永恒的福乐。尚望吾姊不必过悲，是望。

闻锺书先生贵恙尚未痊愈尚在医院，你照料辛苦。此间文学界甚为悬念。现我送你耶稣显圣真容一枚，请病人之侧，必有想不到的功效。这是近年美国一位富妇到耶露撒冷朝圣拍摄壁画，胶片用完付店洗忽多出一张，问当地某壁画专家耶城壁画是否有此？那专家说他一生研究耶城壁画，从未见此，乃知耶稣显圣，露其真容，瞬息传遍天下。我得了几张，寄我病友，病不能行者扶架能行，中风垂死者虽未立愈而有转机，灵验无比。但此像收藏邮寄，纸覆无害，若置病人之侧，则像上不可用巾盖，即配框亦不可用玻璃片，否则无效。我本想寄一张与令姊寿康，惜其已逝。今寄与吾姊，请置锺书先生身侧，愿耶稣显灵，佑其速愈。我乃天主教徒，当与寿康交好，你或知之，勿视我为迷信，幸甚！

敬颂

俪祺

苏雪林启

一九九五.十二月.十四

请以后来信，万勿称我为师，我怎敢当呢。[3]

整理者按，苏雪林以上三信，皆繁体字手书。第三封信书于圣诞节贺卡上，附“耶稣真容”一帧。另据杨绛先生的记事小册，苏雪林于1995年4月尚有一信致杨绛，惜已不存。该信附有苏雪林近照一帧，并山水画册，供钱锺书展玩。又嘱寄《槐聚诗存》云云。

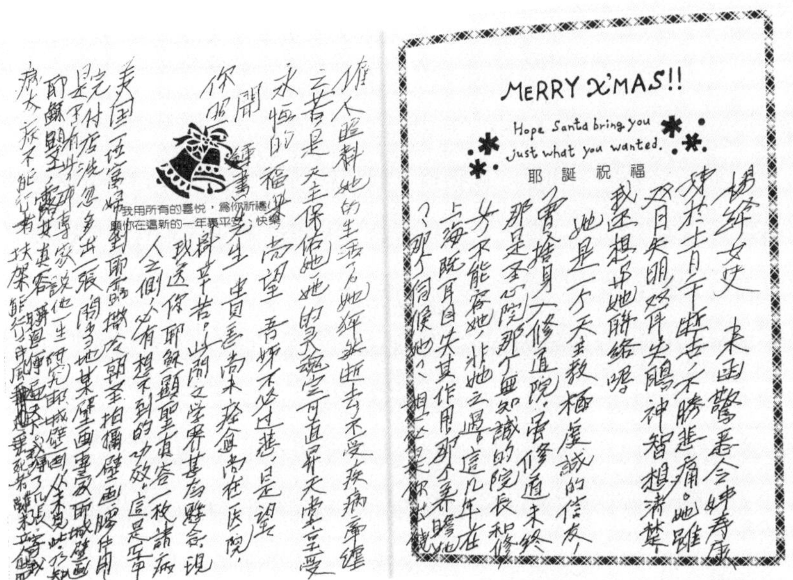

苏雪林贺卡信函手迹

---

[1] 当指杨绛（季康）的长姊杨寿康。

[2] 杨绛曾复书苏雪林:“我大姊寿康不惯修女生涯，随教会到日本后，1949 年底还俗回国，与我三姊同住上海。近数年性格愈趋内向，每日除眠食外，但卧床祈祷。看来她对亲友的怀念，都融合在她的祈祷里了。我三姐去世后，寿康姊与三姐的儿子、儿媳同住。我郑重嘱咐我那个外甥，高工资雇请一好女佣，专门服侍她。生活费用由我负担。”

[3] 苏雪林早年任教苏州景海女子师范期间，在东吴大学兼授法文，杨绛时为东吴学生，故致书苏雪林，称谓“雪林师”。得苏雪林此信后，“遵命不称‘师’”，改称“雪林先生”。

何为*（一通）

杨绛先生：

这期《文艺报》刊登一则报道，欣悉钱锺书先生八十五岁寿诞喜庆的情景。钱先生住院，我是早就从柯灵、国容伉俪处获悉的。现在钱老制服病魔，欣逢华诞，特驰函遥祝健康长寿。

我在旧箧中发现您的创作《称心如意》特刊和《游戏人间》说明书各一件，历时逾半世纪，在闽省城乡，几经迁徙，幸未散失，颇感惊喜，现特挂号寄奉，请哂纳，或就近转中国现代文学馆存藏。

我的一家都是你们两位的忠实读者，长子何亮亮现任香港《文汇报》主笔，数年前负笈京华，曾奉函钱老，承蒙复函，至今难忘。借此机会，顺致敬仰之意。

我旅闽三十年，现定居上海，沪寓地址顺告。

此颂

文祺

何为上

1995年12月1日

---

* 何为（1922–2011），浙江定海人。毕业于上海圣约翰大学，曾任上海《文汇报》记者，上海电影文学研究所编剧，上海电影剧本创作所编辑，江南电影制片厂编辑，福建电影制片厂编辑组长，福建省作家协会副主席。

此信去岁写就，因病延搁迄今始投邮，收阅后盼示悉为感。

何为又及

1996年3月25日

艾尔西·方*（一通）

December 20, 1995

Dear Mr. Qian,

It is with a heavy heart (as Achilles wrote in the *Monumenta Serica* in 1947 in his postscript to a posthumously published article of 沈兼士) that I report to you that your friend, my husband, died on November 22, 1995. It was St. Cecilia's Day, an appropriate date since he loved church music. From the beginning of our marriage he had regaled me with Gregorian Chant and Ravel's Requiem from his Hifi set.

Achilles had cancer and was in Hospital Care at home. He slipped away in his sleep just after he had received his first dose of morphine.

In recent years, he had studied your works and those of Lu Hsun. Most recently, he had tutored a former student of his about the *Li Ki*. His last two lectures for her concerned ch.XXXVIII, the 儒行. The student's transcript speaks of Achilles' concern for the Chinese scholars' shame in the last 150 years. He himself certainly lived the 儒行 to the letter. This realization allows me and the children to understand his aloofness and ideosyncrasies better.

He rejoiced no end over his reunion with you a decade ago, but regretted that he had not been able a secure for you a visiting professorship at Harvard.

My good wishes for a happy and healthy New Year!

Sincerely,

Ilse Fang

---

* 艾尔西·方（Ilse M. Fang,1914–2008），即方志彤夫人，德裔美国女学者，哈佛大学历史系教授。

亲爱的钱先生，

怀着沉重的心（正如阿基里斯[1]写于1947年《华裔学志》[2]沈兼士死去文章后记所言），我向您报告您的朋友、我的丈夫，于1995年11月22日去世。当天正逢圣塞西莉亚节，由于他热爱教堂音乐，也算死逢其日。从我们结婚开始，他就用高保真音响为我播放格列高利圣咏和拉威尔安魂曲。

阿基里斯患癌并在家接受医疗护理。他刚刚服用完第一剂吗啡，就在睡梦中走了。

近年来，他在研究您及鲁迅的著作。最近他指导以前的一个学生《礼记》，为她作的最后两讲是关于第三十八章“儒行”的内容。学生笔录谈到阿基里斯对近150年来中国学者境遇的关注。他本人确实信守儒行信条。这种认识使我和孩子们能够更好理解他的超然及特质。

十年前与您重逢让他欣喜不已，但他遗憾没能在您来哈佛做客座教授[3]一事上帮上忙。

祝您新年快乐健康。诚挚的

艾尔西·方

1995年12月20日

整理者按，方志彤夫人致杨绛信中附有方志彤先生弟子美国著名汉学家海陶玮的悼文，附录于下：

Achilles Fang: In Memoriam

August 20, 1910 – November 22, 1995

For 55 years Achilles Fang has been my teacher, colleague and friend. He was a scholar of formidable capacity, at home in two cultures, or rather four, ranging from ancient China to modern politics, from classical European to current event in America. Trained in Western philosophy at Tsing Hua University, he moved into sinology and then into modern English and American literature by way of a Harvard degree in Comparative Literature. His Ph.D. thesis on Ezra Pound's *Pisan Cantos* is one of the most consulted (and purloined) of the dissertations in Harvard's archives.

A bibliophile, he accumulated volume by volume a library of Chinese books, lost when he left China in 1947. He started over again when he came to Cambridge and soon became a familiar figure in all the antiquarian book shops in the area. His collection ranged from two complete sets of the Loeb Classics bought one title at a time, second hand or marked down, to a collection of Virginia Woolf first editions and nearly everything published by or about Ezra Pound. His office and his home were literally filled with books, in stacks like a library, and box. Given a few minutes , he could put his hand on anything he owned. When he retired and lost his office, the problem of space was temporarily solved when he donated a large part of his collection to the University of Peking.

Achilles was as generous with his learning and his time as with his books, tutoring students individually, reading and correcting their translations, and directing their research. Years of editorial service on *Monumenta Serica* developed what was already a sharp critical eye, and he could spot a mistake or a non-sequitur or a typographical error at with what seemed like a cursory reading. I never published anything without first getting Achilles to pass on it, always to my benefit and sometimes to my embarrassment. His generosity did not extend to toleration of sloppiness or error, and his criticisms were always sharp — but accurate.

He will be remembered by students as a great Senior and a stern mentor (his own self- characterization) , and above all as a friend whose help and support could be relied on. He will be missed.

James R. Hightower

附录：纪念阿基里斯·方

詹姆斯·海陶玮

55年来，阿基里斯·方一直是我的老师、同事和朋友。他是一位能力强大的学者，家中交织着两种甚至四种文化，从古代中国到现代政治，从古典欧洲到美国时事。他在清华大学受过西方哲学的训练，又入汉学领域，然后取得哈佛的现代英美文学比较文学学位。他所撰作关于埃兹拉·庞德的《比萨诗章》的博士论文，是哈佛档案馆中最常被查阅（也被引用）最多的博士论文。

作为嗜书者，他一册一册地积累成中文书籍图书馆，1947年离开中国时，他丢失了所有的藏书。来到剑桥后，他重新开始，很快成为当地所有古董书店的常客。他的收藏，从两套完整的《勒布经典丛书》，每次从旧书店或降价时买一本，到弗吉尼亚·伍尔夫的第一版收藏，以及几乎所有埃兹拉·庞德出版或有关埃兹拉·庞德的书籍。实际上，他的办公室和家里都是书，像图书馆那样堆放着，还有纸箱。给他几分钟，他就能在所有藏书中找到所需。当他退休交还办公室时，他将大部分藏书捐赠给北京大学，暂时解决了空间问题。

阿基里斯在学习和时间上，也像他捐赠藏书那样慷慨。他个别辅导学生，阅读及修改他们的翻译，指导他们的研究。多年编辑《华裔学志》，使他本来就敏锐的批判的目光更锐利，并且在看似粗略的阅读中，他可以扫到错误、不合逻辑的文字或排印失误。没有阿基里斯的把关，我从不发表任何东西，这样总使我受益，有时也令我尴尬。他的慷慨没扩展到容忍疏忽和失误，并且他的批评总是尖锐的，但准确。

他将被学生作为伟大的前辈及严厉的导师（他的自我分类）来铭记，最重要的是作为可以依赖的提供帮助与支持的朋友。缅怀他。

附录：方志彤和“他们仨”[4]

木令耆[5]

三十年前哈佛大学汉语文史系，有一位闻名的怪僻学者，他不但对中国古典文学修养渊深，而又精通西方语言，如希腊文，拉丁文，德、法、意大利文等等。他就是方志彤教授——一位今古稀有的学者。

每每想念到他，便瞧见那如狮子似的披散的一头银发。他身材高壮，面色红润，有如酒饮之后。他是哈佛大学的一位怪杰；他孤寡冷傲，可是只要他认为孺子可教也，他可能是你的良师好友，那么他会变得慈善忠诚。

方志彤便是我这样的一位恩师，如果三十年前我未曾从师于他，今日我也不会在此以汉文来写作。

半年前在北京与老友重逢，那是一位儿时小友。他知道我喜读中文书，便想送几本书给我带回美国。可又担心给一向轻装旅行的我增加负担，因此只送给我两本书，其中一本便是杨绛写的《我们仨》。我读后，心中感触甚深，很是痛惜他们仨，便想提笔写篇追忆钱锺书“他们仨”。

奇异的是，提起笔来，脑海中只看到那一头银发的方志彤教授。笔随意念，写下的是常常怀念钱锺书的老同学，方志彤教授。

我首先是上海陶玮（James R. Hightower）教授的诗词课，而他又引导我去上方志彤的课。这两位教授将我引导回返汉文。

记得快离开中国时，正在南京上初中，一位同班同学警告我不可忘记中文：你爸爸带你离开中国很不对，你应当用中文写作。

方志彤先生不但使我回归汉语，也启发我接触将遗失的中国文化，尤其是传统中国文人的孤洁寡傲。他说他不能忍受庸俗，他是出污泥而不染的文人。

因此他的教授方法也是奇特的。譬如想上他的课，必须得到他的许可，并且他不愿在教室中讲课，是在他自己的办公室讲课，每次只收四五个学生，围着他的写字台而听课。我便这样的坐在他办公桌旁听了两年课。

听他的课，不但听到汉语、英语，也会听到法语、德语、希腊语、意大利语。听他的课，有如游学世界。他不大看得起读书读译文，认为traduttore è traditore。这句意大利文，意思是翻译者是背逆者，意思是翻译未能达原文本意。这句话我也听钱锺书提到过。他和方志彤在清华大学是同班同学，两人又精通数国文字，因此同样的对翻译反感，瞧不起读译文的读者。他们俩在这方面是同志，也是知心。

因为我在欧洲居住过，也懂少许意大利文、法文等，因此他对我也另眼看待，并且得知我也订阅英国的*Times Literary Supplement*[6]，便说很高兴有一个知音者在听他的课。

上他的课如走海阔天空的文化世界。

我从未知道中国历来有多元文化的文化智慧。这文化智慧其实是世界文明大同的。

我第一次听他的课是跟他读《庄子》，内篇第一至第七，《逍遥游》最能代表方先生的文化境界："北冥有鱼，其名为鲲。鲲之大，不知其几千里也。化而为鸟，其名为鹏。鹏之背，不知其几千里也；怒而飞，其翼若垂天之云。是鸟也……"

读庄子，真是太神了，恰如魂飞神舞，"扶摇而上者九万里"。《庄子》内篇——《逍遥游》《齐物论》《养生主》《应帝王》——所展示的文化境界正若上方先生的课，如支氏逍遥游论曰："夫逍遥者，明至人之心也。"

尤其读到颜回与仲尼的对答："何为坐忘，堕肢体，黜聪明，离形去知，同于大通，此为坐忘。"（《大宗师》）

何为大通，为之恍然。

读《庄子》，上方先生的课，为之恍然也。

读《庄子》时，方先生常常指出书中的相对论，可知庄子哲学其实是分析性的，而此分析性常常升华于诗境。西方哲学常建议古典哲学只有希腊哲学开始分析性的思维，不知老庄思维也是分析性的，而且思维层次常进入诗意似的玄虚妙语。这种语解既是分析也是形而上。

第一年跟方先生读的是老庄，同时方先生也介绍一些课外读本，如林语堂写的英文剧本《孔子见南子》，写的是孔子去见某官夫人，意图找份官职。由此可知方先生对孔儒的一些看法类似惠施（庄子的好友），菲薄孔子。这原是庄子的人生，他可官而拒，不像孔子周游诸国，欲官而无，而流浪终生，惶惶如丧家之犬。

方先生的孤傲使得他未肯去求份哈佛教授职位，始终是占一超然的学者老师地位，只求一容膝的读书做学范围。他是海陶玮教授的老师，也是美国和西方许多汉学家的宗师。

钱锺书曾经问过我在美国修汉学博士的要求，我说除了念一些必修课时，加上能译评一本汉文著作就差不多了，当然还要备修很长的参考注解等。他笑说幸好秦始皇烧去许多古书，由此减轻不少博士生的负担，说此话时，站在身旁的杨绛听了不禁笑弯了腰。

第二年听方先生的课是读中国文学批评，如曹丕的《典论》、陆机的《文赋》、钟嵘的《诗品》、刘勰的《文心雕龙》等。此时始知文学批评中国自古便有著作，此其实也是分析性的文艺思维。

上方先生的课不仅是学习，而是求知超过求学。由于方先生的人生观，他在清华大学做学生时代便成为钱锺书的知心之交。他们求学的愿望不在乎获得一官半职，而是处于单纯的求知感与对知识的基本兴趣。他常对我谈到他们在清华的学生时代，也珍贵保存一帧钱锺书给他的相片。他佩服学人的学识极少，多半笑嘲待之，尤其对欲望做官的学人嗤之以鼻，说他们术而不学。对钱锺书他却是爱戴不已。

方志彤和钱锺书同样是得罪人的高手，他们同样是“庸人不可忍之”。他们明确悟解到自己读书破万卷，仍然有不解之处，怎能忍受那一些轻浮自满的伪学君子。

我对方先生有莫名的同情，我微微感到他的隐痛：每当提到钱锺书，他便好似找到知音，也不必费心神去自我解嘲，他与钱锺书有通灵之处。

一九七九年，中国社会科学院派来一高级学者代表团访问美国各高等学院，其中有钱锺书。我有幸能接待这个代表团，并确定安排方先生与老友有机会聚叙。他们有一日坐在同一桌上聚餐，此后我也因此得到钱先生的信任，并叮嘱我去伦敦时去看他的女儿钱瑗。

一日我在伦敦，傅聪要我去他家用晚餐，并说钱瑗也会来参加。傅聪约我同到地铁站去碰钱瑗，然后三人步行回傅聪家。傅聪父母与钱锺书夫妇是挚友，因此傅聪与钱瑗是世交。我那晚与他们在一起叙谈，感到一阵薄雾似的悲哀，或许他们触动了我对他们的同情、惋惜。在我心底里我深深感觉到他们经过的苦难，和他们对父母的爱慕和关切。

再次见到钱瑗时是在北京师范大学，我与她同在外文系。也许就因为同系便没有多次私自交流，无形中避免一些猜嫌。可是去拜访钱锺书、杨绛倒有数次，每次去便度过得很愉快，尤其看到他们俩孩子似的天真、坦诚、谈笑自若，不时有幽默的谈笑。

一九八六年我在北大，因为教课忙累，没能及时去访问他俩。一天哈佛到北大来的访问学者提起想去见钱锺书，我便为他拨了电话给钱先生，可是出我意料之外，钱锺书的反应是：我不想见陌生人，你自个来吧！

这也是我最后一次去看他们俩。一九八九年以后，我隔了多年才再去中国，只听说他们身体不愈，我也觉得不便去访问他们，心中却挂念着。

他们仨给予我的回忆是快乐的聚叙，不停的笑话连天。与他们在一起没有忌讳地谈天说地，可是有时会感到淡淡的痛惜，这是我对他们仨的痛惜。

这个世界的庸俗不是他们所能妥协的，如同方先生，他从未降低他的标准去适应庸俗的措施。我常常想到高文化知识给他们带来的痛楚，因为他们有不屈不挠的精神，使得他们孤傲，这也是傅雷的结局。我理解为什么钱锺书与杨绛是傅雷的朋友，也是方志彤的朋友。

当钱锺书的《管锥编》出版后，我接到方先生那里来的电话：他将开一课《管锥编》的课，约我去听课，这是我上的方先生最后一堂课。

之后我又常回中国，也不及与方先生辞别，我最后一堂课也与钱锺书有关。

当我开始读杨绛的书《我们仨》，我并不知只剩下杨绛一人了。读到杨绛梦似的叙写，我感到生存在虚无缥缈间。我重新看见他们仨，梦似的遇见他们仨。

一个黄昏，夏日的伦敦，钱瑗到我居宿的伦敦大学来访，她下了出租车，手提一大皮箱，本以为可以在我处下榻，可惜我居住的宿舍不便留客，我们只在一起吃了一顿晚餐，晚上她去使馆招待所留宿。对此，我深感遗憾，没能尽情招待她。

回忆那晚我们在一起谈到荒谬派的戏剧，她说她收集了一些荒谬派的录像片带回北师大。那时也是我对荒谬派极感兴趣的时候。那晚钱瑗也提到父母俩是多么的亲切知音。

在杨绛的书里，我才发觉钱瑗加上父母形成他们仨，这三位一体的他们仨。他们在感情、知识、精神上形成了他们仨。在痛苦的人生旅途中，他们在精神上是永恒的三位一体。

读到钱瑗对父母的挂念、关切，苦苦的关切，至死而不放心，我为之痛惜。读到杨绛最后剩她孤独一人，我更为之痛楚。尤其看到她写第三部的题目是：我一个人思念我们仨。

《我们仨》的第一步是虚实飘幻的写法："有一晚我做了一个梦，我和钱锺书一同散步；说说笑笑。是到了不知什么地方，太阳已下山，黄昏薄雾，苍苍茫茫中，忽然锺书不见了。我回顾寻找不见他的影踪，我喊他，没人应。"这一段完全将杨绛的失落心神写出来了。

我认识了他们仨，是因为我是方志彤先生的学生，因此我追怀他们仨，我不禁也追忆方先生。

在一个追悼会上，我遇见了方志彤的遗孀。她是历史系的教授。我告诉她，是方先生重新带我回到汉语文化。由于方先生，我幸识《管锥编》的作者——钱锺书先生和"他们仨"的杨绛、钱瑗。

身在远远的太平洋彼岸，我遥祝杨绛，但愿人长久。

[1] 阿基里斯，即方志彤（1910–1995），朝鲜族，清华大学哲学系 1932 年毕业，清华研究院肄业二年后赴广西省立医学院任教。1937–1946 年在辅仁大学任《华裔学志》编辑秘书，1946–1947 年任《华裔学志》副总编辑，其间先后兼任中德学会教师、《中德学志》编辑，并在辅仁大学、国立艺专、清华大学教课。1947 年到哈佛，接任李方桂由哈佛燕京学社资助的汉英字典编纂工作。后从哈佛名师哈瑞 · 莱文（Harry Levin）研究比较文学，1958 年获博士学位。后长期任教哈佛大学东亚系。方先生熟谙中国古典文学，精通多种西方语文，日文亦佳，识高学博，贯通中外，学生深受教益，然立身以超众脱俗，特立独行，不求闻达。1976 年以资深讲师退休。

[2]《华裔学志》是 20 世纪三四十年代在中国出版的最重要的国际汉学期刊。为北平辅仁大学所创办，史学家、辅仁大学校长陈垣为其起刊名，以西文（英、法、德）发表关于中国及周边地区古典历史文化语言研究的学术刊物。方志彤任该刊编辑秘书及副总编辑达十年，起到了非常关键的作用。

[3] 方志彤自 1979 年春与老友钱锺书在哈佛重逢，相见甚欢。方一直想让哈佛大学聘钱锺书为罗威尔讲座教授，作六次演讲；其事未成。

[4] 这是刘年玲投寄给《北美华文作家作品集》的一篇文稿，杨先生收读后一直将它同方志彤夫人的唁函保存在一起，留为纪念。现附录于此。

[5] 刘年玲，笔名木令耆。美国华裔女作家、学者，时任哈佛大学亚洲研究中心研究员。

[6]《泰晤士报 · 文学副刊》。

华君武*（一通）

杨绛同志：

我听到钱瑗住院。我不敢来看你，因为你的精神负担太重了。我无法帮助你，也无法安慰你。

我的画册出来了，我用第一本来送给你，一是祝锺书同志能好起来，二是祝钱瑗早日康复，三是请你保重。

华君武

九六年二月五日

整理者按，漫画家华君武与钱杨夫妇同住北京三里河南沙沟小区多年，相互关心，时有往还。上世纪90年代初，钱先生以《围城》电视剧上映而引发所谓的“钱锺书热”炒作不休不堪困扰；华君武先生立即发表一幅题为《先生耐寒不耐热》的漫画，为钱先生解围，画中一位戴眼镜的老先生坐在浴缸中作痛苦状，四周蒸汽氤氲，头上四把分别标注“钱”“锺”“书”“热”的烫水壶仍不断往里加热水。杨先生称华君武

* 华君武（1915–2010），祖籍江苏无锡，生于浙江杭州。著名漫画家。

先生为难得的“好邻居、好朋友”。华君武迁居后，还时来电话问候。华君武先生去世，杨先生已年近百岁，不能亲往吊唁，只有细细重阅他的画册凭寄哀思。

华君武先生的漫画

迮茗*（一通）

杨绛先生：

多谢您一直不见外，把我们当知心朋友。

虽和钱瑗只见过一次面，却对她健康开朗的性格留下深刻的印象。通了几回信，更钦羡她的善良耿直，因此对她的突变病情没法接受，也便格外震惊和伤心。

接信那天，大哭一场。没能代劳，也没法分忧。我似乎很能体会陀思妥耶夫斯基《罪与罚》中那种道德与不道德的矛盾心境。

我们都十分感激您和钱先生的深仁厚泽，扶持激励我们走过一段艰辛岁月。文学果真是拯救灵魂的良方。从您们为千千万万读者燃点智慧之火，我们更坚信“书”的无穷力量与无比魅力。

读信和读《干校六记》一样，心情是沉重的。一种对命运难以抗拒的焦虑和无助，让人沮丧。然而先生书与信中所透露的生命玄机，一种对命运的泰然处之的豁达，和先生手录蓝德的译诗，散发类似的智慧光芒，让人走进静谧与无争的精神世界。

基督有天国，佛家相信有来生，善良的瑗瑗一定能与先生再续亲

* 迮茗，原名黄梅影，新加坡书法家黄火岩之女，原籍福建厦门，1934 年侨居新加坡。杨绛友人。

缘，共赏生命的胜景。

敬祝

安好！

连茗敬上

1996.11.30

整理者按，此信写于钱瑗生前。钱瑗当时危在旦夕，医院1996年11月2日已发出病危通知。连茗写此信是为安慰杨绛先生。

附录：致钱瑗信

钱瑗女士：

八月十四日来信收到，因我父亲病重，心境太坏，没能给您写信，深感歉疚。

七月卅一日父亲病情恶化，家人送他入院。爸爸五个星期饱受病魔折磨，一直到九月六日过世才终止痛苦。

死亡是生命不可避免的终结，我明白却不是那么坦然接受。

祈盼令尊早日康复，并祝福两位老人家长命百岁。匆匆遥祝

万事如意！

S. K[1]问好 连茗敬上

1994. 9. 13

[1] 连茗的丈夫黄升格的简称。

李慎之*（三通）

（1）

杨先生：

最近有一位老朋友给我寄来《人民日报》（海外版）的一篇短文[1]，讲钱先生为"□□诗词选"作序的事的，他同时给我一信，对此颇有微词，奉上一阅。

□□的人品确实不好，不知他如何能争取到钱先生为他写序的。我意此信不必让钱先生知道，但编《全集》时似可把"□□诗词选"的序言抽掉，祗候尊裁。

李慎之

97. 3.5

附"老朋友"来信片段

钱锺书先生为□□诗词集作跋，此文前在《羊晚》见之，当是去年十二月间事。然报纸一过年，图书馆即扫库庋藏，无法再睹。今只见

* 李慎之（1923 –2003），江苏无锡人，成都燕京大学毕业。曾任新华通讯社编辑、国际部副主任。1957 年被错划为"右派"下放劳动。1973 年调回新华社任翻译、校对。1979 年调中国社会科学院，曾任社科院副院长兼美国研究所所长。1995 年离职休养。

第____页

杨绛先生：

十二月二十一日从八宝山回来的那天晚上，就有新民晚报记者来电话，一定要我写纪念文章，我从来不会写急就章，因此坚决拒绝了。不料第二天胡绳全集的发行会[illegible]，对我忽然触动，回家以后就花了两天的时间写了这一篇东西，现在送上请审阅。

希望没有什么误解钱先生的地方。又有什么需修改的，以便改正。

我还是准备送新民晚报发表，一来是那天晚上我固辞峻拒，对他有些不好意思，另外新民晚报发行量大，既然写了，也就想使钱先生的道德能够为更多的人知道。

钱先生走后，我简直不知道用什么话可以安慰您，只能请你节哀顺变，多多保重身体，钱先生的遗著还要人料理，你操劳了这么多年，也应该休息一下了。

不一一。过年以后再去三里河晋谒。顺颂

新禧

李慎之 1998 12月25日.

15×20=300　　文学研究所稿纸

李慎之先生信函手迹

《人民》（海外版）有另一文提及钱先生作跋事，以此相寄，聊知简况。嗟夫，士固不能无酬应，学人更不能丝毫不为呓涴。然以扇蔽尘，亦有多方，岂必如潘安仁望尘作礼也，况忆跋中且以曾劼侯辈方之，益不伦矣。剑南晚交侂胄，士咸惜之（今世有为侂胄平反者，此另议）。如之何得以葆管锥挺立之风欤？

（2）

杨绛先生：

十二月二十一日从八宝山回来的那天晚上，就有新民报驻京记者来电话，一定要我写纪念文章，我从来不会写急就章，因此坚决拒绝了，不料第二天胡绳全书的发行会冠盖云集警卫森严，对我忽然触动，回家以后就花了两天的时间，写了这么一篇东西，现在送上请审阅。希望没有什么误解钱先生的地方。若有请电话赐示，以便改正。我还是准备送新民晚报发表，一来是那天晚上，我固辞峻拒，对他有些不好意思，另外新民晚报发行量大，既然写了，也就想使钱先生的遗德能够为更多的人知道。

钱先生走后，我简直不知道用什么话可以安慰你，仅能请你节哀顺变，多多保重身体，钱先生的遗著还要人料理，你操劳了这么多年，也应该休息一下了。

不尽一一，过年以后再趋前晋谒。顺颂

新禧

李慎之

1998.12月25日

中国社会科学院

李慎之先生信函手迹

（3）

杨先生：

送上郑惠[2]要我写的稿子，一份是我的原稿，一份是郑惠要求我改的。我原稿里刺儿多了一些，他们似觉有违碍，我大多同意了。但是乔木请钱先生当副院长那一大段，我坚持不改，最后看他们怎么办吧！

专此 即祝

全家好！

李慎之

（1999）1.10上午10时

[1] 指《人民日报》海外版副刊“神州”所刊文章。

[2] 郑惠，湖南益阳人，曾任中共中央党史研究室副主任。

杨保俶*（五通）

（1）

季康姐，

〇〇[1]因腰椎病住院后不久，李小菊就告诉怀祖："医院诊断是肺癌，已转移腰椎，没有希望了。"并转告你女婿的想法："要大家隐瞒到底。"怀祖把情况告诉了我，我听了非常难过，更替你心痛，心想〇〇是你心头肉，你知道了底蕴，怎能顶得住？！其次，隐瞒也只能是暂时的，一旦必须揭穿，对思想上毫无准备的亲人来说，打击将更严重。果真顶不住，对一个86高龄的老人将意味着什么？！我考虑再三，认为：可以隐瞒两个人，但要想法让你知道实况，但如何处理也心中无数。收到你8月16日的来信，看不出你思想上有任何准备，所以格外担忧，在心情很乱的情况下，回了一封不知所云的信。信寄出后又非常懊悔，怕伤害了你。昨天接到了你含着眼泪写的信，把详细情况告诉了我。为了安抚我，信写得很好，看不出任何激动。我感到心痛，同时也感到宽慰，感到我姐姐毕竟坚强、高明和伟大，她顶住了最后的大风浪和大灾难。

* 杨保俶（1914–2012），江苏无锡人，杨绛的小弟。奥地利维也纳医科大学毕业，1939年回国后一直在上海行医。

我们（包括锺书哥、○○，以及江瑶娟）其实都在挣扎。像悲剧，实在都是自然规律，是历史的必然，是命运，无可抗拒，但愿大家死前无痛苦。

我写字台的玻璃板下，压着亲人们的照片。○○在英国出生后不久，你抱着她的照相（○○戴着一顶黑绒线帽，帽缘有条白纹；你穿黑大衣，童花头，背景是一垛石砌的矮墙和铁篱笆），以及○○4岁-6岁的三张照片（一张半身像，一张穿连衫裙的照片，另一张是同肇瑜、肇琛、大弟弟和阿长合拍的照片）都还留着。对照你去年寄我的两张照连看，○○小时候的豁眼梢没有了，变化多大呀。你女婿看来是个非常善良的人，他的名字和地址，可以告诉我吗？

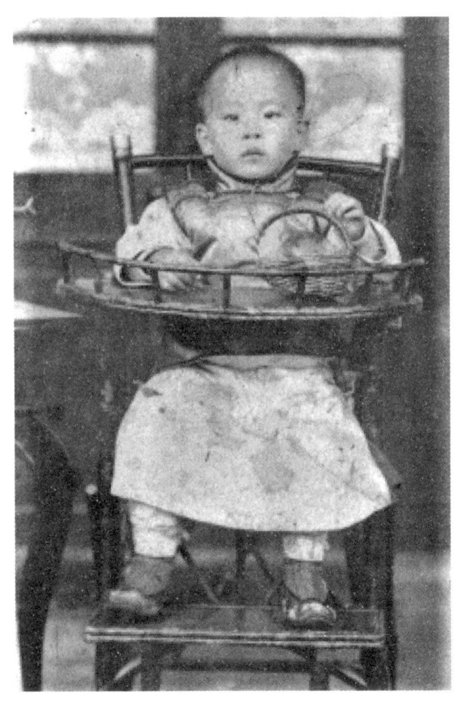

幼时的杨保俶

我身体还好，脚里有劲，能骑自行车，但精神很差。因为失眠，临睡必服佳静安定一片半和非乃根半片方能睡好，但明天起身后一天糊里糊涂。天气好，无风有太阳，就骑车到附近公园散步。耳朵聋更剧，无法交朋友。江瑶娟到广州大女儿处过冬，我一个人生活。家里用个小大姐，每天来帮两小时。

弟　保俶

1997年1月8日

（2）

季康姐，

前后两信都收到，前信未敢回，怕触痛伤处。白发人送黑发人，哪有不痛之理。唯一可告慰之事：一是○○走前未曾经受较长较烈折磨（像阿必和阿桼[2]一样）；二是你们母女都有坚强意志和高度智慧；三是○○有个好脾气的丈夫，你们有个善良忠厚的女婿；四是你和锺书都有好人服侍。

上午接到你信，下午就接到阿二广州电话说钱瑗四日辞世。北师大电告中山大学，中大又转告广外李小菊；怀祖不放心四伯伯，让我想法安慰你。弟媳也担心你经不起打击，太伤心。

○○要我听音乐，催眠，不知道我是聋子（未聋前也是个无乐感的人），但无法告诉她了。

我幸亏不看《光明日报》，不然又要虚惊一场。你每晚服四粒安眠药，嫌多了，可以胆大减少些。

苏州庙堂巷房子要拆了，说是卖给了新加坡商人，真是沧海桑田。

○○、阿必、阿七[3]等确实有福，省得熬老、熬病、熬孤独，可是我们呢？锺书哥还在想回家，但愿一切顺利。

弟　保俶

1997年3月9日

（3）

季康姊：

锺书哥脱离苦海，而你变得更孤单了，我为此很愁很愁。大儿媳妇打电话给我，问我是否让大儿来上海，陪我去北京探望姐姐。我说，我去北京小住，并不解决问题，反添了四姑妈的负担；其次，我各色老年病加重，已经接近生活不能自理的边缘，靠各种医药勉强维持，已不能挪离老窝了。后来大儿媳又来电话，说你现由一位靠得住的保姆看护照料，因此，我也比较放心了。想来想去，不幸的是圆圆过早去世，让你失去了一个不可替代的亲人和帮手。儿媳又告诉我：你以“圆圆现正出差在外”而瞒过了锺书哥，堪以告慰。

你说“圆圆有福气，笑眯眯地睏着了，卸却了肩上沉重的负担”，也只能这样譬解了。阿必也是夭折，当时我们都很悲痛。现在想想，阿必和圆圆一样，争气要强，身体虚弱而负荷超重，早点休息，未始不是福气。

寿康姐去世时，你曾说过：“现在只剩我们二人了。”我觉得这是你很“动心境”的话，我想也不敢想。想到的，只是“轮小至为大”或“轮大至为小”的问题了。记得报上曾经看到，说是一个日本百岁老人劝人说，要忘却三件事：忘却金钱，忘却子孙，忘却死亡。但我多未能办到，奈何。

今年暑假前，二女来信，提及《羊城晚报》上一段有关你们的报道，特附上，供一读。其实，哪个人背后无人骂，名人尤其如此。原因很多，妒忌第一，二是提高自己，让人觉得自己比此名人更胜一筹，所以不必计较。四女和五女今年11月底寄我一卡，贺我生日，提及你们，特附上供你一读。

关于锺书哥的报道，上海《解放日报》同北京的《人民日报》一样。上海人都读到了，全国、全世界也一样。许多许多的人都在读你们的书。

弟　保俶

1999年底

（4）

季康姐：

安徐堂三个大字后，张謇另注有几句说明，意思是庙堂巷房子，原系明末宰相（？）徐季鸣故宅，经补塘先生购下，加以修葺等等，日期大概是民国十五年（？）。爸爸买下此宅，由当时蒋坚志律师介绍（蒋为爸爸玩古钱的朋友）。房子的历史背景大概来自王佩诤（王长研究平江府历史）。据说，明末魏忠贤私人应天巡抚毛一鹭来苏州搜捕东林党人，引起民众暴动，朝廷即下令杀肇事者五万人，后经徐大老爷把“万”字圈掉，最后杀了五人。苏州人因感徐大老爷恩德，每人出一文钱为徐造一“楠木厅”，名为“一文厅”，修理后改名安徐堂。《古文观止》最末了的一篇文章：张溥的《五人墓碑记》就是记载此事的。所以我们的安徐堂，同五人墓碑是有联系的。毛一鹭曾为魏忠贤造一生祠于虎丘，魏忠贤失势后，苏州的贤士大夫就在魏阉生祠原址树立了五人墓碑，以记此事。庙堂巷房子听说已经被拆掉，地皮也被批租。不知虎丘的五人墓是否还存在。

过阴历年，对我们老年人来说，是一个灾难，好在已经过去了。上海的天气很糟，一个半月以来，几乎天天是阴天，温度虽不很低，但阴冷难熬。

人要长寿，一要多动，二要心平气和。佛教禅宗的坐禅要不得，但其哲学却可一学。我虽耳聋，但晚上常开动电视机的音乐频道（开得最响一档），跟着节拍跳Disco舞，替代散步。

弟　保俶

2000年3月18日

（5）

季康姐：

我正在愁汗衫日益破旧、绒线衫日益老化，便接到你们的珍贵礼品，感激姊姊惦着我。我从未穿过这样贵的名牌货，要穿未免舍不得。你的贺卡，小巧玲珑，配上你的秀丽字迹更加美丽。我把它和信壳，一同压在书桌玻璃板下，可以常常看看。

我身体还算健康，只是精神差些，记忆力也日益减退。我向来每日看《参考消息》，从今年起，这个报也不订了。有精神就看看亲人们的著作：你的书和爸爸的遗文。爸爸的兴趣广泛，遗文种类很多，有关于法律的，有关于音韵的，有关于当时政治、社会的，有关于花卉、动物的，也有关于世界人种分类的。我对于音韵一窍不通，连个平上去入也弄不清，看这些文章就是看不懂。关于法律的也不看。有兴趣的就只北洋军阀时的时评和世界人种分类的文章。碰到疑问，还找各种手头有的参考书查考验证。

最近接到如玉（杨培玄）丈夫金庸的来信，提及三伯伯[4]，我把这一段剪下，寄你看看。

弟　保俶上

2004年1月12日

整理者按，金庸信中提及“三伯伯”即杨荫榆的内容如下：

去年12月20日，《扬子晚报》刊了一篇《怀念杨荫榆女士》的文章，主要是描绘1937年苏州沦陷后，杨荫榆坚贞不屈保护受难妇女、抗议日军暴行最后被杀害的情况。也提到她曾开除女师大学生许广平。但全篇是肯定杨荫榆一生的。

---

[1] 指钱瑗。

[2] 指杨绛的八妹杨必和七妹杨桼。

[3] 指杨绛的三姑母杨荫榆。

[4]“三伯伯”即杨荫榆。

林筠因[*]　赵诏熊[**]（一通）

季康先生：

噩耗来得过于突然，令人难以置信。震惊之余，感到无限悲痛，万分惋惜，不知用何话语来安慰您二位。我们深知丧女之痛不是话语所能宽解的，更何况您们失去的是这样一位才华出众的爱女！这损失是无法弥补的。回想起与您们同住在中关园时，看见瑗瑗小小年纪已能啃得动大本大本的英文名著，那时她已显示出天资非凡。前几年一个晚上来访时，则已是师范大学杰出的教授，取得了巨大的成就。我们当时的喜悦难以形容。万没想到疾病过早地夺去了她的生命。举行追悼会那天，我们因步履艰难未能前往参加，只好写短信一封，表示对她哀悼，对您们慰问。务望您们节哀保重。季康先生更要坚强起来，因为您还肩负着照顾锺书先生的重任。望您们多想些以往欢乐的岁月，从美好的回忆中求得宽慰。瑗瑗永远活在您们和她朋友们的心中。

林筠因、赵诏熊敬上

（1997）3月9日

* 林筠因（1912–2006），福建福州人。1935 年南开大学英语系毕业。1939–1946 年任教于南开大学英语系。1946–1986 年任北京大学西语系教授。

** 赵诏熊（1905–1998），江苏武进人，1928 年清华学校毕业留美，麻省理工学院学士，哈佛大学文学硕士。1933 年回国后，历任南开大学、云南大学、西南联合大学、清华大学、北京大学外文系教授。

杨业治*（一通）

季康学长，

罗俞君女士带来的600页稿件[1]中，外文印刷错误层出不穷。法语词往往无重音标志。德语词，名词首字母没有大写；两词间该离的不离，不该分离的又分离了。尤其是字母弄错。有些词弄得支离破碎，简直猜不出是什么词。主要是操作者不谙外语之故。

又脚注中的字体太小太细，看不清楚。

我虽然竭尽所能，还是不能全部改正，而且一定还有些疏漏的地方。

有些我在稿件上注明“不明”，还要审查原件，或查有关书籍，查明出处。但即使现在稿上改了，将来印刷时又会弄错，所以还得看清样。

总之，这是一次“Lore Labour”。

草此即请大安

锺书处请代问候

弟　业治启

（1997）四月二十三日

* 杨业治（1908–2003），字禹功，上海人。清华大学外文系毕业留美，哈佛大学文学硕士，转赴德国海德堡大学和弗莱堡大学做研究工作。回国后，任清华大学外文系专任讲师、教授，抗战时期任教于西南联大，1946 年随校复员回清华。1952 年高校院系调整后，调任北京大学西语系教授。

[1] 指浙江文艺出版社 1997 年所编《钱锺书散文》，编者送作者审阅。时钱锺书先生在病中，杨绛先生无暇细为审阅，乃转请北大西语系教授杨业治先生代劳，帮助着重审查文稿中所引用的外国语文词句。

王辛笛* 徐文绮（一通）

季康学长砚右：

近年迄因衰病与日俱增，久疏函候，死罪死罪。日前从报刊上后悉中书君散文已在浙江出版，不胜欣羡，已托人代为购置，庶可先睹为快。学长在全力护理病人之余，仍不辞亲自审读编目之劳，伉俪情深，令人敬佩无似。

昨日接阅《文汇读书周报》第654期，上刊有章廷桦君撰《同窗钱瑗》一文，惊悉阿圆教授不幸已于半年前病逝，为之震撼良久，遥想学长顿撄丧女之痛，白发人送黑发人，情何以堪。况值中书君尚在卧病，计惟有托辞瞒过，以免雪上加霜，哀痛有加。

学长频年笔耕不辍，而家务护理尤为繁重，至望善自节哀保重，式符颂祷。数年前猥承不遗在远，惠赐大著《作品集》贰部，愚夫妇拜领之余，感谢万分，惟其时适值仆宿疾缠身，不克及时作复，在此一并言谢，敬希海涵为幸。

* 王辛笛（1912–2004），原名王馨迪，江苏淮安人。清华大学外文系1935年毕业，入英国爱丁堡大学研究语言文学。回国后任上海光华大学、暨南大学教授，陆续发表诗作。1949年后转入轻工业部门工作，曾任上海作家协会副主席。徐文绮为其夫人。

中书君前辈病况何似，迄在念中。伏冀吉人天相，必可早日恢复健康。

此信到府，权当平安报问，绝不敢重累学长，千万千万不要拘礼赐复，是所恳求。专上

盼问安好。

后学　辛笛、文绮暨小女圣思上

1997年9月7日

胡绳*（二通）

（1）

季康大姐：

在医院中把《代序》[1]读了几遍，把想到的意见写在另纸上。供参考，但不知写清楚没有？

胡绳

（1997）11月27日

（一）用“我国旧体诗之外，西洋德、意、英、法原文诗他读过不少”，作为“对自己的诗存评价不高”的原因，似乎不大站得住。

（二）作者因自己的作品受读者广泛欢迎而高兴，似不可以叫作“虚荣心”。

（三）“钱学”的问题——“把他的全部作品笼统概括，整理出一套体系？或东鳞西爪，配合成一个全面？或把他的全部作品融会贯通，提炼出精髓？”这类工作是文学史、思想史中惯做的，如果对钱锺书作

* 胡绳（1918-2000），原名项志逖，籍贯浙江钱塘，生于江苏苏州。北京大学肄业，1935年参加革命，长期从事文化和统一战线工作。曾任中共中央政治研究室副主任、《红旗》副总编辑、中共中央文献研究室副主任、中共中央党史研究室主任、中国社会科学院院长、全国政协副主席。

中国社会科学院

杨大姐：

代序改稿遵嘱拜读，觉得很好，惟第二页首段“不传授徒弟”下一句话或还可略加改写。例如改成（徒字圈删）“他当然不能反对对他的作品进行研究，严肃认真的研究他很重视，他最欢迎的是提出异议，互相切磋。”

我改写的两句话未必高明，录供参考。不改，仍照原稿亦可。

谨此问好。

胡绳

1997.12.3

胡绳先生信函手迹

这样的研究（不可能禁止他们这样做），固然不是钱学，也不是X学Y学Z学。“经过专门之学精心处理的钱锺书”还是不是钱锺书，要看“处理”得好不好。

关于“钱学”的一段，后半（如果考订钱锺书的生平……）说得很好。前半尚须斟酌。

（2）

杨大姐：

代序改稿遵嘱拜读，觉得很好，惟第二页首段“不传授徒弟”下一句话或还可略加改写。例如改成（徒弟圈断）“他当然不能反对对他的作品进行研究，严肃认真的研究他很重视，他最欢迎的是提出异议，互相切磋。”

我改写的话未必高明，录供参考。不改，仍照原稿亦可。

谨此问好。

胡绳

1997.12. 3

---

[1] 指杨绛先生为生活·读书·新知三联书店出版的《钱锺书集》所作“代序”稿，题名是“钱锺书对《钱锺书集》的态度”。

艾朗诺*（一通）

杨绛女士，您好！

哈佛出版的《管锥编》英文选译本面世了，刚刚收到，另函寄上您所赐钱先生在书房的照片。本来说不清楚不能用，结果还是上了封面，而且封面设计得相当精美，您说是吗？我惊喜之余，却对没有标明照片的来源感到万分的遗憾。

书是献给钱先生的清华同学、曾教导我的哈佛讲师方志彤的。方先生学问非常渊博，但为人刚直，而且说话没有禁忌，事业不甚如意，但我从他得益很多。他看不起一般学者，独仰慕钱先生，引起我对钱先生的兴趣。钱先生来美国时，我跟别的哈佛研究生一起陪方先生与钱先生交谈，后来决意选译《管锥编》。

您希望哈佛燕京学社授权三联书店翻印该书，我已经转告了，现还没有回音。但听说美国出版社不大愿意授权中国出版商翻印权，说过只在中国内地发行，却在第三地如香港、台湾出售。希望哈佛因出这书反正是为学术的传播，而不是为赚钱，以此书为例外，授权给三联书店。

接到南京大学程千帆教授来信，说钱先生的病情还没有好转，请您多多保重！

艾朗诺 敬上

1998. 3. 18

* 艾朗诺（Ronald C. Egan），1948 年生。1971 年入哈佛大学研究中国文学，师从方志彤，1976 年获博士学位。曾任教于加州大学圣芭芭拉分校东亚语言及文学系，现任斯坦福大学东亚语言与文化系教授。曾以英文选译钱锺书著《管锥编》，出版 *Limited Views : Essays on Ideas and Letters by Qian Zhongshu*（1998）一书。

黄伟经*（一通）

杨绛先生：

非常高兴收到你十七日写的短信和书写的旧作精粹的名句。很感谢！

同样令我非常高兴的，从笔触上看到，你的字还是那样硬朗秀美，表明你手不抖，心脏血管都好。

钱老大病前曾先后用毛笔赐过我三个条幅，都是他的诗：《阅世》（一九八七年七月写来，还有两份呢——一份是他最初写出的，另一份是他改定的），《新岁见萤火》（也是八七年七月我恳求他书赠）和《重九日雨》。

大约是八七年我拜见你和钱老时，你答应过给我写幅字。但我一直未敢催问，直至今年贵明兄来广州才拜托他转请向你索字。

一九九四年我和静兰去京时，曾到舒展兄府上做客，见到你给他题写的条幅，他用镜框挂在书房，令我羡极。

但钱老赐我的墨宝，我都珍藏着，不是不愿而是不想把它们镶挂在我广州的舍下，怕招引来我家的朋友“嫉妒”，招惹是非。将来吧，

---

* 黄伟经，1932 年生，广东梅县人。1957 年毕业于北京俄语学院。1949 年参加革命工作，历任广州三联书店见习生，《南方日报》记者，《羊城晚报》记者、记者组长、采访部副主任，花城出版社《随笔》杂志主编。

我将带回我在家乡的老屋（在梅县一个偏僻的山村），让它们永远挂在那里。

你录出的旧作精句，我特别喜爱，简直可以做我和静兰的座右铭。我还根据你这段话，为我自己胡扯了一副对联：

萝卜白菜平生愿

庙里供果切莫为

我请老漫画家、书法家廖冰兄书写了这副对联，不久我将把它带回我老家挂在老屋的厅堂。

我将你写来的旧作名言复印了一份呈上，怎么好称呼我“先生”呀？最好不用任何称谓，就直书我名，不是很好么。如可以，恳求你用毛笔再书写一个，并请盖上印章，让我珍藏。

静兰、于杨要我写上，向你和钱老问安！

祝两老

平安

黄伟经　敬上

1998.11.26

郁白*（三通）

（1）

Consul Général de France à Shanghai 1431 Huaihai Zhonglu,

Shanghai, 21 December 1998

Dear Mrs. Yang,

This is one of the most unfortunate days of this century, and I would like you to know that I deeply share your sadness, the terrible loss that you are suffering.

When I arrived in Shanghai early October to take up my new position as Consul General, I learned that Professor Qian was very sick, and I refrained from disturbing you. I do hope that his last days were peaceful and that you had the opportunity to communicate to him all the loving and all the warmth for his voyage.

I shall remember him for all my life: even though our encounters were few, our conversations were so enlightening and fruitful; he was like a spiritual father to me, and I do cry his departure.

I will try not to betray the confidence that he placed in me; as always, he had the highest expectations without requesting anything. Please be assured that I stand by you in my mind as well as in my heart.

---

* 郁白（Nicolas Chapuis，1957－ ），巴黎东方语言学校毕业，巴黎第七大学汉学硕士。曾任法国外交部亚太司副司长、法国驻华大使馆文化参赞、法国驻上海总领事、法国驻华大使馆公使。现任欧盟驻华大使。

Your sincere friend and disciple, with deep respect, I remain truly yours

Nicolas CHAPUIS

法国驻上海总领事致：

亲爱的杨夫人，

这是本世纪最不幸的日子之一，希望您知道我深深地感受着您的悲伤，以及您正经历着的可怕的失去最亲的人的煎熬。

10月初我抵达上海履新总领事一职时，得知钱教授病得很重，我不忍打搅您。我希望他最后的日子是平静的，您有机会为他的航程传递所有的爱心与温暖。

我将终生铭记他于心：虽然我们相遇次数很少，但我们的谈话却如此富有启发性、富有成效；他如同我的灵魂之父，我为他的离去而哭。

我将努力不辜负他对我的信任；他总是怀有最高期待却不提要求。请放心，我的思想和内心都支持您。

您诚挚的朋友及弟子，怀着深深的敬意，我永远是您真正的朋友，

郁白

1998年12月21日

淮海中路1431号

（2）

Shanghai, 4 January 1999

Dear Mrs. Yang,

Thank you so much for your kind reply.

You will find enclosed there in translations in Chinese of two important articles published a few days ago in the French press. I know that Professor Qian was often sarcastic about eulogies, but these tributes come from the heart and are a very small token of our collective admiration.

祝您身体健康。

Nicolas CHAPUIS

亲爱的杨夫人，

非常感谢您的友好回信。

随信附上几天前在法国媒体上发表的两篇重要文章的中译文。我知道钱教授经常对悼词讽刺，但这些文章是发自内心的，是表示我们钦佩他的小小的象征。

祝您身体健康。

郁白

1999年1月4日，上海

附录：法国媒体上发表的纪念文章

钱锺书：一位中国伟大的思想家

（摘译自法国《世界报》，作者：Francis DERON ）

本世纪最后一位中国伟大的文学家，钱锺书，十二月十九日周六在北京去世了，终年八十八岁。

由于一贯的淡泊性格，钱曾要求身后的安排同生前不事声张的处事方式相一致：没有鲜花，没有花圈，没有悼词，不留骨灰。这给中国知识界带来的情感上的震动唯有更加强烈。破天荒头一次，江泽民主席打电话给钱的遗孀杨绛表示慰问。正处于现代化建设并追逐物质享乐时代的整个中华民族失去了一位最伟大的思想家。

钱锺书是无锡人，这个离上海不远的城市千年以来都是中国知识分子的故乡。和同辈人相比，钱锺书所受的教育不同寻常，他既接受了中国传统的教育，又学过西方文学。三十年代初他在牛津大学获文学学士，后在巴黎索堡尔文学院（整理者按，又译索邦大学，今称巴黎大学）度过了一年，然后在日本侵华前夕回到了中国。三十五岁时在上海写作了《围城》（Christian Bourgois版），这部小说的诞生令他声誉鹊起，这既是由于文体风格上的造诣，也是因为书中刻画的伪革命和寻花问柳的花花公子的形象所表现的所谓西化的年轻一代带来的讽刺意味。钱一生都以这一批判的眼光看待他的同胞们，尽管后来他永远地放弃了小说创作生涯。《围城》是他唯一的一部长篇。

钱在清华大学教授西方文学和英语，他的学生中有不少是共产主义战士，他实际接受了新制度让他参与在社科院内部建立文学研究所的建议。四十年后，妻子杨绛曾在一部小说中对这一选择做了描述，这部同样成为当代中国文学划时代作品的小说就是《洗澡》，做出这一选择的动机是因为爱国并希望"新中国"将会成为一个新的文学的共和国。钱教英语和法语，读马克思原著，并有着过人的记忆力，这使他能记得任何一部革命著作中激动人心的标语口号，毛的特别秘书胡乔木常来向他咨询。五十年代钱直接从事了伟大舵手选集的翻译工作并进行宋朝诗歌的研究。这两项工作他做得十分出色，或许是这令他躲过了初期的政治运动。但他依然深感痛苦，转而躲进新一代院士中已很少有人掌握的中国古文世界里。

"文化革命"将他卷入了政治风暴，他和妻子已年届六十。杨绛发表的短篇《干校六记》记述了这一经历，展现了一个流放于乡下、谦逊又谦卑的钱锺书。在既没有书也没有纸的环境中，他在脑中印下了关于著名的中国古代哲学和诗歌作品的几百页评论。这些评论发表于1979年，《管锥编》被誉为文学评论的代表作。钱在书中揭示了中国和西方文化间的许多相通之处，揭示了试图封闭中国文化思想的错误观念，并权威性地证明了人类思想和情感的普遍性。

"文革"以后钱接受了建议重建社科院，并任副院长。相信传授他的文学素养已为时太晚，他自己是最后一个继承者，不过他还是想同那些拒绝称自己极左派而只是简称为"邪异分子"的人进行斗争，他引用的实际是这一修饰语（sinistre）的拉丁词源的引申义。

钱支持鼓励培养新一代知识分子，他拒绝了哈佛颇具吸引力的建议和一些荣誉奖章，人生最后的岁月是在北京一套小小的公寓中同妻子度过的，他修订了以前的作品，还为《宋诗纪事》的写作做准备。直至人生最后的时刻他依然都是一个正直、极为谦逊的人，同过去中国文人的形象相符，为权力服务，但拒绝阿谀奉承。

他的作品告诉人们中国的人道主义是存在的。他建议学生们透过表象揭示人性本质。在钱看来，人们发现的不一定就是最好的东西，但至少虚伪的表象被揭穿了。皇帝的确是赤身裸体的。

钱锺书，一个时代的结束

中国杰出的作家及文学评论家去世了，终年88岁

（摘译自1998年12月29日周二的法国《解放日报·文化版》

作者：Claire DEVARRIEUX）

中国最杰出的文学家钱锺书于12月19日在北京逝世，终年88岁。在法国，人们对这一作家和评论家特别富有魅力的伟大人格有三个方面的了解。他知识渊博，学贯中西，既通晓中国传统的文化，又熟知西方作品乃至先锋派作品。他被郁白誉为“中国比较文学之父”，后者曾翻译了他的《诗学五论》（Christian Bourgois出版社1987年出版）。

伪装的忧伤。这部文集中的一篇文章题为“诗可以怨”。钱锺书指出：“尼采曾把母鸡下蛋的啼叫和诗人的歌唱相提并论，说都是‘痛苦使然’。这个家常而生动的比拟也恰恰符合中国文艺传统里一个流行的意见：痛苦比快乐更能产生诗歌，好诗主要是不愉快、烦恼或‘穷愁’的表现和发泄。”

他将诗人普遍表现出的忧伤情绪多归于矫揉造作，在列举了几行宋代诗文之后，他引用了Henri Heine发人深思的诗句说明同样的观点：“世上人不相信什么爱情火焰 / 只认为是诗里的辞藻。”除去仅有的一些例外，是什么心理和社会基础令人们认为悲剧和痛苦比喜剧和幸福更占优势？“一个谨严安分的文学研究者尽可以不理会这些问题，然而无妨认识到它们的存在，在认识过程里不解决问题比不提出问题总还进了一步。当然，否认有问题也不失为解决问题的一种痛快方式。”

钱锺书的幽默冷峻在他的几个短篇（见《人·兽·鬼》，Gallimard出版

社1994年出版）及唯一的长篇《围城》中展露无遗（小说1947年出版后取得很大成功，译文由Christian Bourgois出版社1987年出版，1997年再版）。小说讲述了一位从欧洲留学归来的年轻教师，既发现了爱情交易中的种种阴谋诡计，又亲眼目睹了腐败的大学里同僚们的卑劣行径，展现了一位不称职的大学校长："中国的语法或许会有一天将一位老科学家及一位陈旧科学的学者区别开来。"[2]

谦虚的典范。30年代末，钱锺书本人曾就读于欧洲的大学，牛津和索堡尔大学。1935年以后他便与妻子杨绛相伴。人们是通过同样是作家的后者了解了"文革"期间被发配至农村的这对夫妇的命运的：她的两部作品，《干校六记》和《乌云与金边》展现了一个堪称谦虚典范的钱锺书。

（3）

Consul Général de France à Shanghai

Shanghai, 5 December 2000

Dear Mrs. Yang,

Time flies away, two years have already whitened our hair since Zhongshu left us. I wished to let you know how much his presence is still inspiring my life and how deep my sympathy remains for you.

I sincerely hope that you are able to overcome the inevitable loneliness that must have invaded your home, and that you have found the strength to pursue your personal endeavours.

I have learned that you spoke recently with Dominique Bourgois, whom I met later in Shanghai. She understood that you could not receive her, and she was comforted to hear your voice.

As for myself, I have not had the time nor the desire to go to Beijing. As you said in your latest letter, Beijing has changed in such a bizarre way . I suppose you miss Wuxi or even Shanghai: I think you would be happy to see that the whole of Jiangnan is freeing its mind, recovering its history and its cultural roots. I shall make a short visit to Wuxi next week, and I will not omit to leave a thought for Zhongshu and you.

I send you along this short letter a paper I had the honor to publish recently in Shanghai: if you have the time to spare, you will notice that your lessons on the Chinese spirit have led me to new horizons. Of course, I measure how "foreign" my opinions might appear under your examination; however, I present them as a small Christmas present, hoping that they might arouse a smile or two.

Dear Mrs. Yang, my wife and myself wish you a happy New Year and extend to you our most sincere thoughts of friendship.

Yours truly

Nicolas CHAPUIS

法国驻上海总领事致：

亲爱的杨女士，

时光飞逝，自锺书离开我们，两年间我们已经生出白发。我希望让您知道他的存在给我生活的鼓励有多大，以及我对您的同情有多深。

我衷心地希望您能够克服不可避免的、肯定已经侵入您的家中的孤独感，并希望您已经找到助您追求自己目标的力量。

我听说您最近与多米尼克·布尔瓦[1]通过话，我后来在上海见到她。她理解您不能面见她，她很高兴听到您的声音。

至于我自己，我没时间也没愿望去北京。正如您在最近的信中所说，北京已经发生了奇怪的变化。我想您思念无锡乃至上海：我觉得您会高兴地看到整个江南正在解放思想，恢复其历史和文化根基。下周我将对无锡进行短暂访问，我不会忽略在那里留下对锺书和您的思念。

随函附上我最近荣幸地在上海发表的文章[3]：如果您抽得出时间，您会注意到您关于中国精神的教诲给予了我新的视野。当然，我知道自己的意见在您的审视下有多"异类"，但我把它们作为圣诞小礼物送上，希望它们能引起一两丝微笑。

亲爱的杨女士，我与我的妻子祝您新年快乐，并向您表达我们最诚挚的友谊。

您真诚的

郁白

2000年12月5日，上海

---

[1] 多米尼克 · 布尔瓦女士，法国译文出版社的负责人。

[2]《围城》中的原文是——将来国语文法发展完备，总有一天可以明白地分开“老的科学家”和“老科学的家”，或者说“科学老家”和“老科学家”。

[3] 此指郁白发表于上海《跨文化对话》（*Cross-cultural Dialogues*）第四辑的《悲秋：中国古典诗学研究》，该文乃郁白所著《悲秋》一书（2000 年 10 月法文版）的序文，题目为编者所加。

雅克·希拉克*（一通）

法兰西共和国总统致：

杨绛女士，

得知您先生的过世，我感到十分沉痛。

钱锺书先生身上体现了中华民族最美好的品质：智慧、优雅、善良、开放和谦逊。

法国深知这位20世纪的文豪对法国所做的贡献。自30年代钱锺书先生就读于巴黎大学时，他就一直为法国文化带来荣誉，并让读者分享他对于法国作家和哲学家的热爱。他极大的才情吸引了他的全部读者。正如您知道的，其作品的法文译本，无论是短篇小说、长篇巨著《围城》，还是评论研究，都被我国广大的读者视为名著，受到他们的欢迎。

我向这位伟人鞠躬致意，他将以他的自由创作、审慎思想和全球意识，为文化历史所铭记，并成为未来世代的灵感源泉。

---

* 雅克·希拉克（Jacques Chirac，1932–2019），生于巴黎。巴黎政治学院毕业，1959 年获法国国家行政学院公共与政治学硕士学位。1974 年出任法国总理，1976 年辞职后创立保卫共和联盟并自任主席。1986–1988 年再次出任总理。1995 年当选法国总统，2002 年连任，2007 年卸任。

LE PRÉSIDENT DE LA REPUBLIQUE

Paris, le 24 décembre 1998

Madame,

J'apprends avec une grande tristesse le décès de votre époux

M. Qian Zhongshu incarnait ce que la nation chinoise porte de plus beau en son sein : l'intelligence, l'élégance , la bonté, l'ouverture et la modestie.

La France mesure combien elle doit à ce grand lettré du 20 ème siècle. Depuis les cours qu'il avait suivis à la Sorbonne dans les années trente, M. Qian Zhongshu n'a cessé d'honorer la culture française et de faire partager sa passion pour nos écrivains et nos philosophes. Sa verve était telle qu'il séduisait tous ses lecteurs. Les traductions de ses oeuvres en français, qu'il s'agisse des nouvelles, de son grand roman « la forteresse assiégée » ou encore de ses études critiques, ont été saluées, vous le savez, comme des chefs d'oeuvre par un très large public dans mon pays.

Je m'incline devant la mémoire de ce grand homme, qui demeurera dans l'histoire des cultures comme une source d'inspiration pour les générations à venir, par sa création libre, sa pensée vigilante et son sens de l'universel.

Je m'associe à votre peine dans cette épreuve, et je vous prie d'agréer, Madame, au nom du peuple français et en mon nom propre, l'expression de mes condoléances et de ma profonde émotion.

Jacques CHIRAC

Madame Yang Jiang
Sanlihe
Nanshagou 6 Lou 2 Men 6 Shi

雅克·希拉克唁函

杨女士，我希望在这一不幸中分担您的痛苦，并以法国人民和我自己的名义，请您接受我的深切哀悼之情。

雅克·希拉克

1998年12月24日，巴黎

整理者按，杨绛先生接到希拉克总统唁函后，随即回复答谢，原函如下：

尊敬的法兰西共和国总统阁下：

我深深感谢总统阁下对我的唁问。请容许我代表钱锺书感谢总统阁下和法国人民给予他的厚爱和荣誉。

杨绛敬上

一九九八年十二月廿九日

于北京

此外，杨绛先生亦有函致法国驻华大使馆临时代办包美诚先生，谢其代为转递总统唁函。

包美诚*（一通）

Le Chargé d'Affaires a.i. AMBASSADE DE FRANCE EN CHINE

Pekin, le, 25 décembre 1998

Madame,

Je vous prie de bien vouloir trouver ci-joint le texte de la lettre que Monsieur Jacques Chirac, Président de la République Française, me demande de vous transmettre, et dont je ne manquerai pas de vous faire parvenir l'original dès réception.

Je m'associe à votre peine et à celle de votre famille et permettez moi, Madame, de vous transmettre mes respectueux hommages.

Patrick BONNEVILLE

法国驻华大使馆临时代办致：

杨绛女士，

请查收随函附上的法国总统希拉克先生请我转交您的唁文，一经收到原件我会即时转交给您。

杨女士，我希望分担您和您家人的悲痛，并请您接受我的敬意。

包美诚

1998年12月25日，北京

* 包美诚（Patrick Bonneville），时任法国驻华大使馆公使。

毛磊*（一通）

L'Ambassadeur AMBASSADE DE FRANCE EN CHINE

Pékin, le 18 janvier 1999

Madame,

Je vous prie de bien vouloir trouver ci-joint la lettre de M. Jacques Chirac, Président de la République Française, dont le texte vous a été adressé le 26 décembre dernier.

Permettez-moi d'y joindre l'expression de mes vives condoléances personnelles. Puisse la sérénité si humaine qui éclaire vos oeuvres, et que j'admire profondément, vous apporter un regain de paix après l'épreuve de la séparation.

Veuillez aprées, Madame, mes hommages respectueux.

Pierre MOREL

法国驻华大使致：

杨女士，

请查收随函附上的法国总统希拉克先生请我转交您的信，其信文已于去年12月26日呈送给您。

请允许我向您表示我个人的深切哀悼之情，我非常欣赏您的作品所

* 毛磊（Pierre Morel），1944 年生。1965 年毕业于巴黎政治学院，1971 年毕业于法国国家行政学院。1996-2002 年任法国驻华大使。

体现出的那种充满人性悲悯的平淡从容，在您与先生不幸离别之后，它为您重新带来了心灵的平和。

杨女士，请接受我的敬意。

毛磊

1999年1月18日，北京

AMBASSADE DE FRANCE
EN CHINE
L'Ambassadeur

Pékin, le 18 janvier 1999

Madame,

Je vous prie de bien vouloir trouver ci-joint la lettre de M. Jacques Chirac, Président de la République Française, dont le texte vous a été adressé le 26 décembre dernier.

Permettez-moi d'y joindre l'expression de mes vives condoléances personnelles. Puisse la sérénité si humaine qui éclaire vos oeuvres, et que j'admire profondément, vous apporter un regain de paix après l'épreuve de la séparation.

Veuillez agréer, Madame, mes hommages respectueux.

Pierre Morel

Pierre MOREL

Madame YANG Jiang
Sanlihe
Nanshagou 6 Lou Men 6 Shi

毛磊大使信函

史密斯*（一通）

From the Secretary of State for Culture, Media and Sport

THE RT HON CHRIS SMITH MP

20 January 1999

Dear Mrs. Jiang,

I was very sad to hear of the death of your husband, Qian Zhongshu. He was one of the outstanding intellectuals and scholars of this century. He impressed Western scholars with the breadth and depth of his learning. *Cities Besieged* (*Wei Cheng*) is one of the major literary works of the century . I am particularly conscious of his links with Britain – his study at Oxford in the 1930s, his profound knowledge of English Literature, and his work in making that literature accessible to Chinese, not least through his translations from Shakespeare. His death marks the passing of a major force in Chinese culture. I send you my deepest condolences.

Yours sincerely

Chris Smith

（英国）文化新闻体育大臣、下议院议员克里斯·史密斯致函：

亲爱的绛夫人，

我很痛心地听到您丈夫钱锺书逝世。他是本世纪杰出的知识分子

* 克里斯·史密斯（Chris Smith），生于1951年。剑桥大学文学博士，时任英国文化新闻体育大臣。

和学者之一。他学识上的广度与深度给西方学者留下深刻的印象。《围城》是本世纪的重要文学作品之一。我尤其关注他与英国的联系——1930 年代他在牛津大学读书，他对英国文学的渊博学识，以及他为让中国人了解英国文学所做的一切，尤其是他对莎士比亚作品的翻译。他的离世标志着中国文化中某种力量的消逝。我谨向您致以最深切的哀悼。

您诚挚的

克里斯·史密斯

1999年1月20日

罗洪*（二通）

（1）

杨绛大姊：

常常想起您，惦记着您，不知您身体如何？

钱先生留下的事，还得您花时间和精神处理。希望您不要累着，逐步进行。您应该有个助手，对不对？一方面是工作上可以帮您点忙，另一方面日常生活中，必要时有个可以交谈的人。

您忙，不用写复信。草此，敬祝

康健！

罗洪

1999年2月24日

* 罗洪（1910–2017），本名姚罗英，笔名罗洪。苏州女子师范学校毕业，1930 年开始发表作品。1949 年后，久任上海作家协会主办的《文艺月报》（后改名为《上海文学》）编辑，直至退休。

杨绛大姊：

读了你2月29日的信，你思想境界之高，既使我高兴又佩服你毕竟不同凡响。多年来，你毕竟是太疲劳了，随时该注意身体，保证每天有足够的休息时间。

我早就想写信了，但我克制着，恐怕打扰你，让你安静。因为整理资料很辛苦，我明白。

北京人文出版社就要出版纪念钱先生的集子了，一个多月之前，就有信通知了我。

最近一二个月，我整理了我家图书，全部送给了家乡图书馆。84年曾将朋友们送给我们的著作，捐赠给上海图书馆，现在想想，还是一同送给家乡为好。他们新馆正在建造，并计划将一些人的赠书既集中又分开地陈列在一处。上海图书馆新馆落成已三年多了，既宽敞又漂亮，可谓是国际级的了。就在我们家附近，可说是邻居。等你有时间、身体恢复些的时候，能不能到南方来走走呢？

祝你

健康！

罗洪
1999.5.18夜

罗洪致杨绛信函手迹

（2）

杨绛大姊：

读了你2月29日的信，你思想境界之高，既使我高兴又信服你毕竟不同凡响。多年来，你毕竟是太疲劳了，随时该注意身体，保证每天有足够的休息时间。

我早就想写信了，但我克制着，恐怕打扰你，让你安静。因为整理资料很辛苦，我明白。

北京人文出版社就要出版纪念钱先生的集子了，一个多月之前，就有信通知了我。

最近一二个月，我整理了我家图书，全部送给了家乡图书馆。84年曾将朋友们送给我们的著作，捐赠给上海图书馆，现在想想，还是一同送给家乡为好。他们新馆正在建造，计划将一些人的赠书既集中又分开地陈列在一处。上海图书馆新馆落成已三年多了，既宽敞又漂亮，可谓是国际级的了。就在我们家附近，可说是邻居。等你有时间、身体恢复点的时候，能不能到南方来走走呢？

祝你

健康！

罗洪

1999.5.18夜

罗新璋*（一通）

杨先生：

钱先生尝言：有的人与其说是讲学，不如说是学讲。本月上旬，我也去香港中文大学“学讲”了一番。虽是学讲，但接待倒按讲学规格。住在半山腰一西班牙式别墅，第二天早晨在鸟叫声中醒来。北京住处是多年不闻啼鸟了。午饭后，在校园内走走，蒙蒙细雨，拐入一条去车站的路上，只我一人，极为幽静。到我这年纪，人生应有的好光景已过去了，生活只剩点 petitis plaisirs 聊以苟活。在散步途中，心情极为欢快，je me sens presque heureux！同时觉得自己不配有此享受。中文大学造在山坡上，房子都朝海，比燕园还美。大学校园是清静的读书去处，除一小超市，无商店饭馆，师生院长吃饭请客，就在校内八个食堂里，没受商业化侵蚀。图书馆已无查目卡，全都是电脑，读书就坐在书库里，随取随看。一次，坐在大图书馆里，背后就是四库全书，及续编，以及民国丛书，顺便翻到一函《石遗先生集》，因《石语》而得知，线装，见第十三册，有子泉老先生一文，随即自己去复印下来，《钱基博学术论著选》未收此文，今寄上。我五月一日下午到香港新机场，金圣

* 罗新璋（1936-2022），浙江上虞人。北京大学西语系 1957 年毕业，曾在外文局《中国文学》杂志社从事中译法工作，1980 年调中国社会科学院外国文学研究所。

华夫妇来接，第二天自己过一天。五月三日，金打电话来，我谈了自己感受，觉得这么好的读书环境，钱先生杨先生才能得其所哉，为钱先生未到而感到可惜。金现为新亚书院（当年由钱穆创办，现新亚图书馆即称钱穆图书馆，详照片）副院长，她力邀杨先生能出行去中文大学，只需跟大家见一次面，休息十天半月；杨先生能接受，她去请新亚院长出面邀请。称香港气候，以十一二月最好，北京已进入冬季，香港却是一年好景和金秋。而且已到世纪之交，千年之交。以前需照顾钱先生，现在趁身体尚健朗，杨先生可自去自来，看看回归后的香港。香港城里太挤太闹。唯中文大学清幽可取。我住中文大学，几乎不进城，不入尘俗！九四年时，翻译系刘宓庆君，曾提议邀钱先生杨先生访中文大学，知道钱先生不接受境外访学而婉谢。今年三月造访，见杨先生甚健，去香港三小时飞机，打个瞌睡就到。九七回归，九十二三高龄的雷洁琼还飞来飞去，乘飞机当无问题。请杨先生考虑定夺。倘蒙同意，细节可再详议。总之，金圣华非常盼望杨先生能一行，相信这将是一次愉快的旅行。草草不恭，顺颂

近安！

罗新璋拜启

九九年五月二十五日

沈晖*（一通）

杨绛先生尊鉴：

我是安徽大学中文系沈晖，多年来一直想给您写信，每次都怕打扰您的清静。这次因编辑《苏雪林书信集》无赖（奈）只好鼓足勇气。我自八十年代中，就研究皖籍居台老作家、乡前贤雪林先生，并两次赴台拜谒请益。前几年编辑其文集，在《悼教育家杨荫榆先生》一文中，读到您在抗战时写给雪林先生的信；再后于48年，她滞留沪上，读到您译作《死亡的意义》[1]，并专程去拜访，此事载之日记："上午余按地图步赴蒲石路访杨寿康，久之始得见。欢叙久之，见杨似较去年略为丰腴，惟闻失眠尚未甚愈。"——《苏雪林日记》第一卷105页，三月十九日，星期六。95年我第一次去台访问，苏先生说，我出了一本山水小画册，寄北京的有钱锺书、杨绛夫妇，舒乙，冰心等五人。她后来在给我信中也提到曾与你们书信往还。去年苏先生逝世后，我即着手前几年耽搁下来的书信集编辑工作，承蒙苏先生生前文友鼎力襄助，现已征集到书信四百余函，其中有顾颉刚、冰心、赵清阁、袁昌英、朱雯等。今驰函府上，深望先生能将苏先生寄给你们信复印寄我，以便入编。不情之

* 沈晖，生于1944年，安徽合肥人。安徽大学中文系教授。

请，乞谅。晖知先生高龄，检索之累，故一直惴惴不敢驰函之故。

耑此　祈颂

春厘，寿且康

晚　沈晖拜上

庚申新正廿六日

---

[1]《死亡的意义》一书乃杨寿康女士所译，非杨绛译作。

吴允淑*（一通）

尊敬的杨女士：

您好！

盛夏炎热，我希望您多多保重。

今年4月份，我曾经寄给您一封信，不知您是否收到。因为一直没有收到杨女士的回复，我担心可能是因为这件事给女士增添了不少麻烦，如若如此，真是不好意思，还请杨女士多多原谅。

目前，上次签订合同的那个出版社，已经停止出版活动了。所以我打算找另外一个希望出版《围城》韩文版的出版社。虽然事情不太顺利，我希望杨女士再等一段时间，让我妥善地处理这件事情。我希望今年年底之前能将此事落实下来。

出版钱先生《围城》韩文版，我并不是为了名或利，只是我希望以此给韩国读者能有机会拜读与原文距离不远的《围城》，并将此事有始有终地办好。

又给您添麻烦了，真抱歉，再次请求您的原谅。

祝

安康

于上海　后学吴允淑敬上

2000. 6. 27

---

* 吴允淑，韩国人。汉语翻译工作者，时在南京大学研修汉语言文学。

钱雨润*（一通）

尊敬的杨绛先生：

恕我冒昧给您写这封信。我叫钱雨润，无锡人，是杨必先生在复旦任教时的学生，毕业于1963年，后分配至国际广播电台工作，1998年从常驻联合国任上期满回国后，即告退休。

1961-1962我念四年级时，杨必先生教我“英语精读”和“英美文学选读”二门功课，我们接触较多。她给我留下的印象是很深刻的，近40年来，杨先生的影子始终在我的脑子里徘徊，挥之不去。我们一些在京的和在沪的同学见面时，杨必先生、徐燕谋先生和刘德中先生始终是我们的话题，总是说不尽的遗憾和嗟叹。这就是我写这篇《世纪末的怀念》的缘由。现将这篇小文寄上，目的只有一个，让您知道杨先生身后并不寂寞，她的许多学生和同事一直记着她，心里默默地怀念她。如果这篇小文反而勾起了您的痛苦和悲哀，那就是我的罪过了，还望您老人家原谅。

您近年来迭蒙不幸，先是钱老走了，不久前又从报纸上得知你们的女儿英年早逝，您一个年近90的孤独老人顽强地挺了过来，已经是足以

---

* 钱雨润，生于1938年，江苏无锡人。上海复旦大学外文系1963年毕业，分配至中央广播事业局从事翻译、英文撰稿、编辑工作。80年代末留学美国密苏里大学研习新闻学，后任驻美记者，中国国际广播电台新闻部主任。

令人肃然起敬的了，可您还在从事一部外国作品的翻译。连我们公寓的一位文化程度不高的工人看了那则消息，对包括我在内的正在收发室取报刊的人叹道："这个老太太真了不起！"

最后说句您也许不感兴趣的话：我是您和钱老的忠实的读者和崇拜者。

希望您在写作的同时多多保重身体。期待读到您的新作。

您素不相识的晚辈　钱雨润

2000. 12. 29 于北京

附录：世纪末的怀念——记杨必先生

钱雨润

杨必先生的名字，也许不为许多人知道，特别是当今40岁以下的人。然而但凡攻读外国语言文学，或对外国文学有兴趣而又读过她的译作《名利场》（*Vanity Fair*）的，都知道她。许多人对她以生动流畅、幽默诙谐的现代语言，绘声绘色地再现原作中各色人物嘴脸的"杨必风格"，佩服得五体投地。连翻译大师傅雷都为之折服。译作一经出版，市场供不应求，书店脱销。人民文学出版社便迅速予以再版。可惜这位才子也没能逃过那场史无前例的大劫难。时光进入世纪末，杨先生离世已经30年。作为她的学生，我感到应该写点什么，让人们不要忘记她。

我是先读了杨先生的书，后认识杨先生其人的。我得知《名利场》中译本在社会上获得广泛好评，也是一个偶然的机会，具体地说，是走在路上听说的，名副其实的道听途说。

大约是1959年5月吧，复旦各系为纪念校庆50周年，举办一系列学术报告活动，其中之一便是外文系的外国名著翻译讨论会，地点是老教学大楼。那天因为我有课，没有去听。课后路过老教学大楼时，报告会正好结束，与会者陆续走出大楼。天下着毛毛细雨，在我前面有几个打着雨伞的外校来的人正朝着校门方向走去，边走边议论，听得其中的一个说："杨必的《名利场》文字真漂

杨必任教复旦时的照片

亮！”另一个说：“比傅雷的文字活泼，有灵气！”杨先生翻译的《名利场》获得好评，我是早有耳闻的，但并没有引起我的特别兴趣，现在听得路人都在议论，大大激发了我的好奇心。第二天，我到图书馆把杨译本《名利场》上下两册借来，如饥似渴地读了起来，我发现那两位路人的议论果然不虚。人民文学出版社付给她最高稿酬，杨先生是受之无愧的。

首先，译文之流畅在当时不可多得。翻译总难以完全摆脱原文，特别是欧式句法的束缚，因此文字难免有晦涩难读之虞。我读狄更斯、奥斯丁、勃朗蒂姐妹、司汤达、歌德、托尔斯泰等的中译本，发现大多有这种遗憾。可在杨译中差不多找不出一句生译、硬译或欧式句子来。她善于把原文的句式拆散，然后按照中文的表达习惯重新组织句子，非但把原文的意思准确生动地表达了出来，而且又符合中文表达的习惯。因此，整部书文句简洁流畅、生动活泼，完全的中国化，足以跟许多大手笔们的文字比美，甚至更好。其二，她能叫绅士、小商、军人、纨绔子弟、大家闺秀、家庭教师、老处女、管家、佣人、马车夫等各色人等说出与个人身份相称的话来，使人物活龙活现，跃然纸上。这对翻译家说来也是不易做到的。不信，你可以随便翻开一本60年代以前欧美古典小说的译作，包括有些名家的早期译作，准能发现各色人物的讲话大多是一个腔调，都是译者自己的语言，当然也有例外，但为数寥寥。杨译能做到这点，固然跟萨克雷的原作风格有关，但我认为主要应归功于译者的中英文语言文字功底之深厚，以及她在再创造方面下的一番苦功。试想换个人来译，其结果肯定是另一种模样。

但杨译的最大特点，要算是文字的口语化了。在杨先生笔下，叙述也好，对话也好，描写也好，议论也好，都能用口语把原文的寓意和幽默诙谐准确而充分地传达出来。她不仅能自如运用北方口语，还能恰当运用她所熟悉的吴语方言口语，甚至连《红楼梦》里贾母、凤姐、宝玉、黛玉、宝钗、鸳鸯、平儿以至刘姥姥的话，凡是合适的她都拿来用，从而创造了一种独特的风格，我称它杨必风格。据说傅雷先生看了杨译《名利场》后，慨叹自己的译文文字呆滞。他说他也很想让语言活起来，并因此读了老舍的作品，但还是活不起来。我要在这里声明，我引傅雷先生的话，除了表明傅先生虚怀若谷外，丝毫没有贬低他的意思。傅雷先生作为翻译巨匠的地位，是没有人能够跟他挑战的；他一生译作浩瀚，译文准确、通顺、严谨，是为大家所公认的。杨先生驾驭语言的高超能力，除了天赋条件外，与她刻苦学习有关。学生中传说她把《红楼梦》看了十遍，能把一些精彩片断和对话背诵如流。几年前我看了杨绛先生的文章，得知杨必先生读小学时就偷着看《红楼梦》，由此可以肯定这一传说不虚，虽则未必如传说的那样正好看了十遍。

因此，杨先生在我心目中成了一位具有神秘色彩的人物，使我对她产生了一种“个人崇拜”。但我把先生的名字与她本人联系起来，是又过了一年半以后了。

在我的印象中，杨先生好像从未在全系师生大会上露过面，也没听说她开什么课。后来才得知她一直在家养病。她从小就为失眠所困扰，后因一面开课教书，一面应出版社的要求赶译《名利场》，导致神经衰弱愈来愈重。1960年9月初我升入三年级的时候，别的同学都下乡劳动去了，而我和其他几位高年级学生被留下参加中华书局《辞海》外国文学部分条目的二稿编写，杨先生是编辑组的成员，这下我终于有机会看到神往已久的先生本人。当时她大约三十七八岁，已经当了好几年副教授，是外文系乃至全校最年轻的副教授之一。一副大家闺秀的气派：身材苗条，穿着讲究而不华丽，一头洗理得很整齐的黑发，鸭蛋脸上透着灵气，五官端正，脸色红润，但我不能断定这是健康还是一种病态。她开朗健谈，不时与其他教师说笑。这是杨先生给我的最初印象。

杨先生的不凡气质，植根于她的家庭环境。她出身于无锡名门。前些年看到杨绛先生的《将饮茶》，知道父亲杨荫杭早年留学日本、美国，参加过辛亥革命，创办过《国民报》和《大陆杂志》，当过民国早期的官，后来在上海当律师和教授。在北京女师大风潮里栽了筋斗的杨荫榆校长，是杨必先生的三姑。杨绛先生是她姐姐，《名利场》的书名，还是她姐夫钱锺书先生给定的。

1961年我四年级时，杨先生和刘德中先生搭档，担任我们的精读课教师。与此同时，她还为我们开设“英美文学选读”课。我正好被分配在杨先生负责考核的乙班，从此开始跟她发生直接的接触。杨先生因病多年休息，这回久病后第一次开课，正好叫我赶上，也算我们有缘。杨先生对我很好，原因之一也许我在班上成绩较好，老师喜欢学习好的学生，也是人之常情。其二，也许因为我们是同乡，有时闲聊一些家乡的事情，有些共同语言。杨先生从教多年，积累了丰富的教学经验，特别是外国文学方面的造诣很高，我以为她教授“外国文学作品选读”比教“精读”更加合适。我喜欢外国文学，因此特别喜欢听她讲授的英美文学选读。虽然当时班上的多数同学不大重视这门功课。她的口齿清晰伶俐，讲得一口流利而且地道的英语，速度也很快。她讲课生动，思路活跃，神采飞扬，常常惟妙惟肖地模仿书中人物的神态和讲话。有时我想，如果她当了演员，也许是个很走红的明星呢。她的身体较弱，但讲课很卖力气，连续两堂课下来，常常累得满脸通红。

杨先生没有架子，有时参与我们的说笑。我们年级无锡人有好几个，其中有位调干女生，年纪已过30，与“漂亮”二字已经无缘。记得有次课间休息，我们几个无锡人拿她开玩笑，对杨先生说那位同学是“beauty”（美女），杨先生说：“无锡人都漂亮！”有人说特别是杨先生，她开怀大笑：“不，我例外，是最难看的无锡人！”我还觉得杨先生率直天真，没有防人之心。有一天，她到我们宿舍来（唯一的一次），看到我住的房间门框上贴着雷锋的语录，其中的一联是：“对待同志像春天一样温暖”，杨先生说：“哦，我最怕春天了，一到春天就常常犯病！”现在50岁上下的人都还记得，经毛泽东题词钦定，雷锋一时间成了神圣不可侵犯的神，如果有人拿先生这句话进行逻辑推理，说她反对雷锋的语录，就是反对学习雷锋，反对学习雷锋，就是反对毛主席，那就百口难辩了。幸亏当时人心还善良淳朴，没有扭曲到后来那种程度，大家知道她随便说说，别无他意，因此哈哈一笑了之。

我最后一次见到杨先生，是1962年7月上旬，期末考试之后不几天，地点是淮海路妇女商店楼上她的寓所。事情的经过也很偶然。五年级毕业班排练了英语话剧《雷雨》，借上海一些中学的礼堂巡回公演，需要有人帮忙打杂。那时暑假已经开始，外地同学已陆续回家，我是系里负责宣传的学生干部，留下来前去打杂义不容辞。在江苏路一所中学（名字记不得了）的礼堂演出那天，下午四点多钟，离开演时间还远，我和一位同班一起，由他驾着摩托来到杨先生的寓所，名为探望，实为打听期末考试成绩。出来开门的是保姆，她听说我们是杨先生的学生，便朝里面喊道："大小姐，来客人了！"一面把我们让进客厅。先生出来跟我们打过招呼，叫我们稍坐，她自己便转身进里屋去了。我的同学悄悄对我说："叫保姆给我们拿点心呢！"果然，不一会儿保姆送来了两碟西式奶油糕点。那时正是大饥荒的最后一年，肚子里正缺油水，趁着杨先生没有回来，我们便狼吞虎咽地把自己碟子里的内容吃个精光，杨先生大概猜到了我们的醉翁之意，查阅我们的考卷去了，过了好几分钟才回来，把我们的考试成绩大略告诉了我们。我们问她五年级是不是还由她和刘德中先生教，她说不会了，可能由徐燕谋先生教我们。我们又谈了一会儿毕业班演出《雷雨》很受欢迎，《文汇报》和《新民晚报》都做了报道等事。因为我们要赶到剧场去服务，谈了一会便起身告辞，万万没想到这一别竟成永诀！

五年级开学后，听说先生的神经衰弱老病复发，竟至于到了神经分裂的程度。我们乙班的几个同学打算去看她，把这个意思对当时读二年级的杨先生的侄女说了，她说先生近来好多了，劝我们不必亲自去，由她代我们向先生转达问候就可以了。我们认为她说得有理，的确神经分裂的人需要安静，去一大帮人对她康复不利，因此我们也就没有去。

杨先生一辈子独身。对此，师生中有种种猜测，但只是好奇，没有恶意。有的说她在恋爱上受过刺激，有的说她深受古典小说的影响，看破了世道红尘，决定终身不嫁。"文革"初期，又传说她茹素信佛，于是更增加了这种说法的分量。但我认为杨绛先生的说法最可信。据她说，是因为杨必先生的标准太高，在现实生活中始终没有找到一个中意的人。杨必先生是家里最小的一个，她父亲临终前把她的婚事托付给了杨绛先生，还说："如果没有好的，宁可不嫁。"没想到老人的遗言竟一语成谶。

杨先生有一段经历跟她的最后归宿有着极重要的关系，在此不能不一叙。先生解放前在震旦女子文理学院读书期间，颇得该校主管、英国修女Thornton的器重，毕业后她留校当了助教。解放后，该修女以"特务"罪被驱逐出境。"三反"时领导上要先生交代与"特务"的关系，她交代不出她们之间有什么不可告人的关系，因此被认为"不老实"和"拒不交代"而一度被"挂起来"。对此，先生坦坦荡荡，如无其事，利用这段时间翻译并出版了《剥削世家》。另一件事是，解放初期，她曾经人介绍，在国际劳工局兼任中译英秘书，不久这个机构撤销了。

60年代中期，腥风血雨的"文革"开始了。杨先生与修女的关系以及她在国际劳工局兼职等本来已经清楚的历史，在造反派眼里，忽然又成了了不得的"特嫌"问题，杨先生再次被审查追究。看着造反派那凶神恶煞般的嘴脸，本来体弱多病、神经脆弱的先生，这一来更是寝食不安，经常处于心惊胆战的状态之中。更加致命的是，有无聊小人贴出大字报，无中生有地"揭发"先生的所谓"风流韵事"，对视名誉重于生命的她，这无疑于雪上加霜！

1968年的一天早晨，已经过了该上班的时间，还不见杨先生打开房门。她的大姐走进她的卧室，叫她，没有反应；走近看看，只见她安详地躺着；用手摸摸她的额头，凉的；又摸摸她的鼻子，没有了呼吸……为人世所不容，她上西天去了。

据一些老同学来京说，杨先生头天晚上服了大量安眠药，从此便再也没有醒来。这是一种说法。杨绛女士在《忆杨必》中说，关于先生的死因，尸体解剖的结论是急性心脏衰竭。不管是哪种死因，我认为，都明明白白地跟那场"史无前例"有着直接的关系，是那场大劫难的牺牲品！她比同时教我们"英语精读"、后来担任我的毕业论文导师的刘德中先生晚走二年。刘先生没有躲过那第一阵"横扫"，选择了傅雷夫妇的道路，与夫人双双上吊自尽，留下一句英文写的话，大意是：既然不为人间所容，那就到天国去。

我于1963年毕业来到北京，因深受杨先生的影响，正做着翻译梦，心想，即使当不了傅雷和杨必，做个翻译匠也好，总比当空头政治家强。我把先生看作我努力奋斗的楷模，业余时间里把《名利场》原文和译文一字一句地对照着看，并把译得精彩之处的中英文摘录下来，供日后对照琢磨。有时在班上工作完成后，也拿出书来看，因而被一个曾在延安革过一些时候命的小头目视为有资产阶级名利思想的罪证，一年后在我的工作转正会上发动了杀气腾腾的突然袭击，着实把我惊吓了好几天。36年过去矣，当翻译匠的梦早成虚话，那些笔记也成了无用之物，这期间我又多次搬迁，房子勉强容得下人住，因此不得不一次次地扔东西，但这本笔记却始终伴随着我。留着它，算是对我这位不为人间所容的师长的一种怀念！

1979年冬，时任外文系领导的孙铢和袁晚禾两位老师来京开会，我们在一起谈到杨必先生、刘德中先生、徐燕谋先生等的遭遇，袁先生感叹道："杨必是个女才子，死得太早，可惜了！"杨先生和刘先生离开这个世界时，均不过40多岁，从事业上讲，正是光彩夺目的年华，不幸英年早逝!

1978年杨先生离世10周年之际，人民文学出版社第三次印刷《名利场》，作为对先生的一种怀念，我特地去买了一本。此后是否又有再版，我倒没有留意。

杨先生离开这个世界已经30多年，但她的形象常常在我的脑子里盘桓。她的最后日子，我知道得很少，而且都是从一些来京出差的老同学嘴里听来的，其中难免有误。又因我听到噩耗时非常震惊和痛苦，不忍详问细节，因此失去了了解详情的机会。但尽管是这一星半点，我也要把它们写下来，这并不是件轻松事，当我把这篇小文一字一句敲出来时，曾多次鼻酸。但我想我这样做，往小里说，算是对我尊敬的师长的一种怀念；倘可以往大里说，那就是对那昏天黑地的时代加上一鞭!

往后看是为了往前看。但愿杨先生以及她同时代人的悲剧，是中国知识分子的最后一次劫难。

1999. 7 北京

李黎*（一通）

杨绛先生：

看到这张卡片[1]，我立即想到的是《我们仨》，我知道用来送您当贺年片并不proper，但又不忍“割爱”，所以不签名寄上，您看着当好玩儿，只要不伤心。

我夏天在上海，一到就去书店买了本《我们仨》，一读着“古驿道”眼泪就哗哗地流下来。我知道这非作者本意，但心里最tender的一部分被触到，不得不如此…… 很奇怪便想到Christina Rossetti的诗*Up-hill*[2]：

Does the road wind up-hill all the way?

Yes, to the very end

Will the day's journey take the whole long day?

From morn to night, my friend ...[3]

自己也写过虚构的与纪实的生离死别，我从未想到过以这样的方式写。在至痛中还能有这样优美的艺术形式，是因为这人和这心还有太多的爱与美——这点我懂，我写过一整本纪念亡儿的书，我知道这是可

* 李黎，原名鲍利黎，生于1948年，安徽和县人，女作家。1949年随父母去台湾，台湾大学历史系毕业，70年代赴美，就读于普渡大学政治学研究所，曾任编辑及教职。现居美国加州，专事写作。

能的，在痛中还可以美，因为爱得好美，是不是？但我的书还是远远不及您。

去年秋天我陪家母回上海（记得我告诉给您，她小您一岁），老太太很喜欢，我便租了房子，雇了保姆，将她安置在那儿。一年多来，常去看她。她是应该住在自己的土地上的。跟您一样，她的脑筋非常清楚，记性也好。过一个星期我们全家又要去上海了，小孩想念“格乱骂”，寒暑假都回去，也可以把中文学好。

Christmas那几天我会随丈夫到北京，我知道您不喜欢被打扰（也不忍打扰您），到时如问得到您的电话，我会致电问候。

对了，我和我先生也是每天早上各喝一杯英国式红茶，大吉岭或English breakfast，加蜂蜜和牛奶，谁先起床谁先泡。读了您写的那段之后，早上喝茶常想到您——和钱先生。

爱不会因人离去便消失。记忆也不会。多好啊。

您多保重，祝新的一年又可以完成一些心愿。

李黎敬上

2003. 12. 9

---

[1] 指“三猫并行图”。

[2] 英国女诗人 C. 罗塞蒂（1830–1894）的诗《上山》。

[3] 诗云：“为问此蹊径，上达山巅否？答言信如斯，直达无偏纽。为问跋涉程，须经全日否？答言朝至暮，实以答吾友。”

夏志清（一通）

季康姊：

读来信，觉得您完全当我是熟朋友，自己家里人一样，很高兴。那篇书评，时报航寄《仨》书太迟，不给我充分时间去细读，而且限定字数，所以我特别强调“阿圆回去了”这一点，你们母女深厚的感情，她和其父同样深厚的真情——这是全书最感人的部分。别的书评主要还是写锺书和你二人。同时我强调二老年轻时在牛津、巴黎，生活如此idyllic，瑗瑗的婚姻生活无论如何比不上的，虽然我也不知道她同其两位夫婿其实也是门当户对、十分相爱的。关于这一点，只好日后再补写了。

我也即将83岁了，千古之后，藏书如何处理，我也只好不管了。《洗澡》此书我早已有了。你的剧本，我只藏有《喜剧二种》，其实另外两种，加上有些尚未重印的短篇小说（如“Romanesque”——因为title别致，一直记得），也该重印，给读者们方便。欧洲古今名著，我只看英译本（林琴南的倒看过两种），所以尊译*Don Quixote* 哥大Library有一套就够了。Plato的《斐多》想是薄薄的一册，如不麻烦可平寄我一册。我把纪念悌芬兄的文章随信附上了。《译丛点滴》我也已海运寄你，因为该书提到Stephen[1]的有不少处，也有照片。*Rendition*第二期印有《围城》首章的译文，后来还出了个英译《干校六记》的专号，所以《点滴》此书你也该藏有一册的。多保重身体，祝新年如意。

弟　志清上

2004.1.9

[1] 宋淇的英文名。

季康姊：

读来信，觉得您完全当我是[illegible]朋友，自己家里人一样，很高兴。那篇书评，时报航寄《仨》书太迟，不给我充分时间去细读，而且限定字数，所以未特别注明《阿圆回去了》这一点，你们母女深厚的感情，她和其父同样深厚的真情一段是全书最感人的部分。别的书评主要还是写钟书和你二人。同时我注意到二老年轻时在牛津、巴黎，生活如此idyllic，后来的婚姻生活当[illegible]何比不上的，虽然我也不知道比同其后任夫妇其实也是门当户对，十分相爱的。关于这一点，只好日后再补写了。

我也即将83岁了，千古之后，藏书如何处理，我也只好不管了。《洗澡》此书我早已有了，你的剧本，我亦藏有《喜剧二种》，其实另外两种而已，加上有些尚未重印的短篇小说（如"Romanesque"一因为title别致，一直记得），也该重印，给读者们方便。欧洲古今名著，我只看英译本（林琴南的倒看过两种），所以杨译Don Quixote当大Library有一套就够了。Plato的《斐多》想是薄薄的一册，也不麻烦你再寄我一册。我把纪念悼念他的文章随信寄上了。《译丛短篇》我也已经遗失，因为该书提到Stephen的有不少处，也有照片。Renditions第二期印有《围城》首章的译文，后来也出了你英译《干校六记》的专书，所以《短篇》此书你也该藏有一册的。望保重身体，祝新年如意

夏志清上

1/9/04

夏志清先生致杨绛信函手迹，该信写在《怀念宋淇》（*Remembering Stephen Soong*）长文复印件背面

from The Renditions Experience 1973-2003 (译丛点滴)
The Chinese University of Hong Kong 2003

Remembering Stephen Soong

C.T. Hsia

is Emeritus Professor of Chinese at Columbia University, and a founding member of the *Renditions* Advisory Board. His translations were first published in *Renditions* in 1974.

Over the years I have written only two pieces about my dear friend George Kao: an essay on his translation of *The Great Gatsby* (Taipei, 1971) and a review of the *New Dictionary of Idiomatic American English* (Reader's Digest, 1994), now appearing as two articles in George Kao's essay collection *More Than Words Can Tell* 一言難盡 (Taipei, 2001). Of the other Founding Editor Stephen C. Soong, though I had known him since the early forties, I have written just one preface to his book entitled *Lin Yiliang on Poetry* 林以亮詩話 (Taipei, 1976). We had corresponded regularly and often by long letters since my Yale days (1948-54). But at the time of Stephen's passing, I was not equal to the task of writing a commemorative essay because of my heart condition. I am redressing the situation by writing this essay, though I am mainly recalling a time before he had assumed editorial responsibilities at *Renditions*.

In July 1937, before leaving for the interior himself on account of the impending

invasion of China by Japan, my father moved the family from Nanjing to Shanghai, to live in a residential lane on Rue Mercier in the French Concession. In the fall I began the third year of my high school at the Middle School of Great China University. My brother Tsi-an, newly recovering from TB, was admitted to Kuang Hua University as an external student. Other external students there included Stephen Soong from Yenching University, Liu Ts'un-yan from National Peking University, and Chang Chih-lien 張芝聯 from Tsing Hua University. All of them were active contributors to the school journal *Wen-zhe* 文哲. It was therefore no surprise that Stephen would years later ask Professor Liu T'sun-yan to serve as guest editor of a special issue of *Renditions* on Chinese Fiction: *Chinese Middlebrow Fiction* (1984).

Stephen Soong with a copy of *Chinese Middlebrow Fiction* just off the press.

My brother Tsi-an was a sonorous reader of prose. He and Stephen also exchanged novels to read, such as those by J.B. Priestley and even lesser works by Francis Brett Young. I was less adventurous, and preferred the certified classics of fiction. To both my brother and myself Stephen appeared a convincing spokesman for modern British literature. Certainly no one else among our friends was as passionate and knowledgeable about Aldous Huxley, T.S. Eliot, and the Bloomsbury group. Though I may have read André Maurois's *Poets and Prophets* with its seductive chapters on Lawrence and Huxley, it was Stephen's example of personal enthusiasm that has made me a lifelong student and admirer of Huxley. Stephen may have lost interest in Huxley after he embraced the perennial philosophy

夏志清先生随函寄来的长文前两页（共7页）

董桥*（一通）

杨绛先生：

冬至日来信收到，谢谢，谢谢。信上说小病，不知完全好了没有？念念，念念。北京严寒，起居望多小心。锺书先生和您都是国之瑰宝，平日一些琐事可以不理就不理，养好精神，做些您喜欢做和重要之事，才是上策！

您说您是网盲，我也是，写作多靠平日杂乱读书做材料，偶有紧急资料需要即查，才会请助理帮忙。《老圃遗文》，不齐全，是向友人借一叠影印本读，不齐全。去年之专栏文章都收进新书《甲申年纪事》中，此书除插图字画可看，其他不足观，不敢寄给您，怕打扰您清神，看书眼睛也太累也。

美国余英时先生读了我写您的文字，来信说："杨绛先生，弟昔曾蒙赠《春泥集》，惜至今未得拜见。自默存先生逝世后，弟曾读其文字不少（包括自传性作品），亦时在念中，兄便中代为请安为感。"匆匆不敢多写，怕您疲累。敬祝

新年如意

晚　董桥顿首

二〇〇五年一月十五夜

---

* 董桥（1942-　），原名董存爵，福建晋江人。台湾成功大学外文系毕业，英国伦敦学院亚非学院研究生。曾任《今日世界》丛书部编辑、英国国家广播公司制片人及时事评论员、香港《明报月刊》总编辑、《读者文摘》总编辑、《苹果日报》社长等。

胡亚东*（一通）

尊敬的杨绛先生：

冒昧给您写信，请您原谅。

我最近读吴学昭同志《听杨绛谈往事》，因其中关于高崇熙先生那段有些英文如Pyrex误为Pyrax，大概是手民之误，给她打电话，希望再版时能够予以改正；并谈起高先生。我是上世纪四十年代高崇熙先生的弟子，受业于先生三年，对高先生之学问及人品有些了解，几年前读到您的散文集中关于高先生那篇，令我激动泪下！

您和钱锺书先生是我最敬佩的先辈学者，我虽学化学又在中国科学院化学研究所工作一辈子，但从年轻时即喜文史，尤其对20世纪中国的新文学更喜爱。至于古文则因功底太浅，就谈不上了。陈寅恪、钱锺书二位加上吴宓，三位大师都是我心中的偶像，不独学问，尤其人品更甚。

高崇熙先生的纪念像终于2008年4月底在清华大学化学馆落成了。您虽未能参加，但您知道后一定心安了。听说您还不曾看到高先生塑像

* 胡亚东（1927–2018），生于北京，清华大学化学系毕业，1951 年赴苏联留学，1955 年获列宁格勒化工学院副博士学位，回国后任职于中国科学院化学研究所，曾任该所所长至 1994 年。其间参加和组织国防任务的研究，并兼任中国科技大学教授。他积极参与筹建中国化学学会高分子学科委员会，先后任《化学通报》副主编、主编、顾问 20 余年。

落成同时出版的一本《高崇熙——永远的怀念》文集，我专门向清华化学系要了一本送您。

《听杨绛谈往事》是您的传记权威版，内容丰富，极富感情，并动人。虽然我已经读过您多种文集并在纪念高先生的文章中引用过您那篇《忆高崇熙先生》的片断，那的确令我感动非常的。现在有机会请学昭同志带给您一册高先生的纪念文集，我也感到非常荣幸！从报刊上得知，您年逾九旬，身体仍很健康，我们非常高兴。冬天已至，望您注意天气变化，保重。谨祝

一切顺利！

后学　胡亚东敬上

2008. 11. 12

杨家润*（一通）

杨先生惠鉴：

《听杨绛谈往事》将我的思绪带回了大运河边的故乡——常州。苏锡常，一条运河如线穿，语音语言亦相通。旧时锡剧称常锡滩簧，即可证矣。所以看到书中描摹您的苏白、无锡话，倍感亲切。

说到振华女校，手边正巧有一张女校的证明书，时间是一九四一年十一月十五日。其上校长的大名依然是您，且钤有一方您的印，是牙章吧。从书第156页知您辞职后，季玉先生向您借去私章，用于以后振华的毕业证书，这张证明书是证实了的。而且可知，您名义上仍是振华校长，且直至振华在（上海）租界结束为止。今将证明书复印寄您，或可留为史料。

专此恭颂

期颐康健　吉祥如意

后学　杨家润顿首

己丑元月廿四日

* 杨家润，江苏常州人，时在上海复旦大学档案馆工作。

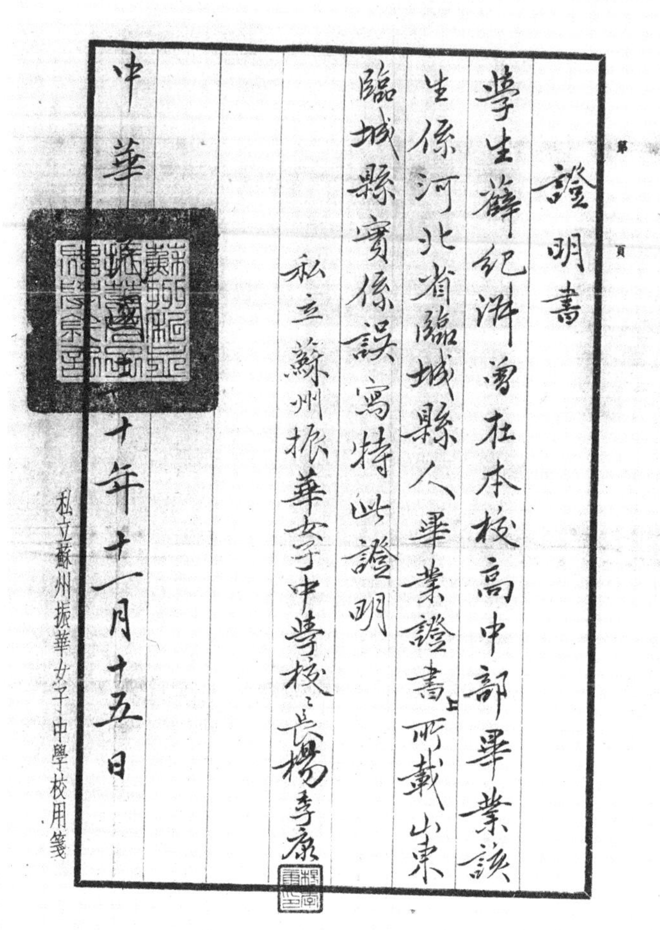

第　頁

證明書

學生薛紀湘曾在本校高中部畢業該生係河北省臨城縣人畢業證書上所載山東臨城縣實係誤寫特此證明

私立蘇州振華女子中學校校長楊季康

中華[illegible]十年十一月十五日

私立蘇州振華女子中學校用箋

杨家润随信寄来的振华校长证明书

钱绍武*（一通）

杨绛婶子：

学昭带来了您最近的书法，写得纯朴温厚又有内力，看了非常高兴，写在行间的小字也端庄亲切。婶子今年九十九岁，还能如此精进，这就是给我们的极大勉励。我们自当奋起直追。我今年才八十一岁，身体也不错，最近画了一批风景画都是我们家后门的温榆河。北京有这么大河就很不错了，当然不能和咱们家乡比，什么时候您高兴可告诉学昭，我带给您看看，请您批评指正。即颂

春安

远房侄子　钱绍武顿首

* 钱绍武（1928–2021），江苏无锡人。擅长雕塑、绘画、书法。中央美术学院 1951 年毕业留校任教。1953 年留学苏联列宾美术学院研习雕塑，1959 年毕业回国，一直任教于中央美术学院，1986 年被聘为教授，曾任雕塑系主任。

张小希*（一通）

敬爱的杨先生：

想给您写信可以说已经是“谋划已久”。下笔前，我还在对您的称呼颇踌躇，心中放不下那一份对您的崇敬和爱戴。择了一个先生的称号，来对应我这个小小学生，表达一直以来想表达的感谢和爱。记得您有一篇《读书苦乐》的文章阐述读书（还两次被选进我们的考卷，让我又有一种愉悦的亲切）。您在文中说：“读书好比串门儿，隐形地与作者先贤交流。”我只记得了个大概。在这儿就把这文字五花大绑地用下来了。现在，我冒昧地写信给您，没有安于隐形串门给您的方便，只好带着抱歉对您说：“不该不该，但谢谢您，给信中的我一个见面的机会和时间。”

认识杨先生是从有了记忆的时候开始，那时母亲的床头有好几本浙江文艺出版社的《杨绛作品集》，被小心地竖直着摆，但书被翻得多了，就有边角上的折角，到现在集子已有泛着黄色的陈旧感，从识字以后囫囵吞着读的《花花儿》到最近一直不离脑海的《记比邻双鹊》。

杨先生您的作品不知不觉伴我走过了七个年头，曾经时常望着预售

---

* 作者生平不详。就信的内容看，是一位在校高中生。此信发自浙江舟山昌冈路 238 号，特于当日晨投邮。信封上加盖有舟山邮局“7 月 22 日‘天狗吞日’”图的纪念邮戳。

海报问三联店员，《我们仨》到了吗？《斐多》到了吗？

忘了自我介绍：我是一名高一女生，生于海岛舟山，后迁至上海就学，也不能妄言世事纷扰，只能说在学习生活中一有闲暇我就会来串您的门，折服于您的睿智、才情、胸怀、气度、风骨、豁达……以及那种大爱，那种善良。有一种感动是无法言说的，是您的三里河给予了我一个自省和偶尔寂寞的空间。前几天我还在与母亲讨论写信给您的内容，还在向同学推荐您的大作，在谈论《恶之花》作者时想到了您的《洗澡》中的片断。可以说，我每天都会想您，想起您，作为一个默默关切着您的小读者，我时常在网上搜索着您的近况。记得2008中考前夕，我常捧着您的《走到人生边上》品味，您以一个老人的眼光回顾人生，反思生命，探索神灵，叩问心灵，那份缘自心灵的感动是很难用言语描述的。可以说的，除了感谢还是感谢，还有一定要说的就是："祝先生健康"。您笔下的缤纷时常让我涌起对这个矛盾世界的爱，尽管有无奈，但有包容宽慰，有通感、理解、豁达和关爱。记得《走到人生边上》序前有讲到一个母亲托三联出版社[1]转达感谢并送先生一大束鲜花。我也没有鲜花可以送给先生，这些于您已不再重要，只是借一封信一张小卡来表达点什么，作为您的思想进驻脑海的回馈。

在您的帮助下，我选择了文科作为高考的一部分，这场在哲学眼光中可以忽略的小小考试，今天已经被提上了太高的高度，而我的选择，很孩子气的有部分原因想到您在东吴大学读的是政治。

灵魂不灭，我相信。我曾经梦想做钢琴家，做吟游诗人在沙漠上流浪，用吟咏出的诗句浸灌人们的心灵沙漠。不企望有花朵绽放，有风就够了。读您的《斐多》让我有了更深的思考。我是一个理想主义傻瓜，是一个堂吉诃德式活在幻想里。也曾华丽堆砌文字，也曾订下目标却懒于行动，也曾早熟地指点同龄人思想，为伪愤青，也许您看出来了。偶尔我还喜欢分析政治把中国台湾问题与经济通胀、朝鲜核问题有机结合，“头头是道”地胡侃。嘿嘿，说了这么多自己，也没有怎么提及先生您。记得我们语文课讲到《老王》的时候，平时很低调的我在课上大侃杨绛其人，直讲了五分多钟，老师硬是让我打住，“原来是杨绛迷啊！”事后，班上也有了捧起《我们仨》的同学，看见先生隽永的文字被更多人享受，于我，是一种幸福！

不知道先生近来还好吗？最近一张对外的照片在06年了，知道先生在清理战场，不想打扰，我也深知我过分冒昧，但先生一定会笑着说：“当是一个小朋友。”时常我会在图书馆看已读了不下十遍的杨绛作品集，各个版本的，时常会心地笑，有时比对着《围城》会有窥见母鸡芦花尾巴的负罪感，比较各个编者的小小瑕疵。有时还会忘了作业的时间。记得超市里看见某个化着浓浓腮红的女士，我就会不由想到了《玉人》里的猴儿屁屁。记得某个小小挫折的夜晚，我会翻《干校六记》，就腾地有了勇气。我想感谢您，不断铸就着我，铸就着读者们的灵魂。

不知先生还好吗？有人说，现在保持通信的最好的办法就是讨教。好比借书，一借一还，我也不抱先生百忙或清静中能回信的希望，只是希望先生能知道有这么多、这么多的人在关心着您，其实这于先生也并非重要，但于我们来说，是一种近似信仰的信念，其实能把这封笔力不集中且絮絮的东西写下来，来表达我一直以来品读先生的心境就是一种幸运，能让先生读到更是一种莫大的幸福。现在，全球变暖，老天越来越发火，暑气也大，北京也是如此吧！我的爷爷奶奶最近正在做一种甩手操，舒经活络，有益健康。先生知道否？可以一试喔！希望下次看到照片里的先生精神依旧！我爱先生的少女时代、青年时代、中年时代，直到现在。您一直是如此明媚、真诚、忘我地笔耕，洒脱自然平和地生活，当然每个人都有自己的忧郁孤独，但先生显示着无比深厚强大的内心，如同清丽却浓得化不开的文字，直直地凝在我们的心里，最才的女是阿季，您有许多“高帽子”，各式的，让我加上一顶不妨吧，先生是我心中的完人！您别暗笑我这丫头傻。真的，我说的是真的，句句发自肺腑！有感于您的陪伴，您无处不在的平和。

希望先生健康且愉快，幸福且安宁。祝世界和平！绿树常青！

串了这么久的门，打扰了！您会说“再见，下次再来”吗？期待再会！最后，要感谢把信送到杨先生手里的人们。

先生，告诉您一个小秘密，我的理想是做一名新闻出版业者。那么，以后可以记者身份采访您吗？不求“勿忘我”！

此致

礼！

学生　张小希敬上

2009年7月22日止笔于日全食

随信附上这张图片是我的家乡舟山美丽的鸟石塘一景。

整理者按，杨绛先生在张小希来信的封面上，用铅笔写有：小小“杨绛迷”。

---

[1] 此处有误，应是商务印书馆而非生活·读书·新知三联书店。

周毅*（二通）

（1）

亲爱的杨先生：

您好！

有些事真是需要机缘的。

前几天我儿子忽然来问我，苏格拉底为什么会被判死刑？我竟然懵住了。他们学历史，学到雅典民主这一章，说苏格拉底的死是雅典民主衰落的起点，但没交代清楚死因。我也回答不出。于是搬救兵一样去找您翻译的《斐多》。

老实跟您说，当初看《斐多》，是没有太看懂。为什么不懂，也不知道。现在，同样的一本书，同样的一个读者，我忽然就如门洞大开一样走进去了，看着样样、句句都明白了。

原来，苏格拉底、释迦牟尼、孔子、老子，他们那个时候，用不同的语言，以不同的风度、口吻，讲的都是同一个问题！——人有灵魂吗？东西方的哲人智者都在这个问题上打过转，他们也都有同样的传说和记忆，像转世啊、轮回啊！苏格拉底用一点戏谑的口气说："哎，你

* 周毅（1969–2019），四川泸州人。1993 年上海复旦大学硕士研究生毕业，进入《文汇报》工作。2002 年担任《文汇报》"笔会"副刊副主编，2014 年任该副刊主编。

们得天天给你们内心的小孩子念念咒语，赶走他的怕惧。”在印度文化里面，咒语可是正经八百地念着呢！也不知苏格拉底念的是什么咒语？

苏格拉底被视作理性和人本主义的代表人物，是哲学家，而佛教却和“迷信”还脱不了干系，这是不公平的。苏格拉底说灵魂“依附着肉体活在人世的时候，从不甘愿和肉体混在一起，它老在躲开肉体，自己守住自己。灵魂经常学习的就是这种超脱呀”，这不就是佛家所说的“戒、定、慧”三宝？因戒入定，因定生慧。

苏格拉底说纯洁的灵魂“和那些爱财、爱面子、爱权力的人走的是相背的路”。杨先生，财、面子、权力，我自视都能看得比较平淡，但唯独他没有谈到的一点，情感，我还不能完全摆脱它带来的起伏，被它“污染”。

苏格拉底到底是男人吧，你看他把妻儿打发走的样子！女子要也有这样一颗不粘连、干干净净的灵魂，恐怕还真的要先“转女成男”，是不是，杨先生？

杨先生，我也算明白，要自己碰到了灵魂的问题，才能看得懂灵魂的问题。您的自问自答，最积极的是肯定人生的价值，在于“锻炼灵魂”，“在苦痛中完善自己”！而您结尾部分说：“灵魂既然不死，就和灵魂自称的‘我’，还在一处呢。”却是一个大胆假设，和一个大胆的愿望，您还期望以这个“我”的记忆、感受、思念，去重见失散多时的家人，对不对？

亲爱的杨先生，一年又要快过去了，我衷心祝愿您平平安安，健健康康，保持清明健朗！

周毅

2012. 12. 12

寄上我新出的两本书，是我的两本作业簿吧，您随便翻翻，别笑我的浅陋。😊

（2）

亲爱的杨先生：

您好！

昨日秋分，气象预报说明天最高气温会从31℃下降到24℃，真是坐看秋天一日之内降临吧。

今年夏天不好过，上海连续经历了40多天的高温天。我不中用，本来打算暑假去看您，后来生病发烧，烧成肺炎，输了八天液，烧下来了，一时没注意好好休息，过了几天又出现心脏异动、胸闷力乏等，着实把自己给吓住了。明白自己终究不能大意，在健康问题上永远只能做一个二等公民。

还好，您过来了！不仅经受住了这个酷暑的考验，还经历了那么大一场风波[1]，真是好样的，必须向您学习！😊

中秋前一天，吴学昭先生发来您的《洗澡之后》，让我看看，希望我能提些意见，供你们参考，因为人民文学出版社正在考虑出版您2006年之后的作品集。这样，我得以一窥这部久闻大名的《洗澡之后》。

要夸您要夸您！我看到您还在那么细致地编一副缨络，这条线捋过来，那条线嵌进去，原以为你把杜丽琳“解决”了就行了，结果您还要给罗厚找对象！呵呵，真是个个您都是心头肉，那个小李真是不赖，配罗厚，让人心里舒畅！

但是，如果说您写这部“之后”，是为了许彦成和姚宓能终成眷属，以这个标准来看，却又只能说这部作品是个“未成稿”，是一个画家一幅大画的“草稿”，线条有了，故事、人物都有了，但细节、颜色、生气，还不够。

亲爱的杨先生，您知道吗，我读“之后”，有另外一番滋味。我能体会到您写这部作品后面的殷殷之情。您希望您喜爱的人幸福。姚宓和她妈妈说到“不，妈妈，妈妈知道相反不一定相成”，看得我心头咚咚跳，就像当初您给我的信中劝我的话一样。但是，要幸福，要圆满，是多难的一件事，绝不仅仅是想明白一个道理那么简单。

我有时候就觉得呀，您要人幸福的心是那么强大，100岁还能为他们写一部小说，那个气势，就像群山万壑赴荆门，我心惊胆颤地看着一叶小舟去闯激流，去过三峡，要去赢得一片新天地！

那么，这个峡道中最大、最危险的一个礁石是什么呢？就是杜丽琳。

只有杜丽琳有着落了，只有她幸福了，许彦成和姚宓才可能心无障碍地结合。

所以，如果说“之后”有一个主角，那不应该是姚宓，也不是许彦成，而只能是杜丽琳。您的注意力、同情心应该放在她身上，要发掘出这个“俗气”的“标准美人”内心存有的可爱之处、她的“真实”出来。要让叶丹和她的恋爱合情合理，让人信服。

所以呢，我有一个建议，建议您把整部《洗澡之后》放下，单单写一写这个杜丽琳，只要把这个人物写活，这个章节成立，那不管《洗澡之后》还有什么细节不完美，大节是立住了，生命、呼吸也有了，您的大愿也达成了。

不知道我说的对不对？

还记得六月的一个夜晚，我和吼儿在小区的河边散步，问他愿不愿意暑假一起去看望您，他一抬头，指着月亮说：“有时候看着月光就很好了，不一定非要到月亮上去。”我觉得臭小子说得还真不错，要知道我也是非常享受这月光的呀！

衷心祝福！

周毅

2013.9.24

[1] 指2013年因香港原《广角镜》主编李国强通过中贸圣佳拍卖公司拍卖钱、杨多封私人书信，杨绛经与当事人交涉无效，不得不为维权而投诉法院，终于得到公正裁决一事。

赵再斯（一通）

送给杨绛奶奶。

整理者按，有一次杨绛先生电话中告我：“小猫会笑。”我说：“猫不会笑。”杨先生即给我看了赵再斯小朋友“送给杨奶奶”的画，还有这封石阳小朋友写的信。

石阳（一通）

杨绛奶奶好！

去年我们送了您一本自制的小书，里面的图案是我们几个小朋友画的。今年，我的朋友赵再斯画了一幅猫，一位老奶奶为您写了一幅字。

此月17日，您将登上第一百零四个台阶，各方各地的亲朋好友，在千里之外为您欢庆祝福。让我们在心中欢聚一堂，祝您万事如意，身体健康，生日快乐！

石阳敬上

2014. 7. 10

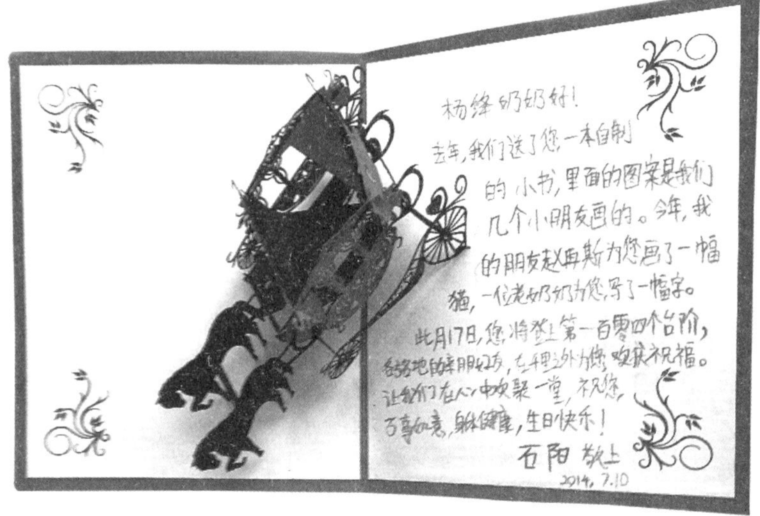

杨绛奶奶好！

去年，我们送了您一本自制的小书，里面的图案是我们几个小朋友画的。今年，我的朋友赵再斯为您画了一幅猫，一位老奶奶为您写了一幅字。

此月17日，您将登上第一百零四个台阶，各路地的亲朋好友，在千里之外为您收获祝福。让我们在心中欢聚一堂，祝您万事如意，身体健康，生日快乐！

石阳 敬上

2014.7.10

图书在版编目（CIP）数据

钱锺书杨绛亲友书札 / 吴学昭整理、翻译、注释. —北京：生活 · 读书 · 新知三联书店，2024.5
ISBN 978-7-108-07712-7

Ⅰ. ①钱… Ⅱ. ①吴… Ⅲ. ①书信集－中国－当代
Ⅳ. ① I267.5

中国国家版本馆 CIP 数据核字 (2023) 第 169426 号

特邀编辑 吴 彬
责任编辑 王 竞
装帧设计 鲁明静
责任校对 张国荣
责任印制 宋 家
出版发行 生活·讀書·新知 三联书店
（北京市东城区美术馆东街 22 号 100010）
网 址 www.sdxjpc.com
经 销 新华书店
印 刷 北京隆昌伟业印刷有限公司
版 次 2024 年 5 月北京第 1 版
2024 年 5 月北京第 1 次印刷
开 本 635 毫米 × 965 毫米 1/16 印张 32
字 数 380 千字 图 92 幅
印 数 00,001–20,000 册
定 价 86.00 元
（印装查询：01064002715；邮购查询：01084010542）